M

Dario Correnti

Nostalgia del sangue

Il primo serial killer italiano
è tornato

GIUNTI

www.giunti.it

Via Bolognese 165 – 50139 Firenze – Italia
Piazza Virgilio 4 – 20123 Milano – Italia

Prima edizione: gennaio 2018

Parte prima

9 dicembre

«Voglio *almeno* cinquemila battute» dice Besana azionando il tergicristallo.

Intanto si accorge che non è acqua, quella che scivola sul parabrezza. Anche perché non scivola affatto, ai bordi si è già formato uno strato bianco. Ci mancava solo la neve. Mette la freccia e tiene la destra, scriverà l'articolo in un autogrill. Non può rischiare di rimanere bloccato sulla tangenziale di Milano proprio stasera.

«Fidati, cazzo» aggiunge, sempre al vivavoce. E non sa bene se quel *cazzo*, così onestamente pronunciato, sia rivolto al camion di fronte, che gli ha appena tagliato la strada, o al caposervizio, che fa sempre delle storie, come se la carta la pagasse lui.

Poi cade la linea. È morta la batteria. Ancora una volta ha dimenticato a casa il caricatore da usare in macchina.

Parcheggia e poi esce di corsa, sbattendo lo sportello. Raggiunge un po' curvo l'ingresso del bar, coprendosi la testa con lo zaino.

«Tempaccio, eh?» gli dice una ragazza seduta alla cassa.

È la prima cosa bella che ha davanti da almeno dieci ore. Ci voleva proprio.

Si avvicina dondolando un po', alla sua maniera. Mai stato capace di camminare meglio, persino da sobrio sembra ubriaco.

«Mi tiene a dormire qui?» E le sorride. Chiaramente la tipa si annoia, tanto vale corteggiarla. Anche perché deve chiederle un favore: ha bisogno di ricaricare il cellulare, subito.

«Il mio turno finisce alle otto. Può chiederlo al mio collega» ma sorride anche lei, ci è cascata.

Infatti dopo avergli consegnato due pacchetti di sigarette, lo sta aiutando a scegliere il panino.

«Bresaola? A me? Ma per carità. Ho fame davvero, non scherziamo» dice, indicando l'opzione speck e brie. «Con una birra media, per cominciare.»

Non sa spiegarsi come fa ad avere tanta fame dopo lo schifo che ha visto, roba che ha fatto vomitare la metà dei cronisti in circolazione, anche solo in fotografia.

Sceglie un tavolino in fondo, con vista sull'autostrada. Intanto alla neve si è aggiunto il buio: se il posto non fosse così squallido, potrebbe quasi immaginare di essere in un ristorante *pieds dans l'eau*.

«Glielo scaldo e glielo porto» gli grida la ragazza. La sala è grande ma completamente vuota. Dato che non c'è nessuno, per una sera, la sua nuova amica può pure fare finta di essere la padrona di un locale. Chissà, magari è il suo sogno.

In ogni caso, è venuto il momento di chiederle quel piccolo aiuto sul fronte cellulare.

«Grazie, è un tesoro. Già che ci sono, mi farebbe una cortesia?»

Lei sorride, stringendo il piatto di carta su cui ha portato il panino.

«Basta che non mi chieda di fumare» gli risponde, dopo averlo visto con l'iPad davanti e la sigaretta spenta in bocca.

Besana scuote la testa e le spiega il problema, senza trascurare di raccontarle che deve assolutamente chiamare il suo capo perché ha fra le mani un pezzo molto importante.

«Un delitto?» La ragazza resta impalata, con il suo cellulare in mano.

«Spaventoso» aggiunge.

Con un cenno gentile del mento, Besana le fa capire che è disposto a darle alcune anticipazioni a patto che lei muova il culo e corra a cercare una presa.

«Oh, sì, certo, scusi» dice lei. E scappa ubbidiente a destinazione.

Per tornare un minuto dopo, con una birra offerta dalla casa. Tanto nessuno controlla la mescita. Anche lei, in fondo, ha già messo a fuoco il Soggetto Ignoto che ha davanti. Stanno giocando ad armi pari.

«Che gentile» commenta Besana. «Proprio quello che ci voleva. Come ha fatto a indovinare che scrivo meglio così?»

La ragazza – sveglia, va ammesso – sorride soddisfatta e si siede al suo tavolo. Ma in quel momento squilla il cellulare.

Besana si alza di scatto e corre dietro alla cassa a rispondere. La postazione è contestabile, ma lui la risolve con un occhiolino. Del resto la sua amica l'ha già raggiunto, per ascoltare. La diverte ancora di più sentirlo parlare con il capo.

«Cinquemila e non si contratta» sta dicendo Besana. «Faccio questo mestiere da trent'anni e non ho mai visto una roba del genere. Gli inquirenti stanno seguendo una pista satanica, tanto per farti capire. Ho il cellulare scarico, quindi sarò breve: le hanno tolto le viscere e un pezzo del polpaccio è stato trovato a centinaia di metri di distanza. Seimila, perfetto. Ma devo scrivere in un autogrill, quindi tenetemi aperto il giornale fino all'ultimo. Lo so che non c'è problema, lo so.»

La ragazza lo fissa ipnotizzata, è pronta a offrirgli birre per tutta la sera. Non è vero che verrà sostituita alle otto.

10 dicembre

Il giorno dopo, in redazione c'è un po' di malumore. Prima di entrare in riunione, il direttore se la prende con il caposervizio della cronaca, che ha affidato un caso così clamoroso "a quel *rompicoglioni* di Besana", che non vede l'ora di prepensionare, invece che a Luca Milesi, la nuova firma di punta.

«Milesi ieri era a Roma, per un passaggio in TV» risponde il caposervizio, «avevo bisogno di mandare qualcuno sul posto.»

«Adesso però non ce lo leviamo più di torno» lo liquida il direttore, scocciato. «Sai quanto è testardo quello lì. Dirà che il caso *ormai* è suo.»

Verso l'una, finita la riunione, per il caposervizio c'è un'altra rogna. Torna alla sua scrivania e trova Ilaria Piatti che lo aspetta. Qualcuno, prima o poi, deve dirle che non ha speranze di entrare al giornale. Sono tempi duri, di licenziamenti e liti con i sindacati, ha fatto lo stage in un momento sbagliato, povera ragazza.

La saluta e la squadra. Certo, anche lei non si aiuta. Si presenta sempre in redazione conciata in modo orrendo, oggi fra l'altro è tutta bagnata. Nevica che dio la manda, d'accordo, però bastava un ombrello. Invece no, lei ha pensato bene di mettersi una mantella impermeabile e degli stivali di gomma da pesca, come se la redazione fosse un fiume da guadare.

«Ciao Roberto, avresti un attimo per me?»

«È una giornataccia. Ho un po' fretta.»

«No, ecco, io...»

Il caposervizio chiude un attimo gli occhi. No, ti prego, non chiedermi se hai un futuro o no. Non chiedermelo *adesso*.

«Ecco, io avrei... avrei bisogno di parlare con Besana. Ho letto l'articolo, sai... e avrei una pista.»

«Una pista? Tu?»

Piatti trattiene il respiro. Poveraccia, basta un niente e si agita. Certo, la cosa fa un po' ridere. Per sei mesi, nel giornale, quando andava bene, si è occupata di incidenti stradali. Il massimo dell'emozione. Altrimenti didascalie e schede, o box redazionali.

«No, nel senso che... Be', credo che possa trattarsi... Insomma, ho collegato delle cose quindi...»

«Quindi?»

È lenta, Piatti. Soprattutto quando uno ha fretta. Si attorciglia, un po' nevrotica, intorno alle sue idee. Non è capace di fare una proposta in due secondi, come si dovrebbe. Rapida, lineare, semplice. No. Pensa di avere davanti l'analista?

«Quin-di» balbetta lei, sempre più spaventata, «quin-di... insomma, penso che possa trattarsi di un serial killer.»

Il caposervizio scoppia a ridere. Questo è davvero troppo. Basta, non ha più tempo da perdere.

«Vallo a raccontare a Besana» le risponde.

«Appunto» dice lei. «Hai mica il suo cellulare?»

Dieci minuti per chiedere il numero di Besana? Sicuramente

le riderà in faccia anche lui. E poi questa gente ci resta male quando non viene assunta.

«Fattelo dare dalla segretaria di redazione.»

«Va bene. Grazie, grazie.»

Grazie di cosa? Nessuno le farà scrivere una riga su questo omicidio, cosa crede. Ma l'importante è che se ne vada. Subito, possibilmente.

11 dicembre

Nonostante la neve, Besana è di nuovo in macchina. Deve assolutamente tornare a Bottanuco per parlare ancora con gli inquirenti. Si sono già scatenate le televisioni e Milesi preme per rubargli il caso. Ma questo è suo, mi dispiace. Sarà anche l'ultimo, ma è suo.

Squilla il cellulare, è un numero non registrato in rubrica e Besana guarda il display con sospetto.

«Sì?»

«Buonasera, dottor Besana, mi scusi se la disturbo, sono Ilaria. Ilaria Piatti.»

«È ancora giorno» le risponde secco Marco.

«Ah, sì. Certo, scusi. Buongiorno.»

La Piattola, in redazione tutti la chiamano così. Quelli che la chiamano in qualche modo, gli altri non la nominano neanche. Effettivamente è proprio una piattola. E cosa vuole da lui?

«Mi dica.»

«Ecco, io vorrei… vorrei parlarle.»

«Mi dica» ripete.

Che fatica parlare con lei, non arriva mai al dunque.

«È un discorso lungo, possiamo vederci per un caffè?»

«Non posso, sto andando nella Bergamasca. Però l'ascolto. Cerchi di stringere, eh. Sto guidando. Diciamo che ha a disposizione cinquanta caratteri. Spazi inclusi.»

«D'accordo... Allora... Penso che il Soggetto Ignoto sia un seriale» tutto d'un fiato.

Besana scoppia a ridere: «A occhio, questi sono sessanta o settanta. Poteva tranquillamente togliere sia *d'accordo* che *allora*. Vuole imparare questo mestiere o no?».

«Certo, certo. Grazie.»

Silenzio. La Piatti sta chiaramente aspettando una risposta.

«E perché pensa che sia un seriale? Per come è conciato il corpo? Gli inquirenti ipotizzano la pista satanica, per ora. Proprio per questa robaccia delle viscere fuori e del polpaccio finito in un bosco. Però è presto per dire qualsiasi cosa.»

«Lo so, lo so ma...» insiste lei, «la scena del crimine mi fa pensare...»

«Piatti, mi fa davvero piacere che lei si stia appassionando al caso, ma non stiamo guardando insieme una puntata di *Criminal Minds*» la interrompe subito Besana. D'accordo, è una ventenne precaria che fra poco sarà cacciata, però non è colpa sua. Anche lui fra poco sarà cacciato, se è per questo.

«Hanno per caso trovato degli spilli?»

Besana frena bruscamente. Un idiota con un SUV l'ha appena superato da destra senza mettere la freccia.

«Spilli? Non che io sappia» risponde.

«Aveva la bocca piena di terra?»

«Non mi risulta» risponde Besana.

«Peccato» dice Piatti, «se no era proprio uguale. Persino la data: 8 dicembre.»

«Uguale a cosa?» chiede Besana, incuriosito.

«A un altro delitto» risponde, finalmente concisa, Piatti.

«E quale?»

«Un caso dell'Ottocento» sussurra lei.

Besana scuote la testa. Questa tira fuori un caso dell'Ottocento. Quanta pazienza ci vuole.

«Va bene, Piatti, la ringrazio molto per questa chiacchierata. Ora la devo proprio salutare. Devo fermarmi a fare benzina. In bocca al lupo per tutto.»

«Crepi. Eh, speriamo» risponde dolcemente lei.

Besana prende l'uscita con il sorriso, anche lui spera: spera che nel solito autogrill ci sia ancora la sua cameriera preferita. Chissà.

11 dicembre

Prima di andare alla Questura di Bergamo, deve fare un salto a Bonate Sotto. Per salutare Rosa, la sorella di sua moglie. Non che sia particolarmente affezionato a lei, ma ha un marito che lavora nella polizia giudiziaria. Giorgio è un tipo sveglio, potrebbe dargli una mano.

Ogni volta che attraversa certi paesi, gli viene una stretta al cuore. Li trova così claustrofobici. Ha tanto litigato con Marina per questo, prima che lo piantasse. Lei che non voleva abitare a Milano e lui che si rifiutava di concepire la sua esistenza in una villetta a due piani con giardino. Poi, alla fine, Marina si è trovata anche troppo bene a Milano. Forse, se l'avesse ascoltata e si fossero trasferiti in quel grande hinterland che è un posto qualsiasi della Lombardia, non si sarebbe innamorata di un giovane finanziere. Che almeno le faceva vivere la città davvero, così diceva, mica come lui, che stava sempre al giornale.

Riconoscere la villetta di Rosa fra venti, tutte uguali, è un'impresa. Forse è meglio darle un colpo di telefono.

«Oh, Marco! Che fai davanti a casa mia? Ti vedo dalla finestra.»

«Davvero? E io che pensavo di avere sbagliato strada. Mi offri un caffè?»

Besana parcheggia. Ha ripreso a nevicare e corre dentro il cancello veloce. Sbatte forte i piedi su uno stuoino con scritto *Welcome.*

Rosa lo abbraccia, gli scompiglia i capelli per togliere un po' di fiocchi di neve.

«Che sorpresa! Sei qui per l'omicidio della romena?»

«Indovinato.»

«Vieni, vieni. Entra. Kevin è ancora a scuola. Ma hai pranzato?»

Besana scuote la testa. Da quando vive solo, la sera spesso cena con una busta di 4 salti in padella, tagliatelle ai porcini o pollo alla diavola. Tempo di cottura dieci minuti. L'idea di un piatto fatto in casa quasi lo commuove.

«Nemmeno io. Dai, ti faccio una pasta con quello che c'è.»

«Grazie.»

La sua ex cognata ha un bel viso, molto simile a quello di Marina, ma è diventata enorme. Ormai vive per mangiare. L'unico dialogo fra lei e suo marito gira intorno ai ristoranti da provare. Per lui era insopportabile andare a trovarli il weekend, e tornava sempre con due chili di più.

«Una carbonara può andare?»

«Wow» risponde Besana, attraversando il salotto arredato con mobili etnici. Come se quella cazzo di villetta nella Bergamasca fosse una casa coloniale a Bali o Malindi.

«Ho visto tuo figlio, domenica scorsa» gli dice entrando in cucina.

«Beata te» risponde Besana.

«Non dire così» intanto Rosa apparecchia veloce con tovagliette all'americana ancora sporche della colazione, con un corn flake fossilizzato su un angolo e una patacca di marmellata al centro.

«Marina inventa sempre qualche scusa per non farmelo vedere» dice Besana.

«Non è vero, non è colpa sua» Rosa versa l'olio in una padella per scaldare il guanciale, «è solo che Jacopo ormai è grande, durante il weekend preferisce stare con i suoi amici. Ha diciassette anni, è normale.»

«Sarà» risponde Besana, aprendo il frigo come a casa sua.

«Stai cercando la birra? La tengo sotto, in tavernetta.»

Besana detesta le tavernette, ma per prendere una birra fresca è disposto a tutto.

Quando torna in cucina, Rosa sta sbattendo le uova e il tavolo è apparecchiato per tre.

«Mi ha appena chiamata Giorgio, torna per pranzo. È contento di vederti.»

Besana si illumina. Perfetto. Non deve nemmeno chiedere un favore. Può persino fare finta di essere davvero passato a salutare, tanto l'argomento verrà fuori da solo. Dopotutto, lui è lì per questo. Giorgio sicuramente gli chiederà a cosa sta lavorando.

«Avevo proprio voglia di una carbonara» dice.

«E io di fare due chiacchiere con te» risponde, voltandosi, Rosa. «Non ti fai mai vivo.»

«Lavoro» borbotta Besana.

«Lo so, lo so. Ma stavo per chiamarti. Sai, sono un po' preoccupata per Marina. Non mi sembra tanto felice con quello là.»

Besana alza le spalle.

«Perché non la cerchi? Con una scusa qualsiasi, non so, le vacanze di Jacopo.»

Besana scuote la testa, non ha tanta voglia di parlarne.

«Ormai comunichiamo solo via SMS» risponde.

11 dicembre

Giorgio arriva trafelato, con il fiatone. Ha dovuto aiutare un pensionato a montare le catene. Bloccava la strada, dopo essere scivolato al centro, di traverso.

«C'è un bordello là fuori. Sembra che non abbiano ancora inventato le gomme da neve.» Appoggia una mano sulla spalla di Besana. «Vecchio mio, hai portato il sole, eh?»

Rosa, con la sua solita allegria – un buon carattere, almeno lei, pensa Besana, mica come sua sorella – invita tutti a sedersi.

«La pasta è pronta e adesso voglio sapere *tutto* di questo delitto» dice.

Besana sorride, soddisfatto. Può anche saltare i preliminari, che culo.

«Chiedilo a tuo marito, che è sicuramente più informato di me» risponde.

Giorgio parla con la bocca piena. Ha tanti pregi, ma non l'educazione.

«Una roba atroce. Sembrano posti tranquilli, però qui la gente si ammazza ogni mese. E chi non viene trovato cadavere, scompare. Eppure questa storia ha sconvolto tutti. Povera ragazza. Un mostro, chi le ha fatto quello che le ha fatto.»

Rosa è molto eccitata, vuole sapere di più.

«Raccontatemi meglio.»

Suo marito scuote la testa, pulendo il piatto con il pane.

«Non vuoi finire di mangiare, prima?»

Lei fa cenno di no, è troppo curiosa.

«Intanto l'hanno aperta come un maiale e le hanno tolto le viscere. Dato che non era un maiale, ma una bella ragazza di ventidue anni con tutte le sue cose a posto, hanno pensato bene di asportarle anche i genitali.»

«Perché parli al plurale?» lo interrompe Besana.

«Perché un macello del genere fa pensare a una setta satanica.»

«Sì, me l'hanno detto e l'ho anche scritto» conferma Besana.

«Ma c'è di più» aggiunge sovrappensiero Giorgio.

«Cioè?»

«Cioè cannibalismo. È stata anche morsicata.»

«Oddio!» grida Rosa, coprendosi la bocca con la mano.

Besana è molto interessato. Questa faccenda dei morsi, per esempio, non la sapeva.

«Cannibalismo di gruppo? Mi stai dicendo che ha addosso il DNA di chi l'ha assaggiata?»

«Assaggiata un cazzo. Chiunque sia stato, si è mangiato un pezzo di gamba» risponde Giorgio. «Comunque sì, stiamo proprio lavorando su questo.»

«Strano, però» riflette Besana. «Una setta si muove con più cautela, non lascia tracce così evidenti. Sono un po' imprudenti, non trovi?»

Giorgio si riempie il piatto per la seconda volta.

«È una setta, per forza. Anche per quegli spilli che hanno trovato su una pietra, che devono pure significare qualcosa.»

Besana ha la pelle d'oca: «Spilli?».
«Sì, dieci. Disposti intorno a un sasso. Dev'essere una specie di rito.»
«Altre cose strane?»
«Be', aveva la bocca piena di terra.»
Besana si alza da tavola di scatto.
«Scusate, devo fare una telefonata urgente.»

11 dicembre

Ilaria Piatti è al supermercato, tanto al giornale l'hanno cacciata via. Erano tutti un po' nervosi e le hanno fatto capire, chiaro e forte, che stava solo fra i piedi perché non c'era niente di utile da fare.

«Nemmeno le didascalie?»

Poi ha girato gli occhi e ha visto una ragazza nuova, seduta vicino al caposervizio. Il suo stage finirà fra una settimana e non hanno nemmeno aspettato una chiusura formale, vabbè.

Ma a ferirla davvero sono state le colleghe. Ha sentito benissimo le loro risate e anche tutto quello che dicevano – Ma come si concia? Sembra uscita dal film *La tempesta perfetta* – parlavano sottovoce ma sghignazzavano forte. Quella lì non ha speranze, dicevano, *e non l'ha nemmeno capito*.

Ilaria ha optato per il supermercato un po' perché il suo frigo è vuoto e un po' perché Milano è una città piena di tentazioni. Ovunque cammini, ti viene voglia di comprare qualcosa. Ti spinge al consumismo compulsivo anche quando non vuoi e non hai soldi da spendere.

Mentre studia un'offerta per sei barattoli di polpa di pomodoro – Sei? E cosa se ne fa? Non ha nemmeno amici da invitare. E poi pesano, se li deve trascinare fino al sesto piano di un grattacielo anni Settanta con l'ascensore spesso rotto – squilla il cellulare. Dio, è Besana. Inciampa e fa cadere due pacchi di fusilli.

«Pronto?»

«Piatti, prenda la macchina e mi raggiunga subito a Bottanuco. Quando è in paese, mi faccia uno squillo.»

«Non ho la patente.»

«Vuole fare la giornalista di nera e non ha la patente? Vabbè, allora salga su un treno. Vengo a prenderla in stazione. A Bergamo, direi, se non ne trova una più vicina. Ma non mi intendo di regionali. Controlli su internet gli orari. Poi mi richiami.»

«Sono al supermercato, non ho internet sul cellulare.»

«Merda, ma lei è un disastro. Come pensa di combinare qualcosa così fuori dal mondo?»

«Scusi.»

«Non si deve scusare con me, Piatti. Si deve solo dare una mossa.»

«Trovo una soluzione subito, non si preoccupi. Poi la richiamo, certo.»

Ilaria mette giù e resta un attimo così: con il cellulare in mano e un sorriso ebete. Poi si guarda intorno. Vede una madre che smanetta sull'iPhone mentre il bambino, seduto dentro il carrello, sta scartando diversi pacchi di merendine. Si avvicina, tutta gentile.

«Signora? Il bimbo sta cercando la sorpresa, temo.»

«Uh, grazie» fa lei. «Amore, non si aprono i pacchi prima di arrivare alla cassa. Quante volte devo dirtelo?»

Ilaria non è tanto abituata a mentire, ma forse deve imparare anche questo.

«Posso chiederle una cortesia? Dovrei guardare l'orario di un treno su internet ma il mio iPhone si è scaricato. Ci metto un secondo.»

«Prego» la signora, cortese, le allunga il telefono. Ma la sorveglia: che non scappi via con l'ultimo modello.

Ilaria digita velocissima. Una stazione a Bottanuco non esiste, cazzo. C'è solo un treno per Bressana Bottarone. Dove cavolo è? Restituisce veloce il cellulare alla proprietaria.

«Grazie mille!»

Abbandona i sei barattoli di polpa e corre fuori.

«Besana? C'è solo un treno per Bressana Bottarone. Posso essere lì alle diciannove e trentasei» dice mangiandosi un po' le parole per la contentezza.

«Ma cosa c'entra Bressana Bottarone? È vicino a Pavia! Che cazzo ha guardato, Piatti? Le cerco un treno io, così facciamo prima. Ma porca puttana, non è nemmeno capace di consultare un orario?» E butta giù.

Poco dopo, Besana la richiama: «Corra alla stazione. Centrale, mi raccomando, non mi sbagli pure quella. C'è un regionale che parte alle diciotto e dieci. Scenda a Verdello-Dalmine. Io l'aspetterò lì. Pensa di essere in grado?»

11 dicembre

Ilaria Piatti esce dalla stazione e nel parcheggio vede una vecchia Subaru blu che fa lampeggiare i fanali. Cammina sulla neve slittando come una pattinatrice, con le braccia tese per non perdere l'equilibrio, per poi urtare lo sportello con uno scivolone.

Besana la fa entrare in macchina, con un sospiro.

«Piatti, le ballerine non mi sembrano le scarpe più adatte.»

Lei si siede e si sfrega le mani fra le cosce, per scaldarle.

«Ho i piedi congelati» dice.

«Ci credo. La sua valigia?»

«Quale valigia?»

«Stanotte dormiamo qui, per non perdere tempo. Ho prenotato due stanze in un motel. Vabbè, le presterò una maglietta. Se troviamo una farmacia aperta, può comprarsi uno spazzolino.»

Ilaria lo fissa spaesata. Besana si accorge che è imbarazzata. Non penserà mica che lui ci stia provando? Gli scappa da ridere.

«Adesso le offro un aperitivo» dice, «con un po' di alcol si scalderà.»

Lei non parla, fissa il tergicristallo che scandisce il tempo come un metronomo, con un cigolio.

«Per me è sacro, l'aperitivo» continua Besana. «A quest'ora può succedere qualsiasi cosa e non mi interessa. Voglio stare in pace davanti a un bicchiere di bianco, guai a chi mi disturba.»

Lei, sempre muta.

«Piatti? Come devo interpretare questo silenzio? Ipotermia?»

Ilaria si volta e gli sorride, un po' malinconica.

«Pensavo» risponde.

«Al caso?»

«No, a questo mestiere. Che è bellissimo anche con i piedi congelati. Peccato.»

Besana sbuffa.

«Senta, Piatti, io non l'ho invitata qui per consolarla, ma per aiutarmi a capire qualcosa. Se davvero la sua pista è interessante, le prometto che gli articoli saranno firmati da tutti e due.»

Ilaria Piatti spalanca la bocca, incredula.

«Davvero?»

«Deve meritarselo, però. E sappia che io ho già abbastanza rotture di coglioni nella vita. Una collega piagnona non la voglio, chiaro?»

Lei, d'istinto, lo abbraccia.

«Sono felicissima, invece. Non so come ringraziarla. È la cosa più bella che mi sia capitata fin qui. Ho sempre letto i suoi articoli e...»

Besana la interrompe: «Piatti? Il suo stage è finito. È una giornalista, da oggi. Cerchi di non fare la bambina. Contegno, per favore. Altrimenti faccio inversione e la riporto in stazione».

«Scusi.»

«Ora cerchiamo un bar decente. Per idee buone ci vuole

vino buono. Cazzo, sembra che abbiano imposto il coprifuoco, qui.»

Trovano una trattoria, con bar all'ingresso. Non è il massimo, ma Besana è impaziente. Si siedono in un angolo e ordinano due bicchieri di Sauvignon, che arrivano con una ciotola di patatine vecchie di qualche giorno.

«Allora» dice Besana sollevando il calice per brindare, «mi spieghi questa faccenda degli spilli.»

«Quindi c'erano?» Per l'emozione, Ilaria rovescia un po' di vino sul tavolo di compensato.

«Sì, c'erano» risponde calmo Besana, «sono aghi da agopuntura, ma possiamo considerarli spilli, no?»

«Dieci? Disposti su un sasso?»

«Esatto. Che significa?»

«Ah, non lo so.»

Besana sta per perdere la pazienza.

«Come *non lo sa*? E allora perché cazzo ha tirato fuori questi maledetti spilli?»

«Perché, come le dicevo, questo delitto mi ricorda un altro.»

«Quello dell'Ottocento?»

«Sì. In quel caso si trattava degli spilloni che usavano le contadine per raccogliersi i capelli, non di roba per l'agopuntura, naturalmente.»

«Continui.»

«Ha mai sentito parlare di Vincenzo Verzeni?»

Besana scuote la testa.

«È stato il primo serial killer italiano della storia. Cioè, non proprio. Perché prima di lui ce n'era un altro, un certo Antonio Boggia, detto il mostro di via Bagnera. Il Boggia ha fatto fuori un certo numero di persone a Milano, sa.»

«Piatti, non sta dando un esame all'università. Vada al sodo per favore.»

«Certo, scusi. Intendevo dire che...»

«Dica e basta, grazie. E lasci perdere le intenzioni.»

«Ecco, il Boggia uccideva le persone per derubarle. Vincenzo Verzeni no, uccideva per il gusto di uccidere. Godeva mentre strangolava le donne, capisce? Lo confessa durante il processo. È negli atti.»

«Raggiungeva l'orgasmo così, in poche parole.»

«Esatto. E provava ancora più piacere quando beveva il loro sangue. C'erano per caso dei morsi sul corpo della vittima?»

Besana fa cenno di sì. Anche questo non si poteva sapere. Lui stesso lo ha scoperto da poco, parlando con l'ex cognato poliziotto.

«Allora il *modus operandi* è proprio uguale» Ilaria stringe i pugni e li agita davanti al petto, «evvai!»

Besana solleva un sopracciglio. Si comporta proprio come un'adolescente, sarà dura lavorare con lei.

«E come mai sa tutto di Verzeni?»

«Perché di Verzeni si è occupato Cesare Lombroso. E io ho fatto una tesina su di lui per un esame dell'università. Su Lombroso, intendo.»

«Continui.»

«Era il secondo caso di Lombroso. Ma il primo della storia, almeno in Italia, in cui veniva usata l'analisi scientifica. In un certo senso, segna l'inizio della criminologia moderna.»

«Interessante» commenta Besana.

Ilaria fruga nello zaino e tira fuori dei fogli stropicciati.

«Ecco. Stamattina sono venuta al giornale per questo. Perché volevo portargliela.»

«La tesina?»

«Così si può fare un'idea. Secondo me abbiamo davanti un imitatore.»

«Di un serial killer dell'Ottocento?»

«Non di uno qualsiasi. Del *primo*.»

Besana comincia a sfogliare le pagine.

«Lombroso è un giovane psichiatra in carriera» spiega Ilaria, «e si interessa al caso di questo contadino della Bergamasca perché secondo lui non è un malato di mente. Lo definisce *sadico sessuale, vampiro e divoratore di carne umana*. Lo trova lucido, capisce? Allora cerca altre spiegazioni per le pulsioni omicide. Magari si possono far risalire all'epilessia di cui soffriva la madre oppure ai casi di pellagra registrati in famiglia. Tra le conseguenze della pellagra c'era una forma di demenza, che Lombroso definiva *cretinismo*.»

Besana scuote la testa.

«Piatti, nessuno le ha chiesto un riassunto.»

«Scusi.»

«Stanotte mi leggo tutto. Posso tenere la stampata?»

«Certo» e gli sorride.

8 dicembre 1870

È l'alba e i campi sono avvolti dalla nebbia. Giovanna segue la strada ma se si volta e guarda indietro, tutto scompare. Ha il nulla anche davanti, conquista un piccolo spazio visivo a ogni metro. L'assenza di prospettiva le fa girare la testa, fa quasi perdere l'orientamento. Suo padre, che porta spesso le mucche a pascolare in montagna, dice che quando sei dentro una nuvola non capisci più se stai scendendo o stai salendo.

L'odore di letame è forte e l'erba, coperta di brina, a tratti sembra gialla e a tratti rosa. Dalla nevicata sono rimaste zolle bianche qua e là. In questo paesaggio spettrale, gli oggetti compaiono all'improvviso e fanno quasi spavento. Cosa c'è laggiù? Un animale? Un cavallo? Un asino? Attraverso la nebbia, si vede solo una grande ombra scura. Poi si avvicina e distingue una capanna con il tetto di paglia, dove qualcuno tiene degli attrezzi. E là cosa c'è? Procede, stretta nello scialle perché fa anche molto freddo. Ah, è un carro.

Del resto non poteva partire più tardi, anche se in pieno giorno, magari con il sole, la camminata verso Suisio sarebbe stata più piacevole. È la festa dell'Immacolata e deve arrivare in tempo per aiutare sua madre a preparare il pranzo. Oggi c'è la carne. Suo padre ha ucciso un cappone apposta. Per una volta non si mangerà solo polenta. In casa sua ci sono troppi bambini, si fa fatica a dare da mangiare a tutti. Per fortuna lei è stata presa dai Ravasio, che la trattano come una figlia.

Non vede i suoi genitori da più di un mese. Ma non è emozionata solo per questo. Cammina in fretta, contenta, anche perché sa che alla festa vedrà suo cugino. Chissà se si sposeranno. Certo, le piacerebbe. È così bello. E poi lei ormai ha quattordici anni, è l'ora. Se no poi diventa vecchia. Qui perde un attimo l'equilibrio, è scivolata su un grumo di neve. Si raddrizza, si aggiusta il fazzoletto che si è spostato di traverso coprendole metà del viso, controlla di non aver perso l'immagine di Pio IX che porta sempre al collo. Un regalo di sua nonna, perché Dio la protegga. In quel momento sente un rumore.

Si volta ma ovunque c'è solo nebbia, davanti e dietro, a destra e a sinistra. Ricomincia a camminare, più svelta. Ora sente proprio dei passi. Meglio così, questa strada così vuota e silenziosa le faceva un po' paura. Solleva una mano per salutare l'ombra che si avvicina. A Bottanuco lei ormai conosce tutti, anche se è cresciuta a Suisio. Ma quando vede che zoppica e capisce che è Vincenzo Verzeni, è meno contenta. È un tipo strano, quello. Tutta la famiglia è strana.

Una volta ha visto sua madre che si rotolava per terra con la bava alla bocca, sembrava posseduta dal demonio. È tornata a casa di corsa, terrorizzata. Per fortuna dai Ravasio c'era il medico. Il dottore le ha spiegato che il demonio non c'entrava, quella donna era solo malata di epilessia, andava trattata con le sanguisughe. Giovanna si è fidata, però la famiglia Verzeni non le piace lo stesso.

Proprio il giorno prima, ha incontrato Maria Previtali, era tutta agitata. Diceva di essere stata appena aggredita da Verzeni, che l'aveva trascinata in una strada buia. Diceva di stare attenta. Ma Giovanna non le ha creduto. Quella è uscita adesso dal manicomio. S'inventa le cose.

Lui si avvicina, lei accelera ancora il passo. Non può mica cacciarlo via da una strada. Le strade sono di tutti. Lui la saluta e le chiede dove sta andando. Lei abbassa gli occhi. A Suisio, risponde. Non vuole dargli confidenza. Ma allo stesso tempo non può fare a meno di voltarsi in continuazione per guardare quel falcetto che Verzeni porta con sé. Va a lavorare nei campi anche il giorno dell'Immacolata? Dovrebbe tenerlo fermo, almeno. Potrebbe farle male. Invece Verzeni cammina con quella sua andatura da zoppo proprio di fianco a lei, la lama in mezzo, che per poco non le sfiora la sottana. A un certo punto Giovanna perde la pazienza e glielo dice proprio: Tieni quel coso a distanza, per favore, se no finisce che mi strappi il vestito. È il vestito buono, guarda che ti ammazzo.

Due giorni dopo, il sabato, nel cascinone dei Ravasio c'è ansia. La signora cammina avanti e indietro, facendo frusciare sul pavimento la gonna nera. Continua a ripetere al marito che le sembra molto strano che Giovanna non sia ancora tornata. La ragazza, per quanto giovane, è sempre molto precisa. Se dice una cosa, la fa. E le aveva assicurato che sarebbe rimasta a Suisio un giorno solo. Per carità, lei riesce a togliersi il busto lo stesso, l'aiuta la cuoca, ed è capace a pettinarsi da sola. Però è preoccupata, per lei è come una figlia. È preoccupata perché il giorno prima, Battista Mazza, un contadino, è tornato in paese di corsa per dire a tutti che in giro c'era un lupo. Ha visto le viscere di un agnello nel cavo di un gelso. Verso sera, la signora Ravasio supplica il marito di prendere un fucile e di andare a vedere insieme a qualche contadino che fine ha fatto la ragazza. Povera bambina, Dio santo. Sola, con quella bestia in giro.

Giovanni Battista Ravasio non deve fare molta strada. La trova sotto una tettoia poco distante dal cascinone, distesa a terra, nuda, salvo una calza ancora infilata alla gamba sinistra. Il corpo è come tagliato in due e svuotato degli organi interni. La bocca è aperta e riempita di terra. Corre a chiamare gli altri.

Comincia la processione. Tutto il paese viene a vedere il cadavere. E la gente sussurra. Allora quelle interiora non erano di un agnello, erano della Giovanna. Allora *non è stato un lupo*. Tutti hanno notato i dieci spilli per capelli disposti in modo geometrico su un sasso. Che razza di macabro rituale è? Quale demonio può avere fatto una roba del genere? Poco dopo, in una capanna, qualcuno trova l'immagine di Pio IX che la ragazza portava appesa al collo. Sul tetto di paglia, brandelli di un polpaccio. La gente si sparpaglia ovunque per cercare altri orribili pezzi di questo puzzle. Tante lanterne illuminano le strade buie di Bottanuco e i campi ancora più bui: è cominciata l'atroce caccia al tesoro. Un vecchio calzolaio, insieme al nipote, scopre i vestiti sotto un mucchio di frumento. Una donna raccoglie nella neve il fazzoletto da testa, era davanti alla chiesa di Bottanuco.

Nessuno vuole andare a dormire. Gli uomini parlano fino a notte fonda. La cosa che più sorprende è che un delitto così possa essere stato compiuto in un luogo tanto vicino a una strada frequentata, oltretutto in un giorno festivo, mentre la gente andava e veniva dalla chiesa. In aggiunta sotto una tettoia aperta e visibile anche a distanza. Quei dieci spilli disposti in maniera geometrica devono pure significare qualcosa. Sembrano quasi un simbolo esoterico. L'assassino ha voluto lasciare un messaggio? E perché?

Anche le donne parlano. Corre voce che le abbiano asportato gli organi genitali. Ma prima, cosa le hanno fatto?

Vincenzo Verzeni va a vedere il cadavere come tutti. Solo un po' più tardi, quando l'hanno già coperto con un lenzuolo. E poi torna a casa cupo. Racconta alla madre di essere molto impressionato, tanto che non se la sente di mangiare. Del resto, l'intero paese è impressionato. Nessuno ha mai visto una cosa del genere. Nemmeno i lupi arrivano a tanto.

11 dicembre

A questo punto Besana, battendosi una mano sulla pancia, annuncia che ha fame. Piega la testa per indicare la sala sul retro.

«Che dice? Ci accontentiamo di questa trattoria o preferisce cercare un ristorante stellato?»

Ilaria Piatti abbassa gli occhi. Si vergogna a dire che lei non se lo può permettere, un ristorante stellato. Ma non ha bisogno di dire proprio niente, perché Besana ha già capito.

«Non si preoccupi, tanto paga il giornale. Mi faccio fare una fattura per una persona sola. Vitto e alloggio per lei sono coperti.»

Piatti ringrazia, timidamente.

«Non ho nemmeno la partita IVA.»

Besana le dà una pacca affettuosa sulla spalla.

«Secondo lei avevo dei dubbi? Una che non ha la patente e uno smartphone, come potrebbe avere la partita IVA? Scelga un tavolo, su. Nevica troppo forte, inutile perdersi fra i campi per cercare chissà che.»

«Quello vicino al camino» risponde Piatti.

«Romantica, la ragazza» commenta con un occhiolino. Ma

un occhiolino ironico e affettuoso. Che non si faccia strane idee.

Ordinano una caraffa di rosso della casa e una bella polenta con formaggio fuso.

«Mi racconti di questo delitto» dice Besana, «quello del 1870, intendo.»

Piatti, che non è abituata a bere, è già un po' brilla quindi si lancia in un racconto partecipato. Ha talmente paura di fare brutta figura che parla come se avesse un microfono davanti, sembra la simulazione di un servizio in TV. Besana la ascolta attentamente fino alla fine, senza mai interromperla.

«Incredibile» commenta. «Fra l'altro, Giovanna Motta era una cameriera come Aneta Albu. Questo significa che non sceglie le vittime a caso.»

«So poco della Albu» dice Ilaria, «solo che era romena, perché l'hanno scritto su tutti i giornali. Pensavo fosse una prostituta.»

«No, no. Era la badante del notaio Lecchi. Lui ha novantaquattro anni e sta in carrozzina, quindi possiamo escluderlo dai sospettati. La scomparsa è stata denunciata dalla figlia, Giulia Maria Lecchi e dal marito di lei, Franco Vimercati.»

«Anni?» chiede Ilaria.

«Mah, Giulia deve averne una sessantina. Ma ha sposato un uomo più giovane, intorno ai cinquanta.»

«Sospettato?»

«Sospettabile» risponde Besana.

«E la vittima quanti anni aveva?»

«Aneta aveva ventisette anni e un figlio di tre, rimasto in Romania con i nonni. Nessun marito, nessun fidanzato ufficiale. Al momento sappiamo poco, solo informazioni base.»

«Per digerire la polenta ci vuole almeno un amaro.» Ilaria sgrana gli occhi. Lei non è mica abituata a bere così. Toccherà portarla nel motel in braccio. Ma Besana insiste.

«Due, grazie» dice alla cameriera.

«Ho paura di stare male.»

«Tranquilla, vomiterà domani, quando le farò vedere le foto della scena del crimine. Adesso bisogna brindare: abbiamo in mano uno scoop, *Piattola*!»

«Che razza di soprannome è?»

«Un soprannome affettuoso» risponde Besana. Poi guarda l'ora. «Sono solo le nove e mezzo» dice, «facciamo in tempo a scrivere l'articolo.»

«Adesso?»

«Certo, non vorrà mica che ci rubino l'idea. La storia di Verzeni sarà molto nota da queste parti, potrebbe arrivarci anche qualcun altro. Vado fuori a chiamare il caposervizio, qui c'è troppo rumore.»

«Ritarderemo la chiusura, ci ucciderà.»

«Piattola, se si sceglie la nera non bisogna avere paura di niente.»

11 dicembre

Besana e Piatti stanno scrivendo il loro primo articolo a quattro mani sull'iPad, in una trattoria, alle dieci di sera. Per fare ancora più in fretta, stanno dettando le frasi a Siri, un programma che dovrebbe essere intelligente ma che, come al solito, capisce fischi per fiaschi.

«Forza, mi rilegga il pezzo. Di Siri non possiamo fidarci. Non azzecca mai una parola, quella stronza» dice Besana.

«Giovanna Motta – quattordici anni – *autointervista* di andare a trovare...»

«*Ha avuto il permesso* di andare a trovare! Corregga, su! Se no pensano che abbiamo scritto l'articolo ubriachi» ordina Besana.

«Effettivamente.»

«Oh, per me ci vuol ben altro, glielo assicuro. Il problema è che mi è capitato un software alcolizzato.»

«Suisio è diventato *sorriso*» annuncia Piatti, sollevando la testa dallo schermo.

«Corregga e vada avanti a rileggere, se no facciamo chiudere il giornale a mezzanotte.»

Ilaria Piatti, diligente, esegue.

«*Mattina esci tutte imbacuccata dal carcinoma della famiglia Ravasi dove presta servizio, e si avvia Passerini 20 lungo lo stradone sei campi coperti di neve. A su Isola arriverà mai nessuno la vedrà più viva.*»

Besana si copre la fronte con la mano. Poi, disperato, solleva il braccio e ordina il terzo amaro alla cameriera.

«Oh merda, ci mettevamo meno a scriverlo noi. E hanno pure il coraggio di pubblicizzarla come un'assistente personale. Che cazzo di fregatura. Mi faceva meno danni lei, Piattola. Che è tutto dire.»

Ilaria ride, si sta divertendo moltissimo. Besana ha un caratteraccio, però è generoso e simpatico, bisogna ammetterlo. E poi è bravissimo nel suo mestiere, non capisce perché vogliano prepensionare proprio lui, che in fondo ha solo cinquantotto anni.

Spedito l'articolo che, per colpa di Siri, è stato un vero calvario, si avviano verso il motel. Ilaria si sta addormentando in macchina, ma si sta addormentando con il sorriso. È il primo articolo della sua vita, e l'ha scritto a quattro mani con una firma storica. Più precisamente insieme al suo giornalista di nera preferito, il suo mito. E poi ha cominciato con uno scoop, mica male. Forse qualche speranza di restare al giornale ce l'ha.

Besana la sveglia con un colpo sul braccio.

«Siamo arrivati, Piatti. Mi faccia la cortesia di entrare con le sue gambe perché io ho una certa età e se la carico in spalla, mi viene un infarto.»

Lei si stira e sbadiglia. Infila di nuovo i piedi nelle ballerine fradice e si avvia verso la reception.

La portiera è obesa e ha i capelli color platino. Mentre ritira i documenti, continua a mangiare Fonzies e a guardare la TV.

«Le stanze sono a tema. L'unica rimasta libera è *Petali*.»

«Ma noi ne avevamo prenotate due» protesta Besana.

«Qui non c'è scritto. Abbiamo solo una matrimoniale. *Petali*, appunto. Arredata con petali di rosa.»

Besana e Piatti si guardano.

«L'avverto che russo» dice Besana.

«Anch'io» risponde Piatti e alza le spalle.

12 dicembre

Il giorno dopo, prima di cercare un bar accettabile dove fare una buona colazione, corrono a prendere il giornale. Piatti compra due copie.

«Per mia zia» spiega, «abita a New York.»

«È il maggiore quotidiano italiano, Piatti. Non credo sia difficile trovarlo a New York.»

«Be', non si sa mai.»

Poi Besana apre il giornale e il suo viso si trasforma. È furibondo per il titolo e per il sommario.

«L'hanno fatto apposta, che bastardi. Così sembra un articolo qualsiasi, non uno scoop. C'è pure un refuso nella didascalia, scritta con i piedi. Ma quanto sono stronzi» e butta la sua copia nel cestino.

Ilaria gli corre dietro. Non ha neanche fatto in tempo a godersi la soddisfazione. Il suo primo articolo.

«Dove sta andando?»

«Alla macchina. Dobbiamo parlare con gli inquirenti, adesso.»

«E la colazione?»

«Mi è passata la voglia» risponde Marco.

«Ma io ho bisogno di un caffè, senza non riesco neanche a ragionare» protesta Ilaria.

«Lei ha troppe esigenze, Piatti. Ce lo faremo offrire lì.»

Mentre guida, sempre sotto la neve, Besana spiega a Piatti che non sarà facile parlare con il sostituto procuratore.

«Mi ha trattato a pesci in faccia anche ieri. È incazzata nera perché la Lega ha raccolto delle firme per mandarla via. L'accusano di essere un'incapace perché non è riuscita a risolvere l'omicidio di un bambino. Una storia che anni fa ha turbato molto la valle. Ma la petizione contro di lei è adesso, quindi si può immaginare il suo umore, con la gente che manifesta e sventola bandiere sotto il suo ufficio.»

Poi, all'improvviso, Besana sterza e curva, rischiando un frontale. Ilaria si aggrappa alla maniglia sopra lo sportello.

«Che succede?»

«Ho cambiato idea» risponde Besana. «Andiamo a raccontare questa storia al mio ex cognato, che fa il poliziotto. Con lui abbiamo più possibilità di essere ascoltati.»

«D'accordo» dice Ilaria, un po' turbata da questo modo di fare. È proprio umorale, Besana. Quando qualcosa lo infastidisce, è impossibile avere un dialogo con lui.

Besana inchioda davanti a una villetta, tira giù il finestrino e si mette a gridare.

«Rosa? Rosa! Rosaaaa!»

Si affaccia una signora un po' grassa che lo saluta con la mano. Non può corrergli incontro perché è in ciabatte.

«Vuoi un caffè?» urla.

«No, grazie, ho fretta di parlare con Giorgio. È ancora in casa o è già a Bergamo?»

«È qui, sta facendo la doccia. Vieni!»

Besana parcheggia e scende, senza rivolgere la parola a Ilaria.

«E io? Che devo fare?»

«Secondo lei? La lascio a congelare in macchina?»

Ilaria si precipita fuori e lo segue. Rosa è un po' perplessa davanti alla ragazza.

Chiede sottovoce a Besana: «La tua nuova fidanzata?».

«Ti pare? Quella lì?» risponde sgarbato lui. «È solo una collega.»

Rosa fa accomodare tutti in cucina. Kevin sta ancora finendo la ciotola di cereali.

«Vuole un caffè, signorina?»

«Magari» risponde Ilaria.

Kevin fa una boccaccia, mostrandole un rice krispie al cioccolato sulla punta della lingua.

«Perché tanta agitazione?» chiede Rosa.

Nel frattempo arriva Giorgio, è in accappatoio. Non immaginava che ci fosse una collega di Marco. La saluta imbarazzato. Besana afferra una delle due copie del giornale, che Ilaria tiene ancora gelosamente in mano, e la allunga al cognato.

«Leggi qua.»

«Spero di non prendermi una polmonite.» Giorgio guarda Ilaria come per scusarsi. Un po' si vergogna di essersi presentato così.

«Non c'è pericolo, sei quasi pelato» risponde Besana. «Ti dice niente il nome Vincenzo Verzeni?»

Mentre si sente gorgogliare il caffè nella moka, Besana riassume la loro teoria. E anche perché non se l'è sentita di fare una chiacchierata con il sostituto procuratore incaricato dell'indagine.

«Poveraccia, ci credo che è nervosa» spiega Giorgio, «trova lettere minatorie anche sotto lo stuoino di casa. Comunque gliene posso parlare io.»

«Grazie» risponde Besana.

«E posso dirti anche qualcosa di più. Tu hai parlato di un'immagine di Pio IX e noi abbiamo trovato un santino di papa Giovanni.»

«Davvero?» chiede Ilaria incredula.

«Sì» continua Giorgio, «però i conti non tornano del tutto. Il magistrato inquirente continua a pensare a una setta e non a un seriale perché sono state trovate due tracce di DNA. Una sul morso, d'accordo. Ma ce n'è un'altra, diversa, di sperma. Le stanno analizzando entrambe.»

«Hanno interrogato qualcuno?» chiede Besana.

«Per quel che ne so, per adesso solo la famiglia dove lavorava la Albu. Ma non è saltato fuori niente di interessante.»

12 dicembre

Mentre tornano a Milano, Ilaria guarda la sua immagine riflessa nello specchietto retrovisore e ride da sola. Non le sembra vero essere lì, seduta accanto a Besana. Non importa se è un po' ruvido. Vorrebbe chiedergli tante cose sul suo lavoro, ma si vergogna.

«Piatti, sta dormendo?»

«No, sto pensando a tutti i casi che ha seguito. Per me è emozionante occuparmi di un serial killer, ma lei forse è abituato.»

«*Abituato* è una parola grossa» risponde Besana, «ai serial killer non ci si abitua mai. E poi per fortuna non capitano così spesso. Però sono casi più coinvolgenti di altri, lo ammetto. Ora che ci penso, la prima volta che mi hanno messo in prima pagina è stato proprio per un serial killer. E finirò la mia carriera con un altro serial killer, temo. Un cerchio che si chiude. Mi chiedo se avrò nostalgia del sangue, quando andrò in pensione.»

«Nostalgia del sangue?»

«Be', in fondo passi la vita così. Prima impari a guardarlo a occhio nudo, poi la scientifica si aggiorna e arriva il luminol, e tu sei con loro, quindi impari a guardarlo al buio. Non è più quella roba rossa che conoscevi, ma una chemiluminescenza bluastra. Cambia di colpo la tua prospettiva. Prima cercavi di capire da dove arrivava e dove ti portava, poi si scopre il DNA e ti accorgi che la via da seguire sta dentro. Io ho cambiato tante volte il mio rapporto con il sangue. È un po' come un matrimonio: ci sono tante stagioni. Per questo mi chiedo se mi mancherà.»

«Mi piace questo concetto. La nostalgia del sangue. Credo di capirlo» per un attimo Ilaria si fa assorta, poi torna in sé e chiede: «Chi era quel serial killer?».

«Giancarlo Giudice. L'hanno beccato per caso gli agenti della polizia stradale, nel corso di un normale controllo, se non ricordo male, a Santhià. Fermano un'auto e notano che il sedile anteriore è pieno di sangue. Dietro ci sono anche due pistole e un asciugamano inzuppato, sempre di sangue.»

Ilaria ascolta rapita. Ha sempre sognato questo mestiere, ma non aveva mai parlato con qualcuno che l'ha fatto davvero. Nemmeno durante lo stage, figuriamoci se le raccontavano delle cose, erano tutti troppo frenetici al giornale.

«Ce n'era abbastanza per disporre un fermo immediato. Giudice, davanti al magistrato, confessa tranquillamente di aver ammazzato una prostituta *senza alcun motivo* e indica pure il luogo dove ha nascosto il cadavere. La casa di Giudice viene immediatamente perquisita: è piena di riviste pornografiche, foto di donne nude e armi di ogni tipo. Era lui l'autore di quei delitti che per anni avevano sconvolto il Piemonte: nove prostitute uccise tra il 1983 e l'86.»

«Come?» chiede Ilaria.

«Sei sono state strangolate, una sgozzata e due freddate con un colpo di pistola alla nuca» risponde Besana.

«Un *modus operandi* incoerente. Strano, no?»

«Diceva agli inquirenti che non sapeva perché aveva ammazzato quelle donne, che lui stesso non riusciva a capire cosa gli prendeva nel momento in cui decideva di ucciderle. Sapeva solo che era una pulsione irresistibile. A quanto pare, non era *il modus* che gli interessava.»

«Colpa di qualche trauma?»

«Magistrati e psicologi hanno scavato nell'infanzia di Giudice, certo. La madre muore quando lui ha solo tredici anni. Il padre è un uomo debole e molto assente. Appena rimane vedovo, diventa alcolista e poco dopo si risposa con una calabrese conosciuta per corrispondenza. Giancarlo odia la matrigna, sogna di ammazzarla, e a quindici anni tenta addirittura di violentarla. Naturalmente questo episodio ha delle conseguenze: il padre se ne va in Calabria con la nuova moglie e lo pianta in asso. Giudice, rimasto solo, beve molto, fa uso di hashish, acidi, cocaina, insomma di tutto, e non è capace di avere rapporti normali con le donne, puttane incluse. Finché, nel 1983, non ne ammazza una.»

«Lei l'ha conosciuto?»

«No. Ma ho parlato con gli psichiatri che lo hanno avuto in cura. Lo descrivevano come un uomo banale, qualunque. Uno che raccontava nei dettagli l'agonia delle sue vittime. E che in carcere si vantava della propria crudeltà. Se non mi avessero arrestato, diceva, chissà quante ne avrei uccise ancora.»

«Come Verzeni» risponde Ilaria. «Anche lui diceva a Lombroso che era meglio che lo lasciassero in carcere, altrimenti avrebbe ucciso ancora.»

«Forse è un desiderio che appartiene a tutti» dice Besana.

«A tutti gli assassini, intendo. Sotto sotto, desiderano essere fermati.»

«Che fine ha fatto Giudice?» chiede Ilaria.

«La corte d'assise di Torino lo ha condannato all'ergastolo. In appello la pena è stata commutata in trent'anni di reclusione e altri tre di manicomio criminale. Quindi ora è fuori, e non si sa dove.»

«*Brrr*» Ilaria nasconde il collo nelle spalle.

«È stato arrestato per colpa di una ex terrorista che faceva la prostituta. Una storia incredibile. Era estate, e lei batteva sulla Padana inferiore, a metà strada fra Asti e Alessandria. Mi ricordo anche un particolare curioso: aspettava i clienti sotto un cartello pubblicitario con su scritto *Qui c'è il Barbera*. Era una *donna del falò*, si diceva così allora, insomma una prostituta di serie C. Ma la sua storia era un po' diversa rispetto a quella di tante altre. Dieci anni prima era stata arrestata proprio su quella stessa strada, perché era incappata in un posto di blocco. Era con una sua amica a bordo di una Cinquecento e stava trasportando una ventina di milioni. Parliamo di lire, naturalmente. Era la refurtiva di una rapina commessa poche ore prima dal fratellastro di quell'altra. Si era presa cinque anni di galera per terrorismo, anche se la banda di cui faceva parte era più che altro di delinquenti di provincia. In prigione lei si proclamava *combattente rivoluzionaria*, ma era solo una poveraccia. Infatti quando esce, ricomincia la vita di prima: prostituzione, alcolismo, droga. Incontra così Giudice. Le offre cinquantamila lire per farsi fotografare nuda e ammanettata e lei lo manda a quel paese. Si è condannata a morte con quel rifiuto.»

13 dicembre

È tanto che non vive un momento di gloria, Besana. L'articolo viene ripreso ovunque sui giornali online, citato continuamente in televisione.

«Capirai, gli altri non hanno usato fantasia» risponde in giro, autoironico come sempre.

Anche se non ha un soldo in tasca e la moglie sbraita perché non è mai puntuale con gli alimenti, invita l'intera redazione della cronaca a pranzo. Menù in offerta a prezzo fisso (risotto alla milanese o roastbeef + una bibita + un caffè), ma non importa, già suona grandioso, specie in tempi da contratto di solidarietà.

«Un litro di vino della casa per tutti» ordina.

Una collega fa subito la purista: «Io non bevo a pranzo».

Besana si volta, preciso e fiero: «Tesoro, tu di sfilate puoi occuparti anche da sobria, *non cambierebbe niente*».

Risata collettiva. Ogni tanto, quando non rompe troppo i coglioni, Besana in qualche modo è amato. Nessuno sa quanto inventa, ma tutti sanno che dice la verità. Il caposervizio – un ragazzo di trent'anni, scontento della sua posizione di comando, perché aspirava alla politica e la promozione in cronaca per lui è stata una bocciatura – propone un brindisi.

«A Marco! Il suo pezzo, messo online, ha avuto duecentoventimila *like*! Le copie vendute sono sempre quel precipizio che sappiamo, ci tocca festeggiare quei cazzo di *like*, dannatamente gratuiti, ma pazienza. In fondo il futuro del nostro mestiere è lì. Viva i *like*!»

Besana è quasi pronto a cambiare idea su di lui. Dopotutto è un bravo ragazzo.

«Mi sa che brinderemo solo io e te» risponde a Roberto, persino affettuoso, «gli altri hanno ordinato tutti Coca Zero. Ma è giusto così: queste pagine sono le *tue*. Potevi anche dirmi che tirare fuori un serial killer dell'Ottocento era una grande stronzata, invece ti sei fidato.»

Roberto sorride: «Mi hai tenuto al giornale fino a mezzanotte, bastardo, ma almeno per un bel pezzo, ripreso da tutti» ammette.

Besana non è più abituato ai complimenti. Sarà pure da rottamare, anche solo per far tornare i conti di un'azienda, però è un pezzo di storia della nera che cammina, quando non è troppo ubriaco per camminare. Ma da anni – da quando è cambiato il giornalismo o, più in generale, l'economia di un paese – nessuno gli dice *crepa* quando manda qualcosa. Non sa neanche se è arrivato al giornale, il suo articolo. Nemmeno un okay di ricevuta mail.

«Non è solo merito mio» dice Besana, «è questo caso che è grande. Io l'ho solo intuito. E poi lo scoop è di Piatti.»

«Della Piattola?»

Un coro di risate. Mentre gli altri la prendono in giro per come si veste e per come parla – qualcuno fa persino l'imitazione: Oh, scusi, scusi – Besana si rende conto di avere invitato a pranzo tutta la redazione tranne lei. Avrebbe dovuto chiamarla.

Dopo aver pagato il conto, decide di andarla a trovare. Cosa può portarle? Una bottiglia di vino? Dei fiori? No, potrebbe fraintendere. Per carità. Gli cade l'occhio su una vetrina, dove sono esposti dei cellulari. Ecco! Deve assolutamente avere un tablet, se vuole combinare qualcosa. Studia le offerte e le marche minori. D'accordo, non ha ancora pagato la metà del corso di basket di suo figlio e Marina lo sta perseguitando per questo, ma cosa gliene frega. Sua moglie verrà rimborsata il mese prossimo, pazienza.

Esce dal negozio con un pacchetto regalo. Deve solo chiamarla, adesso.

«Piattola? La zia era orgogliosa di lei?»

Dall'altra parte, sente una risata.

«Mi mancava, Besana» risponde Ilaria.

«Allora mi faccia compagnia durante l'aperitivo, che non mi piace prenderlo da solo. È in grado di usare la metropolitana?»

Per fare lo splendido, oggi che è in vena di generosità, la invita in un bar molto chic, nel dehors. Tanto ci sono i funghi che riscaldano. Mentre l'aspetta, seduto al tavolo, consegna al cameriere il pacchetto e gli chiede di portarlo alla signorina insieme allo Spritz.

Piatti arriva tutta trafelata, come al solito.

«La linea verde... era così facile. Ma io mi sono sbagliata e sono entrata nella gialla.»

«Mi sarei preoccupato, altrimenti» risponde Besana. «Vuole uno Spritz?»

«Non l'ho mai assaggiato.»

«Bisogna insegnarle proprio tutto» e sorride sornione.

Quando il cameriere appoggia sul tavolo il pacchetto insieme ai calici e alle mandorle, Ilaria sbarra gli occhi.

«È per lei» dice Besana. «Lo danno in omaggio se si ordinano due Spritz.»

Ilaria scarta veloce, emozionata, poi lo abbraccia.

«Che matto, sei» dice. «Grazie.»

«Piattola, non si allarghi. Non le ho ancora concesso di darmi del tu.»

13 dicembre

Quando Besana paga il conto, Ilaria gli dà un foglietto arrotolato come una pergamena, annodato con un nastro di raso rosso.

«Mi sta consegnando un finto papiro? L'ha comprato in un negozio di souvenir del Cairo o l'ha rubato alla scenografia di Indiana Jones?»

Lei ride come una matta: «Riguarda la prossima vittima, potrebbe servirle».

«Ottima mossa, Piatti. Il sostituto procuratore è famoso per ascoltare i sensitivi, abbiamo delle chance. Non riceve me, però ha ascoltato un ex marine americano che, non si sa perché, è finito a vivere nella Bergamasca. Diceva di sapere chi sarà la prossima vittima. Una ragazzina bionda che gioca a tennis. Ha dato pure una descrizione precisa dell'assassino: uno che porta un lungo cappotto militare.»

Ilaria ride di nuovo.

«C'è poco da ridere. Io questo oggi lo scrivo, altroché. Così quella fighetta impara a rifiutarmi un appuntamento. Mai essere scortesi con i giornalisti. Poi si vendicano.»

Besana torna un po' brillo nel bilocale arredato che ha affittato dopo la separazione. Un vero schifo. Apre il frigo, ma dentro c'è solo un limone con le guance gialle consunte, un triangolo di parmigiano levigato come il marmo e dei broccoli che hanno chinato la testa riccia, esausti di sopravvivere. In gran forma, fresche e felici, sono solo le lattine di birra. Forse dovrebbe ordinare una pizza, però non ne ha voglia. In fondo si è ingozzato di tartine. E poi mangiare da solo gli mette tristezza.

Quindi stappa una lattina e si lascia cadere sul divano, che protesta con strilli di ferraglia arrugginita. Sfila il nastro rosso dal rotolo di carta, lo apre e comincia a leggere gli appunti di Piatti. Quando ha finito, arrotola di nuovo il papiro. Deve chiamarla subito, non resiste.

«Piattola? Sta già dormendo?»

«Sono le dieci, per chi mi ha preso? Forse non sembra, ma ho ventisei anni.»

«Quindi è fuori con gli amici?»

«Macché, sono a casa.»

«Pensa che *il nostro assassino* abbia aggredito altre donne prima o dopo? Donne che poi sono sopravvissute, come nel caso di Verzeni?»

Silenzio. Ilaria è commossa dal possessivo, anche lei si sente un po' posseduta da questa storia.

«No, penso di no. Verzeni viveva nell'Ottocento, era tutto molto buio e non c'erano telecamere ovunque. Infatti ha negato fino all'ultimo, durante il processo. Persino alcune delle aggredite non erano certe che fosse proprio lui. *Il nostro assassino* invece è organizzato e razionale, sa benissimo che oggi certe cose non se le può permettere. Una sopravvissuta può testimoniare e dopo è un attimo arrivare a lui, basta controllare i video di sorveglianza e le celle telefoniche.»

Silenzio. Da parte di Besana, questa volta.

«Lei è proprio portata per la nera, Piattola. So che non conta più niente avere talento, ma ci tengo a dirglielo.»

«Grazie, Besana. Ma deve proprio continuare a chiamarmi così?»

«Mi sono affezionato al soprannome. Sa, anche i cronisti ogni tanto si affezionano.»

27 agosto 1871

È l'ora di pranzo, un giovane medico di paese, Davide Garzaroli, sta visitando una donna che ha appena partorito quando sente una voce che lo chiama dal cortile. Davide si asciuga la fronte con il dorso della mano e si affaccia alla finestra. Sotto c'è un ragazzino affannato, Giovannino Lanzi, ha la camicia bagnata di sudore, incollata alla schiena. Si sbraccia e dice di correre perché *ha ucciso ancora*. Hanno bisogno di un medico che guardi il cadavere. Davide si precipita giù dalle scale. I carabinieri, ai tempi del delitto Motta, lo avevano allertato. Se dovesse succedere di nuovo, dicevano, ci serve un medico sul posto. Davide non è abituato a fare perizie, e tanto meno ad analizzare cadaveri di gente morta ammazzata, però di medici a Bottanuco non ce ne sono molti. Più precisamente, c'è solo lui. Quindi corre e corre. Raggiunge il ragazzino che lo ha chiamato e continua a correre con lui. Ha trent'anni, è forte e allenato, ma con la calura comincia ad avere il fiato grosso. Anche Giovannino, che avrà sì e no tredici anni, ansima. Dov'è, chiede. Il ragazzino allunga il braccio e indica un campo. Là, dice, al fondo Zannino. Davide sgrana gli occhi: Verso Campazzo? Il fondo di Antonio Frigni? Il ragazzino, sempre senza smettere di correre, fa cenno di sì. La moglie, dice, spezzando le sillabe fra un respiro e l'altro. Davide inchioda, deve fermarsi un attimo: Elisabetta? L'altro annuisce, dispiaciuto.

Davide si morde le labbra, non sa come tenere a bada la fitta di dolore. Tutti vogliono bene a Elisabetta Pagnoncelli, in paese. Non è possibile. Una donna sempre pronta a fare qualcosa per gli altri. Una volta l'ha incontrata mentre portava del formaggio ai Bellini, una famiglia poverissima con troppi figli e tutti troppo magri. Elisabetta era capace di passare una notte intera tenendo la mano a una vecchia malata. Di solito tutti si presentano solo quando bisogna vegliare il morto, per far vedere che ci sono. E poi che bella donna, con l'aria giovane nonostante i suoi ventotto anni, il corpo sensuale, come se non avesse avuto cinque figli. Poveri figli. E povero Antonio Frigni.

Mentre riprende a correre, sempre con il ragazzino accanto, Davide cerca di far spazio nella sua testa. Deve farci entrare l'idea del delitto. Non ci riesce proprio. Lui cura la gente, si batte tutti i giorni contro la morte. E qualcuno invece la cerca. La vuole. Ma com'è possibile? Si volta verso Giovannino: È stato *lui*? Basta un pronome. Il ragazzo contrae il viso. Il Frigni pensa di sì, risponde. Il sudore gli cola lungo una tempia e goccia fino alla spalla: Dottore, vedrete. E socchiudendo appena gli occhi gli fa capire che lo spettacolo è orrendo. Corrono e corrono, nell'aria che trema per il caldo. Si fanno strada fra gli steli di granturco che spostano con ampie bracciate, come nuotando nel frumento. Tagliamo di qua, dice il ragazzo. Hanno trovato gli spilli? Davide vuole sapere tutto. Giovannino annuisce di nuovo: Nella schiena, signore. Glieli ha piantati nella schiena, Dio lo perdoni.

Appena Antonio Frigni lo vede arrivare, gli corre incontro. Di qua, dottore, grida, venite di qua. Davide si ferma davanti al corpo e chiude gli occhi. Nessuna malattia arriva a tanto. Nemmeno il vaiolo.

Il Frigni sta facendo un grande sforzo per non piangere, quindi Davide fa un lungo respiro e tira fuori dalla tasca il suo quaderno e una matita. «Ecchimosi alla regione del collo» scrive. Poi si china sul cadavere e misura il livido con la matita. È tutto quello che ha. Ci sta una matita e mezzo in quel segno viola che attraversa in diagonale il collo. «Ventisei centimetri circa» annota. «E larga uno» aggiunge, confrontando lo spessore con la sua falange.

Il Frigni fa cenno al ragazzino di mostrare la corda. Giovannino lo porta verso un fosso. Sta lì, buttata nella discesa. Forse l'assassino voleva farla sparire nel fango del ruscello, ma all'acqua non è mai arrivata. Ecco come l'ha tirata a sé e perché ha quel segno viola sopra le costole. Davide la guarda e prende appunti: «Lacerazione e depressione della cute prodotta dallo stringimento di una corda rinvenuta sul luogo stesso, che le deve essere stata gittata per di dietro a uso laccio, causando l'altra ecchimosi riscontrata sotto la mammella destra, e ch'ella indarno sarebbesi sforzata di allentare come additarono le graffiature ad ambedue i lati del collo».

Torna a testa china dal marito, gli appoggia una mano sulla spalla, gli chiede come sta. L'altro scuote la testa, non vuole parlare di sé. Ditemi com'è morta, dottore, risponde. Per favore. Davide si riempie i polmoni prima di parlare. Strangolata, dice. Intanto sente qualcosa di morbido che gli tocca una caviglia. China la testa e vede un pulcino. Nota solo adesso il cesto rovesciato. Ecco cosa stava facendo. Stava portando dei pulcini a qualcuno. Insieme al pigolio sente un sospiro. È un sospiro di sollievo, che segue alla sua dichiarazione. Guarda la vittima poi il pulcino poi il marito, e capisce. Antonio Frigni è sollevato perché non le ha asportato le viscere mentre era ancora viva. Torna compìto al suo quaderno. «E la soffocazione infatti fu la causa unica della di lei morte» scrive.

Ora arriva il peggio, deve trovare le parole per quella macelleria. Per i tagli cruenti sul braccio destro, nella regione lombare, alla nuca. Per il polpaccio asportato. E soprattutto per quel ventre aperto, da cui escono come in una funesta cornucopia gli intestini. Nemmeno un trofeo di caccia può essere ridotto così.

Con estrema gentilezza chiede al Frigni di allontanarsi un attimo, magari in compagnia di Giovannino, perché deve restare solo con il cadavere. Deve guardarlo in modo spudorato, oltre ogni possibile intimità, là dove nemmeno la morte arriva. Là dove arrivano solo i pazzi e gli assassini. «Ma spirata appena, non risparmiavasi la salma della sventurata» scrive.

14 dicembre

È una giornata vuota. Ilaria chiama così le giornate dalla luce opaca, quando il cielo è quasi bianco. È ancora più vuota perché non deve andare al giornale, come ha fatto per sei mesi, e perché Besana non l'ha portata con sé. Chissà se è andato nella Bergamasca senza di lei o se, molto più semplicemente, non essendoci novità e servizi da scrivere, non ci è andato affatto. Spera che lui continui a coinvolgerla, che non la lasci mai a casa. Non sa bene chi pregare. Che esista un dio dei giornalisti? Come la CASAGIT, Cassa Autonoma di Assistenza Integrativa dei Giornalisti Italiani, la loro assicurazione sanitaria. Come il sindacato, la Federazione Nazionale Stampa Italiana, FNSI. Come l'INPGI, il loro ente previdenziale. Un dio solo per loro, con speciali privilegi. Potrebbe avere una sigla tipo Ente Supremo Giornalisti Italiani, ESGI.

Prende il tablet nuovo e fotografa il suo primo articolo. Vuole mandarlo a sua zia. Oggi che ha tempo, potrebbe scriverle una mail. Ha molta paura che lei non approvi la strada che ha scelto, sa benissimo cosa pensa. Ma deve provarci.

Cara zia,
ti prego di cominciare a leggere dalla fine. Dalla firma di tua nipote. Il tizio che firma con me è solo il migliore cronista di nera in circolazione, ma gli ho permesso di aggiungere il suo nome perché sono una persona gentile. Ti rendi conto? Ce l'ho fatta. Un pochino, ce l'ho fatta. È solo l'inizio, d'accordo. Però non è un trafiletto su una gazzetta di provincia. Ho cominciato alla grande, zia.
So benissimo che non approvi, infatti mi sto agitando mentre scrivo. Ma vorrei che tu capissi. Qui faccio una pausa. Scusa, devo alzarmi un attimo e fare un giro dei quaranta metri del mio bilocale.
Sai, l'altro giorno Marco Besana mi parlava di "nostalgia del sangue". Sarà presto pensionato e pensa che il sangue gli mancherà. Naturalmente non gli ho detto niente, ma lo capivo e capivo anche qualcosa in più su di me. Non posso forzarti, però mi piacerebbe tanto che capissi anche tu. Hai già fatto tanto per me, quindi puoi anche non seguirmi. C'è chi sente nostalgia del sangue e chi non vuole sentirlo nominare mai più. Credimi, rispetto ogni reazione. Ma, se tu riuscissi a leggere il mio articolo, sarei davvero felice. Anche solo per scoprire quanto so scrivere bene ;)
Baciami tanto la cugina. So che lei legge solo graphic novel, ma dille che con il tempo imparerò anche a disegnare. Non escludo che per stare a galla nel mondo che ho scelto, sia necessario inventarsi di tutto. Canterò le interviste. Ballerò le notizie. Disegnerò le inchieste.
Ti garantisco che i mezzi li troverò. Solo il sangue è già mio. Non voglio che sia la mia condanna. Voglio che diventi la mia forza.

Un bacio
La tua nipote preferita (anche perché non ne hai altre)

Ilaria guarda lo schermo, fa un grande respiro e clicca su *Invia*. Adesso si sente un po' più libera. Poi crolla sul letto. Non è vero che la sua storia non è una condanna. E questo pensiero la stanca moltissimo. Ma è vero che ogni condanna può essere trasformata in una forza. In ogni caso, le conviene crederci.

15 dicembre

Besana è molto irritato. Un altro messaggio, no. Quella pazza continua a tormentarlo. Adesso Lizzy vuole che lui la presenti al direttore di un settimanale. Sostanzialmente, lo ricatta. Fa la parte della povera-stagista-molestata e cerca di ottenere tutto quello che può. Ha già mandato a puttane il suo matrimonio, cosa vuole ancora da lui? Come ha potuto fidarsi di quella piccola carogna che dopo un mese ha fatto finta di essere incinta e dopo due ha chiamato sua moglie?

Per questo continua a farsi dare del lei da Ilaria, anche se appartiene a un'altra razza. Distanza. Non vuole farsi la nomea di molestatore di stagiste. Già Lizzy va in giro a raccontare cose atroci su di lui. Non devono circolare voci assurde intorno al suo rapporto con la Piatti.

Mentre riflette sulla risposta da dare a Lizzy (più in generale se rispondere o no), lo chiama il caposervizio.

«Ciao Marco, hai un minuto?»

«Tutti i minuti che vuoi, mi stavo grattando le palle per allenarmi alla pensione.»

«Ancora con questa storia. Dai, non è detto. Sono solo voci di corridoio.»

«È detto, invece. Cannistrà non vede l'ora di liberarsi di me. Ma non perdiamo tempo con queste cose, dimmi.»

«Pensavamo che potresti andare a fare una chiacchierata con la famiglia per cui lavorava la vittima.»

«Va bene» risponde Besana. «Mi porto dietro la Piatti.»

«Marco, è inutile che ti dai tanto da fare per lei. Il direttore è sotto pressione perché l'amministratore delegato vuole tagliare. Tagliare e tagliare. Altro che assumere gente nuova.»

«Lo so, ma lei è brava. Può farsi conoscere come freelance, intanto» insiste Besana.

«Boh, se lo dici tu. A me sembrava negata.»

Invece negata era quell'altra, e gli tocca pure raccomandarla a destra e a sinistra per farla stare buona. Che stupido, che stupido. Ora basta. Ci vuole un po' di giustizia, un po' di meritocrazia. E Ilaria è la sua occasione per riscattarsi.

Appena mette giù, Besana la chiama subito.

«Piattola? Ha voglia di fare una gita nella Bergamasca? Passo a prenderla fra un quarto d'ora. Eviti le ballerine perché il meteo parla di neve, nel pomeriggio.»

«Allora l'Ente Supremo Giornalisti Italiani *esiste*!»

«Cosa?»

«No, niente. Avevo paura che la mia collaborazione fosse già finita» le sfugge un piccolo urlo, «corro a vestirmi, olé.»

Ilaria lo aspetta sul marciapiedi, davanti al portone. Ha un orribile cappello di lana in testa, con visiera e paraorecchie. E una giacca che la fa sembrare un cane con il pelo insaponato.

«Piatti, ma quando esce con il fidanzato si presenta così?»

«Perché? Cos'ho che non va?»

«Niente, niente» brontola Besana.

«E poi non ce l'ho il fidanzato. Avevo conosciuto un tipo carino alla scuola di giornalismo. Dato che studiavamo sempre insieme, un po' ci speravo. Poi un giorno mi ha confessato di essere gay. Ho scoperto che era una scusa quando si è messo con una danese alta un metro e ottanta. Forse non gli piacevo. Qual è il programma?»

«Andiamo a trovare la famiglia Lecchi» risponde Besana.

«Ottimo. Intanto io ho lavorato un po' sul meraviglioso tablet che ho vinto con lo Spritz» dice lei, allegramente.

«E ha scoperto qualcosa?»

«Sì. Per esempio che la Bergamasca non è il posto tranquillo che sembra.»

«Lo dice anche Giorgio. Di solito non è roba che finisce nelle pagine nazionali, quindi ne sappiamo poco. Però ha ragione, potrebbe esserci utile. Magari troviamo un collegamento con questo delitto che è sfuggito agli altri. Sentiamo.»

«Un impresario edile di ottantun anni uccide con un colpo di pistola la moglie e subito dopo si toglie la vita con la stessa arma. Lei aveva avuto un ictus quindici anni prima ed era su una sedia a rotelle.»

«Direi che non può essere il nostro uomo.»

«Appunto. Ma mi sento in dovere di non scartare nulla a priori, non si sa mai.»

«Piattola? Vada avanti, su.»

«Una domenica mattina di marzo, gli operai che stanno lavorando allo sbarramento dell'Adda a Concesa di Trezzo trovano un cadavere. È un elettricista quarantenne che si era allontanato da casa tre mesi prima. Incidente, suicidio, delitto? I vigili del fuoco rimuovono dalle griglie la salma, che è in stato di avanzata decomposizione. Viene fatta l'autopsia all'Istituto di Medicina legale di Pavia: morte per cause naturali, dicono. Ma a me non convince.»

«Magari è un suicidio. La crisi fa più vittime di un seriale. In ogni caso io mi atterrei alle dichiarazioni del medico legale, inutile ricamarci tanto sopra.»

«Sì, certo. Comunque ho scoperto anche un'altra cosa» continua Piatti.

«Cioè?»

«Ecco, mi sono chiesta se questo nostro Soggetto Ignoto ha ucciso adesso per la prima volta o no. Mi sembra un po' troppo organizzato per essere al primo omicidio.»

«Giusta osservazione. Quindi?»

«Quindi ho cercato fra i delitti irrisolti nella zona» risponde Ilaria.

«Brava, vedo che ci ha preso gusto con il tablet. E cos'ha trovato?»

«Un possibile serial killer fra il '97 e il '98, mai catturato.»

«Vada avanti.»

«Nella Bergamasca, per molti anni, non si è parlato d'altro che del *quadrilatero della morte*. Parliamo di un territorio lungo l'Adda, tra Masate e Inzago, fra Filago e Suisio, per intenderci. Luoghi pieni di boschi, poco illuminati di notte, ideali per certi crimini.»

«Piattola, vada al dunque, per favore. Lasci perdere l'atmosfera. Ci manca solo la colonna sonora.»

«Okay, d'accordo. Intendevo solo dire che in quel perimetro, nel giro di un anno, ben quattro prostitute sono state uccise e almeno altre nove sono state aggredite, tanto che si era diffusa la psicosi da serial killer.»

«Chi, come e quando. Sia precisa.»

«La prima vittima è nel novembre del '97, sulla provinciale di Masate» risponde Piatti leggendo una pagina che ha salvato. «Una prostituta quarantenne, ammazzata con una spranga di ferro. Poi si passa al gennaio del '98, una nigeriana. Viene stuprata, legata mani e piedi, e poi impiccata in un cascinale abbandonato. Dopo alcuni mesi per questo omicidio viene indagato un marocchino, che era già stato arrestato con l'accusa di aggressione a cinque prostitute. Una di queste dice alla polizia che è stata picchiata e violentata proprio nello stesso cascinale dove poi è stato ritrovato il corpo della nigeriana. Poi però, nell'ottobre del '98, mentre il marocchino è in carcere, viene aggredita un'altra donna a Inzago, a cinquecento metri dal luogo del primo delitto. Anche lei ha quarant'anni, anche lei è italiana. Fra l'altro è amica della prima vittima. Ammazzata nello stesso modo, con un colpo alla testa. Morirà dopo alcuni giorni di coma.»

«Interessante.»

«La serie non è mica finita: due settimane dopo, a Suisio viene uccisa ancora un'altra quarantenne. Tutti la collegano alle precedenti. Esistono elementi che accomunano questi delitti, non c'è dubbio, ma anche delle differenze: soltanto una di loro ha avuto un rapporto sessuale con il suo assassino, per esempio. Le altre no. Si parlava di un tizio con una Mercedes nera. Ma non è mai stato preso.»

«Be', effettivamente questo potrebbe essere il nostro uomo» commenta Besana, «continueremo le ricerche nei prossimi giorni.»

«Sono stata brava, no?»

«Sì, Piatti, bravissima» e sospira, alzando gli occhi al cielo. «Ma questo non è un mondo che fa tanti complimenti. Smetta di cercare conferme e impari a lavorare e basta.»

15 dicembre

Sono davanti a un grande cancello, una siepe alta copre il giardino e le due ville. Una è quella del notaio Lecchi, dove abitava anche Aneta Albu. Nell'altra vive la figlia, Giulia Maria Lecchi, insieme al marito, Franco Vimercati.

L'appuntamento è alle cinque, sono in anticipo. Besana propone a Piatti una passeggiata. Ha raccolto alcune informazioni in giro, chiacchierando con dei giornalisti locali. È gente nota a Bergamo.

«Il notaio ha novantaquattro anni, naturalmente non lavora più» spiega a Ilaria. «È in carrozzina, dopo l'ictus. Ma lo studio funziona ancora, quindi sono ricchi a palate. La figlia è un'antiquaria, ha un negozio a Bergamo Alta. E con lei lavora anche il marito, ma solo per salvare le apparenze. Non capisce un cazzo di mobili e quadri, quello lì. Passa le sue giornate a giocare a golf in un club qui vicino. In paese dicono che è capace solo di spendere.»

«Lo mantiene lei?» chiede Ilaria.

«Yes. Si sono conosciuti in un villaggio vacanze in Messico nel '95, lui faceva l'animatore. La Lecchi aveva già una quarantina d'anni e Vimercati trenta. Dopo la vacanza, lei se lo è portato a casa. E il ragazzo si è sistemato.»

«Figli?»

«Niente» risponde Besana.

«E gli interrogatori?»

«Per ora sono stati sentiti come persone informate sui fatti. Dai verbali risulta che Vimercati abbia un alibi. Ha preso un aperitivo con un amico, che conferma. Ha conservato persino la ricevuta del bar. Ma qualcosa non convince lo stesso.»

«Cioè?»

«La cella che ha agganciato il suo cellulare corrisponde a quella a cui, alla stessa ora, si è agganciato il telefono della Albu, prima che l'assassino staccasse la batteria. Era la sua giornata libera, quindi Aneta ha lavorato in una pizzeria fino alle cinque, poi è andata in giro. Ma è strano, no? Proprio nello stesso posto?»

«E l'amico coprirebbe addirittura un omicidio? Che rapporto hanno quei due?»

«L'amico è un napoletano, trapiantato qui. Ha una pizzeria. Si chiama Luca o Angelo Picariello, non me lo ricordo. So però che è un altro coglione, pieno di debiti. Probabilmente Vimercati gli presta dei soldi e lo tiene in pugno così.»

Piatti è perplessa.

«Lei coprirebbe uno che ha tolto le viscere dalla pancia di una ragazza, che l'ha morsa e le ha asportato i genitali?»

«Dimentica un pezzo di polpaccio» dice Besana.

«Già, pure quello. Voglio dire, lo farebbe? Quell'amico non potrebbe essere convinto di coprire qualcos'altro? Qualcosa di più normale?»

«Tipo una scopata?» propone Besana.

«Esatto. Sarebbe uno scambio molto più ragionevole, no? Un favore a chi ti ha fatto un favore» Ilaria sta ragionando. «Uno ti presta, che ne so, ventimila euro, e tu gli dai una mano. Certo. Dopotutto, se la moglie scopre la tresca, non ci sono più soldi per nessuno. L'accordo è a pacche sulle spalle, fra maschi italiani furbi. Bella gnocca, eh? Fin qui ci posso stare. Ma diventare complice di un omicidio del genere è un po' diverso.»

«A meno che non l'abbiano commesso insieme. Ricordiamoci che hanno trovato due tracce di DNA» dice Besana.

«Forse dovremmo parlare anche con Picariello, per capire che tipo è.»

«Piattola, la vedo lanciatissima.» Besana le sorride.

«Be', non penso ad altro» confessa Ilaria.

«Succede anche a me» risponde lui.

Poi si avviano verso il cancello. Così coperto di neve, al buio, con questo freddo che fa quasi male alla pelle, il paese sembra disabitato.

«Piatti, qui la gente è molto chiusa» dice Besana. «Non dobbiamo spaventarli. Noi non siamo la polizia giudiziaria, cerchi di ricordarselo. Siamo dei giornalisti di nera, gente poco gradita. Adesso questa famiglia è presa d'assalto, provi a immaginare. Quindi stanno sulla difensiva. Basta un niente e ci cacciano fuori a calci in culo. Cerchi di essere molto gentile e faccia parlare me, che ho esperienza. Farò domande solo sulla vittima, per esempio. Lei può aiutarmi inventando dei complimenti alla padrona di casa, che ne so, per l'arredamento. Dobbiamo metterli a loro agio. Essere amabili, chiaro? Dobbiamo sembrare *inoffensivi*.»

«D'accordo» risponde Ilaria.

15 dicembre

Una cameriera cingalese con il grembiule bianco e azzurro li fa accomodare in un salotto pretenzioso. Tende di raso, divani da cottage inglese a righe rosse, mobili impero con colonne d'oro che non c'entrano niente con il resto e quadri di cavalli che spiccano contro la carta da parati verde scuro. Niente libri in giro, se non qualche monografia di pittore regalata dalla banca. In compenso, argenteria ovunque: cornici, teiere, samovar, ciotole, in dosi così massicce da far pensare a un negozio di oreficeria o a un mercato delle pulci. Ci sono persino due enormi elefanti in rame davanti all'entrata.

«Non so cosa inventarmi per farle un complimento per la casa» sussurra Ilaria fra i denti.

Besana indica con il mento un dipinto: «Quello è uno Stubbs, o un'imitazione. Si aggrappi lì».

«Grazie» risponde lei.

Giulia si presenta poco dopo. Porta un twin set di cashmere giallo e un filo di perle al collo, la gonna appena sotto il ginocchio. Il naso, un po' troppo all'insù, è sicuramente opera di un chirurgo estetico di provincia che negli anni Ottanta deve aver esagerato. La curva è a forma di cucchiaio, a forza di scavare la cartilagine. La pelle del viso è imbottita di vitamine, ma il collo raggrinzito tradisce l'età. Le labbra sottili sono alterate da un gloss volumizzante, tutto sommato discreto. Ma gli occhi sono autentici, e intelligenti.

La postura un po' freddina di Giulia parla chiaro. Con il corpo sta dicendo che è stata già molto-molto-gentile a riceverli, ma non desidera essere importunata.

«Prego. Accomodatevi» e indica il divano a righe.

Besana cerca di stringerle la mano, ma lei concede solo la punta delle dita.

«Non la disturberemo troppo» la tranquillizza. «Vorremmo solo sapere qualcosa su Aneta Albu.»

«Che storia atroce, non ci posso pensare» risponde Giulia, «ci hanno chiamato ieri i genitori per sapere quando possono fare il funerale in Romania. Povera ragazza.»

«Lavorava per voi da molto?»

«È arrivata qui tre anni fa. All'inizio era da una mia amica, ma dopo un paio di mesi l'ho assunta io perché mio padre ha avuto un ictus e aveva bisogno di una badante, aveva delle buone referenze.»

«Può dirci qualcosa del suo carattere?»

«Non parlava molto, e questo mi andava anche bene. Non sopporto quelle che chiacchierano in continuazione.»

«Aveva un fidanzato?»

«Non che io sappia. Me l'ha chiesto anche il sostituto procuratore, ma io mi facevo gli affari miei. Era abbastanza brava, un po' distratta però efficiente. Una volta ha usato un prodotto sbagliato e mi ha distrutto il marmo della cucina ma, a parte quell'errore, che fra l'altro mi è costato una follia, non mi potevo lamentare.»

Ilaria guarda Besana. E a noi che ce ne frega? È un po' agitata, non sa quando deve intervenire per dire che le piace lo Stubbs o il finto Stubbs sopra il camino. Che articolo possono scrivere dopo una chiacchierata del genere? Devono parlare del cattivo rapporto che la vittima aveva con il piano di marmo? Besana è nervoso quanto lei, probabilmente sta pensando la stessa cosa.

«Aveva un figlio, giusto?»

«Sì, piccolo. Ma non mi ricordo il nome. Non è mai venuto qui, andava lei a trovarlo in Romania d'estate.»

«E il bambino adesso con chi starà?»

«Con i nonni, come prima. Aneta lo ha lasciato quando aveva sei mesi.»

«Suo marito è in casa?» chiede Besana.

La Lecchi si irrigidisce, tira indietro le spalle di colpo. Come se più dritta potesse spaventare qualcuno. Forse, con la schiena, cerca di ricordare ai suoi interlocutori che lei è la figlia del notaio della valle.

«È al golf» risponde.

«Al golf? In dicembre? Con la neve?»

Scuote la testa, infastidita: «C'è un torneo di burraco».

In quel momento però, si sente aprire la porta. Franco Vimercati si presenta sorridente in salotto. Pantaloni a sigaretta, cardigan in tinta con la camicia, scarpe di camoscio. È magro e abbronzato, dimostra vent'anni meno della moglie.

«I giornalisti, giusto? Posso offrirvi qualcosa da bere?»

Figuriamoci se Besana rifiuta. Mentre Vimercati chiede alla cameriera cingalese di portare una bottiglia fresca di Valcalepio bianco e spiega che viene da un'azienda locale, molto premiata, si siede sul bracciolo accanto alla moglie e le accarezza una spalla. Nonostante la posa innaturale, da foto per una rivista, lui tradisce il piacere di essere al centro dell'attenzione. Si capisce che non vede l'ora di raccontare in giro che sono venuti dei giornalisti.

«Che tragedia» dice, «povera Aneta. E pensare che sognava di fare la hostess.»

«Ci può dire qualcosa di lei?» s'intromette Piatti.

«Era tanto buona» risponde Vimercati, «cercava di fare contenti tutti. Mio suocero le era molto affezionato. Una ragazza dolce. Dovreste parlare con lui, ma adesso non vuole vedere nessuno. È sconvolto.»

«Capisco» risponde Besana, riprendendo in mano il discorso. Ha notato una serie di coppe in una vetrinetta. «Le ha vinte lei?»

«Sono solo tornei locali» risponde Vimercati. Distoglie lo sguardo per modestia ma sorride, spera che parlino anche dei suoi trofei sul giornale.

Besana si alza e va a curiosare. In una grande cornice d'argento c'è una foto autografata.

«E questo chi è?»

«Il mitico Tiger Woods. Ero in Georgia quando ha vinto il primo Masters del '97. Aveva solo ventun anni e ha trionfato con duecentosettanta punti e dodici colpi di margine sul secondo classificato.»

15 dicembre

Quando escono di lì, camminano veloci verso la macchina, impazienti di parlare liberamente.

«Ha notato che si toccava il naso in continuazione? Secondo me, è uno che tira.»

«In compenso non abbiamo ottenuto una sola informazione. Frasi di circostanza del cazzo» borbotta Besana.

«Una però no, non era di circostanza» dice Ilaria.

«E quale?»

«Vimercati a un certo punto ha detto: *Cercava di fare contenti tutti.*»

«E allora?»

«Non ha pensato a un'allusione sessuale? A me ha fatto subito venire in mente una donna disponibile, che si concede, per non scontentare chi glielo chiede.»

«Piattola, non mi aspettavo da lei queste fantasie erotiche» risponde Besana.

Ilaria stranamente non si imbarazza. Anzi. Ribatte risoluta.

«Mi dica perché sbaglio, allora.»

«No, no» risponde Besana. «Magari non sbaglia per niente. Mi dica tutte le sue impressioni, mi interessano.»

«Lei è una donna triste perché pensava di poter comprare tutto, compresa la sua felicità, e non ci è riuscita. Lui invece è triste perché la sua furbizia gli ha tolto il gusto della vita. Non deve più arrangiarsi, si è sistemato e adesso si annoia.»

«Sì, è vero. Hanno qualcosa di triste. Ma non sembrano degli assassini.»

«Da piccola, per cercare di capire le persone, giocavo a *Se fosse*.»

«Ma adesso è cresciuta, no?»

«Guardi che è ancora utile» protesta Ilaria. «Se fosse una barca, lui sarebbe uno di quei motoscafi veloci che ti fanno sentire i colpi della plancia che sbatte sul mare. E lei un vecchio Riva, ma tenuto sul pontile di un lago, lucido e inutile. Se fosse un uccello, lui sarebbe un tacchino che fa la ruota quando è in ansia, un tacchino che ha il complesso di non essere un pavone. Lei invece sarebbe una quaglia, timida e diffidente, che tende a fare dei salti indietro per depistare.»

«Grazie, Piatti. Lo scriveremo. Sarà un pezzo molto originale.»

«Non mi prenda in giro.»

«Per carità, un'analisi impeccabile.» Besana sale in macchina. «Le faccio una proposta. Perché non andiamo a mangiare nella pizzeria di Picariello per dare un'occhiata?»

«E l'articolo?»

«Oh, chi se ne frega. Abbiamo già un paio di righe pronte sulle quaglie, i tacchini e i motoscafi. A parte gli scherzi, sono solo tremila battute, lo riempiamo con un po' di fregnacce mentre aspettiamo un supplì.»

15 dicembre

Al tavolo accanto, un uomo e una donna stanno parlando del caso. Besana tira un calcio a Piatti per farle capire che deve stare zitta, bisogna ascoltare.

«Hai visto? I giornali hanno tirato fuori la storia di Verzeni. Ci pensavamo tutti in paese, solo gli inquirenti non avevano collegato» sta dicendo una signora dai capelli bianchi con un paio di occhiali viola, parecchio audaci.

«Pensa che hanno appena messo in vendita la casa dove abitava» risponde l'uomo seduto di fronte a lei, «ma chi vuoi che se la compri. Io non ci starei neanche se mi pagassero.»

«La ragazza che hanno ucciso lavorava qui, ogni tanto» dice la signora, tagliando la pizza. «Te la ricordi?»

«La bionda?»

«Bravo, lei. Era simpatica, poverina. Una donna sfortunata, anche in amore.»

«E tu cosa ne sai?»

«Se la faceva con quel tizio che gioca sempre a golf, il marito della Lecchi, ce l'hai presente?»

«Certo, lo conoscono tutti. Ma sono solo pettegolezzi, mamma.»

«Ascolta, li ho visti mentre scendevano dalla macchina, davanti a un motel» e afferra la mano del figlio. «Se fosse stato lui?»

«Ma quello è un ignorante, non sa nemmeno chi è Verzeni.»

«Forse dovrei dirlo alla polizia.»

«Sicuramente lo sanno già.»

«Mi vengono i brividi, magari l'ho vista con il suo assassino.»

«Non credo, mamma. Lui non mi sembra un genio, non sarebbe neanche capace.»

Poi madre e figlio cambiano discorso. Cominciano a parlare della cucina nuova – lei non sa se comprarla nel solito negozio di Ranica o farla fare su misura dal falegname – di uno zio ricoverato e del suo blocco intestinale, di una cugina che si sta separando e dei parenti da invitare la sera di Natale.

«Non devi partire, vero?»

«Ci sarò, stai tranquilla» risponde il figlio.

«Uh, è tardi» la madre si alza, «comincia la vendita di beneficenza della parrocchia. Vieni con me?»

«No, sono stanco stasera. Magari vado a casa» risponde il figlio, infilandosi berretto, guanti e sciarpa.

Appena i due escono, Besana appoggia una mano sulla spalla di Ilaria.

«Beccato» dice. «Adesso la posizione di Vimercati si complica.»

«Quindi era il suo amante» sussurra Ilaria.

«A quanto pare» risponde Besana.

Quando la cameriera porta le pizze al tavolo, cercano di strappare qualche informazione anche a lei. Dopotutto Aneta era una sua collega.

«Siete giornalisti?» chiede la ragazza.

«Sì» dice Besana.

«Mi hanno detto che non devo parlare con i giornalisti» risponde lei.

Besana non fa una piega. Si avvicina a Ilaria per dirle qualcosa all'orecchio.

«Aspettiamo il conto e la sala vuota. Davanti a una buona mancia cambierà idea.»

Mentre Besana mangia tranquillamente la sua marinara, Ilaria, piegata sul tablet, cerca di scrivere l'articolo. Ogni tanto solleva la testa, presa dallo sconforto.

«Non so che minchia scrivere» dice.

«Inventi, Piattola, inventi. Ripeta le solite menate, nessuno se ne accorgerà. Tremila battute sono pochissime.»

Ogni tanto Ilaria dà un morso alla pizza, ormai fredda, poi torna giù, a digitare sulla tastiera che compare sullo schermo. Conta le battute ogni tre righe, sperando di essere finalmente arrivata alla fine. Dopo un po', consegna il tablet a Besana, che legge l'articolo con il sopracciglio alzato.

«Un po' troppa retorica, ma è perdonabile. Lo spedisca subito, non possiamo fare aspettare Roberto per una cazzata del genere.»

«Grazie» risponde lei.

Ilaria si alza per andare in bagno, non ha più voglia di finire la pizza. Quando torna è tutta agitata.

«Ho visto Picariello! È piccolo, unto, ha l'aria spaventata. Guarda sempre verso la moglie, come se avesse paura di essere sgridato» racconta. «Lei è molto magra in viso e fino all'ombelico, poi il suo corpo si allarga in modo spaventoso. Avrebbe un fisico da sirena, se tutto quell'adipe e quella cellulite fossero coperte di squame.»

«Com'è poetica stasera, Piatti.»

«Vada a fare un giretto anche lei. Una donna tremenda, non fa altro che gridare ordini a tutti. È isterica, mi creda.» Ilaria la imita: «Muovetevi, aspettano da tre ore un fritto di mare al tavolo sei. State ancora pescando i calamari?».

«Posso confessarle una cosa, Piatti?»

«È una cosa carina o sgradevole come al solito?»

«Carina.»

«Allora va bene.»

«Lei mi sta molto simpatica.»

«Tutto qui?»

«Perché? Cosa si aspettava?»

Appena la sala si svuota, Besana chiede il conto e i soliti amari.

«Io no, stasera» dice Ilaria, «poi sto male tutta la notte.»

«Lo bevo io, il suo. Non c'è problema.»

Besana appoggia sul piattino la carta di credito e una mancia da venti euro. La cameriera ringrazia e si guarda intorno, per controllare che nessuno la stia ascoltando.

«La conoscevo bene, Aneta, sì. Mio dio. Però non chiedetemi niente, per favore. Se no perdo il posto. Magari facciamo una chiacchierata in un altro momento.»

Besana ringrazia con un cenno del capo. Guarda il cartellino sul petto della ragazza. Si chiama Melissa.

«Grazie, Melissa. Le lascio il mio biglietto da visita. Mi chiami.»

16 dicembre

Ilaria legge e rilegge la risposta di sua zia. Anche se è quasi mezzogiorno, non si è ancora alzata del letto. Sta facendo tanta fatica a ritagliarsi un posto nel mondo e quelle parole la scoraggiano. Tiene il computer appoggiato sulla pancia, fa un piacevole calore che l'aiuta a sopportare quelle frasi raggelanti.

> *Ilaria, tesoro, non posso fare finta di niente. Scusa se insisto: è una scelta malsana. Ma cosa stai cercando? Non voglio farti pesare tutti i nostri sacrifici, voglio solo farti capire il mio sconcerto. Abbiamo fatto tanta fatica per tirarti fuori da lì e, appena diventi grande, tu senti il bisogno di tornarci dentro? Questo proprio non me lo aspettavo. Gli incubi degli altri non possono essere una cura. Vai da un analista, piuttosto.*
>
> *Anche lo zio e Meg ti abbracciano. Siamo tutti molto preoccupati per te.*

Ilaria si alza, va in bagno. Ha improvvisamente voglia di spazzolarsi i capelli, come per sciogliere un po' di nodi. Si guarda allo specchio. Si guarda negli occhi. Sono gli stessi che aveva da bambina. Chissà perché gli occhi di una persona sono l'unica parte del corpo che non cambia mai. Te li porti dietro dall'infanzia alla vecchiaia, e mentre tu cerchi di reinventarti, cancellarti e rinascere, loro rimangono sempre uguali. Sono il tuo passato e il tuo futuro, e quell'espressione è l'unica costante su cui puoi contare, il resto si perde o si trova.

Poi, con i capelli lucidi, elettrici, torna a letto. Fissa lo schermo azzurro del computer, la tastiera nera sulle lenzuola bianche. Lo prende sulle ginocchia, come si prende un bambino. Lo pulisce un po' con un lembo della camicia da notte, come si pulisce uno strumento musicale. È un Mac uguale a tanti altri, mica uno Stradivari, ma la sua voce esce da lì. E spegnerlo significa smettere di suonare. Ma forse hanno ragione loro. Trascina lentamente la freccia in alto, la punta sulla mela morsicata. Con una grazia da pianista, solleva quattro dita e fa leva sul pollice, la mano obliqua, quasi sospesa. Ecco, ha aperto *quella* finestra. La finestra da cui scappare. Accarezza il mouse e sembra un'ultima carezza fra innamorati. Stop, Riavvia, *Spegni*. Ha spento.

17 dicembre

Besana è molto sorpreso perché la moglie gli ha chiesto un appuntamento. Mentre si fa la barba, legge e rilegge quel brevissimo messaggio che può voler dire tutto e niente. Gli chiede solo di passare un attimo da casa, perché deve parlargli. Che gli stia concedendo una *chance*? Che abbia finalmente capito che non può vivere senza di lui? Si spalma la schiuma sulle guance con il sorriso.

Saluta con la mano quel bagno squallido, con la luce collegata a una ventola che fa più rumore di un reattore nucleare, l'applique in vetro smerigliato più adatta a illuminare un cimitero che uno specchio, le piastrelle fiorate color canarino. Persino il ticchettio della doccia che perde lo commuove. Sta segnando un tempo che sta per finire. Forse.

Fruga nell'armadio in cerca di una camicia decente, che non stringa troppo sul collo. Merda, è ingrassato. Nessun bottone del colletto si chiude più. Ne trova una quasi nuova, se la prova. Certo, tira un po' sullo stomaco, ma può coprirla con un golf. Apre un cassetto. Il cardigan verde, magari. Glielo aveva regalato proprio Marina. Lo solleva e si accorge che c'è una macchia. Ma porco giuda, perché si dimentica sempre di andare in tintoria? Tira fuori un golf azzurro. Infeltrito. Allora ripiega su un maglione blu, che però è pieno di pelucchi. Pazienza.

Pulisce affannosamente le scarpe infangate con lo Scottex, imprecando. Poi ispeziona il cappotto. Cazzo, manca un bottone. Vabbè, per non farlo notare, lo terrà aperto, anche a costo di farsi venire mal di pancia. È pronto. Si guarda nello specchio dell'ingresso. Sembra un uomo solo. Forse lo è. Meglio uscire, va' là.

Marina gli ha lasciato la porta aperta, lui entra e la trova seduta in cucina. Non si è nemmeno voltata. Lo aspetta di profilo. Il suo bel naso greco è orientato verso il lavello, non su di lui. I capelli biondi sono raccolti con una pinza, come per non cedergli neanche una ciocca. La mano è appoggiata su una busta. Marco fissa le dita. Non porta più gli anelli che lui le ha regalato.

«Ciao» dice.

«Oh, non ti farò perdere molto tempo» risponde lei. «Devo solo restituirti delle foto che gentilmente sono state spedite a mc.»

Oh, cazzo. Besana vorrebbe scappare. Marina però non gliene dà il tempo, si alza, si avvicina e comincia a lanciargli addosso dei fogli di carta politenata, 10x15, che purtroppo riguardano la sua vita.

«Sai quale mi ha fatto più male? Non quella in cui è nuda, no. Quella che hai scattato a Monterosso, lei ha addosso la giacca che ti avevo regalato io. L'hai portata al mare? Tu che non fai nemmeno un giorno di vacanza... Neanche la luna di miele. Quante volte ti ho chiesto di andare alle Cinque Terre? Non potevi mai.»

Besana si piega e raccoglie la foto che dopo averlo colpito al petto gli è caduta su un piede.

«Ti sei pure lasciato fotografare in mutande, con quella pancia che hai. Non hai un minimo di dignità» gli tira addosso anche quell'impietoso ritratto, «ma la migliore forse è quella in cui lei indossa il completino di pizzo viola. Glielo hai regalato tu? Adesso trovi anche il tempo per fare dei regali? Io aspetto ancora quello del mio compleanno, ma di due anni fa.»

17 dicembre

Marco esce da casa di sua moglie, passa davanti a un cassonetto e butta le foto. Poi entra in un bar e chiede una birra. Non importa se sono le undici di mattina. Forse ne ordinerà dieci.

Gli viene in mente un collega, uno di quelli a cui voleva più bene. Era un corrispondente di guerra, geniale e coraggioso. Quando tornava a Milano, non sopportava la normalità. Era sempre ubriaco. Aveva messo un sacco a pelo sotto la sua scrivania, per quando si addormentava al giornale.

In quel momento, squilla il telefono. È Roberto, il caposervizio. Spera che non gli chieda di tornare a Bergamo, oggi non ne ha proprio voglia.

«Ciao Marco, come va?»

«Benissimo, benissimo. Mai stato meglio» risponde Besana.

«Hai degli impegni per pranzo? Vorrei parlarti di una cosa, ma non per telefono.»

«Del mio prepensionamento?»

«Ma va'! Però è un discorso delicato, preferirei fare una chiacchierata di persona.»

Besana non sa cosa pensare, ma accetta.

«Va bene. All'una e mezza al solito posto?»

Quando arriva al ristorante, Roberto lo sta già aspettando al tavolo. Lo chiama sollevando un braccio. Ordinano puntarelle con acciughe, mozzarella di bufala, prosciutto, focaccia, carciofi con il grana. E Besana chiede una bottiglia di Pinot Noir.

«Mi addormenterò in redazione» commenta Roberto.

«C'era chi si teneva un sacco a pelo sotto la scrivania» risponde Besana.

Quel ragazzo gli sta simpatico, è un po' troppo preoccupato di piacere, ma imparerà a fregarsene. Del resto, in ambienti così, senza fregarsene, non si sopravvive. Prima o poi lo capirà anche lui.

«Allora? Qual è il problema?»

«Quella stagista, Annalisa. Lizzy.»

Besana chiude un attimo gli occhi. Che cazzo di giornata. Si è proprio scatenata contro di lui come un tornado. Sembrava così innocente, così spaesata in redazione. Mai fidarsi delle persone che sembrano innocenti.

«Vuole denunciarmi?»

«Non può, non ci sono gli estremi. E poi è un po' troppo grande per farlo. Non è mica una minorenne. Però è andata a parlare con il direttore.»

«E perché l'ha ricevuta? Se l'è fatta anche lui?»

«Probabile. Ma Cannistrà è un uomo di mondo e non ci è cascato. Ti ha difeso, Marco.»

«Ci credo. Ha una denuncia per molestie. Suppongo che sia rimasto abbastanza scottato.»

«Appunto» risponde Roberto. «In ogni caso ha capito subito chi aveva di fronte. Del resto, non era difficile.»

«Lizzy ci ha provato anche con te?»

«Be', avevo intuito che vi vedevate, e poi» abbassa gli occhi, «certe donne mi fanno paura. Troppo assatanate, di sesso e di carriera. Sia chiaro, sono tendenzialmente fedele a mia moglie, ma qualche giro me lo faccio. Solo che di solito finisce male perché mi innamoro, quindi sono costretto a interrompere la relazione subito. Ma da quel genere di donne lì, no, da quelle non mi lascio neanche avvicinare. Nonostante i suoi tentativi, l'ho sempre ignorata.»

«E hai fatto bene» Besana butta giù un sorso di vino, «mi ha rovinato.»

«L'abbiamo capito tutti, come è andata. Persino il direttore. Non devi spiegare niente, stai tranquillo. Però è meglio che tu smetta di firmare i tuoi articoli con la Piatti. Volevo dirti questo. Cannistrà pensa che sia meglio che adesso tu ti tenga lontano da *tutte le stagiste*. Sappiamo benissimo che la Piatti è fuori da ogni tentazione» ridacchia, «però bisogna tutelare il giornale. Quella sta facendo la pazza, va a dire in giro che da noi si fa strada solo così.»

«Ma è assurdo» Besana si alza da tavola, rovescia il piatto di puntarelle. «Ilaria non deve pagare per lei. Mi rifiuto. Chiedi pure un parere a tutte le femministe della redazione. Arriva una stronza che cerca di scoparsi chiunque per fare strada e la stagista successiva, che ha davvero talento, deve smettere di collaborare? Ma non è giusto! Non ci sto.»

«Mi dispiace deluderti ma tutte le femministe della redazione sono dalla parte di Annalisa, è andata a piangere anche dalla vicedirettrice, che è il capobanda.»

«Oh merda» Besana si siede di nuovo. Si scusa con la cameriera per il piatto rovesciato.

«Per questo volevo parlartene di persona. È un argomento

sgradevole, lo so. Ma il direttore ti sta aiutando, credimi. Ha offerto a Lizzy alcune piccole collaborazioni sul magazine, purché ti lasci in pace. Oroscopi, stronzate di cucina, roba così. Per tenerla buona.»

«Be', gentile. Ha paura che io faccia causa al giornale quando mi prepensioneranno?»

«Marco, sei incorreggibile.»

«Faccio bene il mio lavoro proprio per questo. Se mi avessero corretto, addio.»

17 dicembre

Besana passa la serata con un vecchio amico del giornale, che adesso è in pensione. Andrea era un corrispondente favoloso. Si occupava di politica estera. Adesso produce vini, ma resta il migliore interlocutore per capire cosa succede in Medio Oriente. Gli manca molto in redazione.

Verso fine serata, tutti e due un po' sbronzi, passano alle confidenze.

«Fra poco faranno fuori anche me» dice Besana. «E io non ho nemmeno la passione per i vigneti.»

Andrea gli offre un goccio di grappa, per finire.

«Non ti lamentare, noi siamo stati molto fortunati. Abbiamo vissuto una stagione d'oro di questo mestiere. Bisogna mettersi l'anima in pace. Tu li invidi i giornalisti di oggi? Io no. Sono diventati *crossmediali*, devono avere più mani della dea Kali, poveracci, sono costretti a lavorare contemporaneamente sulla carta, sull'online, in radio e in video, senza contare Twitter, Facebook, Instagram e YouTube. Un pezzo va riscritto magari cinque o sei volte al giorno, continuamente aggiornato alla luce delle nuove notizie. Insomma è un *lavoro h24*, come si dice adesso.»

«Quanto odio i termini di moda» risponde Besana.

«Appunto. Adesso non ti potresti più permettere di odiare niente, Marco. Prima di internet era tutto diverso. Chi stava in cronaca, o negli uffici centrali, tirava magari fino a mezzanotte o alle tre del mattino se era *di lunga*. Preparava la *ribattuta*, la seconda edizione del giornale, ma poi andava a letto, a cena con gli amici o con l'amante, al night club o a puttane. E non se ne parlava più fino al mattino dopo, fino alla riunione delle undici dove si progettava il numero del giorno successivo. Una vita romantica, da film americano, in maniche di camicia, sigarette e whisky, telefoni che squillano e ticchettio di macchine da scrivere, con l'ossessione di mandare il pezzo in tipografia in tempo per la chiusura. Ma poi, se ci facevi il callo, diventava una routine. Dai, ce la prendevamo anche comoda.»

«Come no? Mi viene sempre in mente il concerto di Madonna cancellato all'ultimo momento.»

Andrea ride: «Ah sì, era previsto a mezzanotte, e il critico musicale per portarsi avanti col lavoro aveva mandato il pezzo due ore prima e poi si era reso irreperibile. Così il giornale uscì con la critica di un concerto che non c'era mai stato».

«E quella volta che gli americani bombardarono Tripoli?» dice Marco.

«Uh, meravigliosa. Erano le due di notte, il caporedattore di guardia chiama il direttore. Magari è il caso di fare una ribattuta, no? E quello, sbadigliando: Ne riparliamo sul numero di domani, okay? Trattandolo quasi come un rompicoglioni.»

«La mattina dopo avevano tutti la notizia in prima, tranne noi. Uno dei buchi più clamorosi della storia. Tutte cose impensabili adesso. I social ormai ti danno le notizie prima ancora che le cose succedano.»

Besana chiede ancora un dito di grappa.

«Ma scusa, ti ricordi quando internet è entrato nelle redazioni?»

Andrea scoppia a ridere forte.

«Mi ricordo una riunione che dovrebbe finire in un'enciclopedia, che cazzo. Il direttore che ci diceva: Avete presente il borsello per gli uomini? Un po' di anni fa ce l'avevano tutti, adesso chi lo porta più.»

«Aaah. Internet come il borsello per gli uomini. Sublime. Merda, che lungimiranza.»

«Lungimiranza di tutti, mica solo del direttore. Ti sei dimenticato il clima? Faceva figo snobbarlo, scherzarci su. La solita americanata. Toglietemi tutto, ma non la mia lettera 22, i fogli A4, i fax e i telex. Che ciechi, proprio noi allenati a stare sulle novità.»

18 dicembre

Il mattino dopo, Besana riceve un messaggio di Ilaria. Tutti di colpo gli vogliono parlare. Se ne frega della barba, e si mette il maglione verde, anche se è macchiato. Tanto la Piatti è peggio di lui. Pranzerà anche con lei, d'accordo.

Le propone di vedersi nello stesso posto in cui ha incontrato Roberto. È un abitudinario, forse proprio in reazione al suo mestiere, che lo costringe a sentirsi sempre spaesato. Al male non ci si abitua mai. Meglio fare affidamento sui ristoranti. Mentre la aspetta, ordina le solite cose: puntarelle con acciughe, mozzarella di bufala, prosciutto, focaccia, carciofi con il grana. E chiede la stessa bottiglia di Pinot Noir. Bastasse un menù per sentirsi rassicurati, in ogni caso ci prova. Sono trent'anni che mangia lì, possibilmente gli stessi piatti. Con piccole varianti che oscillano fra un risotto allo zafferano, una battuta di manzo o una sogliola. Ma sempre con le patate saltate, che sono buonissime.

Ilaria stavolta non arriva trafelata, anzi. Entra con passi strascicati e si guarda intorno. Lui alza un braccio per dirle che la sta aspettando. Le offre tutte le cose sfiziose che ha ordinato, ma lei riempie un piatto piccolo, da inappetente. Le versa il vino, e quello se lo scola. Per un po' parlano del niente, ma Besana detesta parlare del niente, bisogna sempre arrivare al dunque. In fretta.

«Allora?» Giusto il tempo di farle mandare giù una fetta di prosciutto.

«Volevo dirle che ho pensato di tornare da mia zia.»

«Per farsi assumere al *New York Times*?»

«Sto parlando sul serio.»

«E molla tutto così? *Adesso*?»

Ilaria alza le spalle.

«Forse scriverò libri per bambini.»

«Libri per bambini?»

«Magari è più facile, non so.»

«Intanto non è più facile. Conosco della gente che lo fa. E poi se comincia subito a cercare delle strade *facili*, è fottuta.»

Ilaria si dedica alle puntarelle, per non guardarlo in faccia.

«Qual è il problema?» insiste Besana. «Me lo dica. E smetta di raccontarmi delle fregnacce, per favore.»

Ilaria solleva piano la testa, ma dagli occhi si capisce che non è tanto convinta di quello che sta per dire.

«Credo che la nera non faccia per me.»

«Cazzate» risponde Besana, «lei ce l'ha nel DNA, la nera. Non mi chieda perché, ma l'ho capito.»

Ilaria scuote ferocemente la testa.

«Non credo. La trovo insopportabile. Non ne voglio più sapere» gli allunga una mano, «grazie per tutto quello che ha fatto per me. Purtroppo è stato inutile, ma grazie lo stesso.»

Poi si alza e se ne va.

18 dicembre

Marco esce dal ristorante molto turbato. Deve fare una passeggiata per scaricare il nervoso. Ma cazzo, si è fatto in quattro per aiutare quella ragazza. E lei lo pianta così. Perché? Cos'ha sbagliato? D'accordo, ogni tanto l'ha trattata un po' male, però scherzava. Non aveva mai firmato degli articoli con qualcun altro, e ora gli tocca pagare anche questa felice eccezione. La gente proprio non è capace di gratitudine. Fra l'altro Ilaria era piena di talento, e questo gli fa ancora più rabbia. Perché buttarlo via?

Si avvia verso i giardini Montanelli, basta evitare la statua, che gli fa venire ancora di più il nervoso. Povero Montanelli, è così ridicolo tutto d'oro. Nessun rispetto per il mestiere sporco: lo scultore non ha capito proprio niente. Sembra un bonzo, un'immagine da tempio buddista. Invece quanto fegato consumato, nei giornali, il contrario di un nirvana.

Calpesta rabbioso la ghiaia, fulmina gli alberi spogli, già inceneriti dall'inverno. Il cielo è fin troppo limpido, e gli dà fastidio. Detesta le luci troppo sicure di sé, incapaci di dubbi o di sfumature. Preferisce il cielo di Milano quando è grigio e rimugina sul suo cattivo umore.

Che delusione, la Piatti. Tira un calcio a una lattina abbandonata sulla ghiaia. Gente incivile, con tutti i cestini che ci sono. Poi si ferma. Piatti? Perché quel nome gli ricorda qualcosa? Si siede un attimo su una panchina. Tira fuori dalla tasca il telefono per controllare. Ma che stupido è stato. Scuote la testa. Che stupido.

Un'ora dopo si presenta a casa di Ilaria, suona il campanello come un forsennato. Ilaria gli apre e, attraverso il citofono, lo avverte che non funziona l'ascensore, di nuovo. Gli toccherà affrontare sei piani di scale a piedi. Pazienza.

Besana arriva sul pianerottolo affannato, quasi non respira.

«Vuole un bicchier d'acqua?»

Lui entra e fa cenno di sì, esausto. Si siede un attimo sul divano, ma non riesce a stare fermo. Si alza di scatto e la raggiunge, la prende per un braccio.

«Il *caso Piatti*, vero? Con chi crede di avere a che fare? Con uno scrittore di favole per bambini?»

Ilaria si volta di scatto, il bicchiere cade nel lavello.

«Non me ne sono occupato io, ma me lo ricordo bene» continua Besana. «Ammetto che all'inizio non avevo collegato. Ma lei mi ha costretto a farlo. Ha preso il cognome di sua madre?»

Ilaria è pietrificata.

«Silvia Piatti. *Sua madre*. Ufficialmente scomparsa. Il cadavere non è mai stato trovato. Ci sono voluti cinque anni per un certificato di morte. E sette per condannare l'assassino. *Suo padre*.»

Ilaria non ha parole per rispondere.

«Lei aveva sei anni. Ora ne ha ventisei. In totale, sono passati vent'anni. Suo padre è stato condannato all'ergastolo, è al carcere di Opera. È questo che le fa paura?»

Ilaria vacilla.

«Forse» risponde.

E lo abbraccia. Besana la stringe forte.

«Deve continuare, Ilaria. Deve seguire l'istinto. È l'istinto che ci cura. Siamo animali portati alla sopravvivenza, seguendo l'istinto non sbaglierà.»

20 dicembre

Dana pulisce il lettino con uno spray disinfettante e butta la carta nella pattumiera. Poi va in bagno, si lava le mani. È molto stanca stasera. Ci mette del suo, della concentrazione. E poi nel centro estetico fa veramente di tutto. Ha cominciato stamattina alle nove: una ricostruzione delle unghie, due cerette, un pompino, una pedicure completa, un massaggio a una grassona e un massaggio nuda in cui si lasciava massaggiare soprattutto lei, una sega e una pulizia del viso. Ride da sola, non si è fatta mancare proprio niente, oggi. Saluta Concita, che sta uscendo, esausta anche lei.

«Dana, vuoi un passaggio?»

«Mi farebbe comodo, ho prestato la macchina a mia sorella. Però devo ancora pulire. Vai pure, prenderò l'autobus.»

Mentre riempie il secchio, le arriva un messaggio su WhatsApp. È la foto di un coltello a serramanico.

«Concita» urla, «Concita.»

Ma la sua socia è già andata via. Dana è terrorizzata. L'ennesima minaccia del suo ex. Prima o poi riuscirà a ucciderla davvero. Le viene da piangere. Subito dopo le arriva un'altra foto. È una katana. E poi una terza: un falcetto.

Dana lascia cadere il secchio e si infila veloce il cappotto. Meglio uscire subito. Tira giù velocemente la serranda. Intanto si guarda intorno. Ha sempre paura di vederselo spuntare alle spalle, all'improvviso. Ha avvertito i carabinieri, ma non è servito a niente. Ora però ha trovato un avvocato, è disposta a pagare qualunque cifra pur di uscire da questo incubo.

Chiama sua sorella, ma il cellulare è spento. Forse sta facendo lezione. Poi sente una mano sulla spalla e si volta di scatto.

«Stai chiudendo?»

«Oddio. Mi hai fatto venire un colpo» risponde Dana.

«Perché?»

«Ho appena ricevuto una raffica di messaggi dal mio ex» dice. «Foto di coltelli, spade, roncole. Quello è pazzo. Per fortuna sei arrivato tu. Hai la macchina? Puoi darmi un passaggio a casa? Non me la sento di andare in giro da sola.»

In macchina, Dana continua a parlare. Deve pure sfogarsi con qualcuno. Ma lui è strano, stasera. Non dice quasi niente. Continua a guidare in silenzio. A un certo punto, Dana guarda fuori dal finestrino e si accorge che ha preso un'altra strada, non la sta riaccompagnando a casa. Vuole provarci? Perché non lo ha mai fatto in negozio? Voleva solo massaggi regolari, impacchi, maschere per il viso, lampade. Cose così. Dana sorride. Faceva il timido.

«Dove mi stai portando?» gli chiede maliziosa. Con una strizzata d'occhio.

Ma lui non risponde. Continua a scendere verso l'Adda, nelle sterrate intorno alla cava.

«Ehi, tutto bene?»

Silenzio. Lui nemmeno si volta.

Non riesce a capirlo. Non sarà uno che vuole fare cose strane? Si sta un po' agitando.

Lui inchioda di colpo. Qualcosa ha attraversato di corsa la strada. La macchina sbanda sul ghiaccio e Dana si aggrappa alla maniglia.

«Ma cos'era?»

«Una faina.»

Si fermano in una piazzola. Dana si massaggia il collo, ha preso un brutto colpo.

«Senti, riportami a casa. Mi fa male tutto, adesso. Meglio se ci vediamo domani, eh?»

Ma lui non parla.

«Ti sei fatto male anche tu?»

Nessuna risposta. Le sta facendo paura sul serio, adesso. È loro cliente da tanti anni. Sempre tranquillo, sempre gentile. Cosa gli è preso? Spera che non sia uno di quei sadici che per eccitarsi hanno bisogno di usare la forza. In quel momento, le viene in mente il serial killer. Oh, no, non può essere. Non è possibile. Si volta per aprire lo sportello, ma sente un colpo forte sulla nuca. Vede tutto nero, come se avessero staccato la luce. In quei pochi secondi che le rimangono prima di svenire – secondi che però sono eterni – pensa che nella vita ha proprio sbagliato tutto, anche di chi avere paura.

20 dicembre

Stavolta Rosa non è per niente contenta di vedere Besana, forse perché si presenta da loro alle dieci di sera. Rosa è già in vestaglia e sbadiglia vistosamente. Giorgio le dice di non preoccuparsi e di andare a dormire. Invita Besana e Piatti nella famosa tavernetta.

«Però fate piano, se no svegliate il bambino» dice Rosa, salutandoli dalle scale.

Giorgio riempie due bicchieri di limoncello. Besana detesta il limoncello quanto le tavernette, ma non si oppone mai all'alcol.

«Ti ho fatto venire a quest'ora, ma è importante» dice Giorgio. «E non potevo certo dirtelo per telefono.»

«Stai tranquillo, non è un problema» risponde Besana.

«Vimercati è iscritto nel registro delle notizie di reato. Oggi pomeriggio c'è stata una riunione con la polizia stradale. Il GIP ha autorizzato il sostituto procuratore a prendergli il DNA, con la scusa dell'etilometro. Come se fosse un controllo casuale, capisci? Appena ci riusciranno, sarai il primo a essere informato.»

«Pensano che abbia agito da solo o con un complice?»

«Con un complice.»

«L'amico che gli ha fornito l'alibi?»

«Esatto. Anche Picariello è iscritto al registro delle notizie di reato. Vogliono prendere il DNA pure a lui, nello stesso modo. Controlli stradali a tappeto. Come se di colpo avessero dichiarato guerra agli incidenti provocati dall'alcol» e ride.

«Urca, devo stare attento allora! Mi possono togliere la patente da un momento all'altro» dice Besana.

All'improvviso squilla il cellulare, Giorgio corruga la fronte e si alza per rispondere.

«Scusate, è la centrale.»

Poco dopo, torna pallido. Il cranio pelato è umido di sudore.

«C'è stato un altro delitto, devo mettere la divisa e correre là.»

Besana scatta in piedi.

«Possiamo venire anche noi?»

Ilaria è pietrificata, lo fissa con gli occhi sbarrati. Non è sicura di reggere la scena di un crimine. Soprattutto di un crimine come quello che immagina.

«Io non me la sento. Posso aspettarla in albergo?»

Besana annuisce. Adesso Ilaria è ancora più preoccupata. L'idea di stare sola là, in quel motel sinistro, con un serial killer in giro, l'atterrisce. Fa un grande respiro.

«Si faccia accompagnare nella stanza dal portiere e si chiuda dentro» dice Besana. «Non apra a nessuno: è un assassino molto pericoloso.»

20 dicembre

Ilaria non conosceva la paura. Il cuore sembra diventato matto, scalcia e martella per ogni ombra, per ogni rumore. Deve barricarsi dentro, ma ci sono due porte e lei può chiuderne una sola, quella che dà sull'esterno. L'altra dà sul corridoio di servizio: non si apre e non si chiude, non c'è nessun catenaccio, nessuna chiave interna. Chiunque può spalancarla usando un passepartout. *Oddio.* Vorrebbe telefonare a Besana per dirgli: Senti, io cambio albergo. Questo motel è troppo sinistro. Ma ha paura anche di uscire per strada, di prendere un taxi nel buio. Allora trascina la scrivania fino alla porta di servizio.

Accende la televisione, magari una voce può calmarla, darle la sensazione che nella stanza ci sia qualcuno. Sceglie un programma di cucina. *Quante pere pensi di mettere nel risotto?* Ma la spegne subito. Sente dei passi, poi una risata di donna. Sicuramente sono dei clienti del motel, non può fare così. Riaccende. *Con la cipolla bruciata diventa un po' amaro. Ma tu sei una che mescola continuamente?* Spegne di nuovo. Forse potrebbe farsi un bagno. Apre l'acqua della vasca. Esce un fiotto rosso e torbido e lei scatta indietro. Che scema, è solo ruggine.

Poi quell'urlo, fortissimo, atroce. Viene dalla stanza a fianco. Corre verso il telefono, per chiamare il portiere.

«Era terribile, terribile» dice.

«Signora, siamo in un motel» risponde lui.

«Lo so però...»

Ma l'altro ha già riattaccato e la linea non funziona più, come se si fosse bloccata. Ilaria continua a schiacciare i tasti, ma il telefono dà solo occupato. Intanto sente un cigolio in corridoio, qualcuno sta facendo avanti e indietro con il carrello. Poi sente bussare. No e no, non aprirà a nessuno. Ma insistono. Altri colpi. Si avvicina alla porta, trattenendo il respiro. Fissa la scrivania che la protegge.

«Chi è?»

Silenzio.

«Chi è?» ripete.

«Servizio in camera» dice una voce di uomo. «Ha dimenticato di ritirare gli asciugamani.»

Corre in bagno a controllare se gli asciugamani mancano davvero. Effettivamente non ci sono. Manda giù saliva.

«Me li lasci davanti alla porta» dice.

«Lei non può aprirla, posso farlo solo io con il passepartout.»

In quel momento sente girare una chiave nella toppa. La scrivania è leggera, si sposta, avanza. Sta per mettersi a gridare. Poi la porta si apre. Il tizio la fissa, con gli asciugamani fra le braccia. Ilaria li prende con le mani che tremano.

«Grazie» cerca di richiudere veloce.

Ma lui blocca la porta con il braccio.

«Perché ha spostato la scrivania?»

Ilaria è paralizzata, scuote confusamente la testa.

«In giro c'è un assassino molto pericoloso» risponde, con un filo di voce.

Il cameriere le risponde con un sorriso ambiguo, come se avesse davanti una pazza o un'ubriaca.

«Capisco» risponde. «Ma stia tranquilla, ci sono qui io.»

Ilaria non ha neanche la forza di ringraziare. Se fosse lui? Ma il cameriere richiude subito. Allora si butta sul letto. Ha voglia di piangere, adesso. Non sapeva che la paura facesse piangere. Guarda il telefono. Darebbe qualsiasi cosa per sentire la voce di Besana.

Ma la telefonata arriva sul cellulare solo mezz'ora dopo.

«Ha fatto bene a restare in albergo» dice. «Abbiamo vomitato tutti, Giorgio compreso.»

«Uccisa come Elisabetta Pagnoncelli?»

«Sì. Viscere fuori e polpaccio asportato. Strangolata con una corda.»

«Oddio. C'erano anche gli spilli?»

«Tre, piantati nella schiena.»

«E chi era?»

«Ancora non lo sanno. Non aveva addosso documenti. Comunque una donna intorno ai quaranta.»

«La stessa differenza di età fra la Pagnoncelli e la Motta. Una distanza di tredici-quattordici anni, fra le due vittime.»

«Sì, ma qui c'è una novità.»

«Cioè?»

«Cioè una scritta con il sangue sul muro: *ViVe*.»

«Cosa vorrà dire?»

«Ah, non so.»

«Deve restare lì ancora molto?»

«Ha paura?»

«Sì» ammette Ilaria, «c'è della gente strana qui. Questo posto non mi piace.»

«Stia tranquilla, arrivo subito. Dieci minuti e sono da lei.»

«Grazie, Marco.»

«Non deve stare sola mai più.»

21 dicembre

Sono ormai le tre di mattina, Besana decide di riportare Piatti a Milano. Quando torna da lei, nel motel, la trova in uno stato pietoso. Ilaria ha dei tremori, fa fatica a parlare. Besana cerca su Google una farmacia che faccia il turno di notte, serve un calmante. Ne trova una a Suisio.

La serranda è chiusa, quindi suona il campanello. A una piccola finestra di sicurezza, si affaccia una dottoressa di mezza età con gli occhiali viola. Sono occhiali spavaldi, da giovane. Un tocco di colore a spezzare tutto quel bianco, del camice e dei capelli. Besana ha la sensazione di averla già vista, ma non ricorda dove. Ah, sì, era la donna seduta accanto a loro in pizzeria, quella che aveva visto Vimercati insieme alla Albu davanti a un motel.

«Scusi avrei bisogno di una boccetta di Xanax. So che ci vuole la ricetta, ma è urgente: la ragazza ha una specie di attacco di panico in corso.»

Indica Ilaria, che li guarda dalla macchina.

«Si droga?»

«No, siamo giornalisti» mostra il tesserino.

«Siete qui per quell'omicidio?»

«Esatto» risponde Besana.

«Senza ricetta non posso darle niente, vada al pronto soccorso» risponde la dottoressa, fermissima.

«La prego, c'è appena stato un altro delitto. La mia collega è giovane, non è abituata, è sotto shock» insiste Besana.

«Un altro delitto?» La farmacista sgrana gli occhi. Anche lei vuole informazioni in cambio?

Besana le racconta tutto quello che ha visto, farebbe qualsiasi cosa pur di ottenere le benzodiazepine.

«Spaventoso, mio dio» commenta la dottoressa.

Poi sparisce nel retro e torna con una boccetta di Xanax e un bicchiere di plastica pieno d'acqua.

«Cominci con dieci gocce» dice.

«Grazie, dottoressa.»

Ora Ilaria dorme nel sedile accanto. Si sveglia solo quando Besana si ferma in autogrill per fare benzina.

«Che succede? Dove siamo?»

«In autostrada. La sto riportando a casa. Non mi piace che lei dorma in quello schifo di posto con quel pazzo in circolazione.»

«Grazie» risponde lei, stropicciandosi gli occhi.

«Hanno saputo chi è la vittima?»

«Si rilassi, Piatti. Ne parliamo domani.»

Appena Besana si alza per andare a pagare, Ilaria gli corre dietro.

«Non mi lasci sola! Non mi lasci sola! *Per favore.*»

Besana sospira.

«Allora mi accompagni a prendere un caffè, sono un po' provato anch'io. Vorrei evitare un incidente.»

La sua cameriera preferita non c'è, al suo posto Besana trova un ragazzo pieno di brufoli. Ordina un cornetto alla marmellata, deluso.

Ilaria gira il cucchiaino nella tazza fissando il vuoto.

«Ha un divano letto?»

«Piatti, è una fifona» risponde Besana, «ma una fifona fortunata. Ho un divano letto, sì. Può dormire da me.»

Dopo queste rassicurazioni, e soprattutto dopo il caffè, Ilaria è di nuovo in forma e lo bombarda di domande.

«Mi fa piacere chiacchierare, così non mi addormento» dice Besana, «ma lei mi sta mettendo ansia. Una domanda alla volta, grazie. Ricominci da capo che non ho capito niente.»

«La vittima» ripete lei.

«Si chiamava Diana Perego, ma per tutti era Dana. Lavorava in un centro estetico, almeno formalmente. Insomma in uno di quei posti dove non vanno solo le signore a combattere la cellulite. Faceva anche altri tipi di massaggi.»

«Chissà quanto DNA maschile le troveranno addosso.»

«Ottima osservazione, Piatti. Sarà un casino isolare quello dell'assassino.»

«Sola? Sposata?»

«Divorziata, con un figlio adolescente, di quattordici anni, che però viveva con il padre. Giorgio è andato ad avvertirlo, non vorrei essere al suo posto, poveraccio.»

«Il padre del ragazzo chi è?»

«Un muratore.»

«Sospettabile?»

«No. Alibi di ferro. Quando gli hanno telefonato, era a casa della sua nuova compagna. Mai mosso di lì. Vive con lei, insieme al ragazzino.»

«Quindi bisogna cercare fra i clienti del cosiddetto centro estetico» dice Ilaria, mordendosi le labbra.

«Certo, anche. Ma quando è uscita di là, la Perego stava benissimo. Potrebbe essere stato chiunque. Stava tornando a casa a piedi perché aveva prestato la macchina alla sorella.»

«E la scritta con il sangue?»

«È strana. Un cadavere che *vive*?»

«Com'era? In stampatello?»

«Sì, ma con le consonanti molto più grandi. *ViVe.*»

«Come se fossero delle iniziali?»

«Be', non ci avevo pensato» risponde Besana. «Ma sì, sembravano delle maiuscole. Come in una firma.»

«Vi-ncenzo Ve-rzeni?» azzarda Ilaria.

«Cazzo, potrebbe aver ragione.»

Ormai sono all'uscita di Cormano. Besana sbadiglia.

«Non intende tenermi sveglio tutta la notte, vero Piatti?»

«Sono ancora agitata, l'adrenalina non mi dà pace» risponde Ilaria.

«A casa le offrirò un altro bicchiere di calmante. Io ho proprio bisogno di una grappa, invece.»

21 dicembre

Il bilocale di Besana sembra un ripostiglio. La poltrona è coperta da una montagna di vestiti, da cui spunta una vecchia racchetta da tennis. Sul tavolo della cucina non c'è spazio nemmeno per una tovaglietta americana: libri, giornali, alcune lattine di birra vuote e un grande posacenere in bilico su un piatto sporco, a sua volta in bilico sul PC. Sul divano c'è un vassoio con un cartoncino vuoto del take-away giapponese e un tovagliolo di carta stropicciato, accanto a una scarpa da ginnastica senza lacci.

«Piattola, preferiva il serial killer?»

Ilaria ride e scuote la testa.

Besana si sta già versando la grappa.

«Dopo quello che ho visto, potrei avere gli incubi io, stanotte. Nel caso, vengo a svegliarla.»

Indica con il mento un armadio con le ante aperte e le spiega che le lenzuola potrebbero stare là dentro, e forse anche le coperte.

«È freddolosa come tutte le donne? Se vuole le cedo il mio piumone. Per quel che riguarda la colazione di domani, non c'è niente. Non compro il caffè dall'estate scorsa. Però c'è un bar di cinesi qui sotto, fanno un ottimo cappuccino. Basta non toccare le brioche, sanno di cozze e sono ad alto rischio epatite.»

Insieme preparano il letto, poi Ilaria si siede sul bordo, vestita. Ha un improvviso calo della tensione, le gira un po' la testa. E tutte le sue angosce approfittano di quel momento di debolezza per invaderla.

«Piatti, si sente bene?»

Ilaria fissa la tenda ingrigita dal fumo.

«Pensavo a mia madre» risponde, senza voltarsi, «chissà come l'ha ammazzata.»

Besana si morde le labbra. È troppo stanco per essere sensibile, e lo sa.

«Ha bisogno di altro Xanax per dormire?»

Ilaria scuote la testa.

«Purtroppo non possiedo né tisane né camomille, ma forse un limone in frigo c'è.» Marco si muove goffo su e giù, fra l'angolo cottura e il divano letto aperto, che occupa da solo tutto il salotto. Sembra un animale da allevamento a cui manca lo spazio vitale: «Posso scaldare dell'acqua in un pentolino e metterci due gocce di limone» adesso è più agitato di lei, «e magari correggere il canarino con della vodka».

Ilaria solleva la testa, lo guarda e scoppia a ridere.

«Un canarino corretto?»

Besana si vergogna. Fissa la punta delle sue scarpe, sconfitto. È stato capace di risalire in cinque minuti al caso Piatti, ma non riesce a dire a Ilaria una parola umana se lei evoca sua madre.

«Sa, oggi ho scoperto che esiste un sentimento più forte del dolore» dice Ilaria.

Besana è immobile, in apnea.

«È la paura» continua Ilaria, «mi sono accorta che è più potente ancora. Però...»

«Però?»

«Però dura meno» risponde Ilaria, seria, «a un certo punto, passa.»

Besana sorride appena, ma sollevato. Ilaria gli sta dando una via d'uscita dai discorsi che non sa affrontare?

«Passa quando ti accorgi che non sei morto» aggiunge lei, «oppure perché muori.»

Besana è mortificato, proprio in senso etimologico. È abituato a guardare cadaveri, non a parlare di morte. Ma Ilaria in fondo ha solo bisogno di raccontare qualcosa a se stessa.

«Mi scusi, stasera non posso a fare a meno di chiedermi se mia madre ha avuto paura» dice. «Ora vado a letto.»

21 dicembre

Al giornale tutti ridacchiano, quando si presenta la coppia. Già parlano di una relazione. E prendono in giro Besana. Eh, il fascino delle stagiste. I colleghi chiacchierano sottovoce – Vi ricordate Lizzy? – risate e risate – Sì, ma quella era una gran figa, *almeno* – battutacce volgari – *Addirittura* la Piatti.

Ma il caposervizio è contento, un cronista sulla scena del crimine – di quel crimine, poi – non ce l'ha avuto nessuno. Usciranno con due pagine intere sul mostro di Bottanuco.

«Stavolta spacchiamo il culo ai passeri» annuncia Besana.

«Bravi» risponde Roberto. «E state addosso al sospettato. Dobbiamo sapere tutto di lui, prima che lo arrestino e ci si buttino gli altri.»

«D'accordo.»

«Calcate la mano su questa storia di Verzeni e sul parallelo con il serial killer dell'Ottocento, mi raccomando. Alla gente piacciono queste cose.»

«Non c'è problema, Piatti sa tutto di lui» risponde Besana.

«Faccio cercare dal grafico dei ritratti di Verzeni e di Lombroso.»

«Ottimo.»

Ilaria si sistema alla scrivania di Besana, osservata da tutti. In particolare dalla nuova stagista, che teme molto questo ritorno. Ma Besana non vuole stare al giornale, non sopporta la vita di redazione. Da quando è inviato – ancora per poco, ma pazienza – può scrivere dove cazzo gli pare. Non deve nemmeno fare presenza.

«Andiamocene» dice. «Sul tablet si lavora meglio, basta trovare un locale con il wi-fi. Ho voglia di uova strapazzate.»

Ilaria ordina un hamburger, ma appena prende in mano il panino, la carne scivola nel pane e schizza come un frisbee contro il vetro del ristorante. Besana scoppia a ridere, fissando la macchia di ketchup sulla finestra. Sembra sangue.

«Solo lei, Piatti» commenta.

Poi si dividono i compiti. Ilaria scriverà un pezzo su Verzeni, lui racconterà il ritrovamento del cadavere.

«Vediamo chi finisce prima» dice Besana.

«Ci sto» risponde Ilaria.

Digitano velocissimi, tutti e due, in silenzio. Per una mezz'ora.

«Finito! Tana libera tutti!» grida Ilaria.

«Mannaggia» risponde Besana, «a me mancano trecento battute. C'ero quasi.»

Questa piccola gara interna ha concesso un pomeriggio libero. Spediscono gli articoli a Roberto che non crede ai suoi occhi. Di solito Besana consegna di notte e lo costringe a uscire insieme ai portieri, mentre la donna delle pulizie lava i corridoi vuoti.

«Che facciamo, Piatti? Un cinema?»

«Meritato, direi. Ma non mi porti a vedere un thriller, se no dormo sul suo divano anche stanotte.»

In quel momento Besana solleva la testa verso il televisore acceso sopra la cassa. E vede Luca Milesi che sta parlando dei delitti di Bottanuco, ospite di una trasmissione pomeridiana.

«Brutto stronzo» tira un pugno sul tavolo. «Usa i nostri articoli e nemmeno ci cita, come se queste cose le avesse pensate lui.»

«Ci porterà via il caso?»

«Roberto non lo permetterà, è un ragazzo serio. E poi Milesi non è in grado di trovare certi scoop, non ha la pazienza di stare sul posto. È troppo occupato a fare il figo in TV.»

«E lei? Non ci va mai in TV?»

«Non invitano la gente come me, Piattola. E poi non mi interessa, mi diverto di più a indagare.»

«Deve proprio continuare a chiamarmi *Piattola*? Anche adesso che siamo diventati amici?»

«Cosa le fa pensare che siamo diventati amici?»

Ma lei sorride, ormai lo conosce.

«Continuo a chiedermi perché ha scelto di imitare proprio Verzeni» dice Ilaria.

«È una domanda che mi sono fatto anch'io» risponde Besana.

«E poi come fa a lasciare così tranquillamente il suo DNA addosso a una vittima e a non aver paura di essere preso? Mi chiedo anche questo. Il Soggetto Ignoto è organizzato e razionale, una persona con una cultura media o alta, sa benissimo che faranno tamponi a tutti nella zona, con una scusa o con un'altra.»

«È strano, sì» dice Besana.

«Crede davvero che sia Vimercati il colpevole?»

«Onestamente no. Penso che quel fighetto sia colpevole solo

di qualche scopata con la badante di suo suocero. Ha scelto il film?»

«Quel film coreano di cui parlano tanto?»

«Piatti, ho dormito tre ore. Non ho voglia di una mattonata, adesso.»

«Tanto non le andrà mai bene niente di quello che propongo io. Scelga lei e facciamo prima.»

«Mi diventa persino svelta» commenta Besana.

24 dicembre

Mentre tutti corrono frenetici per le strade alla ricerca dei regali di Natale, in una Milano disperatamente accesa dalla crisi, pronta a inventarsi tentazioni a basso prezzo per non soccombere, Besana e Piatti sono chiusi nella Biblioteca Sormani. Sul tavolo, una pila alta così di libri.

«Piatti, ma non sapeva tutto su Lombroso? Perché mi ha portato qui?»

«Era solo una piccola ricerca per un esame» risponde lei, «mica una tesi di laurea. Dobbiamo capire meglio quale legame può esserci fra Verzeni e il nostro assassino.»

«Vuole farmi ricominciare a studiare a cinquantotto anni?»

«Ha paura che le dia un voto?»

Si dividono il lavoro. Besana deve cercare negli atti del processo e Ilaria ricostruire la perizia di Lombroso. Dopo un paio d'ore, si alzano per fare una pausa. Besana accusa già un gran mal di schiena e poi vuole fumare.

«Allora? Cos'ha trovato?» chiede Ilaria.

«Vuole sapere se ho fatto i compiti? Ora le leggo il mio temino» Besana si sta facendo con cura una sigaretta, con una mano regge filtro e cartina e con l'altra aggiusta il tabacco.

«Sentiamo» dice lei, sfregandosi i guanti e soffiandoci sopra. Accidenti a Besana che deve fumare con questo freddo.

«Vincenzo Verzeni viene arrestato il 10 gennaio del 1872 su ordine del giudice istruttore di Bergamo» Besana tira la prima boccata soddisfatto, leggendo i suoi appunti sullo schermo del cellulare. «In precedenza, per l'assassinio di Elisabetta Pagnoncelli, era stato fermato un contadino di Suisio, che però aveva un alibi per il giorno e l'ora del delitto. Il processo si apre un anno dopo, il 26 marzo del 1873, presso la corte d'assise di Bergamo. Oltre che dell'assassinio della Pagnoncelli, Verzeni è accusato dell'omicidio di Giovanna Motta e del tentato omicidio della cugina, Marianna Verzeni.»

Besana ha fotografato alcune pagine con il telefono, per non fare la fatica di ricopiare.

«Non sa che bisogna chiedere l'autorizzazione per le riproduzioni digitali?»

«Chissenefrega, Piattola. E poi non se ne sono neanche accorti. Mi lasci continuare, per favore.»

«Scusi.»

«Eravamo rimasti al processo.»

Besana è già stufo di stare chiuso in una biblioteca, quindi propone a Ilaria di andare a mangiare un panino. Solo adesso si è ricordato che è la vigilia di Natale e che forse la ragazza, come tutti, ha dei programmi.

«Non va a New York da sua zia per le feste?»

«Non ho i soldi per il volo» risponde lei, torturando un tovagliolo di carta con uno stuzzicadenti. «Mia zia in realtà me li aveva mandati, ma io li ho usati per pagare l'affitto e restare qui a lavorare. Non posso cercarmi un posto da cameriera, devo essere libera di accompagnarla a Bergamo.»

Besana si morde le labbra.

«Ha fatto bene, Piatti. Ho bisogno di lei, infatti. Qui.»

Ilaria sorride, le basta poco per illuminarsi. Sapere che c'è bisogno di lei, per esempio.

«E lei? Vedrà suo figlio?»

«No. Starò solo.»

«Perché?»

«Perché è partito con la madre» risponde Besana, con un sorriso imbarazzato.

«Ma andate d'accordo?»

«Non tanto. Jacopo è convinto che la separazione sia tutta colpa mia. In parte è vero. Ero molto innamorato di mia moglie, ma ragionavo solo con il pisello. A un certo punto lei si è stufata e mi ha piantato per un altro.»

«È ancora innamorato di lei?»

Besana apprezza che Piatti non gli abbia chiesto se ragiona ancora con il pisello.

«Purtroppo sì» risponde. E butta giù un sorso di birra.

«E i genitori? Non li ha più?»

«Sono morti secoli fa.»

«Per fortuna c'è il lavoro, vero? Io me lo ripeto sempre. Menomale ho un lavoro.»

Besana le fa una carezza sulla testa. Non ha nemmeno il lavoro invece, perché il suo stage è ufficialmente finito. E scrivere un paio di articoli con lui purtroppo non cambierà di molto le cose.

«Ottimo» risponde, «vuol dire che *lavoreremo insieme* anche domani. Sa cucinare, Piatti?»

«No, non so fare niente» risponde lei, a occhi bassi.

«Lo immaginavo. Era solo una provocazione» e le sorride. «Detesto i pranzi di Natale.»

25 dicembre

Il mattino di Natale, Ilaria telefona a Besana alle sette e diciassette. Lui risponde con un ringhio.

«Ho passato la notte a leggere» dice, «quando ci vediamo?»

Besana tasta il comodino per cercare la sveglia, guarda il display.

«Ma uno non può dormire nemmeno la mattina di Natale?»

«Ah, scusi. Pensavo che volesse lavorare. Auguri, eh? Anche mia zia le fa gli auguri. Nonostante tutto la trova simpatico, sa?»

Silenzio. Sbadiglio.

«Piattola, quante parole. Centoventicinque caratteri, spazi inclusi. Circa. Sono appena sveglio, cazzo. Centoventicinque caratteri sono troppi. Venga qui fra un'ora» e riattacca.

Ilaria si presenta con un pandoro comprato al supermercato e un pacco di caffè.

«Detesta anche il pandoro?»

«No, solo il panettone» risponde Besana. «Uh, il caffè. Che buona idea, spero di ritrovare la moka.»

Poi la guarda. È tutta vestita di rosso, comprese le calze. Sospira.

«Auguri, Piatti. Oggi è un po' accecante, ma credo di poterlo sopportare.»

Ilaria fruga negli scaffali della cucina, trova subito la base ottagonale e il bricco, ma non il filtro a imbuto. Chissà dov'è finito. Intanto ha già cominciato a riferire a Besana le sue riflessioni.

«Ma Verzeni deve essere portato in carcere o in un manicomio criminale? Durante l'istruttoria, vengono interpellati due collegi di esperti. Uno per la difesa, l'altro per l'accusa. Ecco il filtro!»

Era finito dentro una scatola di latta per biscotti. Ilaria lo riempie di caffè.

«Per la difesa c'è Cesare Lombroso che fa subito portare Verzeni nel laboratorio del manicomio per le misure antropometriche.» Piatti accende il fornello poi prende in mano il tablet per leggere i suoi appunti. «Comincia dal cranio. Lo fa rasare e nota subito *la gobba frontale sinistra più sviluppata* della destra e una cresta ossea che parte dal sopracciglio destro fino alla parte alta della fronte. Una particolarità riscontrata nei selvaggi, secondo lui. Anche l'orecchio sinistro è più lungo e largo del destro, gli zigomi sono enormi, la mascella inferiore sviluppata in modo singolare, i canini superiori molto appuntiti. E guardandolo negli occhi si nota un lieve strabismo. Lombroso non trascura neppure gli organi genitali.»

Mentre ascolta, Besana cerca di lavare una tazzina incrostata da secoli.

«Senta qua» continua Ilaria. «*Pene ben sviluppato e foggiato a becco di flauto; prepuzio leggermente arrossato e libero da frenulo, il che prova l'uso e anche l'abuso dell'organo*. Che ne dice?»

«Be', mi sembra fondamentale per l'indagine» risponde Besana. «Adesso che sappiamo com'era fatto il cazzo di Verzeni, basta cercarne uno uguale. Ci pensa lei?»

Ilaria scoppia a ridere: «Vabbè, procediamo».

«Ecco, procediamo.»

«Quanto alle tare familiari, Verzeni ha due zii *cretinosi*, cioè affetti da *cretinismo*, ma nessuno dei nonni e dei genitori ha avuto malattie di rilievo. La pellagra, molto diffusa in quelle zone, ha colpito solo il padre, ma in forma lieve. In casa Verzeni si lavora molto ma si sta abbastanza bene, e il cibo non manca mai. Non è gente che mangia solo polenta e si prende la pellagra. Solo una volta, qualche anno prima, Vincenzo confessa di aver mangiato polenta di mais andata a male. È agli atti.»

«Questo particolare è la svolta.» Besana sospira.

«D'accordo, arrivo al punto. Cioè alla perizia di Lombroso. Totalmente infermo di mente certamente no. Ma una diminuzione di responsabilità gli va riconosciuta, almeno per l'ultima parte dell'atto. E sarà proprio la perizia di Lombroso a salvare la vita di Verzeni: con un solo voto di scarto, il 9 aprile del 1873, la giuria popolare lo condanna non alla pena di morte ma ai lavori forzati a vita, da scontare in manicomio giudiziario.»

«Forse gli conveniva la pena di morte» commenta Besana, «erano posti spaventosi i manicomi, allora.»

Ilaria versa il caffè. Apre la confezione e tira fuori il pandoro, lo copre di zucchero a velo.

«Perché non andiamo a dare un'occhiata a quel che resta di quel manicomio giudiziario? È qui a Milano, in corso XXII Marzo. Che ne dice?»

«Il giorno di Natale? Piattola, è matta anche lei.»

19 marzo - 9 aprile 1873

Giacomo Caccia scrive per *La Provincia Gazzetta di Bergamo* da un paio di anni, ha cominciato subito dopo aver preso una laurea in giurisprudenza a Milano. I suoi genitori speravano che facesse l'avvocato, ma lui ha le idee chiare. Vuole diventare un grande giornalista. E oggi, 19 marzo 1873, sta per succedere. Perché hanno affidato a lui il processo del secolo. Ha sentito parlare di questo caso da mesi, *lo strangolatore di donne* è già sulla bocca di tutti (così lo chiamano in città). Quindi c'è attesa. E lui la deve alimentare. Poi la gente penderà dalle sue labbra.

Si gode perfino l'anticipazione. «Un dibattimento che sarà segnalato come uno dei più importanti anche negli annali giudiziari è quello che avrà luogo nella prossima settimana innanzi alla corte d'assise di Bergamo» scrive. «Ci limitiamo a promettere al pubblico, che ne seguiremo colla massima diligenza, e ne daremo il resoconto il più fedele giorno per giorno.»

La mossa è furbetta ma la sua furbizia viene premiata. Lo fermeranno per strada per sapere i dettagli, le signore lo inviteranno nei loro salotti e soprattutto il giornale raddoppierà le vendite. Vincenzo Verzeni per lui sarà la svolta, l'inizio di una brillante carriera, sempre in ascesa.

Udienza del 26 marzo 1873. Giacomo è in prima fila con quaderno e matita. Pronto a prendere appunti. «Siede sul banco degli imputati Vincenzo Verzeni di Bottanuco, di anni ventidue. È un giovanotto con i capelli biondi, con due fini mustacchi dello stesso colore, con lineamenti regolari, d'aspetto florido, di fisionomia che quasi potrebbe dirsi simpatica, se non avesse un'espressione alquanto cupa, ed uno sguardo semilosco. È vestito da contadino agiato. Non dà alcun segno di commozione.»

L'udienza è molto affollata. Bene, bene. Vuol dire che il caso interessa. Viene designata la giuria. Il PM, cavalier Quintavalle, procuratore del Re, legge la sentenza di rinvio e l'atto d'accusa. «Verzeni Vincenzo, d'anni ventidue, è accusato del crimine di tentato omicidio volontario ai danni della cugina Marianna Verzeni coll'aggravante di avere agito senza causa, reato previsto dagli articoli 96, 98, 522, 533 numero 2 codice penale.» Brusio in sala. «Del crimine di omicidio volontario ai danni di Giovanna Motta, senza causa apparente, reato previsto dagli articoli 522, 533 numero 2 codice penale.» Di nuovo brusio. «Del crimine di assassinio ai danni di Elisabetta Pagnoncelli, commettendo tale omicidio con l'aggravante della premeditazione e mancanza di movente, reato previsto dai combinati articoli 522, 526, 528, 531, 533 numero 2 codice penale.» La gente commenta a voce alta, facendo rumore.

Comincia l'interrogatorio dell'accusato. «Silenzio perfetto in aula» annota Giacomo.

«Come avete udito siete oggetto di tre capi d'accusa» dice

il PM, «il primo di questi consiste in un tentato omicidio volontario su Marianna Verzeni, vostra cugina, nel vespro di un giorno di festa, anno 1868.»

Verzeni è nervoso, irritato. Nega di essere colpevole. Allora si passa alla Motta. Verzeni dichiara di conoscere Giovanna Motta solo di vista, perché sua vicina di casa.

«Non foste mai tentato di libidine per essa?» chiede il pubblico ministero.

«No... che vuole, per una ragazzina» risponde Verzeni.

In carcere ha cercato di accusare altri due contadini, ma davanti alla corte ritratta. Allora si passa all'omicidio Pagnoncelli. Gli mostrano la fodera di un cappello trovata sul luogo del delitto e lui risponde che non è sua.

Udienza del 29 marzo 1873. Giacomo Caccia è sempre in prima fila, con il suo quaderno in mano. Compaiono i nuovi periti della difesa: Lombroso e Griffini. «Si dà lettura di atti relativi alle scarpe del Verzeni, allo stato della sua gamba destra» scrive, «difettosa in modo che esso non può camminare dritto affatto, ed è obbligato a zoppicare alquanto.» Cesare Lombroso chiede la rasatura dell'imputato per eseguire le misurazioni craniometriche ma il PM si oppone per evitare che qualche testimone non sia più in grado di riconoscerlo. Si ordina anche che venga accompagnato «dentro una vettura chiusa» e che gli sia data «una grossa scorta di RR. Carabinieri», perché mentre veniva portato dal carcere all'aula del tribunale è stato minacciato dalla folla.

Udienza del 31 marzo 1873. Vengono ascoltati i testimoni, fra cui la madre di Marianna Verzeni. Sostiene di non aver denunciato prima il fatto perché era convinta che le grida della figlia fossero «affari di vermi». Giacomo, sempre molto attento alle reazioni del pubblico, annota: «Ilarità in sala».

Il presidente però non lo trova divertente: «Ma come vi par possibile che i vermi vengano fuori a graffiar la gola?». La teste ride. «Sa bene che non si va a pensare più che tanto» risponde. E insiste: «Sono corsa a raspare della fuliggine, l'ho mescolata con l'aglio, e glielo (*sic*) data da bere alla Marianna per il mal di vermi».

Poi viene chiamato il padre di Marianna. Lui sostiene di non aver dato peso alla cosa perché non c'era motivo. «Vincenzo era un ragazzo che lavorava come una bestia» dice, «e non aveva mai dato uno spino nei piedi a chicchessia.» E qui racconta che Verzeni in vita sua non ha fatto altro che lavorare, che viene da una famiglia che non gli ha mai dato un quattrino, disposta a fargli mangiare terra invece di polenta pur di risparmiare, gente «sempre in pensiero a discutere di interessi, che si fanno i conti addosso gli uni agli altri dal mattino alla sera, e vorrebbero *vendere anche la pelle delle pulci*». Si sente un boato in aula, una risata clamorosa per la frase. Il cronista scrive: (ilarità). Così, fra parentesi.

Udienza del 1° aprile 1873. La tensione è sempre maggiore. Vengono sentite tutte le donne che Verzeni ha aggredito prima di passare ai delitti. La Bravi, la Esposito, la Previtali. Tutte e tre riconoscono l'imputato. Poi vengono ascoltati Giovanni Battista Ravasio, la moglie Maria Lecchi e il figlio diciannovenne Giò Ravasio. E dopo di loro un perito lavandaio che viene interrogato sugli abiti della Motta. Vogliono capire se sono stati lavati o se sono stati ritrovati bagnati perché esposti alla pioggia e alla neve. Qui ogni tanto Giacomo sbadiglia. A tratti il processo è un po' noioso. Si riaccende quando vengono chiamati dei testimoni per raccontare il ritrovamento del cadavere. Li guarda attentamente. Uno è un contadino «con aria zotica pronunciata». L'altro è un sarto «di colore giallo come l'oro». Parlano anche due ragazze che la mattina dell'omicidio Motta hanno visto Verzeni da quelle parti. C'è un momento di tensione in aula perché in tribunale non lo riconoscono. Il presidente perde le staffe, minaccia di incriminare una delle due per falsa testimonianza, allora lei si spaventa. «Domando perdono al signor presidente di aver sbagliato» dice, e riconosce subito Verzeni.

Udienza del 2 aprile 1873. Vengono chiamati i periti. Un medico oculista che ha eseguito l'esame oftalmologico sull'imputato. «Verzeni è affetto da uno strabismo lieve ad ambedue gli occhi e da un mediocre grado di miopia» scrive Giacomo. Interrogato, il professor Quaglino nega che le anomalie riscontrate sulla retina possano essere «causa o conseguenza di alterazione ai centri nervosi». Poi vengono interrogati il sagrestano e il parroco di Bottanuco che smentiscono l'alibi di Verzeni: non si trovava affatto in chiesa. La giornata si fa più interessante quando vengono chiamate due ex fidanzate dell'imputato. Cesare Lombroso interroga Carolina Marchesi. «Che discorsi ti faceva? Non ti ha mai raccontato delle scene di sangue?» La teste risponde di no, non le ha mai raccontato «cose brutte». Si parlava di «cose indifferenti». Di campagna, per esempio. Lombroso vuole sapere se Verzeni soffriva di sbalzi di umore. Carolina scuote la testa. Lo ha sempre «trovato dello stesso umore». Non lo ha mai sentito lamentarsi o inveire contro qualcuno. Forse l'unico difetto è che non faceva mai regali. «Solo una volta mi donò un cartoccio di dolci» dice. Carolina Marchesi però non si è mai trovata sola con lui. Verzeni si avvicinava durante le feste o quando andava alla fontana a prendere l'acqua. Sempre in mezzo alla gente, insomma. E comunque non ha mai riscontrato nessuna stranezza in lui. Angela Tasca, la fidanzata successiva, viene interrogata riguardo al ritardo di Verzeni il giorno dell'omicidio Pagnoncelli. Viene bombardata di domande da tutti. Dal presidente, dai periti, dagli avvocati della difesa, ma la teste – «che del resto non rivela una intelligenza superlativa» precisa Giacomo – continua a escludere che il Verzeni avesse un carattere «strano, perverso, o procace» (nel senso di sfacciato o insolente). Da quella scema non si cava un ragno dal buco. Sono tutti esausti. L'udienza è chiusa.

Udienza del 3 aprile 1873. Il Caccia si guarda intorno compiaciuto. «La sala secondo il solito è alla lettera stipata di spettatori, fra i quali si notano anche molte signore» scrive. Il direttore gli ha detto che stanno stampando il doppio delle copie. La gente si strappa il giornale di mano.

Il presidente acconsente a una richiesta della difesa e fa leggere una relazione medica dell'Ispettorato del manicomio d'Astino che riguarda la teste Maria Previtali. Confermano che è recentemente uscita da quel manicomio e danno un quadro esatto della sua salute mentale. La teste è completamente screditata. Cesare Lombroso è soddisfatto. Gli avvocati della difesa gli stringono la mano.

Udienza del 4 aprile 1873. Giacomo si volta e cerca di contare le persone, ma la gente non sta ferma. Comunque è pazzesco.

L'aula è più piena di un teatro. «Uditorio affollatissimo, come di consueto» annota.

Viene sentito il maestro di Bottanuco, poi alcuni assessori e alcuni amici di Verzeni. Lombroso sta cercando disperatamente di dimostrare che ci sono stati dei casi di pazzia in famiglia, magari legati alla pellagra. Ma non c'è verso. Nessuno ne è a conoscenza. Poi vengono ascoltati dei carcerati compagni di cella del Verzeni. Davide Polli sostiene che Vincenzo gli raccontava che il modo migliore per possedere una donna era prenderla per il collo e che si agitava anche solo se sentiva una voce femminile. Ma gli altri due non ricordano particolari «atteggiamenti morbosi». Poi viene chiamato il carceriere. Lui conferma l'agitazione di Verzeni quando sentiva una voce femminile. E ricorda il suo tremore prima di parlare con un avvocato o con il giudice. Ma non c'è tanto altro.

Udienza del 5 aprile 1873. «La sala è sempre stipata di uditori fra cui abbondano le persone civili» annota. Giacomo Caccia è un uomo felice. Intanto ha già avuto un aumento di stipendio. E poi il direttore gli ha fatto molti complimenti. Tutta Bergamo parla di questo processo. Ma non deve distrarsi, deve trascrivere il più possibile a testa bassa.

Viene sentito un guardiano del carcere di Sant'Agata. Faceva il servizio notturno e ha sempre visto Verzeni dormire tranquillo. Però ammette di essere rimasto colpito dal suo sguardo «di bestia feroce». Poi parlano dei periti, ma Giacomo comincia a essere stanco. Dorme pochissimo in questi giorni. Ha una fidanzata che si lamenta perché per colpa del processo non si vedono più. Mentre i periti parlano, le scrive una lettera. La difesa ottiene il permesso di rasare l'imputato per l'esame craniometrico.

Udienza del 7 aprile 1873. Verzeni, rapato a zero, fa un po' pena. Ascolta in silenzio, con gli occhi preoccupati. Sta parlando, anche a nome degli altri sei, uno dei periti della pubblica accusa, il dottor Manzini. Ha in mano dei fogli: sono il giudizio sullo stato mentale dell'imputato. Il discorso è lunghissimo, ma la conclusione è semplice. Verzeni era lucido e freddo, merita la pena di morte.

Udienza del 9 aprile 1873. La tensione in sala è altissima. La parola alla difesa. Giacomo si guarda intorno. La gente sembra trattenere perfino il respiro.

Il primo a intervenire è Griffini, poi tocca a Lombroso. Da un lato sono d'accordo con il collega, non rinnegano l'esame psicologico dei periti dell'accusa. Ma chiedono un'attenuante. Secondo Lombroso, Verzeni era «responsabile pienamente *in principio* dell'atto, meno responsabile *nel delirio* dell'atto». La difesa non riesce però a dimostrare che la pellagra ha avuto un ruolo nella follia dell'imputato. I periti vengono licenziati. La giuria si ritira per discutere. Alle cinque di pomeriggio del 9 aprile 1873 è pronta la sentenza. È stata una decisione sofferta, raggiunta con un solo voto di maggioranza, dopo molte liti e lunghe discussioni. Tutti si alzano in piedi mentre la giuria rientra in aula, ma si sente solo il rumore delle sedie. Giacomo aspetta il verdetto mordendosi le labbra. In fondo prova pena per l'imputato, anche se ha ucciso quelle donne in modo orrendo. Verzeni tiene la testa bassa, si vede solo il cranio lucido, completamente rasato.

Negli occhi della gente si nota una ferocia quasi peggiore della sua, tutti sperano che venga condannato a morte. Cesare Lombroso guarda in faccia i giurati, uno per uno, cerca di indovinare. La gente adesso mormora, parla troppo. Allora il presidente chiede silenzio. Giacomo trattiene il respiro. Sta finendo il processo che cambierà la sua vita. Ancora non lo sa, ma subito dopo partirà per Milano e scriverà di tante cose importanti, mica di contadini pazzi che squartano le donne.

«La corte d'assise ha in questo momento, in seguito al verdetto dei signori giurati, condannato Vincenzo Verzeni alla pena dei lavori forzati a vita.»

25 dicembre

Al silenzio di un giorno di festa, si aggiunge quello portato dalla neve. Circolano poche macchine e in giro non c'è quasi nessuno. Besana e Piatti sentono il rumore dei loro stessi passi sul marciapiedi.

«Ecco, questa è la chiesa del Preziosissimo Sangue» dice Ilaria.

«Mai nome più indovinato» commenta Besana.

Osservano la facciata moderna e spoglia. Dal cancello s'intravede l'edificio originale, il vecchio manicomio giudiziario, con i soffitti alti e le grate alle finestre.

Entrano in chiesa. La messa di Natale c'è già stata, la navata è vuota e buia. Sull'altare c'è un crocifisso in bronzo, gli angeli sembrano demoni infuriati e Cristo una vittima che urla, dimenandosi, come per sfuggire alla tortura.

«Che posto inquietante.» Ilaria si avvicina a Besana, un po' spaventata.

Poi fa un salto indietro quando vede comparire all'improvviso dall'oratorio un giovane prete con i capelli lisci, un po' lunghi, e la riga in mezzo, i baffi sottili e un po' sovrappeso, vestito di nero e con uno sguardo sinistro, forse dovuto a un lieve strabismo.

«La prossima funzione sarà alle sette» dice.

Besana spiega che sono venuti per vedere l'ex manicomio giudiziario perché vogliono scrivere un libro su Vincenzo Verzeni.

«È stato tutto ristrutturato, restano solo le colonne e le volte. E le finestre alte. Ma venite pure» e li accompagna sul retro, dentro l'oratorio.

Mentre attraversano un lungo corridoio, lugubre, che probabilmente era pieno di letti, il prete comincia a dare spiegazioni.

«La Senavra diventa il principale manicomio di Milano alla fine del Settecento, per volontà di Giuseppe II imperatore d'Austria» dice.

«Un girone infernale» continua, «dove marciscono segregati in condizioni bestiali varie categorie di matti: *ispirati*, *indemoniati* e *quelli che cascano per terra*, cioè i malati di epilessia. E il numero dei ricoverati continua a crescere. Da una media di poco più di quattrocento fra il 1804 e il 1823, si sale a cinquecento e più intorno alla metà del secolo.»

Poi si ferma, in attesa di risposte. Besana si limita a fare un piccolo cenno.

«Le *terapie* variano a seconda della gravità del disturbo mentale» prosegue lui. «I matti tranquilli vengono portati a gruppi dagli infermieri a fare delle passeggiate per le campagne dei dintorni, fermandosi nei cascinali, e possiamo immaginare quanto fossero contenti i contadini. Poi ci sono le occupazioni interne: tipo fabbricare stuoie di paglia, tessere, far le scarpe o gli abiti per dottori e infermiere. Alcuni coltivano l'orto, altri fanno le pulizie o aiutano il cuciniere e il cantiniere, qualcuno viene perfino utilizzato come economo, per fare i conti. Le donne filano, cuciono, fanno nastri e cose del genere. Ma per tutti gli altri, i pazzi furiosi o i criminali, come Vincenzo Verzeni, il trattamento è un po' meno gentile.»

Il prete si volta ancora e solleva le sopracciglia, ammiccando in modo sadico. Zoppica visibilmente e questa andatura rende la visita guidata ancora più inquietante.

«Per settimane, mesi, da quando lo mettono nel reparto di massima sicurezza con assassini e vampiri come lui (c'è anche un macellaio che beveva il sangue delle vittime) gli fanno di tutto. Ustioni alla nuca, isolamento in celle buie, scariche elettriche, dosi massicce di bromuro con la scusa di calmare i *bollenti spiriti*. E soprattutto la cosiddetta *idroterapia*, che va per la maggiore: docce fredde, con getti violenti chiamati in gergo *bastonate liquide*, secchiate di acqua ghiacciata sul condannato disteso nudo su un'asse di legno. E se tutto questo non basta, si passa a torture più raffinate, dalla poltrona rotatoria alle sanguisughe, alle frustate con piante di ortica sui genitali, considerate un efficace rimedio per onanisti e maniaci sessuali. Si può capire che dopo tre o quattro mesi di queste *cure*, Vincenzo Verzeni abbia deciso di impiccarsi.»

«Perché? Si è impiccato?» chiede Besana guardando Piatti. Lei fa cenno di sì con la testa. Si era dimenticata di raccontargli questo particolare.

«Eh, sì» continua il prete soddisfatto. «E magari è proprio lui il fantasma di cui hanno tanto parlato, *il vecchio della Senavra*. Lo riconoscete dal rumore di zoccoli caprini. L'unico modo per liberarsi di lui è lanciargli una monetina.»

Besana e Piatti si guardano di nuovo. Hanno beccato un prete matto.

In quel momento vedono comparire una signora con i

capelli neri a caschetto, che si sta avvicinando a passi veloci.

«Avete bisogno di qualcosa?»

«No, grazie. Volevamo solo vedere l'oratorio. Ci ha accompagnato padre...» in quel momento Besana si accorge che la guida è sparita.

«Quale prete? Non è possibile» dice la signora. «Il parroco è fuori e padre Luigi è andato con lui. Qui ci sono solo io» risponde lei.

«Un prete giovane, con i capelli lunghi» insiste Besana, «leggermente strabico.»

«Che zoppica» aggiunge Piatti.

«Il parroco ha i capelli bianchi e padre Luigi è pelato. Entrambi camminano benissimo. Forse non era un prete» la signora li sta guardando con sospetto.

«Non si preoccupi, non vogliamo disturbare ancora» Besana afferra Ilaria per un braccio, «ce ne andiamo subito, grazie.»

25 dicembre

Dopo la bella gita in manicomio, Besana invita Ilaria al ristorante.

«In fondo non ci siamo ancora concessi una cena di Natale.»

«Ma non detestava queste cose?»

«I pranzi di Natale, detesto. Le cene, specie in un buon ristorante, mi piacciono sempre. Ho proprio voglia di una battuta con patate arrosto.»

Besana sceglie il solito posto vicino al giornale, dove è di casa. Subito si fa portare l'antipasto di puntarelle, mozzarella di bufala, prosciutto di Parma e focaccia al rosmarino. Naturalmente con una buona bottiglia di Pinot Noir. Ilaria sceglie un risotto alla milanese e lui la famosa battuta, che desiderava dal pomeriggio.

«Buon Natale, Piattola.»

«Grazie, anche a lei. Erano tanti anni che non mi divertivo così il giorno di Natale. Forse solo da bambina. Poi, quando è morta mia madre, mi è diventato insopportabile.»

«Ci credo.»

«Il primo Natale *dopo*, l'ho passato sola con il suo assassino.

Non sapevo che fosse il suo assassino, il cadavere non era stato trovato e mio padre sembrava una vittima quanto me. Che avevo sette anni. Quindi cercavo anche di tenerlo allegro. Dai, papà, lei se n'è andata, ma noi ce la caveremo. Così.»

«Mi dispiace.»

«No, non si deve dispiacere. È cronaca.»

«Non nel suo caso» risponde Besana.

«Perché? Siamo autorizzati a soffrire solo se conosciamo i parenti delle vittime o degli assassini? Se è cronaca, è cronaca per tutti.»

Ma Ilaria stasera non ha voglia di essere cupa e tocca il bicchiere di Besana. Ha in mente un brindisi speciale.

«A Vincenzo Verzeni, che ci aiuterà a trovare l'assassino che lo sta copiando» dice.

«Piatti, temo che lei abbia le idee un po' confuse. Quello è un altro mestiere. I giornalisti non devono trovare gli assassini, spetta agli inquirenti.»

Ilaria si riempie il piatto per la seconda volta, a quanto pare aveva fame.

«Ma lei ci crede che Verzeni si sia suicidato?»

Besana riflette un attimo, fissando il colore del Pinot.

«Magari non si è impiccato per togliersi la vita, ma per provare piacere.»

«In che senso?»

«Tecnicamente la sindrome si chiama asfissia autoerotica o asfissiofilia.» risponde Besana. «È molto più diffusa di quanto si creda. Solo che, per fortuna, non sempre ha conseguenze fatali.»

«Davvero?»

«È una pratica che si basa sugli orgasmi che si ottengono

sottoponendosi a strangolamento o impiccagione parziale durante la masturbazione.»

«Come nell'*Impero dei sensi*?»

«Esatto. Ma ci sono stati dei casi famosi. Nel 2009 ha fatto scalpore quello di un attore americano trovato morto in un albergo di Bangkok con una corda intorno al collo e una intorno agli organi genitali. Le due funi erano attaccate a un attaccapanni nella sua stanza.»

«Pazzesco.»

«Mi sono occupato di queste cose per scrivere un pezzo. Mi ricordo che avevo trovato uno studio di un'università canadese che diceva che quasi centossessanta persone ogni anno, in America, muoiono per autoerotismo estremo.»

«Non ci credo.»

«Oh sì. I più a rischio sono i maschi single. Si muore soprattutto d'estate per impiccagione involontaria, non mi chieda perché. E la maggior parte delle volte non si è sotto effetto di alcol o droghe. È un giochetto consapevole.»

«Del resto, Verzeni godeva a strangolare gli altri. Probabilmente, quando non ha più potuto farlo, ha cercato di ritrovare quel piacere usando se stesso» dice Ilaria.

«Sono tanti i serial killer interessati a questa modalità erotica. Ce n'era uno... Oddio, come si chiamava? Non ho più memoria, cazzo. Con i nomi è un disastro. Ah sì. Gerard Schaefer. Era un agente di polizia che lavorava in Florida. Schaefer rapiva giovani autostoppiste, le portava nel bosco e le legava fino a soffocarle. Qui da noi è famoso Gianfranco Stevanin. Uno di questi, non ricordo più quale, per ritrovare l'estrema eccitazione dell'attimo fatale, fotografava le sue vittime mentre morivano.»

Ilaria lo ascolta ammirata.

«Quante cose sa.»

«Mi sono occupato di questa robaccia per tutta la vita» risponde Besana.

27 dicembre

Sono le cinque di mattina e Ilaria sente suonare il campanello. Brontola nel sonno e si rivolta, abbracciando il cuscino. Ma qualcuno insiste, si è proprio attaccato al citofono. Si alza e raggiunge la porta con gli occhi socchiusi. Poi urla. Ha urtato la gamba del tavolo con il piede nudo, cazzo che male.

«Chi è?»

«Io, mi faccia salire.»

«Ma che ore sono?»

Ilaria cerca di aggiustarsi i capelli, gonfi come negli anni Sessanta, ma senza la grazia di una cotonatura. Aspetta Besana davanti alla porta aperta.

Lui entra, affannato. Ha fatto le scale di corsa.

«Si deve vestire subito. C'è stato un altro omicidio.»

«Mi faccia prendere un caffè, almeno» risponde Ilaria.

Prepara la moka sbadigliando e zoppicando.

«Cos'ha fatto al piede?»

«Ho preso in pieno il tavolo del salotto» risponde. «Spero di non essermi rotta un dito.»

«Siamo alla terza vittima. C'è un'escalation» dice Besana.

«Verzeni non è mai arrivato alla terza vittima. Si sta prendendo troppe libertà, il suo imitatore» risponde Ilaria, mentre versa il caffè bollente in tazze grandi.

«Ma sul muro ha scritto con il sangue *ViVe*. E ci sono dieci spilli. Quindi è il nostro uomo.»

«Il solito *modus operandi*?»

«No, a quanto pare questa volta è stato un po' pigro. Niente viscere o genitali asportati, si è limitato a strangolarla e a tagliuzzarle il polpaccio.»

«Strano» riflette Ilaria, bevendo il caffè, «di solito la violenza aumenta. Non diminuisce mica.»

«Forse ha avuto più riguardi perché conosceva la vittima.»

«Probabile, certo. Chi era?»

«Una tranquilla signora di quarantatré anni che faceva l'assicuratrice, madre di tre figli. Antonella Ravasio, sposata con un medico, Pietro Foresti, che ne ha denunciato la scomparsa ieri mattina. Hanno trovato il cadavere qualche ora fa.»

«Ravasio? Come i signori per cui lavorava Giovanna Motta. Sarà una citazione? Faccio fatica a capire come sceglie le vittime.»

«Forse a caso.»

«Dopotutto anche Verzeni, diversamente da altri seriali, non cercava donne simili fra loro, con una qualche caratteristica fisica precisa in comune.»

«Si vesta, Piatti. Non bisogna perdere tempo» ordina Besana.

«Mi dà cinque minuti per una doccia?»

«No. Si infili addosso le prime cose che trova.»

Ilaria corre in camera, afferra un maglione a collo alto viola, un paio di jeans, dei calzini a righe e i soliti stivali di gomma da pescatore. E si chiude in bagno. Torna dopo un attimo, ma con le trecce del golf sulla schiena.

«Non ho mai capito se portano fortuna o sfortuna le cose a rovescio. Mi limito ad avvertirla che ha messo il pullover al contrario.»

Lei se lo sfila veloce, lasciando intravedere una canottiera fosforescente.

«Eccomi, sono pronta» annuncia con voce ancora un po' addormentata.

27 dicembre

Alle otto di mattina la Questura è già presa d'assalto dai giornalisti. Ci sono anche un paio di televisioni. Besana saluta una collega bionda che, al contrario di Piatti, è già perfettamente truccata e pettinata nonostante la levataccia. Forse perché la vedranno tutti al telegiornale, all'ora di pranzo.

«Siamo alla terza vittima» gli dice, «che carneficina.»

«Andate in onda all'una?» chiede Besana, preoccupato di arrivare dopo, con i tempi pachidermici di un quotidiano. Fra internet e la televisione rischia di ripetere le solite cose, già sentite mille volte.

«Certo, in apertura. E alle due ci sarà uno speciale. Gli italiani non pensano ad altro. *Il vampiro di Bottanuco* ha completamente monopolizzato l'attenzione.»

«Hanno trovato morsi anche su questa donna?»

«No, ma ormai è stato battezzato così» risponde la collega. «Il vampiro fa audience.»

«Già» borbotta Besana.

Poi si accorge che si è dimenticato di presentare Piatti.

«Ilaria Piatti» dice, «una nuova promessa della nera. Tenetela d'occhio.»

La bionda non si presenta. È una giornalista televisiva e dà per scontato che tutti la conoscano.

In quel momento lo chiama Giorgio per dire che è meglio darsi un appuntamento altrove: vede dalla finestra che davanti all'entrata c'è un muro di cronisti con i microfoni e le telecamere puntate. Potrebbe uscire dal retro e raggiungerlo in un bar defilato.

Besana trascina Ilaria verso la macchina, la vede un po' persa stamattina.

«Sveglia, Piatti! Sta ancora sognando?»

«Non sto sognando» risponde Ilaria. «Sto pensando.»

«Lei non deve pensare, deve stare sulla notizia.»

Besana raggiunge in fretta il bar che gli è stato indicato e sceglie una saletta laterale, dove c'è il biliardino. Nessuno gioca a calcetto la mattina presto, possono stare tranquilli. Ilaria, sempre un po' distratta, sta ammirando un vecchio flipper anni Ottanta.

«Darei qualsiasi cosa per portarmelo a casa» dice.

«Nel suo appartamento non ci sta nemmeno un frigo di misura normale» commenta Besana, sfogliando un quotidiano.

Poco dopo arriva Giorgio, trafelato. Ordina un caffè e si siede di fronte a Besana.

«Non capiamo più niente, Marco» dice. «Vimercati ha un alibi di ferro per questo delitto: la polizia stradale gli stava facendo l'etilometro. E poi era la sera di Natale, in macchina con lui c'era la moglie.»

«Lo immaginavo!» lo interrompe Ilaria, colpendo il tavolo con la mano.

«Che Vimercati non c'entra?»

«No, che *questo omicidio* non c'entra» risponde.

Silenzio. Giorgio la guarda stranito. Besana sospira.
«Piatti, non sta giocando a Miss Marple. È una giornalista, solo una giornalista.»
Ilaria è agitatissima, inarrestabile.
«Ascoltatemi, almeno. Sono ore che rifletto.»
«Ah, allora» commenta ironico Besana.
«No, parlo sul serio. E se qualcuno avesse approfittato della psicosi da serial killer per far passare inosservato un omicidio di altro genere?»
Besana adesso è proprio scocciato. Si sta portando dietro una dilettante. Si vergogna.
«Lei legge troppi gialli» risponde secco.
Poi si volta verso Giorgio.
«Scusa, è *una stagista*. Vai avanti.»
Ilaria abbassa gli occhi, ferita. Stavolta l'ha maltrattata davvero. Un conto è scherzare e un conto è darle della *stagista* con quel tono dispregiativo. Come se Besana fosse nato cronista, e non avesse fatto la gavetta come tutti gli altri. Non parla più.
«Ora aspettiamo i risultati sul DNA di Vimercati. Per ora sappiamo solo che quello di Picariello non corrisponde né allo sperma né al morso sulla Albu. A lui l'alcol test l'hanno già fatto una settimana fa. L'hanno pure multato perché guidava sbronzo.»
«E il DNA trovato sulla Perego?»
«Nessuna corrispondenza con Picariello. In compenso, tre clienti si sono fatti avanti spontaneamente. La scientifica sta lavorando sui tamponi. Ma hanno tutti un alibi. Uno era un ferroviere, all'ora del delitto era già a Bologna. Un altro, avvocato. Quella notte era a Milano, ci sono le ricevute della cena e le telecamere dell'albergo. Il terzo, un commerciante di Sui-

sio. Aveva i figli a dormire e i suoceri hanno confermato che è venuto a prenderli alle otto. E le celle a cui si è agganciato il suo telefono non smentiscono quei movimenti. Per il resto, la Perego è venuta in contatto solo con le sue colleghe e con la sorella. Però il medico legale ha fatto una scoperta interessante.»

«Cioè?»

«Quei segni sul polpaccio sinistro, quello non asportato, non sono graffi.»

«E cosa sono?»

«Morsi» risponde Giorgio.

«Merda» dice Besana, prendendo appunti.

«È stato prelevato un campione di DNA e corrisponde perfettamente alla saliva trovata sulla Albu. Appartiene al Soggetto Ignoto, non abbiamo dubbi.»

27 dicembre

Per tutta la mattina Ilaria non apre bocca. Accompagna Besana all'inseguimento del sostituto procuratore, che però non rilascia dichiarazioni e tanto meno concede interviste.

«Cazzo, che donna affabile» impreca Besana, tornando alla macchina.

Ilaria lo segue in silenzio, senza commentare.

«Piatti? Sta facendo sciopero delle corde vocali?»

Lei non ride.

«È per caso arrabbiata con me?»

Non risponde.

«Sia chiaro, non la obbligo mica a stare qui. Se preferisce, l'accompagno alla stazione e può guardarsi una serie crime scandinava tutto il pomeriggio.»

Lei si ferma, in mezzo alla strada, con le braccia incrociate.

«Esigo rispetto» dice.

«Oddio che noiosa. Solo perché mi sono permesso di dirle che un giornalista non si comporta così, specie davanti a un poliziotto che fa il suo mestiere seriamente e sta cercando di darci una mano.»

Poi passa veloce una moto e Ilaria fa un balzo indietro, spaventata. Besana scuote la testa.

«Mi tocca anche prenderla per mano quando attraversa. Andiamo a mangiare, su. Così le passa il cattivo umore. Potremmo tornare nella pizzeria di Picariello, tanto non è più indiziato. Che ne dice? E a tavola mi racconta le sue idee. L'ascolto, promesso.»

Appena si siedono, Ilaria lo guarda dritto negli occhi.

«Se vuole che continuiamo a lavorare *insieme*, si deve dare una regolata. So che mi ha dato una grande occasione, e le sono molto grata per questo, ma anch'io ho dato una grande occasione a lei, non se lo dimentichi. Chi ha tirato fuori la storia di Verzeni? La mia esperienza in un giornale è stata breve, ma in quei pochi mesi ho colto alcune cose fondamentali.»

«E cioè?»

«Che per lavorare bene, il tuo capo deve capirti. Se non funziona il rapporto, non funziona neanche il giornale.»

«E io sarei il suo capo?»

«Per il momento, sì» risponde Ilaria.

«Cos'ho sbagliato?»

«A dirmi che leggo solo gialli. È vero che li leggo, ma sa perché? Perché sono meravigliosamente lontani da quello che ho vissuto.»

«Mi scusi» sussurra Besana.

«Non lo prenda come un ricatto, per favore. Altrimenti mi sentirei due volte umiliata. Consideri il mio passato come una risorsa, piuttosto.»

«Lo farò» risponde Besana.

In quel momento si avvicina la cameriera che avevano conosciuto la volta precedente.

«Buongiorno, Melissa» dice Besana, «che piacere rivederla.»

La ragazza è agitata, cerca nervosamente la penna nella tasca del grembiule.

«Stavo per chiamarla» risponde, «ma avevo perso il biglietto da visita.»

Besana raddrizza il collo, interessato.

«Novità sulla sua amica Aneta?»

«No» risponde Melissa. «Ma devo raccontarle una cosa che so riguardo alla signora Ravasio. Poverina, veniva sempre qui con i bambini.»

Melissa si volta in continuazione, come per controllare di non avere nessuno alle spalle.

«L'ascolto» dice serio Besana.

«Preferirei parlarle in privato. Stacco alle quattro, possiamo vederci in piazza, davanti alla chiesa.»

«D'accordo» risponde lui.

Melissa scappa via, dimenticandosi l'ordine. Raggiunge il forno a legna e subito gira su se stessa, per tornare da loro.

«Scusate, ho dimenticato le pizze.»

Prima di tornare alla sua ipotesi, Ilaria fa alcune domande a Besana.

«È già stato interrogato il marito della Ravasio?»

«Certo, subito. Ha riconosciuto il cadavere e ha detto di avere fatto denuncia il mattino precedente, quando si è svegliato e non l'ha trovata. Dove poteva essere andata il giorno di Santo Stefano? Ha fatto delle telefonate, nessuno sapeva niente e così è andato in giro a cercarla. Poi ha deciso di rivolgersi alla polizia.»

«Non dormivano insieme?»

«No, lui dormiva su un divano letto, in tavernetta. Quanto odio le tavernette.»

«Allora tirava aria di separazione.»

«Sembra che fosse una loro abitudine. Lei dormiva con il figlio più piccolo e con il cane.»

«E nessuno si è accorto che quella notte non è tornata?»

«Nessuno, nemmeno la figlia di dieci anni. Dormivano tutti. Antonella, la sera di Natale, era andata a cena con un'amica. Altra cosa strana, no? Di solito a Natale si sta in famiglia. Si sono salutate alle undici, poi non è stata più vista.»

«L'ora del delitto?»

«Mezzanotte. Mentre la polizia stradale faceva soffiare nell'etilometro Vimercati.»

«Dove l'hanno trovata?»

«In una discarica.»

«E la scritta?»

«Su un muro, lì accanto.»

«Era uguale a quella che hanno trovato nella cascina dove hanno ucciso la Perego?»

«Non lo so, non ho ancora visto le foto. Del resto, siamo sempre stati insieme. Le avrebbe viste anche lei, no? Ho qualche notizia in più solo perché Giorgio mi ha chiamato all'alba.»

«Chi ha trovato il corpo?»

«Un muratore tunisino che stava tagliando per la discarica per tornare a casa, dopo una notte passata con una ragazza.»

«Sospettabile?»

«Piacerebbe, a questi del paese. Invece no. La ragazza conferma. E anche la coinquilina, pare che i due abbiano fatto casino fino alle quattro. Beati loro.»

Ilaria sorride.

«E lei? Non ha una storia? In fondo è separato da tanto.»

«Si faccia gli affari suoi, Piattola.»

27 dicembre

Melissa è una bella ragazza di ventiquattro anni, alta e riccia. Si nota anche da lontano. Sta aspettando Besana davanti al portone della chiesa, stretta nel piumino. Dice qualcosa, ma a quella distanza si vede solo la condensa del fiato.

Accosta e abbassa il finestrino, si stringono la mano e lei chiede di salire in macchina. È un paese piccolo e non vuole farsi vedere mentre parla con un giornalista. Tutti si riempiono la bocca di una sola parola: *riservatezza*. Per definire una persona per bene, dicono: È *riservata*. È una specie di tic linguistico. Naturalmente la presenza dei giornalisti e l'insistenza degli inquirenti mettono in crisi questo culto della chiusura. La gente è costretta a farsi delle domande, mentre gli altri cercano di farne a loro.

Melissa sta per laurearsi in giurisprudenza, lavora in pizzeria solo per pagarsi gli studi. Poi se ne andrà, non vede l'ora. Forse a Milano, forse a Roma, ancora non ha deciso. Comunque in una grande città. Vuole fare l'avvocato divorzista, in quel campo di lavoro ce n'è, con tutte le coppie che si separano.

«Per questo abbiamo parlato» dice.

«Con Antonella?» Besana è molto interessato.

«Sì, circa un mese fa. È venuta in pizzeria con i bambini e mi ha chiesto un consiglio. Conosceva mia madre, andava sempre nel suo panificio, quindi sapeva che io stavo studiando quella materia. Non voleva rivolgersi a un avvocato, non ancora.»

«E parlavate davanti ai suoi figli?»

«No, loro erano andati a giocare con le bolle di sapone, nella sala sul retro.»

«Cosa le ha chiesto?»

«Voleva informarsi sulla casa, che era pagata dal marito con un mutuo. E io le ho detto che con tre figli poteva stare tranquilla, qualsiasi giudice l'avrebbe lasciata a lei.»

«E le ha detto perché voleva separarsi?»

«Me l'ha detto, ma non quella volta. È tornata qui prima di Natale, con sua cugina, e abbiamo chiacchierato ancora, più liberamente. La cugina è la proprietaria dell'erboristeria, potete parlare con lei, che sicuramente ne sa di più.»

«La donna che era con Antonella la sera del delitto?»

«No, quella era un'amica della palestra. Comunque Antonella era agitata, si vedeva che non stava bene. Diceva che suo marito aveva un'amante, ne era sicura. Poi ha fatto un discorso strano, che non ho tanto capito. Diceva che suo marito era abituato a *mentire per lavoro*.»

«Cosa intendeva?»

«Ah, non lo so» risponde Melissa, alzando le spalle.

«Possiamo scrivere queste cose?» chiede Besana. «Senza rivelare la fonte, naturalmente.»

«Va bene, mi fido di voi. Sa, in questo periodo non è il massimo abitare qui. Io ho paura, per esempio. Di tutto ho paura, e non distinguo neanche più i piani. Ho paura di essere uccisa come di quello che possono dire di me. Che strano. Vivo con mia madre e questo mi tranquillizza un po'. Ma non esco più da sola. La sera, quando devo tornare a casa, mi faccio sempre accompagnare da Abbas, il pizzaiolo.»

«Posso immaginare» risponde Besana. «Fa bene a stare attenta.»

Melissa ha proprio il terrore negli occhi, mentre parla.

«Mi potete togliere una curiosità? Non riesco a darmi pace, ho gli incubi quando penso a Aneta. Le ha tolto le viscere quando era viva o quando era morta? Questo particolare non lo ha scritto nessuno, però fa la differenza.»

«Ha ragione» risponde Besana. «A volte cerchiamo di non essere troppo crudi. Comunque era morta, per fortuna.»

«Che sollievo» dice Melissa.

«E di lei cosa può dirci?»

«Aneta aveva una relazione con Vimercati. Non eravamo amiche, però ogni tanto lavoravamo insieme, quindi un po' si chiacchierava. Veniva in pizzeria quando aveva un giorno libero, per arrotondare. Voleva mettere da parte dei soldi per iscriversi a un corso da hostess. Lo stipendio lo mandava tutto al figlio e ai genitori. Aneta non mi diceva il nome di questo suo amante, diceva solo che era sposato, però li ho visti insieme varie volte e ho collegato le cose. La pizzeria è della moglie di Picariello e spesso lui la sostituiva in cassa. Quando sua moglie non c'era, Picariello faceva delle battute ad Aneta, anche davanti a me. Però teneva la parte a Vimercati, perché gli prestava dei soldi. Picariello ha la cattiva abitudine di rovinarsi con le slot. La moglie strilla, ma alla fine incassa. Ultimamente però lo aveva minacciato pesantemente, eravamo tutti presenti durante quella litigata. Quindi lui si era rivolto a Vimercati.»

«Ecco spiegato l'alibi» commenta Besana.

«Un alibi falso» continua Melissa, «Aneta aveva un appuntamento con lui, ne sono certa. Si truccava sempre prima di incontrarlo e quella sera aveva dimenticato il rossetto. Gliel'ho prestato io. Picariello sicuramente è andato a giocare da qualche parte, nel frattempo. Quando ruba i soldi dalla cassa, vuol dire che non resiste più. A volte si intasca perfino le monete che ci lasciano come mancia. Io e Aneta non le mettevamo più nel bicchiere della birra, se no addio.»

«Forse, per smentirlo, basta cercare nei bar della zona. Dove ci sono delle slot» riflette Besana.

«Sicuro. Ma, francamente, non penso che Vimercati possa avere fatto una cosa del genere. È un bambinone, non un sadico. Semmai un codardo, prometteva ad Aneta un sacco di cose sapendo benissimo che non avrebbe mai lasciato la moglie, la sua unica fonte di reddito.»

«Come fa a dire che non è un sadico?»

«A intuito. L'ho sempre considerato uno spaccone, tutto sommato anche gentile, faccio molta fatica a immaginarlo come una personalità disturbata che gode a uccidere. E poi Vimercati è un casinista, dimentica sempre le cose in giro, il contrario di un killer organizzato. Quando trovavamo un maglione o una sciarpa in sala, sapevamo sempre che era roba sua. Una volta ha dimenticato persino il portafoglio sul bancone.»

«Anch'io ho il sospetto che sia qualcun altro» dice Besana.

«Lo prenderanno?»

«Speriamo. Intanto, per oggi, l'accompagno io.»

«Grazie» dice lei, con un sorriso.

Melissa ha una bella bocca, con una dentatura luminosa, e il mento volitivo. Occhi scuri e intensi, espressivi. È una ragazza sveglia.

Mentre Besana digita l'indirizzo sul navigatore, Ilaria, che è rimasta zitta durante tutta la conversazione, sbuca dal sedile posteriore.

«Anch'io avrei paura qui. Vuoi venire a stare a Milano da me per un po'?»

Sia Melissa che Besana si voltano di scatto, sorpresi.

«Sul divano c'è posto» spiega Piatti.

«Grazie» risponde Melissa, «sei gentilissima. Ma devo lavorare in pizzeria. Sto mettendo da parte un po' di soldi per andare via dopo la laurea. Comunque è bello incontrare gente come voi. È un po' soffocante, il paese. Non trovo mai nessuno con cui chiacchierare di cose interessanti.»

Prima di scendere dalla macchina, Ilaria e Melissa si scambiano i numeri e mille promesse.

«A prestissimo, allora.»

«Sì, a prestissimo.»

«Melissa come?» chiede Besana, dandole per la seconda volta il biglietto da visita.

«Roncalli. Melissa Roncalli» ripete lei, stringendo la carta.

«Come il papa?»

«È un cognome molto diffuso in queste valli» si infila il biglietto in tasca. «Questa volta non perderò il suo numero, è troppo prezioso. Lo registro subito sul cellulare. Le chiederò ancora un passaggio, mi sa.»

«Ci tengo» risponde Besana.

E si salutano.

27 dicembre

«Piattola, lei riesce sempre a sorprendermi. Intende aprire un ostello per tutte le donne di Bottanuco?»

Besana fa inversione, scuotendo la testa.

«Mi sono solo messa nei suoi panni. Io morirei di paura a stare qui. Mi è bastata quella notte nel motel» risponde Ilaria.

«Se vuole fare questo mestiere, deve imparare a mettere distanza. Cosa farà quando la manderanno a contare i cadaveri nel mare di Lampedusa? Offrirà un divano letto a tutti i sopravvissuti del barcone?»

Ilaria non ha voglia di prediche, quindi cambia discorso.

«Dobbiamo trovare l'erborista» dice.

«Giusto» risponde Besana.

Esiste una sola erboristeria in paese, non ci mettono molto. Entrano come semplici clienti. Ilaria annusa dei saponi e Besana studia incuriosito delle orribili candele a forma di angelo. La proprietaria è una quarantenne molto truccata e molto aromatizzata dal negozio. Si muove sinuosa su un paio di tacchi altissimi, abbastanza incompatibili con la neve e il ghiaccio sulla strada, e non sembra patire il freddo, inguainata in un paio di leggings di cotone.

«C'è un'offerta per capodanno» dice, «se prendete tre bagnoschiuma, diamo in omaggio una candela e il vischio dorato.»

Cerca di sorridere ma, nonostante lo spessore del fondotinta, si vede che è parecchio provata dalla morte della cugina.

«Siamo dei giornalisti» dice Besana.

Lei spalanca gli occhi. Per non fare vedere che le tremano le mani, incrocia le braccia e le nasconde sotto le ascelle.

«È la cugina di Antonella Ravasio?»

«Chi ve lo ha detto?» si mette subito sulla difensiva.

«L'abbiamo saputo» risponde con calma Besana, riponendo sullo scaffale un deodorante per l'ambiente che era tentato di comprare per la sua macchina.

«Non voglio essere intervistata» dice.

«Desideriamo solo fare due chiacchiere. Il suo nome non comparirà, glielo garantisco» la tranquillizza Besana.

La donna non sa se fidarsi o no. Li guarda senza parlare.

«Ci hanno detto che Antonella voleva separarsi. Lei sa perché?»

«Cosa c'entra il marito? Pietro è uno stronzo, ma certo non un serial killer» risponde lei, aggressiva. Non capisce dove vogliono arrivare.

«È ovvio ma...» continua Besana, che improvvisamente viene interrotto da Ilaria.

«Ma vorremmo sapere qualcosa di più sulla vittima, per renderle *giustizia*» dice Piatti.

Ha usato questa parola apposta – *giustizia* – per smuovere la coscienza della cugina. A intuito, quella che ha davanti è una donna sola, molto arrabbiata con il genere maschile, e soprattutto tormentata dal bisogno di raccontare a qualcuno che Antonella stava soffrendo.

E non sbaglia, perché l'erborista fa un grande respiro. Chiude un attimo gli occhi, coperti da un pesante strato di ombretto nero.

«L'hanno ammazzata come una bestia» storce la bocca per non scoppiare a piangere. «Ha vissuto pochissimo e non è stata nemmeno felice. All'inizio, quando mi hanno telefonato per dirmi che era scomparsa, pensavo a un suicidio.»

«Colpa del marito?» la incalza Ilaria.

«Sì, l'aveva esasperata. Continuava a negare, ma lei aveva capito benissimo. Un bugiardo cronico.»

«Aveva un'altra?»

«Antonella una sera le aveva pure telefonato, poi all'ultimo aveva cambiato idea e aveva buttato giù. Forse perché si vergognava.»

«Si conoscevano?»

«Solo di vista. I bambini andavano a scuola insieme.»

La cugina adesso sembra pentita di avere parlato troppo, si guarda intorno come un animale braccato, in cerca di una scusa per mandarli via. Ma Ilaria la colpisce con una domanda troppo precisa.

«Secondo lei, cosa può voler dire questa frase di Antonella: Mio marito era abituato a *mentire per lavoro.*»

La donna si siede, esausta o afflitta o disperata, chissà. Resta un attimo in silenzio, poi solleva piano la testa.

«Voleva dire che Pietro faceva il medico anche se non si era mai laureato. È un reato, vero?»

«Esercizio abusivo della professione e truffa ai danni dell'azienda sanitaria» risponde calmo Besana.

«Oddio, lo sapevo. Lo sapevo che non doveva farlo. Antonella aveva perso la testa e lo minacciava. Se mi lasci per quella là, racconto tutto. Io le dicevo che era sbagliato!» Poi scoppia a piangere, non ce la fa più.

«Deve parlarne con il sostituto procuratore» dice Besana. «È importante, signora.»

27 dicembre

Appena escono dal negozio, Besana chiama il caposervizio della cronaca per aggiornarlo.

«Stai scherzando? Che significa un pezzo di Milesi? Non ha mica alzato il culo all'alba per venire qui! Ma cosa ne sa lui?»

Besana è furibondo, sbraita e tira calci alle gomme della macchina. Aziona il telecomando per aprire gli sportelli come se fosse il detonatore di una bomba.

«Merda» dice. «Vado in pensione volentieri, che cazzo.»

Ilaria lo guarda preoccupata.

«Non ci fanno scrivere l'articolo?»

«Ci mancherebbe altro. Però a noi danno un taglio da quattromila battute e a quello stronzo, che non sa di cosa sta parlando, una lenzuolata di due pagine.»

«Ma da chi è appoggiato?»

«Tanto per cominciare, è l'amante della vicedirettrice. Lo sanno tutti. E poi è sicuramente affiliato a qualcosa. Io però me ne sbatto. Farò questo lavoro ancora per poco, ma intendo farlo seriamente.»

Besana tira uno schiaffo al volante.

«Anzi no, ho cambiato idea. Per la prima volta in trentacinque anni non sarò serio affatto. Per dispetto, tiè. Le scriva lei, Piatti, quelle quattromila battute del cazzo. Io mi limiterò ad aggiungere la mia firma alla sua.»

«Si chiama sfruttamento» risponde Ilaria.

«No, si chiama vadano-tutti-affanculo» dice lui, girando la chiave.

Mentre Besana beve tranquillamente uno Spritz, Ilaria scrive il pezzo. Dopo un'oretta, gli consegna il tablet. Besana legge l'attacco e subito si mette a urlare.

«Ma è matta? Lei non può scrivere che Vimercati è iscritto nel registro delle notizie di reato! Non stiamo parlando del registro degli indagati, che è pubblico. Questo è un modello 21, preliminare, serve per svolgere le indagini in silenzio, senza avvertire la persona in questione. Poi vengono a sapere che parliamo con la polizia giudiziaria e Giorgio è nella merda fino al collo. È un reato, Piatti: rivelazione di segreto d'ufficio. Noi veniamo querelati e l'indagine compromessa perché Vimercati si cerca subito un avvocato. Cosa a cui avrà diritto quando riceverà l'avviso di garanzia e sarà iscritto nel registro degli indagati, la differenza è proprio questa. Se l'indagato è informato o no. Dove cazzo ha la testa, Piatti?»

«Scusi» risponde lei, mortificata. «Non lo sapevo.»

«Non può fare la giornalista di nera e ignorare queste cose, porco giuda. Riscriva da capo, e lasci perdere Vimercati, per favore.»

Ilaria sospira, appoggia i gomiti sul tavolo e le guance sui pugni.

«Non posso parlare di Vimercati e non posso dire quello che ci ha raccontato la cugina di Antonella Ravasio: giuro che non so come cavolo riempire uno spazio da quattromila caratteri.»

«Ha ragione» risponde Besana, alzandosi dal tavolo del bar. «Bisogna inventarsi qualcosa. Per esempio, potremmo intervistare il marito della vittima. Quando sarà indagato, ci tornerà molto utile.»

«Pensa che Pietro Foresti si renderà disponibile?»

«Certo. Deve fare la parte del vedovo sotto shock. Sua moglie uccisa da un feroce serial killer? Quelli come lui, all'inizio, non desiderano altro che avere dei giornalisti davanti. Sono tutti convinti di essere degli ottimi attori.»

Ilaria infila veloce il tablet nello zaino, è felicissima di non dover più scrivere. Tira su veloce la lampo del piumino e corre dietro a Besana.

«Non pensa che il vero serial killer possa essere molto innervosito da questa intrusione? In fondo Foresti gli ha rubato la scena.»

«Sì, ha ragione. Ci ho pensato, sa? Penso che sia furente. Come me, per l'intrusione di Milesi» risponde Besana tranquillo, marciando verso il parcheggio.

La casa di Foresti è assediata dai giornalisti e lui riceve tutti. Bisogna mettersi in coda. Besana incontra un collega di Roma che è appena uscito di lì. Si salutano e scambiano due parole.

«Com'è?» chiede Besana.

«Ha pianto davanti alle telecamere e ha fatto un ridicolo appello al serial killer» ridacchia il collega, «per noi è l'ideale. Capirai, una trasmissione del pomeriggio per casalinghe: è roba che funziona alla grande.»

Besana fa un occhiolino a Piatti.

«Che le avevo detto?»

«Ma noi cosa possiamo scrivere di diverso?»

«Noi faremo gli stronzi» risponde Besana. «Gli altri non immaginano quello che abbiamo appena scoperto. Sono ancora tutti convinti che Antonella sia la terza vittima di uno psicopatico, non si sognano mica di aggredire il marito.»

«Quindi dobbiamo aggredirlo?»

«Non usi il plurale, Piatti. Preferirei intervistarlo io, grazie. Lei tiri fuori il tablet e registri la conversazione.»

«Sì, è meglio, sono d'accordo. Io non sono capace di aggredire nessuno.»

«Imparerà» risponde Besana.

Mentre aspettano, Ilaria si siede su un muretto. Ha tanta gente intorno, ma non si è mai sentita così sola. Anche suo padre, all'inizio, rilasciava molte interviste. E davanti a casa loro c'era un folla così. Si guarda intorno spaesata: cerca di sentirsi giornalista, ma non può fare a meno di ricordarsi di essere stata vittima dei giornalisti. Oddio che confusione. Non capisce più qual è il suo ruolo nella vita, e nemmeno perché si alternano.

Di colpo le torna in mente una cosa, saggiamente dimenticata per vent'anni. Suo padre le aveva chiesto di affacciarsi alla finestra e di gridare: Andate via, andate via. Lei lo aveva fatto e tutti l'avevano ripresa. Quando suo padre accendeva la televisione, su tutti i canali si vedeva solo questo: una bambina che gridava dalla finestra Andate via. E quando Ilaria si riguardava in TV era fiera di avere gridato, ma in silenzio soffriva perché lo aveva fatto con i capelli raccolti da un elastico (forse stava meglio con i capelli sciolti) e con la maglietta peggiore (se solo avesse messo quella con le paillettes) e con la voce sbagliata (era davvero così stridula e acuta?). Durante il processo, aveva scoperto di aver gridato da una finestra per difendere un assassino e non le era rimasto altro da fare che rimuovere quel ricordo.

Ilaria si guarda intorno. Poi sorride silenziosamente a se stessa, come un'ubriaca, e pensa: Bastardo, adesso ti rovino.

27 dicembre

Finalmente è il loro turno. Entrano nell'ennesima villetta, identica a tutte le altre. Gli interni sono uno specchio dell'Italia di provincia: vetrinette, sedie finto antiche, letti in ottone, divani barocchi color senape con luccicanti righe rosse e cucine rustiche con il tavolo coperto da una tovaglia cerata, finti Van Gogh alle pareti o paesaggi da trattoria. E foto, soprattutto foto, caricate d'importanza da molto argento intorno. Foto del matrimonio, a palate. E calendari con le facce dei bambini. Cuscini con le facce dei bambini. Tazze con le facce dei bambini. Abat-jour anche, e lampade di cotto o vetro smerigliato piene di balze e pieghe, come piccole gonne appese.

Foresti è un quarantenne dal viso insignificante e regolare, che potrebbe corrispondere a qualsiasi identikit fatto male. Appena loro nominano la testata, diventa ossequioso. Li fa accomodare sul divano buono, quello color senape. Sembra un po' deluso che non ci sia un fotografo.

«Dove sono i suoi figli?» chiede Besana.

«Da mia suocera. Sa, stiamo cercando di proteggerli.»

«Capisco» dice Besana, che per un po' lo riscalda con domande standard.

Lascia che Foresti racconti della scomparsa e della preoccupazione e poi dello shock al momento del ritrovamento del corpo, del terribile compito di riconoscere il cadavere. Non lo interrompe mai.

«Voglio solo che quel bastardo mi dica perché ha ucciso *proprio* mia moglie, perché doveva capitare a noi» conclude Foresti, asciugandosi gli occhi con le dita. Nemmeno con un fazzoletto. Le dita fanno molta più pena.

«Il movente, ha ragione. Bisogna cercare sempre *il movente*» risponde serafico Besana.

L'altro ha già smesso di piangere. Si raddrizza un po'.

«Perché dice così? Quel pazzo non sceglie le sue vittime a caso?»

«Non lo sappiamo» risponde Besana evasivo.

Lo lascia friggere per agitarlo, pensa Ilaria, che ascolta attenta. Infatti Foresti dà già segni di impazienza.

«E perché mai avrebbe dovuto puntare proprio Antonella?»

Besana è riuscito a ribaltare i ruoli, sta costringendo Foresti a fargli delle domande. Per uno che si è preparato tutte le risposte, diventa molto più difficile essere coerenti.

«Ah, non lo so.»

«Dice che la conosceva?» Foresti sta lentamente perdendo il controllo del copione.

«Può darsi.»

Ilaria lo vede pensieroso. Besana l'ha costretto a uscire dal canovaccio e Foresti sta riflettendo veloce su una nuova strategia da improvvisare per sottolineare la sua innocenza. Quando la gente che ha poca fantasia inventa, magari in tempi rapidi, commette più facilmente un errore. All'inizio tutte le idee sembrano buone, solo se vengono ponderate lo sono davvero.

«Sta insinuando che mia moglie avesse un amante?»

Besana sorride, l'ha incastrato. Deve solo incalzarlo su questa fragile teoria.

«È probabile che lei lo conoscesse, sì. Lo pensano *anche gli inquirenti*» e usa questa grandissima balla per disorientarlo ancora di più.

«Ora capisco tante cose» dice Foresti, che è caduto in pieno nel tranello.

«Per caso, Antonella parlava di una possibile separazione?»

Ilaria è affascinata da questo gioco di ribaltamenti con cui Besana è riuscito a portare l'altro al punto.

«No, si figuri. C'erano solo degli alti e bassi, come in tutti i matrimoni. Avevamo tre bambini» risponde Foresti, ormai imbrigliato nella rete.

«A noi però risulta che stesse cercando un avvocato.»

Foresti è in crisi, sta pensando. Deve fare veloce ed è teso, perché non gli viene in mente niente, sul momento.

«Antonella si lamentava del mio lavoro, tutto qui. Sono un medico, quindi passo la maggior parte del mio tempo in ospedale. La lasciavo troppo sola, ecco. Il problema era un po' questo.»

«Medico? Non risulta che lei sia laureato in medicina, *abbiamo controllato*.» Sta bluffando, ma è di nuovo la mossa giusta.

Foresti si alza di scatto, si passa nervosamente una mano fra i capelli.

«Ma cosa dice?»

Besana resta in silenzio e lo guarda. Intanto Foresti cerca di calmarsi, non deve perdere le staffe.

«Scusate, adesso vi devo proprio salutare. Devo andare dai miei bambini. Hanno bisogno di me, come potete immaginare. Scusate, scusate» dice.

«Non mi ha risposto. È laureato in medicina o no?»

Foresti diventa rosso, le vene sulle tempie che pulsano, gonfie.

«Ma cosa c'entra? Andate via, ho detto basta.»

«Non vuole rispondere? Perché?»

«Andate via, andatevene!»

«È un reato, signor Foresti. Esercizio abusivo della professione e truffa ai danni dell'azienda sanitaria. Può dimostrare che è laureato?»

«Andatevene! Chiamo le autorità! Vi querelo per calunnia!»

Besana fa cenno a Piatti di alzarsi, escono fuori in fretta. Lei ha ancora il tablet in mano e lo agita in qua e in là per l'emozione.

«Cazzo, cazzo, è stato meraviglioso!»

«Piatti, ha registrato tutto, vero? Se mi ha combinato uno dei suoi soliti casini adesso, giuro che la strangolo io.»

«Ho fatto di più: ho fatto il video. Possiamo mandarlo alla redazione online» risponde Ilaria con un occhiolino.

Besana le stringe una guancia fra il pollice e l'indice.

«Piattola, lei è un genio.»

28 dicembre

Besana sta pranzando con suo figlio. Almeno una volta al mese, hanno l'abitudine di andare al ristorante insieme. Non si sono visti per Natale perché Jacopo è andato a sciare con la madre, quindi festeggiano adesso. Il regalo di Marco è molto anonimo: una busta con dei soldi. Il ragazzo, in compenso, non gli ha portato niente.

«Allora? Che fai a capodanno?»

«Boh, non so. Qualcosa con gli amici» risponde Jacopo, con aria scocciata.

È pieno di difese, addirittura fisiche. Ha gli occhiali a specchio anche se fuori c'è la nebbia e tiene un auricolare in un orecchio, quasi a titolo di minaccia, come a dire Ci metto niente a infilarmi pure l'altro.

Besana sta cercando di evitare l'argomento vacanze, perché non ha nessuna voglia di sapere com'è la casa di Celerina del fidanzato di Marina. Però stanno ancora aspettando il primo e suo figlio non apre bocca se non è interrogato.

«Hai sciato?»

«Poco, era sempre brutto tempo. Lì non ci sono molti alberi sulle piste, quindi quando nevica non vedi un cazzo.»

«Ti sei annoiato?»

Spera tanto che gli dica di sì, invece Jacopo scuote la testa.

«Il fidanzato della mamma è un appassionato di Spa e in Svizzera ce ne sono un casino. Non è male, in certe saune è obbligatorio stare senza costume e vedi delle fighe pazzesche tutte nude, come se fosse la cosa più normale del mondo.»

Besana manda giù saliva.

«E mamma si spogliava così? Davanti a tutti?»

Jacopo finalmente ride.

«No, figurati. Ci andavo con l'Armando, che è un vero maiale, te lo garantisco.»

Besana non è per niente contento di sapere che sua moglie si sia fidanzata con un vero maiale. Ha anche un po' paura che Marina faccia confronti. Per fortuna, Jacopo cambia subito discorso.

«E tu che hai fatto?»

«Ho lavorato» risponde Besana.

«Maddai. Anche il giorno di Natale?»

«È un caso importante» Besana cerca di darsi un tono. Di solito sminuisce tutto, con realismo e autoironia, ma davanti a un figlio adolescente, con cui ha pure difficoltà di dialogo, non può fare altrimenti. In aggiunta gli dà molto fastidio che questo Armando se lo porti in giro per SPA, a guardare le donne nude. Preferirebbe farlo lui.

«Sì, ho visto in TV. Il vampiro: cazzo, bella storia, sembra *Twilight*.»

Besana cerca di mantenere il controllo. Questo significa che suo figlio non legge nemmeno i suoi articoli. Ha guardato i programmi in cui troneggia Milesi?

«È un po' più complicato di così» risponde. «Non è esattamente un vampiro, semmai un cannibale.»

«Un cannibale? Figo! Come Hannibal?»

Besana stringe le labbra sottili e solleva le sopracciglia.

«Diciamo di sì.»

«Quindi hai passato il Natale da solo con il cannibale?»

«Non ero solo» risponde Besana, «ero con una collega.»

«Carina? Esci con lei?»

«No, è troppo giovane per me. Per non essere frainteso, anche se tutti in redazione si danno del tu, la costringo a darmi del lei, figurati.»

Jacopo sembra molto interessato alla questione Piatti, più che al vampiro o al cannibale.

«Perché? Ci prova con te?»

Non ha mai fatto tante domande in vita sua, accidenti.

«No, non ci prova. È solo una forma di correttezza da parte mia» risponde Besana.

«È così brutta, papà?»

Besana resta in silenzio un attimo, poi sorride. Ma come se sorridesse a stesso e non a suo figlio.

«Non è brutta, Ilaria. Ha un bel viso, è fatta bene. Ma fa di tutto per apparire brutta, non so perché» dice e resta sorpreso dalla sua stessa risposta, in fondo sincera.

Suo figlio adesso si sta mangiando le pellicine intorno alle unghie.

«Mamma non è contenta» dice all'improvviso, «lei e l'Armando litigano sempre, sai.»

Besana è stupito di questa confessione e non sa come reagire. Vorrebbe dire: Tua madre non è mai contenta. Ma non può.

Proprio in quel momento squilla il cellulare. È Giorgio. A lui deve rispondere. Si scusa con Jacopo e si alza un attimo.

«Scusa se ti disturbo, magari sei a tavola» dice Giorgio, «ma il medico legale ha trovato delle cose interessanti sul corpo di Antonella Navasio, forse la tua collega ha ragione.»

«Cioè?»

«Ha una ferita in testa, compatibile con una caduta dalle scale. Ora la scientifica è a casa di Foresti, hanno trovato tracce di sangue con il luminol. E proprio in fondo alle scale. L'ipotesi è che prima l'abbia fatta cadere e dopo l'abbia strangolata, inscenando quello che sappiamo. E poi non è laureato, avevate ragione anche su questo. Esercizio abusivo, esatto.»

«È scattato il fermo?»

«Sì, ma il GIP non l'ha ancora convalidato.»

«Cazzo, che notizia! Grazie.»

Besana torna al tavolo tutto eccitato, ma suo figlio non c'è più. Sul momento pensa che sia andato in bagno, poi si accorge che manca anche lo zaino. Disperato, lo chiama. Però Jacopo non risponde. Poco dopo gli arriva un messaggio: «Per una volta che avevo qualcosa di importante da dirti».

28 dicembre

Besana guida cupo per le strade dell'Isola Bergamasca. Ilaria, seduta accanto, cerca di scambiare qualche parola, ma lui è intrattabile.

«Quindi avevo ragione. Foresti ha ucciso la moglie e poi ha deciso di scaricare la colpa sul serial killer.»

È la centesima volta che lo ripete, come per farsi dire che è stata brava. Ma Besana non le dà nessuna soddisfazione, guarda la strada in silenzio.

Non ne può più di attraversare quei luoghi. Nemmeno quaranta chilometri da Milano, e si entra in un altro mondo. Gli basta uscire dalla Serenissima, al casello di Capriate, passare davanti al Gugliel Motel e al grande Grill Road House, in stile provincia americana, e già sente una specie di mancanza di ossigeno. Ma non è la provincia americana, è puro Far West lombardo: basta guardare i cartelli, scritti in dialetto. *Capriate San Gervaso. Cavriàt Sant Gervàs.*

Lo aspettano troppi campi di granturco e troppi paesi tutti uguali. Paesi dove ci sono solo parrucchieri che si chiamano Acconciature Qualcosa, cartolerie-giocattolerie che si allargano in superate bigiotterie, sportelli di banche popolari e bar pieni di slot, con le sedie di plastica firmate Sammontana, pupazzi in vetrina e fiori finti sul bancone. E pizzerie d'asporto, pizzerie d'asporto ovunque, ogni due metri, mai ristoranti veri e propri con dei tavoli, come se la gente non amasse cenare con qualcuno e preferisse tornare subito a casa con il suo cartone in mano. Unici luoghi d'incontro, tristi agorà di provincia, le orribili palazzine destinate al centro sportivo, che non manca mai. Nient'altro.

Come naturale conseguenza di questa desolazione, i centri commerciali diventano fari e hanno nomi monumentali, tipo Continente Mapello. Illusioni pretenziose di modernità: immense insegne di Trony, cartelli che promuovono SPA e palestre, la parola outlet usata come generica tentazione.

Besana è stanco di attraversare chilometri di villette bifamiliari con giardini pieni di anfore e veneri sproporzionate in terracotta, edicole ottocentesche e madonne private, sistemate di fianco al forno a legna o al barbecue. Stanco di vetrine che espongono solo bomboniere, cornici di strass e ciotole in madreperla. C'è un tale silenzio che senti spiattare nelle case e l'urlo del tacchino risuona come un grido sinistro, quasi una richiesta d'aiuto. Non puoi fare inversione da qualche parte o fermarti per impostare il navigatore, che tutti si affacciano alla finestra e ti fissano. Cosa volete da noi, stranieri? Riconoscono subito che non fai parte della comunità.

Il culto del sospetto si concretizza in una densità di aree videosorvegliate fuori da ogni ragionevole proporzione. Tanto che ti chiedi come faccia la gente a uccidere lì, fra l'altro anche spesso. Basta una macchina poco nota e ci sono mille testimoni intorno. Testimoni sfacciati, che non hanno paura di uscire alla finestra o sul balcone, per fissarti a braccia incrociate tutti insieme, in silenzio, e farti sentire circondato. E qui sta la grande contraddizione.

Perché non si rendono utili in caso di omicidio? La *riservatezza* del Nord in fondo è l'equivalente dell'omertà al Sud. La chiamano solo con un altro nome.

Besana inchioda in una piazzola, le ruote che sfiorano un fossato.

«È uno di qui» dice all'improvviso.

Ilaria piega la testa e si sfrega le tempie con le mani.

«Siamo troppo stanchi» risponde, «troppo nervosi.»

«È uno di qui» ripete Besana, come se non l'avesse nemmeno sentita. «Uno che quando passa, la gente non si affaccia alla finestra.»

4 novembre 1873

Maria Walser scende dalla carrozza e si guarda intorno. È venuta fino a Pavia per incontrare Cesare Lombroso. Il caso Verzeni ha fatto molto discutere anche all'estero, proprio un mese prima ha avuto una lunga corrispondenza a questo proposito con dei professori dell'Università di Montpellier. Lombroso sembra spiazzato, chiaramente non si aspettava che lo studente di Tubinga mandato da un collega tedesco fosse una donna. Maria gli sorride. Lui la invita a seguirlo dentro l'università, per parlare con calma. Maria gli risponde con un cenno della testa. Lombroso le sta parlando in francese ma lei lo ferma, conosce bene l'italiano. Lombroso è sempre più stupito.

Maria Walser lo segue in silenzio, a passi svelti. È incantata dal cortile medico, dall'eleganza del doppio ordine di portici. Guarda la statua. Lombroso le spiega che si tratta di Alessandro Volta, ma non si ferma. Lei deve corrergli dietro. La sta portando nella sala di anatomia, l'aula Scarpa. Maria rimane senza fiato. Sembra un teatro del Palladio. Le nicchie con i busti di marmo, le grandi finestre ad arco, il soffitto a ombrello dipinto a grottesche. E quelle figure alate che reggono i ferri del chirurgo, che meraviglia.

Lombroso la fa accomodare dietro la cattedra, ci sono alcune sedie. Le spiega che gli affreschi sono stati appena restaurati. Intanto tira fuori dei disegni. Glieli mostra.

«Il feroce monomaniaco» dice, «in realtà ha i caratteri dell'uomo sano di Bergamo.»

Maria legge la cartella. Ventidue anni, altezza 1,66, peso 68 chili. Lombroso le fa notare i capelli biondi scuro.

«Abbondanti e finissimi» dice, «i pazzi invece ne scarseggiano.»

Le allunga un foglio con i dati craniometrici e le misure prese a tutto il resto del corpo. E i risultati della oftalmoscopia.

«Anamnesi familiare?» chiede Maria.

«Due soli zii cretinosi» risponde Lombroso, «uno dei quali mancante di barba e di un testicolo, e atrofico l'altro. E con il cranio piccolissimo di volume, schiacciato ai lati.»

Maria chiede che tipo di malattie hanno avuto in famiglia. Lombroso le spiega che la madre e la nonna non hanno avuto malattie di rilievo, e nemmeno gli avi e i bisavoli materni e paterni. Il padre ha alcune leggere tracce di pellagra, avuta per pochi giorni nel 1871.

«Pellagra?»

Maria è minuta e tutta vestita di nero. Ma gli occhi sono accesi. Quando qualcosa colpisce la sua attenzione diventano enormi e fanno scintille.

«Pellagra che ha prodotto solo una lieve tinta di delirio o anzi meglio d'ipocondriasi» specifica Lombroso. E aggiunge che un cugino ha sofferto di «iperemia cerebrale» e che un altro era «recidivo nei furti.» Ma per il resto, niente.

«*I matti non fan soldi*, diceva molto bene un testimone a

proposito di questa famiglia» commenta e, per la prima volta da quando sono insieme, ride.

Maria lo sta guardando intensamente. Lo considera un uomo affascinante e lo ammira, soprattutto lo ammira. Le piacerebbe lavorare con uno come lui.

«È il contesto la vera malattia» continua Lombroso, che adesso si è un po' sciolto.

«I suoi erano così avari che nel 1866 lui stette male per aver mangiato polenta di mais avariata» dice. E comincia a raccontarle di Vincenzo.

Solitario e taciturno, ma nessuno a scuola lo chiamava matto o strambo, quindi non lo era, altrimenti in un posto piccolo come quello sarebbe successo. L'intelligenza c'è, ma non ha mai voluto studiare.

«Non ha mai sofferto di cefalee?» chiede Maria.

«No, solo di diarrea in estate» risponde Lombroso.

Maria vuole altre informazioni sul suo carattere.

«Tace e parla sempre a proposito» dice Lombroso, «mente in modo coerente, sta zitto quando non gli conviene mentire, cerca di accusare gli altri. Studia il modo più adatto per uccidere ogni vittima, la corda per la Pagnoncelli, la terra in bocca alla Motta.»

«Quindi è lucido.»

«Eh sì.»

«E anche capace di affetto» continua Lombroso. «Stravede per i nipotini, per esempio. Rotta una relazione amorosa, ne stringe subito un'altra. È taciturno però in prigione fa amicizia con i compagni di cella. I matti non sono espansivi né fuori né dentro il manicomio.»

«Vero» conferma Maria.

Il movente comunque è chiaro. È un problema di natura sessuale, secondo lui. E qui Lombroso abbassa gli occhi. Si vergogna a parlare di certe cose davanti a una donna.

«Si hanno le prove della masturbazione continua e anche dei suoi rapporti precoci perfino con bambine» dice. Sempre senza guardarla in faccia.

Maria sorride. È abituata al disagio dei professori.

«Il problema qui non è tanto la pellagra ma *la bigotteria*» spiega Lombroso. «Per questo le donne stuprate da Verzeni non volevano denunciarlo. Avevano più paura del giudizio del paese che di lui. Così si spiega anche la testimonianza della madre di Marianna Verzeni, che preferiva parlare di *mal di vermi* piuttosto che di violenza sulla ragazzina. Come se questa aggressione la disonorasse. Capite?»

«Certo» risponde Maria Walser.

«A questo si aggiunge l'avarizia patologica della famiglia Verzeni» racconta Lombroso. «Per ragioni economiche, gli vietano il matrimonio. Gli impediscono di spendere per divertirsi, lo costringono a lavorare e basta. Quest'uomo messo al bivio tra il comprimere un violento prepotente appetito e il commettere un crimine, scelse questa via.»

Spiega che Verzeni passa dallo stupro allo strangolamento anche per il bisogno di tenere nascosti al paese e soprattutto alla sua famiglia quei rapporti sessuali. I medici ormai hanno capito che l'eccitazione sessuale legata al sangue è ricorrente *nei troppo o troppo poco continenti*, dice.

«Questo fa pensare che l'istinto omicida e quello sessuale abbiano nel cervello un rapporto stretto, anatomico o fisiologico» e la guarda.

«Sono d'accordo» risponde Maria, «si capisce leggendo la

Fisiologia del piacere. È noto come i soldati nei saccheggi associno stupri a delitti di sangue.»

Lombroso è stupito che una donna legga certe cose, ma è ammirato. La studentessa tedesca è molto preparata, è bello confrontarsi con lei. Parlano a lungo, poi lui la riaccompagna alla carrozza. La sera lei deve essere a Milano, perché il giorno dopo deve visitare il manicomio criminale della Senavra.

«Certo, restano dei misteri» dice Lombroso attraversando di nuovo il cortile. E le racconta i suoi dubbi, i suoi tormenti. Per esempio si chiede cosa abbia alterato tanto il suo carattere. Da piccolo Verzeni era molto sensibile, mostrava orrore davanti all'uccisione degli animali, tanto che dovevano mandarlo fuori di casa quando era il momento di ammazzarne qualcuno. Ma durante l'adolescenza scopre che prova piacere a strangolare i polli e per le sue stragi incolpa la faina. Non si è mai capito come abbia fatto a sparpagliare in giro le viscere o il polpaccio della Motta, in poco tempo e senza essere visto. E come potesse realizzare dei delitti così complicati in meno di tre quarti d'ora. E neanche come scegliesse le vittime, tutte così diverse fra loro. In certi casi donne perfino repellenti. La cugina Marianna era una bambina scheletrica di quattordici anni consumata dal colera. E la vecchia acquavitaia? Era impossibile provare attrazione per lei. Anche la forza che Verzeni tira fuori durante gli omicidi è anomala, non corrisponde alla sua muscolatura. La frattura al radio della Motta, per esempio, presuppone un fisico diverso dal suo.

«E gli spilli? Cosa significano?» chiede Maria, che è molto informata su tutti i dettagli perché ha letto gli atti del processo.

«Appunto.» Lombroso scuote la testa, sconsolato. «Il significato di quegli spilli per capelli non si è mai capito. Verzeni dice solo che provava piacere a estrarli dalla testa della Motta e a sistemarli su un sasso. Ma non sa spiegare perché li ha conficcati nella schiena della Pagnoncelli. Ammette che a quel punto non capiva più niente.»

Il vetturino apre la porta della carrozza e aiuta Maria Walser a salire. Lombroso le bacia la mano. Non riesce a lasciarla andare, stringe ancora il guanto.

«Quello che vi è di straordinario in questo caso» dice, «è la perfetta lucidità di mente dell'accusato, la coscienza quindi della sua gravità – ma, nello stesso tempo, *l'irresistibilità dell'atto*.»

«Questo dimostra la necessità di manicomi criminali in cui collocare questi esseri, in cui non esiste più quasi una linea di confine fra il delitto e la pazzia» risponde Maria. Lo guarda dritto negli occhi. Anche a lei dispiace partire, si sarebbe fermata ancora qualche giorno volentieri, per stare con lui.

28 dicembre

Il pomeriggio gira storto come il resto della giornata. Giorgio telefona per avvertire che il GIP dopo due ore di interrogatorio non convalida il fermo, Foresti si dichiara estraneo ai fatti. L'avvocato sostiene che lui era fuori casa durante l'omicidio e che le tracce di sangue trovate sotto la scala dimostrano solo che sua moglie è stata assassinata lì, non che lui fosse presente in quel momento.

«Dice che era andato a fare un giro perché c'era stato un litigio, capisci? E che aveva lasciato il cellulare a casa. Poi, al ritorno, pensava che fosse andata a letto.»

«Questo però non l'aveva raccontato al momento della scomparsa» fa notare Besana.

«La contraddizione è stata notata. Ma noi siamo imbrigliati dalla procedura» sospira Giorgio.

Naturalmente l'avvocato di Foresti rilascia dichiarazioni in questo senso e tutti i giornalisti sono costretti a riportarle. Besana si unisce alla folla di cronisti per un attimo, poi smadonna e se ne va. Ilaria gli corre dietro preoccupata, soprattutto per lui.

«Ma cosa le è successo oggi?»

«Niente, Piatti, sono solo stufo di questo mestiere di merda.

C'è un DNA dell'assassino addosso alle vittime perché un morso, cazzo, lascia una traccia. E nessuno riesce a farlo combaciare con qualcosa. C'è un omicidio risolto e non convalidano il fermo. Porca puttana, è avvilente» Besana tira un calcio a un pacchetto di sigarette vuoto, abbandonato per strada. «Sono contento di andarmene in pensione.»

«Non è vero che è contento» risponde Ilaria.

«Sì, invece. Con i soldi che mi offriranno per sloggiare, mi comprerò una bella villetta bifamiliare e riempirò il mio fottuto giardinetto di araucarie e ulivi e altre piante che non c'entrano una minchia con la vegetazione locale. E invece di stare a sentire avvocati di serie C disposti a sparare cazzate pur di andare in televisione, io e lei andremo in giro a cercare nani da giardino da piazzare davanti all'entrata.»

Ilaria smette di colpo di inseguirlo e scoppia a ridere.

«Mi sta chiedendo di sposarla?»

Anche Besana scoppia a ridere, adesso.

«Scelga una bella costruzione a due piani anni Settanta color verde marcio. Sarà sua» e le fa cenno di muoversi.

Questa impazienza che ha addosso è incontrollabile. Besana in fondo vorrebbe solo sbronzarsi e vegetare sul divano di casa, ma l'adrenalina glielo impedisce.

«Mi sento inutile, porca troia» aggiunge, mentre gli sportelli si aprono lampeggiando. «Dobbiamo ricominciare da capo, ripensare a tutto. Magari c'è qualcosa che non abbiamo considerato» la voce è concitata, al limite della disperazione. «Forse possiamo dare una mano. Io mi rifiuto di scrivere le fregnacce che racconta quell'assassino, che non è il serial killer, d'accordo, ma sempre un assassino rimane.»

«Non aveva detto che indagare è compito degli inquirenti e

che noi siamo solo dei giornalisti che devono limitarsi a stare sulla notizia?»

«Piatti, lei impara troppo in fretta» risponde Besana, girando la chiave. «Ora smetta di farmi le pulci perché anche oggi ci fermiamo in un posto magnifico: l'autogrill Brianza Nord. Adoro scrivere in quel self service *pieds dans le brouillard*. Specie quando la tangenziale è intasata.»

Besana entra e saluta una cameriera, come se fosse una vecchia amica. E lei lo tratta da habitué.

«Solita birra media?»

Ilaria è un po' sorpresa.

«Le piace proprio qui.»

«È un luogo incantato, che mi aiuta a pensare. Preferiva essere in balia dei rallentamenti all'uscita di Carugate?»

«Contento lei» risponde Ilaria, alzando le spalle.

La cameriera torna con due birre e Besana l'aggiorna sui delitti.

«Vi conoscete da molto?» chiede Ilaria.

«Non so neanche come si chiama. Vendo informazioni riservate in cambio di un aperitivo» risponde Besana.

Ilaria certe volte fa proprio fatica a seguirlo, ma lascia perdere. Nota però che la sua birra è tutta schiuma, forse perché non ha niente da barattare.

Besana si fa anche portare un foglio e una penna. Di solito prende appunti sul cellulare o sull'iPad, ma oggi ha voglia di scarabocchiare qualcosa.

«Ricapitoliamo» dice. «Lasciando da parte l'omicidio Ravasio, che ci ha confuso le idee e basta. Prima o poi Foresti verrà incastrato, ci saranno tre gradi di giudizio e al terzo chissà dove sarò io. Quindi chissenefrega.»

«Il ragionamento non fa una piega» risponde Ilaria.

«Visto che sono *qui*, *adesso*» continua Besana, «me ne frega invece di capire chi cazzo può essere quel pazzo che fa finta di essere Verzeni.»

«Tecnicamente non possiamo definirlo un serial killer, perché le vittime sono meno di tre» fa notare Ilaria.

E Besana si illumina.

«Ottima osservazione, Piatti. Questo significa che può avere ucciso prima, non sappiamo dove. Io non ci credo che un dilettante possa mettere in scena una roba del genere. Nessuno comincia così.»

«Forse questa messa in scena è una richiesta di aiuto» continua Ilaria. «Vuole disperatamente farsi notare. Lui stesso non riesce a credere di avere agito per tanti anni indisturbato. Sa benissimo che, tirando fuori Verzeni, i giornali non faranno altro che parlare di lui. Stiamo facendo il suo gioco?»

Besana beve un altro sorso di birra, pensieroso.

«Ipotesi molto plausibile. Proviamo a seguire questa. C'è un solo modo per agire indisturbati per tanti anni: scegliere vittime del cazzo. Intendo dire persone che nessuno va a cercare. Pensi alle puttane di Stevanin. Chi se ne preoccupava? O a Jeffrey Dahmer, il cannibale di Milwaukee. La sua dieta era a base di froci che raccattava per strada.»

«Be', le prostitute uccise nel '97 o nel '98 nel quadrilatero della morte» Ilaria sottolinea con la voce il sinonimo scelto, «avevano dei genitori, avevano dei figli, magari anche dei mariti. Non erano mica sole.»

«Non mi pare che per quelle quattro sfigate siano state mobilitate grandi forze. Gli omicidi non sono stati nemmeno risolti» Besana solleva il braccio per chiedere alla sua amica una seconda birra.

«Già» Ilaria abbassa gli occhi, «l'uomo della Mercedes nera è ancora in giro. Magari è il nostro assassino.»

«Non fissiamoci sul territorio, sull'omicidio chilometro zero. Il Soggetto Ignoto potrebbe non avere agito qui, nelle sue zone. Potrebbe averlo fatto all'estero, per esempio. Va in vacanza a Cuba, come tanti muratori di queste parti, raccatta una poveraccia e l'assaggia. A noi certamente la notizia non arriva. Magari neanche ai giornali cubani. I Castro non hanno mai amato la cattiva propaganda. Sa quanta gente sparisce là? Mangiata dagli squali, non da un cannibale, mentre cerca di scappare verso Miami. Chi può notare la differenza?»

Ilaria è scossa da un brivido.

«O in Messico» continua Besana. «Pensi al Messico. Ho letto qualche mese fa che, lungo il confine, dal Centroamerica spariscono più di ventiseimila persone l'anno nel tentativo di raggiungere gli Stati Uniti. Settanta al giorno. Le pare che cinque o dieci donne in più o in meno preoccupino qualcuno?»

«Okay, mettiamo che sia andata così, che il Soggetto Ignoto non sia alla seconda vittima ma alla ventesima» dice Ilaria. «Perché *adesso* vuole essere preso?»

«Ottima domanda, Piatti. Anche molto difficile, però» risponde Besana. «Già. Perché? Forse si è solo montato la testa, è abituato a non fare i conti con nessuno e pensa di essere più furbo degli inquirenti. Oppure gli è successo qualcosa.»

«Tipo?»

«Che cazzo ne so. Un lutto? Una separazione? Un problema di lavoro? C'è la crisi, magari non ha più i soldi per fare *vacanze*, chiamiamole pure così.»

«Quindi gli tocca accontentarsi dei sapori locali» dice Ilaria e in quel momento si accorge di aver cominciato a parlare come Besana.

«La crisi è crisi» ridacchia lui, «si rinuncia ai tacos e ci si accontenta dei *casonsèi.*»

28 dicembre

Mentre sale le scale, Besana riceve un SMS dalla moglie. Molto sgradevole, come al solito. Intanto pretende ancora i soldi del corso di basket e pure quelli dell'iscrizione in piscina, che fra l'altro non è mai stata discussa. Ma non è questo. È il ricatto finale che lo manda in bestia, quando Marina non perde occasione per fargli notare che Jacopo torna sempre avvilito, dopo un pranzo con lui.

Purtroppo ha già riaccompagnato Ilaria, parlare del serial killer gli avrebbe fatto bene. Meglio che stare solo, in silenzio, nello squallido bilocale che ha affittato per lasciare la casa a sua moglie e a suo figlio. I suoi libri sono ancora tutti lì, nello studio dalle pareti azzurre, dove scriveva così volentieri. Forse per questo adesso preferisce gli autogrill.

Si chiede se quello studio adesso venga usato dal fidanzato di Marina e al solo pensiero sente una fitta. Non gli importa del letto, che non gli è mai piaciuto. Troppo barocco, con la testata troppo alta. Aveva pure litigato con Marina che l'aveva ordinato senza nemmeno farglielo vedere. Dorma pure su quel materasso duro, l'Armando, quel materasso su cui per notti lui si è girato e rigirato, pensando che stava perdendo la donna sdraiata accanto. Non gli importa niente. Ma lo studio no, per favore. Se avesse i soldi, si porterebbe via tutto. Le librerie fatte su misura, la scrivania di suo padre, la sedia presa al giornale quando ristrutturavano la redazione e buttavano via i mobili vecchi.

Si guarda intorno. In un bilocale semiarredato: è finito lì. Lavorare tutta la vita e non possedere un cazzo. Poi chiude gli occhi un attimo. Sarà molto peggio quando non lavorerà più. Cosa farà la sera quando non potrà meditare sulle grandi colpe dell'umanità? Sarà costretto a riflettere sulle sue, così piccole e meschine?

Proprio al giornale ha dato le sue ore migliori, di giorno e di notte. Ore, e perfino minuti, che gli venivano continuamente rinfacciati. Forse perché lui non li calcolava. Erano un tempo maggiore, senza confini esatti, un tempo per cui sentiva una strana responsabilità. Se io non sto qui, se io non vado in giro a cercare di capire, chi racconterà come sono andate veramente le cose? Tante volte questo sforzo ha aiutato gli inquirenti. È roba che preferisce non insegnare a una ragazza come Ilaria, senza futuro in un mondo come quello del giornalismo, un mondo che sta finendo. Altrimenti potrebbe prenderla come lui: come una questione di vita o di morte. Invece la gente vive e muore lo stesso.

Capire perché è successo, non restituisce una voce a chi ne sente la mancanza, non restituisce tempo – maggiore o minore, in ogni caso tempo, altro tempo, ancora tempo – a chi ne voleva e ne aveva diritto. Restituisce solo giustizia, quando ci si riesce. Ma della giustizia, una volta ottenuta, alla fine la gente se ne fa poco. Per tre esasperanti gradi di giudizio, i parenti hanno una battaglia con cui colmare l'assenza. Poi restano soli con il dolore. E magari anche con la rabbia di vedere uscire per *buona condotta* chi ha provocato tutto.

E le sue colpe? A volte le esagera, parlando in giro, perché fa fatica a capacitarsi che siano così poche. Solo una sbandata per una stagista, anche stronza. Sì, ha sbagliato, ma il prezzo è stato troppo alto. Ha perso sua moglie, suo figlio e anche il suo studio dalle pareti azzurre. Nessuno gli ha concesso tre gradi di giudizio. È arrivata, dritta dritta, la condanna. Non pretendeva, nella fragile giurisdizione che regola i più profondi rapporti umani, la presunzione di innocenza – che fra l'altro non c'era – solo un po' di ascolto. E adesso non sa con chi parlare.

«Domani lascerò al portiere l'assegno per il basket e la piscina» risponde.

29 dicembre

Dato che da alcuni giorni non succede niente e la gente freme per sapere novità sul vampiro, il caposervizio propone un'intervista a un criminologo famoso per riempire un paio di pagine. Besana e Piatti hanno appuntamento con il professor Pallotta. Ilaria l'ha visto solo in televisione, è molto curiosa di incontrarlo.

«Un trombone» borbotta Besana, prima di suonare il campanello. «Non è un mostro di simpatia, l'avverto.»

Pallotta siede dietro una vecchia scrivania di mogano, seminascosto da una montagna di libri e oggetti, più o meno pertinenti, fra cui un aerosol. Ha i capelli bianchi e un pesante doppio mento che baffi e barba non riescono a nascondere. Porta occhiali con lenti fumé, ma in una scatola ne tiene almeno una dozzina di tutti i tipi, cerchiati di tartaruga, bifocali, multifocali, da lettura, da sole. E ogni tanto, mentre parla, tasta con la mano nel mucchio alla ricerca di un altro tipo di lenti, come se quelle che porta non gli bastassero per mettere a fuoco la faccia di chi siede davanti.

Gli scaffali sono pieni di reperti di ogni genere, sembra un museo di antropologia criminale. Bastoni, coltelli, cucchiai, specchi, tabacchiere, ventagli, brocche. Ma anche catene, corde, cappi, tenaglie e altri strumenti di tortura. C'è perfino il modellino di una sedia elettrica e il plastico del carcere di Sing Sing. E naturalmente libri, tantissimi libri. Criminologia, diritto penale, psichiatria, medicina legale, genetica forense.

Ospite fisso dei talk show televisivi e delle trasmissioni che trattano di delitti o di persone scomparse, Pallotta è ormai un personaggio e ha fatto da perito in molti casi giudiziari.

«Noi psichiatri e criminologi siamo diventati più importanti dei magistrati, lo scriva pure. Basta una perizia ben fatta per salvare qualcuno dall'ergastolo. Il nostro amico Lombroso aveva capito tutto. E il processo Verzeni si può definire il primo processo moderno, almeno in questo senso. Chi aveva ragione: i giudici o gli psichiatri? Dove passa il confine tra malvagità e malattia? Fino a che punto siamo padroni delle nostre azioni, in che misura siamo liberi di scegliere tra bene e male?»

«È il vecchio problema del libero arbitrio» commenta Besana.

«Vecchio, può proprio dirlo. Perché sono arrivati i neuroscienziati con l'arma segreta che risolve tutto: il *brain imaging*. Basta fotografare a colori un cervello. Oggi si può entrare nella testa di un killer e fotografare come ragiona o sragiona e i meccanismi che lo hanno portato al delitto. E decidere in maniera *oggettiva* se è responsabile o no delle proprie azioni, quindi se è imputabile o meno.»

«Sì, ma parliamo di un caso dell'Ottocento» fa notare Besana.

«Pensi che uno studioso americano, Antonio Damasio, ha rispolverato proprio un caso dell'Ottocento, per arrivare alle sue conclusioni. Quello di Phineas Gage, un operaio che lavorava nelle ferrovie. Un giorno gli capita un incidente sul lavoro. Scoppia una carica esplosiva a pochi metri da lui, e un tubo di ferro gli trapassa il cranio. Eppure se la cava, sembra perfettamente guarito. Solo che si comporta in maniera strana, diventa intrattabile, ha continui sbalzi d'umore, bestemmia come non ha mai fatto. Amici e familiari non lo riconoscono più. Cosa è successo? Secondo Damasio, il ferro gli ha provocato delle lesioni nella corteccia prefrontale del cervello, che presiede al controllo degli istinti. Allo stesso modo, secondo lui, una persona normalissima in seguito a un trauma cerebrale può diventare un delinquente.»

Pallotta solleva una rivista: «Negli Stati Uniti c'è un tale che è stato soprannominato il nuovo Lombroso. Si chiama Kent Kiehl. È l'autore di questo articolo che ha fatto scalpore, su *Psychiatry Research*, la più importante rivista psichiatrica americana.»

«E cos'ha in comune con Lombroso?» chiede Besana.

«Tanto per cominciare, la maniacalità» risponde Pallotta. «E poi l'ossessione per i carcerati. Kiehl è andato avanti per non so quanto tempo a scannerizzare il cervello ai detenuti di una prigione di massima sicurezza del New Mexico. Aveva parcheggiato il suo camper con l'apparecchiatura di risonanza magnetica nel cortile del carcere. Faceva venire i peggio criminali e gli ficcava la testa nella macchina. Un lavoro pazzesco, che nessuno aveva mai fatto, e che ricorda le indagini craniometriche di Lombroso.»

«E ha scoperto qualcosa?»

«Sì. Che gli psicopatici sono diversi dagli altri esseri umani. *Nascono diversi*, secondo lui. Nel loro cervello, come in quello dei serial killer e dei sadici sessuali, c'è un pezzo mancante: la connessione tra il sistema limbico, che governa le emozioni, e la corteccia prefrontale, che controlla gli impulsi e l'aggressività. Nel migliore dei casi hanno un sistema paralimbico, cioè l'area cerebrale che elabora le emozioni, molto meno sviluppato della norma. Oppure delle malformazioni all'amigdala, la centralina del cervello che gestisce la paura. Per dirla con una battuta, hanno un buco in testa come Phineas Gage.»

«Pazzesco.»

«Mancando di quel *ponte* tra istinti e sentimento, non riescono a provare empatia o compassione verso gli altri. Sono freddi e insensibili come dei replicanti. Di solito visti così, da fuori, nella vita quotidiana, sembrano sani di mente, addirittura brave persone.»

«Come i *folli morali* di cui parlava Lombroso.»

«Esatto. Non è la *fossetta occipitale mediana* che Lombroso aveva scoperto nel cranio del brigante Villella, una presunta anomalia nello sviluppo del cervelletto che risalirebbe all'uomo primitivo, ma qualcosa di molto simile. Una disfunzione organica che condiziona il comportamento, che toglie il libero arbitrio al delinquente nato, lo rende irresponsabile di fronte alla legge morale e al codice penale. Solo che adesso non si studiano le ossa del cranio, ma l'attivazione delle varie zone del cervello con le tecniche di *brain imaging*, la PET o la risonanza magnetica.»

«Mi ha appena fatto venire in mente un caso che ho seguito qualche anno fa» lo interrompe Besana. «Il primo processo in Italia dove le neuroscienze e la genetica hanno avuto un ruolo decisivo. Nel marzo 2007, a Udine, un colombiano viene accoltellato a morte. È stato un immigrato algerino, un certo Bayout Abdelqualchecosa.»

«Abdelmalek» lo corregge Pallotta. «Certo.»

Besana annuisce e prosegue: «Abdelmalek, sì. Lo prendevano in giro perché si truccava gli occhi col kajal, per motivi religiosi. Dicevano che era gay. Il movente è questo. In primo grado, con il rito abbreviato e le attenuanti generiche, gli hanno dato nove anni e due mesi per omicidio volontario. Per l'appello, la difesa mobilita una squadra di psichiatri e neuroscienziati. Gli fanno ogni genere di test e di analisi. Compresa la risonanza, e trovano qualcosa che non va nel suo cervello. Del resto era già stato in cura a Udine. Poi passano al setaccio il DNA e trovano alcuni geni fuori posto, che spiegherebbero la sua condotta aggressiva. Morale: gli hanno dato un altro sconto di pena, un anno in meno, perché *geneticamente vulnerabile*. Una sentenza che ci ha sputtanati nel mondo. Tutti scrivevano: Un giudice italiano ha scoperto il gene dell'assassinio. Un quotidiano inglese aveva titolato addirittura: Il gene che ti tira fuori di galera, o roba del genere».

«Sì, ricordo» conferma Pallotta. «Semplificazioni giornalistiche. Ma c'è del vero. Del resto la corte di Trieste non ha fatto altro che seguire le nuove tendenze della giustizia americana. Lì hanno cominciato presto, già negli anni Novanta, a fare uso delle neuroscienze in tribunale. Come nel caso di John Hinckley Jr., lo squilibrato che sparò a Reagan per amore di Jodie Foster. O più recentemente per Brian Dugan, un tizio dell'Illinois che aveva violentato e ucciso una ragazza ventisettenne e due bambine di dieci e sette anni tra il 1983 e l'85. Un candidato sicuro alla pena di morte. E per strapparlo all'iniezione letale che fanno i suoi avvocati? Chiamano Kiehl. Il Lombroso del Duemila gli fotografa il cervello con la risonanza magnetica, e sentenzia che ci sono delle disfunzioni, che quell'uomo è psicopatico e quindi incapace di intendere e di volere. Dugan è rimasto nel braccio della morte fino al marzo del 2011, quando il governatore dell'Illinois ha abolito la pena capitale. La condanna è stata commutata in ergastolo, ma un sacco di gente ha protestato.»

«Be', sappiamo com'è l'America profonda» commenta Besana.

«Comunque esiste una corrente giurisprudenziale opposta» continua il criminologo. «In certi casi la diagnosi di psicopatia non diminuisce l'imputabilità del soggetto, piuttosto aggrava la sua posizione e porta a condanne più severe, fino alla pena capitale. Ma la discussione è ancora aperta. Qualcuno sostiene che le neuroscienze sono destinate a cambiare il diritto e i processi, un po' come Copernico e Einstein hanno rivoluzionato la visione dell'universo.»

«Vedremo» commenta Besana.

«Intanto, in Italia, dopo il caso Bayout ce n'è stato un altro, simile, che ha fatto quasi altrettanto scalpore. A Como. Quello di una ragazza che ha bruciato la sorella e tentato di dare fuoco ai genitori, Stefania Albertani. Dopo due perizie psichiatriche contrastanti, il giudice per le indagini preliminari si affida agli stessi periti che si erano occupati di Bayout. I due sottopongono l'imputata a una batteria di test cognitivi. Poi le scannerizzano il cervello e vedono delle *alterazioni della densità della sostanza grigia* in alcune zone chiave, in particolare quelle che regolano i freni inibitori. E infine, come per Bayout, l'analisi genetica: e anche lei risulta portatrice di *tre alleli sfavorevoli*, che aumentano la propensione all'aggressività e alla violenza. Al tribunale di Como non resta che prendere atto della seminfermità mentale: vizio parziale della capacità di intendere e di volere. Quindi pena diminuita: vent'anni di carcere. Eppure la sentenza riconosce che la "diabolica Stefania" ha agito freddamente, per calcolo, per interessi economici, dopo il fallimento dell'azienda di famiglia. E allora? Che c'entrano i geni e i neuroni? In realtà, precisano i giudici, la morfologia cerebrale e il patrimonio genetico non sono cause del delitto, ma semplici *fattori di rischio*. E fanno un esempio: se hai la pressione alta e il colesterolo alle stelle aumentano le tue probabilità di un ictus o di un infarto, ma non è sicuro che poi ti succeda. Comunque la strada a questo tipo di valutazioni ormai è aperta.»

29 dicembre

Per tutta la durata del colloquio, Besana si è tenuto a freno, ma era facile leggergli in faccia quello che pensava. All'uscita si sfoga con Piatti.

«Per me gli assassini devono marcire in galera e basta. Altro che buco in testa» borbotta, mentre cammina in quel suo modo dondolante.

Ma Ilaria sta continuando a riflettere su una frase del criminologo.

«Diceva che da fuori spesso sembrano *normali*, addirittura brave persone» ripete, quasi assorta. «Probabilmente anche le vittime lo pensano, per questo si fidano di lui. Come fa a catturarle? Evidentemente non stanno in guardia.»

Propone a Besana di fare una passeggiata, che potrebbe aiutarli a riflettere.

«Oppure le stordisce in qualche modo» dice all'improvviso, «ma prima riesce ad avvicinarle senza che si spaventino. Perché? Le conosce personalmente?»

«Piatti, sono dei paesi del cazzo: tutti si conoscono da quelle parti» risponde Besana. «Non ci aiuta a restringere il campo.

Possiamo solo confermare l'ipotesi che già avevamo fatto, cioè che è uno del posto.»

Ilaria si gratta la testa, un po' sopra la nuca.

«Sì, certo, però questo non è un buon motivo per fidarsi. Dopo che Aneta Albu è stata uccisa in quel modo, lei non avrebbe paura? Io sì, anche di persone che conosco di vista, come il postino o il fioraio. Li guarderei con occhi diversi, come potenziali assassini.»

«Non capisco dove vuole arrivare» brontola Besana.

«La scena del crimine è lontana da sguardi e telecamere, d'accordo, Aneta è stata uccisa nei boschi lungo l'Adda e Dana nella cava di Medolago. Ma come fa a portarle fino a lì? Aneta poteva essere stata presa alla sprovvista, ma Dana no. Che scusa userà?»

«Sicuramente le carica in macchina» dice Besana.

«Ma perché loro salgono?»

30 dicembre

Sono le nove di mattina e Besana è avvolto da un piumone viola, cento per cento raso di cotone egiziano. Non c'è nessuna donna nel letto, di fianco a lui. Cristina si è già alzata. Non gli sta preparando un caffè, sta prendendo lezioni di *farsi* via Skype.

Cristina lavora per un'associazione umanitaria con sede a Milano e a Londra, e da qualche anno ha scelto di occuparsi dell'Iran. Non gliene frega niente che Marco sia un cinico e un solitario, ancora innamorato di quella smorfiosa della moglie. Non le importa che lui sia incapace di avere una relazione, o che non sia pronto. È lei che non vuole impegni. Quando è in Italia, le fa piacere avere un amico con cui cenare e scopare. Tutto qui. Cose che mette sullo stesso piano, fra l'altro. E Marco è l'uomo giusto in entrambi i casi. Intanto perché a lei non piace cucinare e a lui piace bruciarsi lo stipendio in ristoranti. E poi perché come amanti si capiscono. Il resto, sono chiacchiere. Che fanno anche volentieri.

E così, quando suona il cellulare di Marco e Cristina vede sul display che si tratta di Giorgio, il poliziotto di Bergamo, non solo lo scuote e lo sveglia, ma interrompe la lezione di *farsi* con l'amico di Teheran. Vuole ascoltare, la storia del serial killer ormai ha appassionato anche lei.

«Ohi, ti stanno chiamando dalla centrale. Sveglia!»

Besana rotola nel letto, brontola, tiene in ostaggio un cuscino.

«Cosa? Chi?»

«È quel poliziotto, il marito di tua cognata. Mi sa che è importante.»

Intanto il cellulare ha smesso di squillare. Chiamata persa. Besana cerca fra le telefonate recenti, vede una scritta in rosso e schiaccia, senza aprire veramente gli occhi.

«Un caffè?» Supplica.

«Solo perché sei *un ospite*» risponde Cristina.

Con la macchina della Nespresso ci mette un attimo, torna con una tazzina e un caffè perfetto. Com'è semplice fare le cose perfette, forse è per questo che non le interessano.

«L'hai richiamato?»

«È occupato» borbotta Besana, mandando giù di un fiato una miscela arabica. «Sei curiosa?»

«Molto. Ho anche rimandato la mia lezione» risponde Cristina.

Besana si alza, grattandosi poco elegantemente le palle. Deve pisciare. Intanto però fa conversazione attraverso la porta socchiusa. È un risveglio filosofico, succede.

«Tu vedi il male in continuazione. Voglio dire, sei una che ha assistito a dei genocidi. Come mai ti interessa un serial killer? Fammi capire.»

«Ce ne sono molti di seriali in guerra, sono solo mascherati» risponde Cristina. «Li riconosci perché sono più sadici degli altri, torturano gratuitamente, per esempio. È diverso da uccidere un nemico. Ma la situazione li copre. Quando va bene, finiscono in un tribunale militare. Ma di solito restano impuniti.»

Besana si lava la faccia con acqua gelata, allagando lo specchio e il pavimento intorno al lavandino. Poi esce dal bagno, la barba se la farà più tardi. Gira per casa a torso nudo, in boxer. Prima di parlare con Giorgio vorrebbe farsi un altro caffè e mangiare qualcosa. Infila una fetta nel tostapane e tira fuori dal frigo un'ottima marmellata di lamponi che Cristina ha portato dall'Inghilterra. Appena comincia a spalmare il burro sul toast caldo, leggermente dorato, squilla di nuovo il cellulare.

Cristina gli porta il telefono di corsa, più ansiosa di lui di sapere le novità.

«Metti il vivavoce, così sento anch'io» dice.

«D'accordo» risponde Besana, toccando lo schermo dell'iPhone con l'indice appiccicoso di marmellata.

«Ciao Marco, sono io. Disturbo?»

«Ma figurati» risponde Besana, continuando a spalmare il toast.

«Senti, ci sono i risultati del DNA» dice Giorgio.

«Allora?»

«Quello di Vimercati coincide.»

«Ottimo» commenta Besana. «Con lo sperma, immagino. La saliva invece?»

«Niente. Appartiene a un Soggetto Ignoto. La notizia è ancora riservata, ma fra poco scatta il fermo. Vimercati ha un alibi solo per l'omicidio Ravasio che però, come sappiamo, non c'entra con gli altri due. Siamo riusciti a dimostrare che Picariello non era con lui la sera in cui Aneta è stata uccisa. Abbiamo le prove e anche dei testimoni.»

«Davvero?»

«Sì, Picariello è stato ripreso da una telecamera mentre faceva benzina da tutta un'altra parte e dei pensionati lo hanno visto che giocava alle slot in un bar di Bergamo.»

«E per il secondo omicidio?»

«Vimercati non ha un alibi. Dice che era a casa, da solo. Ma può aver lasciato il cellulare lì ed essere andato dove voleva. Abbiamo anche scoperto che era un cliente della Perego. Quando Aneta era impegnata, andava a farsi fare un massaggino da lei. Conosceva molto bene entrambe le vittime, insomma.»

«È proprio questo che mi lascia perplesso» commenta Besana. «Le donne serial killer di solito uccidono i loro amanti, ma gli uomini no. Preferiscono le sconosciute. È strano. E poi, si espone così?»

«Si *espongono*. Usa pure il plurale. Il procuratore sta tornando alla pista satanica, all'idea di un omicidio di gruppo. Questo lo puoi anche scrivere, se vuoi. Lo sperma è di Vimercati, ma il morso chi glielo ha dato? Erano almeno in due.»

«Mah» risponde Besana, «io continuo a pensare che si tratti di un seriale. E le coppie di serial killer sono rare. Comunque grazie. Fammi sapere quando sarà ufficiale l'arresto.»

30 dicembre

Sui media nazionali, il tormentone del vampiro di Bottanuco si è un po' smorzato. Da giorni, poco o nulla trapela dal fronte delle indagini. Quando tocca al capo delle cronache, in riunione di redazione, il direttore chiede: «E dalla Bergamasca, qualcosa di nuovo?».

«Be', ci sarebbe la polemica sui profughi africani, che la Lega non vuole accogliere nel centro di Ponteranica.»

«Ma no, volevo dire sul vampiro.»

«Ah! Ancora niente. Gli inquirenti non parlano.»

Il direttore batte il palmo della mano sul tavolo, stizzito.

«Non me ne frega un cazzo. Troviamo qualcosa da scrivere lo stesso. Oggi. I lettori vanno pazzi per queste storie. Che sta facendo Besana? Dorme? Gli altri, per esempio, stanno scavando tra gli amanti della massaggiatrice uccisa, pare ne avesse parecchi. Perché non ci andiamo sopra anche noi?»

«Direttore, *per favore.*» La voce un po' stridula della vice fa voltare tutte le teste intorno al tavolo della redazione. «Il solito vizietto maschilista. Vogliamo gettare altro fango su una donna morta?»

Il direttore sospira, rassegnato.

«Hai ragione, *cara*. Puntiamo su argomenti più seri. Magari questa faccenda del DNA, potremmo intervistare un genetista. Chiamate subito Besana, che ci vada lui.»

Piatti aspetta Besana davanti alla fermata Piola, avvolta in un piumino azzurro con cappuccio. Da lontano sembra una bambina, vestita male da una mamma distratta. Sotto al piumino azzurro spuntano dei pantaloni di pile e sotto i pantaloni di pile degli stivali di pelo grigi, evidenti imitazioni cinesi degli Ugg.

«Piatti, ma intervista la gente in tuta?»

«Avevo freddo» risponde lei.

Besana sospira, poi la prende sottobraccio per coprirla con l'ombrello, anche se dal cielo cade una pioggia diagonale, da cui è impossibile difendersi. Mentre cammina verso l'Istituto di Genetica forense di via Mangiagalli dove ha appuntamento con il genetista, Besana l'aggiorna sulla questione Vimercati.

«Il DNA coincide, non ci sono cazzi» conclude.

«E noi non andiamo là?»

«Piattola, domani è capodanno. Lei non festeggia?»

Ilaria abbassa gli occhi. Chiaramente si vergogna a confessare che non è stata invitata da nessuna parte.

«Io cenerò a casa di una vecchia amica. Saremo otto o dieci, una serata tranquilla» dice Besana. «Ha voglia di venire con noi?»

Ilaria solleva il viso, che prima era nascosto dal cappuccio. Ha un sorriso struggente.

«Davvero?»

«Tutti vorranno sapere qualcosa sui delitti, l'avverto» risponde Besana, «non la lasceranno neanche mangiare.»

Ilaria sta per dire qualcosa ma sono arrivati.

Davide Linder è un giovane genetista molto preparato, che viene spesso chiamato come consulente dalle procure. A vederlo così, sembra un ragazzino. Invece scrive su riviste internazionali e ha alle spalle perizie in decine di processi importanti in tutta Italia. Li riceve in laboratorio con il camice bianco e li fa accomodare su due sedie di legno anni Cinquanta in mezzo a macchinari d'avanguardia.

«In cosa posso esservi utile?»

«Vorremmo spiegare un po' ai lettori, in modo semplice, il rapporto fra genetica e giustizia.»

«Be', la storia è lunga. Il primo caso risale a trent'anni fa. Siamo nel 1983, in Inghilterra, vicino a Leicester. Una quindicenne viene violentata e strangolata in una stradina di campagna. Tre anni dopo, altro omicidio, altra quindicenne. Il corpo viene trovato vicino a un ospedale psichiatrico, e un inserviente, un ragazzo di diciassette anni con disturbi mentali, torchiato dalla polizia, confessa. Ma solo il secondo delitto. Per scovare Ignoto Uno, l'assassino della prima ragazza, si decide di usare un metodo mai sperimentato: il test del DNA. Lo ha messo a punto un genetista dell'Università di Leicester, Alec Jeffreys. Il professore scopre che lo sperma trovato sui due cadaveri appartiene allo stesso uomo, ma non è quel ragazzo. La polizia preleva campioni di DNA a quattromilacinquecento volontari del posto, dai sedici ai trentaquattro anni. E nessuno corrisponde a quello dell'assassino.»

«Un fallimento, allora» dice Besana.

«Sa cos'era successo? Che un tipo, un pasticciere della zona, aveva dato duecento sterline a un collega per fare il test al posto suo. Passa un anno, gli investigatori brancolano nel buio e già si comincia a dire che le indagini genetiche non servono a niente. Ma poi si fa avanti una donna che ha sentito parlare dello scambio: Pitchfork viene arrestato e condannato a due ergastoli. È il primo assassino della storia a finire in galera grazie alle impronte genetiche. E il ragazzo, il primo a venire assolto con questa tecnica rivoluzionaria.»

«Ma come funziona il test?» chiede Besana. «Dice che possiamo spiegarlo alla gente?»

«Allora, dato che sequenziare più di tre miliardi di coppie di basi del DNA suo o mio, è un'impresa impossibile, ci si deve accontentare di prelevarne dei pezzi qua e là. Jeffreys nel 1984 aveva trovato un modo per misurare la lunghezza dei frammenti del DNA di una persona e confrontarli con i campioni prelevati dalla scena del crimine. Per vedere se i due profili coincidevano. Ma questo sistema richiedeva settimane di lavoro, e aveva bisogno di grosse quantità di materiale biologico, sangue, sperma o lembi di pelle. Una macchiolina di sangue su una scarpa, un pelo o una goccia di saliva non davano nessun risultato. Poi, nel 1987, arriva un chimico un po' fuori di testa ma geniale, Kary Mullis, e inventa la fotocopiatrice del DNA.»

«Una fotocopiatrice?»

«La chiamo così io per semplicità, il termine scientifico è *reazione a catena della polimerasi*, in sigla PCR. In pratica è una tecnica che permette di partire da un campione infinitesimale di DNA e farne milioni di copie, utilizzando uno speciale enzima. Mullis ha preso il Nobel per questa invenzione. Grazie a lui, gli investigatori hanno uno strumento molto più potente e raffinato per identificare le persone. Purtroppo, però, nemmeno la PCR è infallibile.»

«Ah no? E perché?»

«Perché nel fare le copie è facile contaminare i campioni di DNA. Basta una risata, uno starnuto, e il campione si sporca. Per questo gli analisti devono usare guanti sterili e indossare un cappuccio speciale, con mascherina. Ma negli anni le tecniche sono state ulteriormente perfezionate. Fin dal '98 l'FBI ha adottato un nuovo test che fa uso dei cosiddetti STR (*short tandem repeat*, più noti come microsatelliti): delle regioni di DNA molto corte e altamente variabili. Con l'uso dei computer, queste analisi si possono fare con grande rapidità, e con risultati scientificamente affidabili. In Italia, i laboratori del RIS e gli Istituti di Medicina legale utilizzano ben tredici di questi marcatori, gli stessi in uso negli Stati Uniti anche per la banca dati genetica.»

«E con questi microsatelliti andiamo a colpo sicuro?»

«In linea di massima, sì. La probabilità di trovare un altro essere umano con lo stesso corredo genetico è pari a una su centinaia o migliaia di miliardi, quindi molto più degli abitanti del pianeta. Nelle analisi, specialmente per delitti di natura sessuale, usiamo anche dei marcatori che servono a capire se il DNA appartiene a un uomo o a una donna. Se cioè è presente il cromosoma Y che è solo maschile. Ricorda Donato Bilancia, il serial killer della riviera di ponente?»

«Eh, certo. Me ne occupavo io sul giornale. Diciotto omicidi e un tentato omicidio tra l'ottobre 1997 e l'aprile del 1998. È vero, lo hanno preso così, col DNA sui mozziconi delle sigarette e sulle tazzine di caffè.»

«Esatto. Anche per Ferdinando Carretta, quel tizio di Parma che aveva sterminato la famiglia nel 1989, sono bastate minuscole tracce di sangue vecchie di dieci anni per provare la sua colpevolezza.»

«Però ricordo almeno un caso in cui il test ha sbagliato» interviene Besana. «Forse l'ha presente anche lei: quella ragazza ammazzata nella pineta di Castiglioncello. Avevano accusato un barista di Liverpool, perché secondo Scotland Yard il suo DNA era compatibile con quello dell'assassino. E lui non era mai stato in Italia.»

«Sì, ho presente. Ma era stata una comparazione frettolosa. Solo sei o otto regioni del genoma, che sembravano sovrapponibili. Hanno ripetuto il test e hanno visto che non corrispondeva. Errori sono sempre possibili, ma nel frattempo le tecniche si sono evolute. Certo, è importante non fare pasticci nel prelievo dei reperti sulla scena del crimine. Come nel caso dell'omicidio di Meredith Kercher, a Perugia. Le cose si complicano quando siamo in presenza di più tracce di DNA diversi mescolati tra loro, per esempio nei casi di violenza sessuale, quando lo sperma dell'aggressore si mischia alle cellule epiteliali della vittima. Ma in genere il test è attendibile. Certo, devono farlo laboratori qualificati, e possibilmente va ripetuto in varie sedi indipendenti, per ridurre i margini di errore.»

«Ma basta il DNA per condannare qualcuno?» chiede Besana. «Se ci sono le mie impronte genetiche su un cadavere, non è detto che sia stato io a uccidere.»

«Guardi, già due sentenze della Cassazione hanno stabilito che l'esito del test non può essere liquidato come un semplice *indizio*. Viene considerato una *prova*. E poi, il DNA serve anche alla rovescia, per dimostrare l'innocenza di un imputato. In America hanno lanciato un *innocence project* per chiedere l'analisi genetica di detenuti per omicidi o altri reati di sangue. E dal 2008 a oggi, in questo modo, hanno ottenuto più di duecento sentenze di proscioglimento.»

«Accidenti.»

«Adesso c'è un nuovo procedimento, il *molecular photo fitting*, creato dal dottor Peter Claes dell'Università di Leuven, che permette di ricostruire in 3 D la faccia di una persona a partire da una traccia di DNA. Bastano venti geni. Basta un capello.»

31 dicembre

Ilaria si presenta a casa di Cristina con una stella di Natale più alta di lei. Quando Besana apre la porta, vede solo una pianta. Del resto, Piatti è irriconoscibile. Appena solleva il vaso e si scopre la figura di Ilaria, resta di stucco. Tubino nero, stivali con il tacco, i capelli raccolti e un trucco leggero. Gli occhiali enormi e rotondi che usa di solito, per la prima volta risultano un dettaglio elegante, quasi eccentrico, addirittura sexy.

«Piattola è uno schianto stasera» commenta Besana. «Venga, siamo tutti in cucina.»

Laura, la sorella di Cristina, sta preparando dei piatti squisiti. Risotto al radicchio, polenta e pollo, uno sformato di fagiolini.

«Laura è una professionista, ha un blog di cucina» spiega Besana.

Cristina offre a Ilaria un bicchiere di bianco come aperitivo, salami e formaggi su un tagliere, olive, piccole bruschette al pomodoro. Intanto le racconta che legge tutti i suoi articoli, che ormai si è appassionata al caso.

«Vogliamo sapere tutto» dice.

Besana strizza l'occhio a Ilaria.

«Cosa le avevo detto? La nera affascina tutti. Li aggiorni lei, Piatti» e solleva il bicchiere per un brindisi.

Ilaria non è abituata a essere al centro dell'attenzione. Ma ci prova. Soprattutto per non deludere Besana.

«Be', oggi c'è stato il mitomane» racconta, mandando giù un sorso di Pouilly Fumé. «Un tizio, nella notte, si è presentato in Questura, a Bergamo, dicendo di essere l'autore di tutti e tre i delitti. Ma rispondeva in modo sbagliato alle domande, non sapeva neanche dove erano stati trovati i cadaveri. Era appena scappato dalla comunità Hare Krishna.»

«Hare Krishna?»

«Sì, c'è un villaggio a Chignolo d'Isola. E oggi, Marco e io siamo andati là per scoprire qualcosa su di lui» continua Ilaria.

Besana è orgoglioso di lei, tutti si stanno divertendo un sacco. Ha un leggero sussulto quando sente pronunciare il suo nome, ma non lo lascia intravedere.

«Voleva essere arrestato e anche ucciso dalle forze dell'ordine» continua Ilaria. «Diceva proprio così, poverino. Invece ha subìto un TSO. Sembra che abbia perso la testa quando la moglie l'ha piantato.»

«Ma era un Hare Krishna?» chiede un quarantenne alto e biondo, curioso.

«No, lui no» risponde Ilaria, «era solo ospite della comunità. Sono persone gentili, che cercano di aiutare chi ha bisogno. Gli hanno dato una stanza e lo hanno preso con loro, tutto qui. Dicono che gli esseri umani hanno la mente distorta dai desideri materiali e il movimento mira a curare l'uomo da questa malattia e a ristabilire la sua coscienza.»

«E il loro villaggio com'è?» chiede Cristina.

«Strano» risponde Ilaria. «Vivono in un mondo a parte, proprio a due passi dai luoghi dove stanno succedendo queste atrocità.»

«È tutto aperto» interviene Besana, «il cancello è aperto, le porte sono aperte. C'è in giro un assassino pericoloso e loro non si difendono. Onestamente ci siamo preoccupati. Glielo abbiamo anche detto, al guru, insomma al capo. Ma lui si è limitato a sorridere. Ci ha risposto che la polizia la pensava nello stesso modo.»

«Hanno interrogato anche loro?» chiede Laura, mettendosi in bocca il cucchiaio di legno per assaggiare il riso.

«Sì» risponde Besana, «e tutti hanno consegnato volontariamente il loro DNA. Dubito che fra loro possa nascondersi un assassino, ma il villaggio è pieno di potenziali vittime. Ragazze che vengono dalla Grecia o dallo Sri Lanka o da quella stessa valle, che vanno in giro in sari e offrono torte ai visitatori. In questo momento dovrebbero stare più attente, ecco.»

Il risotto è pronto e Cristina fa sedere tutti a tavola. Il biondo è un pubblicitario e la moglie, svizzera, fa l'architetto. Poi c'è una coppia gay, entrambi lavorano nella moda. Il fidanzato di Laura è un avvocato ed è venuto insieme a suo cugino, un economista. Durante la cena, si continua a parlare del vampiro di Bottanuco. Cristina è appena tornata dall'Iran, ma nessuno le chiede niente. Chissà perché, il serial killer interessa di più.

Ilaria non è abituata a confrontarsi con i suoi lettori. Quando pubblica un articolo, ha sempre la sensazione che non lo legga nessuno. Invece la gente la segue, ricorda molti particolari, ne vuole altri.

«Secondo voi, ucciderà ancora?» chiede l'economista. «In fondo Verzeni ha fatto solo due vittime.»

È un bel quarantenne, dai capelli scuri e il naso aquilino. Parla sempre al plurale ma rivolto solo a Ilaria. Ci sta provando, forse.

«Di solito arrivati a questo punto, i serial killer non riescono più a fermarsi» risponde Ilaria. «Noi siamo convinti che questi non siano i suoi primi omicidi. Un collegamento con altri delitti non è stato fatto, quindi non possiamo scriverlo, però abbiamo la sensazione che il cosiddetto periodo di latenza, che spesso dura anni, sia già superato.»

Sono tutti affascinati da questa ipotesi, arriva la polenta con il pollo e loro hanno ancora delle domande da fare.

«E può aver cambiato radicalmente il *modus operandi*?» chiede Cristina. «Altrimenti li avremmo notati altri delitti così. Voglio dire, fra viscere fuori e morsi e scritte con il sangue. Come è possibile che gli inquirenti non riescano a trovare i precedenti?»

Ilaria lancia un'occhiata a Besana. Ora tocca un po' a lui.

«Può averlo cambiato, il *modus operandi*, certo. Ma non così tanto. Per esempio, se è un cannibale, se gode a strangolare le sue vittime, è difficile che abbia cominciato sparando alla nuca. Quindi abbiamo il sospetto che abbia agito all'estero. In certi paesi è molto facile far scomparire la gente.»

«E gli inquirenti cosa pensano?» chiede Laura.

«Non so cosa pensa il sostituto procuratore, perché non è una donna molto cordiale. È difficile fare una chiacchierata con lei. Ma ho un amico nella polizia giudiziaria che è d'accordo con me. Solo che la ricerca, se non si riesce a restringere un po' il campo, è impossibile. Dopotutto è solo un'idea, potrebbe essere sbagliata, chissà.»

Ormai però è quasi mezzanotte, e non è il caso di cominciare l'anno con argomenti così cupi. Cristina e la sorella si alzano da tavola e vanno a prendere due grandi bottiglie di champagne, offerte dalla coppia gay. La svizzera e l'economista distribuiscono i bicchieri. L'avvocato taglia a fette il dolce, che Besana ha comprato in una delle migliori pasticcerie di Milano. Sta per partire il conto alla rovescia e bisogna essere frizzanti, eccitati, dimostrare allegria. Viene accesa la televisione, appeso il vischio, qualcuno si mette a ballare una canzone pop. Nove, otto, sette. Ilaria non riesce a partecipare. Tiene in mano il bicchiere e fissa il vetro, come se cercasse di leggere sul fondo una risposta. Sei, cinque, quattro. Si chiede cosa sta facendo l'assassino in questo momento. Chissà dov'è. Chissà se sembra una persona normale come quelle che ha intorno. Ha degli amici? Una famiglia? È solo? Con chi brinderà stasera? Tre, due, uno. Ucciderà ancora?

Parte seconda

1º gennaio

Il primo dell'anno Ilaria vorrebbe riposarsi e basta, stare a letto tutto il giorno. Ma non ci riesce, è troppo inquieta. Per distrarsi, si mette a stirare. In fondo è un secolo che non lo fa. Passa il ferro, liscia le cose, cerca una piega. Ma niente, non serve a niente.

Oggi non smette di pensare ai figli di Antonella Ravasio che un giorno vivranno quello che ha vissuto lei. Qualcuno li prenderà per mano e sarà costretto a spiegare – in termini delicati, molto delicati – che la mamma è stata uccisa, e soprattutto da chi.

Lei se lo ricorda bene quel momento, e anche il senso di colpa che provava perché le veniva naturale odiare sua zia, che gliene stava parlando, invece di suo padre. Non lo confesserebbe a nessuno, ma sospettava di lei – Mente, solo perché con papà non andava d'accordo – perfino di sua madre, sospettava – Forse se n'è davvero andata, era stufa di noi – sospettava di chiunque, pur di non essere costretta a trovarsi sola, di fronte alla verità.

Ogni tanto, da camera sua, sentiva gli zii che discutevano

sottovoce in salotto. Dicevano che bisognava trovare una psicologa. E lei sospettava anche della psicologa. Le diranno di convincermi che è stato mio padre, pensava, anche se non è vero.

Il dramma era stato quando gli zii le avevano chiesto se poteva parlare un attimo con l'avvocato. Era un signore gentile, le aveva portato anche un regalo. Un astuccio. Lei lo apriva e lo chiudeva in continuazione, perché era pieno di tasche segrete. Intanto l'avvocato cercava di farle delle domande. Ma Ilaria era diventata come quell'astuccio, si apriva e si chiudeva in continuazione, e nascondeva tante cose nelle tasche. «Ci vorrà un po' di pazienza» aveva detto l'avvocato ai suoi zii, sulla porta. «Non credo che sia il caso di farla *testimoniare*.»

Ilaria si immaginava in tribunale, di fronte a suo padre, costretta a dire davanti a tutti: «L'assassino è lui». Pur di non finire lì, faceva di tutto per ammalarsi. Usciva senza giacca, baciava un'amica con la varicella, andava in bici senza poggiare le mani sul manubrio.

Tendeva a non ripensare mai a quella sera, come se l'avesse completamente dimenticata. Stavano litigando? Forse. Succedeva tante volte. Qualcuno aveva gridato? Forse. Durante quelle liti, qualcuno gridava sempre. C'erano stati dei rumori? Forse. Ricordava nettamente solo una cosa: *quel silenzio*. Perché a un certo punto, il silenzio era troppo. Nessuna porta sbattuta, niente passi su e giù: televisione spenta, nemmeno lo scorrere dell'acqua nel lavello o il ronzio della lavatrice. Ma di quel silenzio non avrebbe mai parlato con nessuno.

Comunque poco dopo erano partiti. Non aveva più bisogno di prendersi la varicella o di cadere dalla bici. A New York i rumori erano tutti diversi, e anche i silenzi. Si sentiva al sicuro, laggiù. A scuola aveva persino conosciuto una bambina nera che era nella sua stessa situazione. Anche sua madre era stata uccisa. Nessuna delle due aveva nominato il padre.

Poi è arrivata l'adolescenza, e il terzo grado di giudizio. Erano passati sette anni e Ilaria era una tredicenne magra, un po' sgraziata, con l'apparecchio. Era stata lei a chiedere a sua zia di portarla in tribunale, stavolta. Voleva ascoltare la sentenza. La famiglia non era molto d'accordo, preferivano proteggerla, però lei insisteva. Ormai Ilaria era grande, sapeva imporsi con ragionamenti complessi. Durante il volo era molto emozionata, come se andasse in vacanza. Lo zio aveva pagato il viaggio per tutti e Ilaria era estasiata: i sedili reclinabili, la cena sul vassoio, il cinema, lo spazzolino da denti in regalo. Non sarebbe stata una vacanza.

Ilaria era scoppiata a piangere molto prima di ascoltare la sentenza, appena aveva visto suo padre. D'accordo, erano passati tanti anni, ma non lo riconosceva più. Adesso era grasso, con la barba. Portava perfino gli occhiali. E aveva tutti i capelli bianchi. Era scoppiata a piangere perché dal banco degli imputati lui si era voltato e le aveva mandato un bacio con la mano. Da quel momento, non era più riuscita a smettere.

1º gennaio

Verso le sette di sera, Ilaria è sfinita dai ricordi. Vorrebbe tanto telefonare a Besana, ma si trattiene perché è festa. Allora decide di mandargli un messaggino. Con la scusa di ringraziarlo ancora per la serata. Dopo un minuto squilla il cellulare. È Marco, che le propone un aperitivo.

«Rimettere in circolo l'alcol fa sempre bene, Piatti» dice. «Come ha passato il primo dell'anno?»

«Benissimo, ho stirato.»

«Sapevo che stava facendo qualcosa di importante, infatti mi sono trattenuto. Anche se morivo dalla voglia di chiamarla. Già da stamattina.»

«Cos'è successo?»

Besana le spiega che è passato dal giornale e ha visto che avevano appena messo in pagina un grande scoop di Milesi, con richiamo in prima.

«Quello stronzo ottiene sempre quello che vuole.»

Fuori nevica forte. Ilaria si infila degli stivali di gomma da pescatore e in testa un berretto di lana con il paraorecchie e il pon pon, fatto a maglia da sua nonna. L'appuntamento è al Duomo, all'ultimo piano della Rinascente, deve solo raggiungere la fermata, poi è fatta, starà al caldo nei cunicoli della linea rossa.

Besana la sta aspettando seduto a un tavolino vicino alla finestra, con vista sulle guglie. Ha già davanti la prima birra. Ilaria lancia un'occhiata indifferente al Duomo, che non ha mai amato – roba che sta meglio in Francia, secondo lei – e si siede di fronte a Marco.

«Pensavo che con l'anno nuovo potremmo darci del tu» dice Besana.

Ilaria gli sorride.

«Volentieri, Marco» risponde, togliendosi il cappello.

Besana le fa vedere l'articolo di Milesi, che ha stampato al giornale.

«Che genere di scoop è?»

«È saltato fuori un gruppo di satanisti locale. Leggi, leggi.»

Ilaria, piegata sul foglio, ha la fronte sempre più corrugata, colonna dopo colonna. Si tratta di una banda di adolescenti ignoranti che giocano ad adorare Satana, solita storia. Devastano un paio di cimiteri per divertimento e fin qui, pazienza. Ma dopo i delitti del vampiro di Bottanuco, il padre di una quindicenne si presenta in Questura per denunciare cinque ragazzi che hanno torturato sua figlia. È un idraulico di Terno d'Isola e racconta che Gessica è tornata a casa con tagli sulle braccia e bruciature di sigarette, imbottita di droga e alcol. Sostiene che il capobranco sia un certo Rota, figlio diciottenne dell'assessore Rota, grande appassionato di golf e amico di Vimercati. Dunque gli inquirenti ritornano alla pista satanica. I ragazzi vengono ascoltati, a tutti viene preso un tampone per il DNA, sono indagati per sevizie e violenze su minore, ma si dichiarano estranei agli omicidi, per ora.

«Perché Giorgio non ci ha detto niente?» chiede Ilaria.

«Ah non lo so» risponde Besana. «Sono rimasto sorpreso anch'io.»

Ilaria ordina una birra e sospira.

«Allora abbiamo sbagliato tutto» dice.

«No» Besana scuote la testa. «Io non ci credo alla pista satanica. Sono loro che stanno sbagliando. In ogni caso, ho avuto un colpo di fortuna.»

«Cioè?»

«Ho un'amica inglese che fa la criminologa e ha scritto un libro importante sul cannibalismo. Ha sposato un giornalista milanese, un mio collega, l'ho conosciuta così. Loro stanno a Londra, però durante le vacanze tornano sempre a Milano. Ci siamo sentiti oggi pomeriggio, li sto aspettando.»

Proprio in quel momento arrivano Grace e Nic, che salutano affettuosamente Marco, stringono la mano a Ilaria e si siedono al tavolo. Grace ha in mano un sacchetto pieno di cose buone da mangiare che ha comprato nel reparto alimentari.

«Ho trovato la bottarga! Se volete, stasera vi faccio un piatto di spaghetti da me» dice con un sorriso.

«Ma grazie. Veniamo volentieri» risponde Besana, anche per Ilaria.

Lei sorride. La gente aperta che ti invita a casa sua anche senza conoscerti le piace moltissimo. Magari tutta Milano fosse così.

Grace e Nic sono una coppia molto affiatata. Besana li ha sempre invidiati un po'. Lei è alta e robusta, i capelli biondi cortissimi, sembra una valchiria. Il contrario di lui, piccolo e magrissimo. Nonostante il mestiere truce, Grace è una compagna allegra, che mette gioia. È più ombroso Nic, uomo nevrotico e problematico, che accanto alla moglie però si trasforma. Per anni è stato corrispondente da Londra, ora è in pensione e non sembra nemmeno avvilito. Grace ha avuto l'intelligenza di coinvolgerlo nel suo lavoro e adesso scrivono manuali di criminologia insieme. Fanno viaggi, vanno a intervistare gente chiusa nel braccio della morte, tengono conferenze in giro per il mondo. Certo, lui è un giornalista e non un criminologo, ma sa scrivere bene e la premiata ditta funziona.

Grace chiede un gin tonic e Nic un bicchiere di spumante. Sono in forma, tutti e due abbronzati. Sono appena stati alle Seychelles in vacanza. Per un po' parlano del viaggio. Poi Grace appoggia una mano sul braccio di Besana.

«Ma veniamo alle cose importanti» dice. «Ti stai occupando di un bel caso, Marco. Questo serial killer entrerà nei manuali.»

«Tecnicamente non si può definire così, perché gli omicidi noti al momento sono due e non tre» risponde Besana.

«Fidati di me» gli sorride Grace, «è un serial killer eccome, e dei più sofisticati. Adesso va solo fermato.»

1º gennaio

Sono a casa di Nic e Grace, una casa che lui ha appena ereditato dalla madre e intende ristrutturare, perché in fondo tornare a Milano gli piacerebbe. L'acqua della pasta è sul fuoco e Besana, che ha raccontato a Grace ogni dettaglio riguardante il caso, le sta facendo vedere le foto delle scene del crimine. Lei intanto, abituata a quel genere di immagini, rosicchia un grissino.

«Non si tratta di una setta» dice. «Sono fuori strada.»

Poi si allunga verso il tagliere e affetta altro formaggio.

«In ambito criminologico, esiste una precisa classificazione del cannibalismo. Per comodità, è stato diviso in quattro categorie» continua. «Nel *cannibalismo energetico-rituale*, attraverso l'omicidio gli assassini sono convinti di entrare in possesso di alcune qualità della vittima oppure di ingraziarsi una divinità, spesso malefica. È un tipo di cannibalismo che si ispira a tradizioni magiche, antiche, tribali.»

«Quindi il satanismo ci potrebbe stare» la interrompe Besana.

«Certo, ma lasciami spiegare perché si stanno sbagliando. Un caso di collegamento fra cannibalismo e satanismo, specie giovanile, il cosiddetto satanismo acido, è quello dei Chicago Rippers. Un gruppo di ventenni, metallari, amanti del rock che nel 1981 andavano in giro con un furgone, rapivano prostitute, le stupravano e le torturavano nel loro camper. Con un sottile filo metallico asportavano il seno delle ragazze e poi si masturbavano sulla ferita aperta e mangiavano la carne amputata.»

«Che orrore» Ilaria si copre la faccia.

«Con questi rituali in realtà, i satanisti acidi cercano di controllare il mondo, che li rifiuta. Sono ragazzi che vivono un profondo disagio e tendono a identificarsi con il Diavolo, che incarna la loro fantasia antisociale.»

«Come le Bestie di Satana» dice Besana.

«La dinamica è quella, ma loro non erano cannibali» risponde Grace.

«Perché escludi la pista satanica allora?» chiede Besana.

«Perché c'è una messa in scena. Mi basta guardare le foto per capire che si tratta di un serial killer organizzato. Non è un gruppo. I gruppi agiscono in modo molto più disordinato, soprattutto questi ragazzi confusi, di bassa cultura e scarsa intelligenza. Qui avete un assassino con un QI notevole e una cultura medio alta. Qualcuno che sta cercando di parlare con voi, che vi sta sfidando.»

«Che sta sfidando gli inquirenti, vuoi dire» la corregge Besana.

Grace scuote la testa, assaggiando il vino rosso.

«No, è interessato proprio ai media. Gli piace leggere gli articoli che parlano di lui e segue tutti i programmi televisivi che lo riguardano. Dico di più, è possibile che cerchi di interagire direttamente, commentando gli articoli online con un nickname o scrivendo alla pagina Facebook e Twitter della trasmissione che parla di lui. Potrebbe anche comparire personalmente fra il pubblico o in mezzo a gruppi di persone che circondano i giornalisti. Potrebbe rilasciare lui stesso interviste.»

«Ma come fai a dirlo?»

«Perché un mese fa ho compiuto cinquant'anni e studio queste cose da quando ne avevo venti, amico mio. Vuoi un profilo?»

«Magari» risponde Besana.

«È un maschio, bianco, fra i trentacinque e i quarantacinque anni. Vive solo o con la madre, ma non è un soggetto emarginato o con problemi di socializzazione. Anzi, è gentile, affabile, ispira fiducia, apparentemente ha molti amici, ma sono tutti rapporti superficiali perché non è capace di empatia. Ha un'intelligenza superiore e un buon livello di istruzione. Classe media, estrema cura della persona, forse anche a livello maniacale. Ha una casa ordinata, pulita, arredata in modo moderno. Un appartamento vicino a quello della madre probabilmente, stesso palazzo o stessa villetta. I cannibali hanno un rapporto patologico con la madre, tutto nasce da lì.»

«*Psycho*» sussurra Ilaria.

«Esatto» risponde Grace. «Infatti il film, tratto da un romanzo, era ispirato a un caso vero. Quello di Ed Gein. Be', spesso nei serial killer si riscontra un rapporto morboso con la madre.»

«Continua con il profilo, per favore» dice Besana.

«Ha un buon posto di lavoro. Anche se si sente frustrato perché quel mestiere non corrisponde all'idea grandiosa che ha di sé. Sicuramente non ha precedenti penali, perché è molto controllato. È un bugiardo patologico, manipolatore, uno che ama influenzare gli altri e tende a circondarsi di persone più deboli. Non prova sensi di colpa o rimorsi. Neanche dopo aver ucciso. Da quel che ho capito, non colleziona trofei ma ci tiene a firmare i suoi omicidi. Penso che sia imbestialito con l'imitatore che ha osato contraffare la sua firma, non escludo che decida di fargli del male. Al momento non può, perché Foresti è controllato dalla polizia, ma lo vorrebbe morto. E domani sarà ancora più furioso quando scoprirà che un gruppo di ragazzini deficienti gli sta rubando la scena.»

«Ama essere al centro dell'attenzione» riflette Besana.

«Di più: non sopporta che si parli di altri. Gli danno fastidio gli errori degli inquirenti. Quando prendono cantonate del genere, lui pensa che non si stiano impegnando abbastanza e sente il bisogno di aiutarli con maggiori indizi, per stimolarli. Si considera superiore a magistrati, polizia e giornalisti. Per questo sono sicura che cercherà di entrare in contatto con loro, se non l'ha già fatto in modo nascosto. Gode a sottomettere anche voi ed è convinto di poterlo fare tranquillamente.»

Ilaria sente un brivido nella schiena. Spera che non cerchi mai di mettersi in contatto con lei. Per favore, no. E si sente indifesa, perché in un tipo così *a posto* è difficile riconoscere il nemico e stare in guardia. Ha paura, molto semplicemente. Paura di trovarselo davanti e non capirlo.

«Perché imita proprio Verzeni?» chiede Besana.

«Secondo me, per attirare l'attenzione dei media» risponde Grace. «È una scelta teatrale. Probabilmente ha ucciso prima e nessuno se ne è accorto, cosa che in fondo l'ha indispettito. Se è nato e cresciuto nella valle, come immagino, ha sentito parlare di Verzeni fin da quando era piccolo, è una figura che è entrata a fare parte delle sue fantasie in modo naturale. Magari da bambino si identificava con lui, anche per sfogare certe pulsioni sadiche. Ma in mezzo c'è stato un qualche evento traumatico. Qualcosa che ha scatenato il suo bisogno di uccidere e che gli ha fatto sentire l'urgenza di farlo in modo spettacolare.»

«Perché non ha avuto paura di lasciare il suo DNA sulla prima vittima?» chiede Ilaria.

Grace si alza, apre un cassetto e tira fuori un pacchetto di sigarette.

«Ne fumo una al mese» dice, infilandosi una Marlboro fra le labbra. «È una domanda difficile, a cui non so rispondere. Ma a intuito posso dire che è cruciale. Effettivamente è rischioso lasciare della saliva sul cadavere. Per mangiare la carne della sua vittima, bastava asportare un pezzo del corpo. Forse in quei momenti perde il controllo di sé. Non riesco ancora a capire, scusatemi.»

2 gennaio

La mattina dopo, quando esce il servizio di Milesi, Besana si precipita al giornale. Vuole parlare con il direttore. Calvo, tracagnotto, pancia debordante, Cannistrà parla in modo torrenziale, gesticolando. Originario di Cosenza e trapiantato a Milano per studiare alla Bocconi, dove non si è mai laureato, deve la carriera alla protezione di un grande finanziere, morto da qualche anno. Lo ha conosciuto quando era a New York come corrispondente di un altro quotidiano, gli presentava gli intellettuali liberal americani, economisti di Harvard, trader di Wall Street: il finanziere si è convinto di avere a che fare con un premio Pulitzer, e lo ha subito voluto alla guida del *suo* giornale. Quando è scomparso il padrino, Cannistrà si è abilmente riciclato strusciandosi in tutti i salotti politici e televisivi che contano. E così è rimasto a galla, e chissà per quanto lo rimarrà.

Ogni volta che Marco gli va a parlare deve sempre fare anticamera e, quando finalmente viene ammesso, Cannistrà gli risponde a monosillabi, tenendo lo sguardo fisso sullo schermo del desktop o sull'iPhone, dove twitta e scambia mail in continuazione.

«Ah, scusa un momento: devo rispondere a Steve, sai, il mio amico columnist del *Washington Post*.» Poi gli squilla il cellulare: «Va bene, me lo passi» e rivolto a Besana: «Scusa, è il presidente del Consiglio».

«Vuoi che esca?»

«No, no, resta pure.»

C'è chi sta peggio: i colleghi in disgrazia, che stanno per essere silurati, non vengono nemmeno fatti accomodare. Il direttore li *briffa*, come dice lui, camminando avanti e indietro a passo svelto nel corridoio: una specie di tortura, o di danza rituale, che può durare anche mezz'ora, sotto lo sguardo divertito di vicedirettori e caporedattori centrali.

«Hai visto la voce di Wikipedia su di lui?» chiede Besana a Piatti che lo sta accompagnando in redazione.

«No, perchè?»

«È esilarante. Albertini, Montanelli, Scalfari, sono niente al confronto. La sua direzione è presentata come la più lunga e gloriosa della storia del quotidiano. Dice che passando al nostro giornale ha rivoluzionato la formula ottenendo un incredibile exploit in edicola, e sbaragliando la concorrenza in un momento di crisi. Ma quando mai. I bilanci sono in rosso, continuiamo a perdere copie, ci prepensionano a raffica e non assumono nessuno.»

«Be', se la sarà scritta lui, quella voce» risponde Ilaria.

«Non ne ha bisogno» ridacchia Besana. «È pieno di gente disposta ad adularlo. Certo, è curiosa l'assenza di notizie sulla sua vita privata. E si capisce. Dovrebbe dire che è sposato, ma che la moglie non vive con lui, è una giornalista RAI e sta a Roma. A Milano, lui fa vita da single, ma ha convissuto per anni con la manager di una finanziaria, e la presentava a tutti come sua moglie. Comunque, ti avverto: se per caso devi andare da lui, stai attenta che non chiuda la porta. È un assatanato, salta addosso a tutte.»

«Anche se mi presento in tuta?»

«No, in tuta puoi stare tranquilla.»

Besana ride e la saluta con la mano. Sono arrivati.

«In bocca al lupo. Poi dimmi com'è andata» gli dice lei.

La segretaria tenta di fermare Besana («Il direttore è al telefono con il ministro dell'economia»), ma lui entra lo stesso, senza bussare.

«Perché hai mandato Milesi? Il mostro di Bottanuco è roba mia» gli urla in faccia.

Cannistrà solleva il viso, un po' sorpreso dall'entrata.

«Non ne so nulla. Sarà stato il caporedattore» intanto smanetta sull'iPhone. «Hai ritwittato la mia proposta di *crowdfunding* per i musei? L'hashtag è #salvailtuomuseo. Sai, la cultura è il petrolio dell'Italia.»

«Sai cosa me ne frega dei musei» risponde Besana.

«È ora di pranzo, vieni in mensa con me a mangiare un boccone, così parliamo» lo spiazza Cannistrà, alzandosi di scatto e prendendolo sotto braccio.

Difficile sottrarsi, anche se Besana preferirebbe di gran lunga il ristorante con giardino e veranda, dove il direttore porta gli ospiti di riguardo, mettendo tutto rigorosamente in nota spese.

Intanto, Cannistrà cerca di rabbonirlo facendogli capire che il problema stagista è sotto controllo.

«Quella Terry, santo cielo è un demonio» ridacchia.

«Lizzy» lo corregge Besana.

«Lizzy, già. Carina, ti capisco, ma che tipetto. Comunque

sono riuscito a neutralizzarla. Per fortuna si accontentava di poco. Le ho concesso un paio di recensioni di ristoranti, e si è subito calmata.»

Alla mensa, una sala enorme con un chiasso assordante, i tavoli sono tutti vicini e non è certo il posto per affrontare argomenti delicati. Cannistrà, fra l'altro, tiene banco, non dà tregua a nessuno.

«Siete legati a una concezione antiquata di giornalismo» sbraita, ingozzandosi di spaghetti alla puttanesca scotti. «Una visione proprietaria, autoriale, corporativa. Come se le vostre firme contassero ancora qualcosa. Lo volete capire che siamo nell'era digitale? In rete le firme non significano un cazzo. Bisogna condividere tutto, i contenuti passano da un diario all'altro, da una bacheca a un profilo, e non appartengono più a nessuno. E voi che siete gelosi della vostra rubrichetta.»

Besana mangia in silenzio un piatto di riso, cercando di proteggerlo dagli sputi di Cannistrà. Quando passa all'ananas, con lo stomaco che si contorce, dello scippo di Milesi non si è minimamente parlato. Il direttore si congeda bruscamente, ha da fare.

2 gennaio

Besana sale sull'ascensore e incontra Roberto. Il caposervizio gli mostra il pollice sollevato, a pugno chiuso.

«Uè» dice.

«Stai esultando per lo scoop di Milesi?»

«Ma no, dai, Marco. Quel caso è sempre tuo. Rompeva molto da settimane, non potevamo dirgli di no. Sai come sono delicati gli equilibri, qui dentro. Mi riferivo a un altro scoop.»

«E quale?»

L'ascensore si apre, attraversano insieme il cortile interno.

«Parlavo della tua amichetta, Lizzy.»

«Non è la mia amichetta. Direi che mi odia. Comunque Cannistrà me l'ha detto.»

«Che si è fidanzata?»

«No, questo dettaglio mi mancava. Con chi?»

«Indovina.»

Besana si volta e guarda Roberto, che scoppia a ridere.

«Milesi è pazzo di lei. Se la porta dietro ovunque.»

«Avvertilo che fra un mese diventerà papà. Quella si presenta con il test di gravidanza. Se ne possono comprare di finti anche su eBay. Con me non ha funzionato perché, bene o male, mi occupo di delitti da tutta la vita. Ma lui, che sta solo in TV, rischia.»

Roberto ride forte.

«Quasi quasi Lizzy me la faccio anch'io. Così il test si complica» ride e ride.

«Sei troppo codardo» gli risponde Besana, «comincia a non affidare pezzi che sarebbero miei a Milesi. Se ci riesci, passa pure alla sua fidanzata. Ma con il preservativo, te lo consiglio» e se ne va.

Roberto è paralizzato.

«Sei un bastardo» gli grida.

Besana si volta appena.

«Ho solo ragione» lo saluta con la mano, «mi raccomando, il preservativo. Anche quando fai le pagine.»

2 gennaio

Già verso le sei di sera Besana muore di fame, o di ulcera. Cercava di tenere sotto controllo il fumo arrotolandosi ogni tanto qualche sigaretta e in un pomeriggio solo, dopo il pranzo con il direttore, si è fumato un intero pacchetto. Capita quindi a proposito, molto gradito, l'invito di Grace.

«Dai, Marco, vieni a cena da noi anche stasera. Dillo a Ilaria, che ci è tanto piaciuta. Ho capito che tipo di cannibale può essere il nostro uomo, non vedo l'ora di raccontarvelo.»

Besana passa dall'enoteca e compra due bottiglie di Barolo e un mazzo di fiori. Sente il bisogno di dimostrare a Grace la sua gratitudine e anche di farsi una bevuta memorabile. Poi salta in macchina per passare a prendere Ilaria, entusiasta come lui della proposta.

«Per anni sono sempre stata sola, qui a Milano» dice lei, allacciandosi la cintura. «Ora ricevo inviti a cena ogni sera. Non mi sembra vero. *Adoro* i tuoi amici.»

Grace li accoglie con un abbraccio, in casa c'è un profumo buonissimo. Sta preparando un risotto alla milanese. Dal forno esce odore di rosmarino: è il polpettone che sta rosolando.

«Nic ci raggiungerà fra poco, è andato a prendere un aperitivo con suo fratello» dice.

Nic è un uomo fortunato, pensa Besana, allungando a Grace le bottiglie e i fiori. Non può fare a meno di ricordare quando si sentivano dei profumi anche a casa sua e c'era un via vai di amici a cena. Che malinconia.

«Allora» dice Grace consegnando il cavatappi a Marco, «ho capito che non si tratta di *cannibalismo sessuale-fusionale*. Alla Jeffrey Dahmer, per intenderci, il cannibale di Milwaukee, che mangiava i suoi amanti. Niente a che fare con Armin Meiwes, che trovò su internet un compagno disposto a farsi mangiare come massima esperienza erotica. Spesso i cannibali di questo tipo non amano nemmeno uccidere, sono necrofagi. Non c'è sadismo, è una forma malata d'amore.»

«Una forma d'amore?» ripete incredula Ilaria, sollevando il labbro.

«Sì» risponde Grace. «Il concetto è semplice: se mando giù la tua carne, tu diventi parte di me. È un desiderio di fusione: un corpo che entra nell'altro. Come nell'atto sessuale. Solo che le persone affette da questa patologia non riescono a sentirsi appagate dalla penetrazione come noi. Per loro, l'unione delle carni è un'altra cosa. Ma il nostro uomo non appartiene a questa categoria.»

«E perché?» chiede Besana.

«Perché non è così *tenero*. Perdonate l'espressione. Qui non c'è nulla di sentimentale, insomma. Lui cerca l'annientamento totale della vittima, anche *post mortem*. È diverso. Divorare l'altro significa dominarlo, averlo completamente sotto controllo. Soffre di un disturbo narcisistico grave, ambisce a sentirsi onnipotente. È dominato da pulsioni sadiche e mangiare la carne della vittima è un modo di sfogare la sua rabbia. È uno psicopatico molto violento.»

«Ce n'eravamo accorti» commenta Besana.

«Si chiama *cannibalismo aggressivo e di potere*, è la forma più diffusa fra i criminali. Quelli come loro non riescono più a fermarsi, vi avverto.»

«Dio santo» sussurra Ilaria.

3 gennaio

Il giorno dopo l'appuntamento è per colazione. Cappuccino e brioche, poi comincia la gita nella Bergamasca. Besana vuole intervistare un po' di gente.

«Ci mancava il blogger» dice Ilaria, mostrando lo schermo del suo tablet.

«Quale blogger?» chiede Besana.

«*Sensovietato.*»

«Chi?»

«Non lo conosci?»

«Mai sentito nominare.»

«Ha uno dei blog più seguiti di controinformazione. Quasi duecentomila contatti giornalieri, sessantamila follower su Twitter, il doppio sulla pagina Facebook. Sai, uno di quelli che attaccano per partito preso i grandi giornali, la magistratura, i politici e vedono ovunque scandali e complotti. Le Torri Gemelle sono state abbattute dalla CIA, il mondo è governato da una cupola di banchieri ebrei e dal Gruppo Bilderberg, l'Italia deve uscire dall'euro e il cancro si cura con il bicarbonato, ma le case farmaceutiche ce lo tengono nascosto. Tutti discorsi così.»

«Che c'entra con noi?»

«Be', adesso ci ha presi di mira. Certo, ce l'ha con tutta la categoria ma noi siamo spesso nominati. Ti leggo qualche passaggio: Il giallo di Bottanuco si complica, e gli investigatori brancolano nel buio. Ma *i giornalai* non si arrendono, e hanno già istruito il loro processo. Un processo mediatico. Come se il test del DNA fosse infallibile, cosa che in America i maggiori esperti di genetica forense cominciano a *metterlo* in dubbio.»

«Non sa neanche la grammatica. Ma come cazzo scrive? I *giornalai*?»

Ilaria prosegue.

«Senti un altro post: E quanto costa prelevare campioni di DNA da migliaia di abitanti di Bottanuco e dei paesi vicini? I contribuenti sono d'accordo? Che genere di studi hanno fatto i sedicenti esperti per potersi definire *forensic scientists*? Tutte queste domande, *i giornalai della casta* non se le pongono. A loro interessa soltanto proseguire il linciaggio contro gente innocente, solo sulla base di una traccia biologica.»

«Ma questo non legge neanche i nostri articoli. Noi non facciamo nessun linciaggio. Chi è 'sto deficiente?»

«Un ragioniere di Cesena appassionato di nera» risponde Ilaria, «dice di avere frequentato un corso di *forensic science* in Ohio, ma ho controllato: era un corso di quattro giorni. Eppure si autoproclama *esperto* di scena del crimine. Organizza perfino dei seminari a pagamento sulla materia. Del resto, a forza di serie TV e di talk show sui grandi delitti tutti si credono dei professionisti. Ma non è finita, aspetta! C'è anche il finale in chiave complottistica: Invece di seguire piste sbagliate, dice, perché non indagano negli ambienti della criminalità organizzata? A Bottanuco e dintorni sono note da tempo le infiltrazioni della camorra e della 'ndrangheta. Questi omicidi potrebbero essere legati in qualche modo al mondo degli appalti. Vendette trasversali. Il movente sessuale, l'imitazione di Verzeni, servono solo da copertura.»

«Ma è stupendo. Capirai cosa gliene può fregare alla camorra di una badante.»

«Senti i commenti del popolo della rete: Tutti cronisti venduti, al servizio dei magistrati. Oppure: Siete degli incompetenti! Vergognatevi! E poi: E la chiamano informazione. Fate schifo!»

«Gentili.»

«Un coro di insulti.»

«Non me ne può fregar di meno» risponde Besana con un sorriso persino divertito.

3 gennaio

Besana e Piatti hanno appuntamento con Lucilla Perego, la sorella di Dana. Lucilla lavora in una palestra dentro un grande centro commerciale. Si presenta all'ingresso con una canottiera viola, dei leggings fucsia e delle scarpe da ginnastica gialle fosforescenti. Quell'eccesso di colore risulta persino violento vicino al suo sguardo opaco. Si deduce che sulle unghie aveva uno strass dello stesso rosa, ma ormai è stato in parte grattato via, resta solo qualche triste scia di una frivolezza precedente. Ha i capelli un po' unti di chi non ha tanta voglia di curarsi dopo un grande dolore, raccolti in una coda.

«Alla sala pensaci tu» dice a un ragazzo, «adesso devo parlare con *i giornalisti.*» Il modo in cui sottolinea la parola giornalisti tradisce una certa ingenuità. A quanto pare il dolore che le impedisce di lavarsi i capelli, non le impedisce di dare ancora importanza ad altre cose.

«Volete vedere la palestra?»

Loro naturalmente sono poco interessati, ma la seguono. Camminando con le punte in fuori da aspirante ballerina che è finita a tenere un corso di zumba in periferia, Lucilla li guida nelle sale. Le attrezzature sono nuovissime ma la vista sul benzinaio, la rotonda e i capannoni, è desolante. Ilaria cerca faticosamente di interagire, ma ha pochi argomenti.

«Un corso di spinning» ripete, «bello.»

«Sì, abbiamo cominciato l'anno scorso» risponde Lucilla, «adesso organizziamo anche corsi di ATS jawbreaker, cardio dance, e altri che combinano tricking, breaking, capoeira e parkour.»

«Ah» risponde Ilaria. Mai stata in palestra.

Li porta a visitare la SPA, molto pretenziosa. Ci sono vasche di ogni tipo, luci basse e candele: la gente può fare finta di essere in un albergo di lusso dimenticandosi di essere dentro un centro commerciale pieno di sale slot, pizzerie che fanno anche kebab, mercerie vecchio stile con manichini e parrucche.

Dopo la visita guidata, si avviano verso il bar del centro commerciale, pieno di scivoli. L'odore di fritto è fortissimo, e anche le grida di un paio di bambine velate che stanno giocando lì, mentre la madre, più velata di loro, si mangia un hamburger. Ordinano un caffè.

«Io so chi è stato» dice Lucilla all'improvviso.

Besana è abituato a incontrare gente che fa queste affermazioni.

«Davvero?» chiede.

«Christian» risponde lei.

«Il padre del bambino?» Besana ha poca pazienza oggi, ma deve fare uno sforzo.

«Oh no» Lucilla al pensiero ride, un po' nervosa. «Salvo non farebbe del male a nessuno. È un uomo...»

Besana chiude gli occhi. Sa che sta per arrivare la grande

triade: *persona/speciale/solare* (cazzo/cazzo/cazzo, ripete dentro di sé).

«Un uomo solare, speciale» risponde puntualmente Lucilla, «l'unica brava persona che mia sorella ha incontrato in vita sua. Ma a lei forse *non piacevano* le brave persone.»

Finalmente un lato oscuro anche nelle vittime, annientate dalla retorica dell'omicidio, come se non bastasse un omicidio in sé ad annientare. Ora Besana sta attento.

«Quindi chi era questo stronzo?»

La sta guardando dritto negli occhi. Lucilla è turbata, ma anche eccitata. Tradisce una piccola scossa intorno alla colonna vertebrale.

«Uno stalker» risponde.

E abbassa la testa. Ilaria è stupita. Perché abbassa la testa?

«Era il mio fidanzato» aggiunge Lucilla. «Ma poi ha perso la testa per mia sorella, e mi ha lasciata per lei. Sono cose che succedono.»

Besana le sorride, siamo usciti dal territorio delle frasi scontate, che sono come un braccio alzato contro un pugnale, l'istinto di difesa elementare. Con le debolezze umane lui si sente molto più a suo agio. Almeno sono gesti complicati.

Lucilla, con grande sforzo, sta cercando di balbettare un'idea più grande di lei. Cioè che in un certo genere di incastri il male è una complicità. Solo quando qualcuno viene assassinato diventa chiaro chi è la vittima e chi è il colpevole. Prima no.

«Prima ci sono *due vittime.* Non so se riesco a spiegarmi. Due vittime di un rapporto malato» dice. «E questo è il momento più pericoloso.»

Besana la ascolta con umiltà. Si vergogna di averla giudicata per un paio di aggettivi banali.

«Due?»

«Sì» adesso Lucilla si sta raspando con l'unghia gli ultimi brandelli di gloss. Intanto lo guarda, anche in modo un po' provocante. «Lei non pensa che sia difficile raggiungere certi vertici da soli?»

Besana fa cenno di sì. Effettivamente ogni funesta armonia è una specie di miracolo in negativo. E servono due persone per farla.

«Mia sorella *lo sapeva*. Esattamente come *io so* che è stato lui» continua Lucilla, liberandosi con l'indice di un brillantino che le è rimasto incollato alla lingua.

Besana è ipnotizzato. Piatti lo tira per un braccio. Vorrebbe gridare: Ehi, non guardarla così, per favore. È solo gente malata. Ma non serve a niente aggrapparsi al suo golf. Lui nemmeno se ne accorge.

«Erano *destinati*» continua Lucilla con un sorriso perverso. «È molto erotico sentirsi *destinati*. Non trova?»

Sta guardando Besana in modo un po' troppo maledetto, con le palpebre abbassate e il labbro superiore sollevato. Piatti schiuma di rabbia. Non gliene frega una minchia di questa filosofia per gente fuori di testa. Si fa anche troppa fatica a essere normali, di poetico in certi deliri non c'è proprio niente.

«Grazie, è stata molto gentile» la interrompe Ilaria. «Dove troviamo il *vostro* ex?»

Ma Besana le fa cenno di stare calma. Vuole sentire tutta la storia.

3 gennaio

Allora Lucilla comincia a raccontare. Dana è sempre stata la sorella dominante, mentre lei era solo un ranocchietto ai suoi ordini. Fino a quando non è cresciuta. Il conflitto è esploso quando tutte e due hanno raggiunto il massimo dello splendore. Quando Lucilla ha compiuto vent'anni e Dana trenta. Ma erano consapevoli sia del loro splendore che dello scontro che questo avrebbe provocato. Quindi non potevano fare a meno di aiutarsi. Anche perché avevano delle vite di merda.

Il padre, camionista, era morto quando erano piccole. La madre, malata di un Alzheimer precoce, era stata messa in una struttura. Dana pensava di fare fronte a tutto grazie al suo lavoro, non aveva calcolato quella zavorra del marito. Bravissima persona, per carità. Ma sfortunato. Lo assumevano in una fabbrica e la fabbrica chiudeva. Sembrava che portasse sfortuna lui.

Dana si rimboccava le maniche, per mantenere tutti quanti: la madre in clinica, suo figlio, il marito in cassa integrazione e pure la sorella, che voleva diventare ballerina.

«Noi ci sentivamo a disagio perché tutti in paese cominciavano a darle della puttana» racconta Lucilla, «ma i suoi soldi non ci facevano mica schifo. Li accettavamo eccome.»

Besana continua a fare cenno di sì, per incoraggiarla.

«Io poi mi sono comportata peggio di tutti gli altri, perché non ho speso quei soldi che mi passava per studiare danza, come avevo promesso, ma per rifarmi il naso. Era l'unica cosa che mi rendeva meno bella di mia sorella.»

Besana le sorride. Non ha intenzione di interromperla.

«Ero convinta che studiare non servisse a niente. Conoscevo uno che mi aveva promesso un provino in TV. In realtà si trattava di un buttafuori, amico di un altro buttafuori che vigilava sui set di Mediaset, capirai. Passavo tutto il mio tempo a prepararmi per quel provino, convinta di farcela. Ero troppo presa dal mio progetto per accorgermi di quello che stava succedendo.»

«Era nata una relazione fra sua sorella e il suo fidanzato?»

«Qualcosa di molto peggio. Era un amore malato. Talmente totalizzante e morboso che lei ha spedito suo figlio dall'ex marito. Lo hanno letteralmente buttato fuori di casa, povero bambino. Esistevano solo loro due. Si sentivano in colpa e sembrava che il male che si facevano a vicenda fosse la giusta punizione. Riuscivano a stare insieme solo da ubriachi, e in quello stato osavano fino alla tortura. Dana lo provocava. Gli raccontava apposta dei suoi clienti. E Christian la massacrava di botte.»

Ilaria volta la testa, non è sicura di voler ascoltare. Preferisce guardare le bambine velate che gridano buttandosi giù dallo scivolo.

«Una sera li ho sorpresi nel pieno di una lite e mi sono messa a piangere. Scoprire tutta quella violenza era peggio che scoprire qualsiasi tradimento. Io non immaginavo che arrivassero a tanto. Mi sentivo perfino in colpa per averli lasciati insieme, per non essermi davvero opposta. Mia sorella era legata a una sedia, e mi gridava di andare via. Anche Christian mi gridava di andare via, ma aveva una tanica di benzina in mano. Allora sono corsa alla polizia.»

Ilaria non può fare a meno di pensare ai suoi genitori. Improvvisamente si ricorda di sua madre con il viso coperto di lividi. Continuava a dire che era scivolata sul ghiaccio, ma lei sapeva che non era così. Certe notti la svegliavano, a forza di gridare. La mattina si alzava per fare colazione e in cucina trovava vetri rotti, piatti di porcellana in frantumi e sua madre che puliva il pavimento con la scopa («Ho perso l'equilibrio mentre svuotavo la lavastoviglie»).

Poi si alza di scatto, sta per vomitare. Non ce la fa più. Si copre la bocca con la mano e cerca affannosamente di respirare. Non deve crollare, è il mestiere che ha scelto. Pieno di storie così. Non deve.

«Tutto bene, Ilaria?»

Piatti fa cenno di sì con la testa.

«Sì, sì, scusate, forse non ho digerito la polenta» risponde. Poi si siede di nuovo.

«Quando è arrivata la polizia, li ha trovati abbracciati sotto al piumino, davanti alla TV» continua Lucilla. «Dicevano che mi ero sognata tutto, che forse ero ubriaca. Poi mia sorella l'ha lasciato. Mi sentivo così sollevata. È venuta a stare da me per un po'. Non si sentiva più sicura a casa sua. E lì è cominciato l'inferno.»

«Perché?»

«Christian chiamava persino i suoi clienti, per toglierle anche il lavoro. Minacciava di dare fuoco al centro massaggi, chiudendoli tutti dentro. Molti infatti non venivano più. E poi ci faceva delle telefonate spaventose. Vi taglierò la testa, diceva, e nelle vostre bocche spalancate mi farò dei pompini. Noi chiamavamo la polizia, però era inutile. Erano solo parole. Piuttosto serve un TSO, ci rispondevano dalla centrale. Allora chiamavamo il pronto soccorso, ma in psichiatria dicevano che se non diventava davvero violento, loro non potevano farci niente. Alla fine ci siamo rivolte a un avvocato. Ma era troppo tardi. La settimana dopo Dana è morta.»

«E lui dov'è adesso?»

«Sparito. Trovatelo, per favore. Io ho paura.»

3 gennaio

L'unico che può sapere dove si è nascosto Christian è il suo datore di lavoro, Renato Pigna, conduttore TV di una rete locale e proprietario di vari club privé in giro per la provincia, nonché creatore e patron di BergAmore, il festival dell'eros più importante d'Italia, che da qualche anno si svolge proprio nella Bergamasca.

Entrano nella discoteca Godzilla di Capriate San Gervasio, quartier generale di Pigna. Un buttafuori li ferma all'entrata. Spiegano che sono giornalisti e che hanno appuntamento con il capo.

«Entrate, faccio chiamare René» risponde.

René è un cinquantenne nato a Osio Sotto. Ha una faccia da furetto, il cranio lucido e il petto glabro.

«Accomodatevi» dice con un sorriso. «Di là c'è un salottino dove possiamo stare tranquilli. Posso offrirvi un cocktail?»

Si siedono sui divanetti di pelle nera, lucidi come il cranio e il petto del proprietario. Naturalmente Besana accetta l'omaggio. Figuriamoci se non ha voglia di provare il loro Bloody Mary. Piatti ordina una roba assurda, un Bacontini, cioè un Martini con bacon. Besana storce la faccia.

«Ha un grande successo il vostro Festival» dice Besana per rompere il ghiaccio.

«Adesso. Ma all'inizio ci hanno fatto la guerra» racconta René. «Raccolte di firme, sit-in, interrogazioni in consiglio comunale. Poi pian piano l'hanno sdoganato. Vengono in massa da tutta Italia e perfino dalla Svizzera, negli hotel tra Dalmine e Bergamo non c'è più un letto libero durante la manifestazione. BergAmore è diventata una specie di sagra popolare: birra, casoncelli, costine, salamelle, patatine fritte, come alla Festa dell'Unità. Tra uno spogliarello e l'altro, si mangia fino alle tre di notte. Vedi i fidanzatini a caccia di emozioni, coppie mature che cercano di tamponare la noia di un rapporto logorato, perfino dei padri che portano i figli teenager.»

«Un fenomeno sociale interessante» dice Ilaria.

«La gente è stanca di guardare il porno in solitudine, davanti al computer, vuole condividere, partecipare, vivere le cose in prima persona, soprattutto per crearsi un mondo virtuale personalizzato. E allora si mettono in coda per vedere le tette siliconate di Marika Silver o il tatuaggio del Vesuvio sul pube di Eliana Fuckalot. I siti hard hanno sempre meno visitatori, manifestazioni come BergAmore invece sono in pieno boom: duemila presenze il primo anno, adesso superano le venticinquemila.»

In quel momento entrano due ragazze. Una, la bionda, ha una maglietta a righe di strass viola, azzurre, arancioni e verdi, con finto collo alto che copre il seno solo fino all'inizio del capezzolo. Sotto ha un paio di calze a rete e basta. La bruna ha un reggiseno fatto di grandi foglie di marijuana e hotpants inguinali decorati con delle banane.

«René, abbiamo finito di fare le foto» dicono.

Besana ha gli occhi fuori dalla testa, per un attimo dimentica persino il suo Bloody Mary. Ma René le liquida subito.

«Andate a cambiarvi, bambine. Che vi prendete freddo» strizza l'occhio a Marco. «Poi mi tornano in tuta, ma pazienza.»

«Anche la mia collega è sempre in tuta» risponde Besana.

«Stavamo dicendo? Volevate notizie di Christian?»

«La polizia lo sta cercando, è sparito da settimane.»

«Non lo troveranno. È in Colombia, adesso.»

«Come lo sa? Lo sta aiutando?»

«Certo, non lascio mai soli i miei dipendenti.»

«Ammirevole» commenta Besana. «Però, se lo trovano, finirà nella merda anche lei.»

René scuote la testa.

«Mi rendo conto che capita raramente di aiutare degli innocenti. Ma questa volta sono stato fortunato. Qualcuno lassù ha voluto ricompensarmi per i rischi *veri* che mi sono preso negli anni.»

«Come fa a essere tanto sicuro che Christian sia innocente?»

René scoppia a ridere forte. Poi assaggia il succo di pomodoro condito, prima di mezzanotte non beve, è una regola che si è dato. C'è chi comincia alle sette di sera, ognuno ha il suo orario. E si accende una sigaretta.

«Tanto questo fottuto posto è mio» dice aspirando, «pago così tante tasse che nessuno osa farmi una multa» e ride. Offre a Besana una Marlboro rossa. Naturalmente Marco accetta anche quella.

«Stava dicendo?»

«Che Christian è innocente, ho tutte le prove che volete. Perché è partito all'inizio di dicembre. Gli ho pagato io il volo per Cartagena de Indias. Quella faccenda delle due sorelle stava diventando pericolosa. Aveva perso la testa. Allora gli ho offerto una vacanza.»

«Una vacanza o un lavoretto?»

«Diciamo tutti e due.»

«Chiarissimo, adesso» risponde Besana.

«Mi sono impegnato per convincerlo a cambiare aria» si batte tre volte l'indice contro la tempia, «pensi che quando ha saputo che Dana era morta, mi ha telefonato per dirmi che quell'omicidio avrebbe tanto voluto commetterlo lui. Me lo hanno rubato, diceva.»

«Gli hanno *rubato* il delitto?»

«Esatto. Uno se lo cova ossessivamente per anni, riducendo gradualmente la sua amante a una vittima perfetta. Si lavora per l'inevitabile. Capisce? Poi che succede? Arriva qualcuno, nessuno sa chi, che in cinque minuti gliela frega. La morte è preziosa, mica ce ne sono due.»

Besana manda giù un sorso di Bloody Mary. Sorride. Davanti a certe grandezze, si arrende.

«Non è mica giusto. Non trova?» Poi René si alza.

«Imperdonabile» risponde Besana.

«Perché non venite a vedere qualche spettacolo? Provate a fare un salto al Lap Dance di Pontida, siete miei ospiti.»

«E ci saranno anche quelle simpatiche ragazze?»

«Gliene troverò di migliori.»

Besana gli stringe la mano, ma la sua anima di cronista non è appagata.

«Scusi se sono curioso» dice, «ma come sono i vostri rapporti con le amministrazioni locali?»

René si fa una risata.

«È stata dura. Pensi che il secondo anno, il sindaco del paese dove si doveva tenere la kermesse mi ha detto: Noi te la lasciamo fare, e tu devolvi l'incasso in beneficenza. Ho pensato a Emergency, ma quelli hanno rifiutato perché non volevano legare la loro immagine al porno. E poi qui non facciamo porno, cerchiamo solo di sdrammatizzare il sesso. I sindaci dovrebbero solo ringraziarci. Muoviamo un indotto pazzesco, venticinquemila persone, roba che nemmeno le partite dell'Atalanta.»

3 gennaio

Prima di tornare a Milano, decidono di passare dalla farmacia di Suisio, perché Ilaria ha mal di testa.

«Scusa per prima» dice.

«Non lo dire neanche» risponde Besana, «ho capito benissimo. Anche perché a pranzo avevi mangiato un'insalata.»

«Sai, a volte ho paura di non riuscire a essere abbastanza professionale» confessa. «Mentre Lucilla raccontava quella storia, mi sono tornate in mente certe liti fra i miei genitori. Anche loro avevano un rapporto malato, credo.»

«Lo so, ho letto gli atti del processo.»

«Hai letto gli atti del processo?»

«Non l'ho fatto per curiosità. Volevo solo avere gli strumenti per capire cos'hai vissuto.»

Ilaria sta per piangere. Nessuno aveva mai fatto una cosa del genere per lei.

Besana parcheggia davanti alla farmacia.

«Tu resta qui, cerca di rilassarti» dice, «vado io.»

La farmacista sta insegnando a un gruppo di studentesse a prendere tamponi per il DNA.

«Quando arrivano i volontari» sta dicendo, «ognuna di voi, in qualsiasi momento, deve essere in grado di eseguire un tampone salivare. Sembra facile, ma non lo è. Quindi dovete fare delle prove. Per prima cosa dovete indossare camice, cuffia, occhiali protettivi, guanti e mascherina. Pronte? Adesso estraete i tamponi dall'involucro di carta. Così. Non dovete toccare per nessuna ragione l'estremità di cotone, perché deve rimanere sterile. Chiaro? Ora strofinate il cotone all'interno della guancia, sotto la lingua e dietro le labbra. Per dieci secondi. Dai, ragazze.»

Una delle due studentesse gira il tampone nella bocca dell'altra, accuratamente. Poi invertono le parti. E subito dopo restano immobili con il tampone in mano, con aria diligente.

Un uomo, anche lui con camice, occhiali, mascherina e cuffia, solleva un dito coperto dal guanto di lattice: «Attente a non contaminare il campione, mi raccomando» dice.

«Bravo! Mio figlio ha proprio ragione. È molto importante evitare qualsiasi contaminazione» conferma la dottoressa. «Adesso, prima di rimettere il tampone nella sua busta, lasciatelo asciugare per un'ora, come minimo, stando attente che niente tocchi l'estremità. Neanche voi, magari per controllare che sia asciutto.»

Finita la spiegazione, la farmacista torna al banco. Besana la saluta con la mano. Lei ricambia con un sorriso.

«Ancora Xanax senza ricetta?»

«No, Moment. È solo un mal di testa.»

«Menomale» risponde lei, aprendo un cassetto.

«State raccogliendo molti campioni?»

«Non sa quanti volontari arrivano da tutta la valle. Ci siamo mobilitati. Abbiamo già preso il DNA a più di trecento persone.

Io per prima ho consegnato il mio. Per far capire che non costa niente.»

«Fa bene, dottoressa. È molto importante.»

«Speriamo che serva a qualcosa» risponde lei. «Propongo il test a tutti i miei clienti, non me ne faccio scappare uno.»

«E nessuno si rifiuta?»

«Oh sì, certo. Specialmente i vecchi. Ma anche tanti giovani sono diffidenti. Hanno tutti paura. Ci guardano sospettosi, come se chiedessimo di fotografarli nudi.»

«La chiusura della provincia» commenta Besana, «che qui è considerata quasi una qualità, da quel che ho capito. La *riservatezza*.»

«Bravo» risponde la farmacista, «è davvero difficile avere delle iniziative da queste parti, mi creda.»

3 gennaio

Verso le sette di sera Besana diventa nervoso se non ha davanti un bicchiere di vino. Entrano nel bar della piazza e si siedono a un tavolo. Ci sono solo due clienti. Un tizio pelato che gioca compulsivamente alle slot, senza mai girare la testa, e un vecchio alcolizzato davanti a un amaro. Il vecchio li fissa. Ha le dita gialle per il fumo e la pelle arrossata dall'alcol. Forse non è nemmeno vecchio come sembra, porta solo male i suoi anni, chissà. Besana lo guarda un po' preoccupato, ha sempre paura di finire così. Non ha nemmeno il coraggio di bere un sorso di bianco. E poi gli dà fastidio essere fissato in quel modo.

«Siete giornalisti, vero?»

Ilaria fa cenno di sì e sorride. Anche lei però è a disagio.

«Io so una cosa che potrebbe interessarvi» continua il vecchio.

Ilaria si volta, ha paura che qualcuno senta e che il vecchio paghi cara questa frase. Cerca con gli occhi Besana che le fa un piccolo cenno con la testa. Lasciamolo parlare, dice con lo sguardo. Probabilmente sono cazzate, ma lasciamolo parlare. Non si sa mai.

«Ah sì?» risponde Besana, «e cosa sa?»

«Una storia che di sicuro non conoscete» risponde il vecchio finendo il suo amaro.

Besana chiama con un cenno il cameriere, gli dice di portare un altro amaro al signore, offre lui.

«Grazie» risponde il vecchio, «alla vostra salute.»

Besana e Piatti gli sorridono.

«Credetemi, non è una leggenda» continua il vecchio, «mio nonno non raccontava balle. Quando Verzeni ritornò in paese…»

«Come sarebbe *ritornò*?» Lo interrompe Ilaria. «Non si era suicidato in manicomio?»

«Balle» risponde il vecchio. «Fu salvato *in extremis* dai secondini. Dato che l'ergastolo gli era stato commutato in trent'anni di reclusione, nel 1902 Vincenzo Verzeni era libero. Ne parlarono anche i giornali, andate pure a controllare. Potete immaginare lo stato d'animo della gente di qui. Soprattutto quello dei familiari delle vittime. Allora lo mandarono non si sa dove per tre anni, in domicilio coatto. Poi Verzeni torna di nuovo a Bottanuco. Vive qui, in via San Giorgio, nascosto in casa, cercando di farsi notare il meno possibile. Arriva la Grande Guerra, e molti compaesani partono per il fronte. E fra questi parte volontario il figlio della Pagnoncelli, che era un neonato quando la madre fu uccisa, ma nel '14 aveva passato i quaranta. La guerra cambia la gente. Gli uomini scoprono che uccidere è facile.»

«Cosa intende dire?»

«La vendetta, mio caro, la vendetta» risponde il vecchio.

Piatti e Besana si guardano. Non sanno se devono prenderlo sul serio o no.

«E si è vendicato?»

«Non da solo. Quando torna dal fronte nel novembre del 1918 e chiede notizie di Verzeni, gli rispondono che è ancora vivo. Nemmeno la Spagnola, che sta facendo più morti della guerra, è riuscita ad ammazzarlo. Qualche giorno di febbre, e già sta meglio. I malvagi hanno la pelle dura. Per il figlio della Pagnoncelli, che ha visto tante volte la morte in faccia nelle trincee dell'Isonzo, questo è davvero troppo. Vuole strangolarlo con le sue mani. Ma la moglie lo ferma. Lo supplica di non essere così imprudente. È appena tornato, hanno cinque figli, vorrà mica lasciarla sola di nuovo? Un delitto si può organizzare meglio. La moglie è una donna furba, sa che tutti odiano Verzeni almeno quanto loro, anche se adesso non fa più del male a nessuno. È un uomo di quasi settant'anni che ne dimostra novanta, un po' gobbo, con le gambe scheletriche e il mento che trema. Chissà cosa gli hanno fatto in quel manicomio per ridurlo così.»

«Un delitto collettivo?»

Besana adesso è interessato.

«In qualche modo. Diciamo che il mandante è il paese intero. Tutte le persone più influenti si danno appuntamento, pensate, in chiesa. C'è anche Giò Ravasio, che all'epoca del delitto Motta aveva diciassette anni. I suoi genitori sono impazziti di dolore, per loro Giovanna era una figlia d'amore. Adesso Giò è un grasso commerciante di sessant'anni con la gotta. Lui è il più motivato di tutti. Non ha mai sopportato il figlio della Pagnoncelli, però questo odio li lega. Si vendicheranno, finalmente. Quel bastardo di Lombroso gli ha evitato la pena di morte? Ci penseranno loro.»

Besana ordina un secondo bicchiere di bianco, comincia

a essere preso. Offre un altro giro anche al suo nuovo amico.

«Verzeni vive rinchiuso in casa, perché la gente lo prende a calci se lo vede in giro. La perpetua del parroco, per carità cristiana, gli porta il latte e da mangiare. Quindi si rivolgono a lei. Le daranno una brocca di latte avvelenata. Il farmacista si dichiara disponibile a fornire l'arsenico. Il medico firmerà subito un certificato di morte naturale. I notabili di Bottanuco brindano al delitto perfetto. Giustizia finalmente si farà.»

Ilaria manda giù saliva. Le sembra di essere lì. Il vecchio la guarda e le sorride come per dire: Ho catturato la tua attenzione eh? Lei ricambia impacciata il sorriso.

«Non hanno calcolato i sentimenti della perpetua, che scoppia a piangere. Dice che questa non è affatto giustizia, perché la giustizia c'è già stata, quel poveraccio ha subito torture atroci per trent'anni. Le offrono dei soldi, ma lei rifiuta, indignata.»

Il vecchio picchia con il dito il bordo del bicchiere vuoto. Besana coglie al volo il messaggio e lo fa subito riempire.

«Verzeni è terrorizzato. Prima di morire, la sua unica amica lo aveva messo in guardia: Guarda che ti vogliono avvelenare. Ma cosa può fare? Non mangiare più? Una ragazzina si offre di portargli il cibo e il latte. È una delle tante figlie dei contadini che abitano accanto. Gli ricorda sua cugina Marianna. Verzeni accetta il suo aiuto. Le dà un po' di soldi e anche qualche moneta per scusarsi del disturbo. Non sa che la famiglia di quella ragazzina è stata pagata molto di più. Sul certificato di morte non si specifica la causa del decesso.»

3 gennaio

La giornata è stata pesante, hanno ascoltato fin troppe atrocità, allora Marco propone a Ilaria di andare a cena in un ristorante famoso della Bergamasca, di cui gli hanno parlato.

«Ci meritiamo una tregua» dice, «scriveremo proprio così, sulla nota spese, *tregua: euro cento*. Ricevuta della cena allegata.»

Appena si siedono al tavolo, mentre sfogliano il menù, Besana comincia a raccontare a Ilaria qualche storiella divertente sui rimborsi.

«La prima volta che mi hanno mandato a fare un servizio, un incidente stradale vicino a Voghera, sono andato in macchina, ho scritto il pezzo al volo e sono rientrato in serata. Il giorno dopo vado dal capo con la nota spese: benzina, un panino e una birra. Totale dodicimilacinquecento lire. Lui sgrana gli occhi: Ma sei pazzo? Ero già preoccupato: Perché, è troppo? No, mi ha risposto, è troppo poco! E il ristorante? L'albergo? I giornali? Non sapevo cosa dire. Tranquillo, te la rifaccio io, e mi allunga un foglio. Ristorante cinquantamila, pernottamento con prima colazione centoventimila. Varie, caffè, giornali: cinquemila. Alla fine il totale sfiorava le duecentomila lire. Adesso era soddisfatto. Così cominciamo a ragionare, mi fa. Allora ho capito: tenendo le spese all'osso, rovinavo la piazza a lui e a tutti gli altri. Non c'era un solo giornalista che non facesse la cresta sui rimborsi, era un patto tacito e io dovevo adeguarmi.»

«Che pacchia» commenta Ilaria.

«Sì, ma erano altri tempi. Adesso non c'è più trippa per gatti. Ricordo un famoso inviato degli esteri, specialista dell'Africa, che nei suoi pezzi si atteggiava a paladino dei paesi poveri, e che a un certo punto era stato silurato dal nuovo direttore. Non lo mandavano più da nessuna parte e passava il suo tempo a lamentarsi e a sparlare dei colleghi. Sai, mi confida un giorno, per me è anche un danno economico. In che senso? Gli ho chiesto. In fondo lo stipendio lo ricevi lo stesso, e non devi nemmeno lavorare. Lui: E le note spese, dove le metti? Venivano considerate un supplemento di retribuzione. Poi, per dargli un contentino, gli affidarono un'inchiesta sulle spiagge dei VIP, e lui se la spassò per settimane in hotel di lusso nelle località balneari di mezzo mondo, intervistando i bagnini e inventando aneddoti su clienti famosi. Alla faccia del terzo mondo.»

Ilaria ascolta affascinata, l'occhio ironico di Besana la diverte molto.

«Al mattino, in redazione, i telefoni squillavano a vuoto. Fin verso le undici, mezzogiorno, non si vedeva spuntare nessuno» racconta Marco. «La domenica mattina, invece, si notava un inspiegabile affollamento. Molti venivano, prendevano la mazzetta dei giornali, poi cappuccio e cornetto al bar di fronte, e subito dopo tornavano a casa, non senza essersi prima segnati presenti. L'indennità festiva pesava in maniera determinante nelle buste paga. E intanto si accumulavano ferie. So di gente che aveva duecento o trecento giorni tra ferie e corte arretrate. In pratica, poteva tranquillamente starsene a casa un anno o più a spese dell'editore. Di solito erano caporedattori o vicedirettori segati, inviati caduti in disgrazia o giornalisti che dissentivano dalla linea editoriale del momento, anche firme di prestigio (qualcuno passerà poi a dirigere fogli barricadieri) che esprimevano in questo modo la loro protesta. Si presentavano in redazione tutti i santi giorni, quasi per dispetto, anche se nessuno li faceva lavorare, e gonfiavano così il pacchetto ferie non godute. Una sorta di silenzioso *sit-in dei trombati*.»

Ilaria ride.

«Se le inventavano tutte» dice.

«Puoi dirlo. Per esempio il famoso sabbatico. Una delle grandi conquiste sindacali dei giornalisti, nei primi anni Novanta» spiega, «un periodo di aggiornamento professionale, qualche settimana o un mese ogni tot anni di servizio, da trascorrere presso altra testata, in genere all'estero. Per imparare una lingua, o fare esperienza di una cultura diversa, e tornare in redazione con un bagaglio professionale più ricco, a beneficio del giornale. Capirai. Come si dice, l'occasione fa l'uomo ladro, e i giornalisti, di solito, non sono degli stinchi di santi. Ricordo un inviato che aveva scelto come sede del sabbatico Kingston, Giamaica. Nella redazione del quotidiano più antico dell'isola, *The Gleaner*. Tornò abbronzatissimo, sparava battute in patois giamaicano, e ogni volta che passava da Milano uno scrittore delle Antille si candidava per intervistarlo. Era diventato l'incubo del caporedattore cultura. Un altro optò per la California, e il suo sabbatico costò al giornale qualche milione di lire. Esibì ricevute di gioiellerie e negozi di moda, corsi di sci nautico e surf, di sommelier e di pilates, biglietti di concerti rock e per l'opera, perfino il noleggio di un pianoforte. Il suo contributo al giornale restò invariato. Cioè poco più di zero. Era redattore allo sport e dato che non riusciva a farsi nominare inviato, quando gli misero un computer sulla scrivania si procurò un certificato medico, che attestava un grave disturbo della vista: non poteva restare esposto alle radiazioni dello schermo elettronico. Risultato: i colleghi dovevano lavorare al suo posto, e lui se ne stava al bar, o a ciondolare nei corridoi, discutendo di questioni sindacali. Finirono per farlo inviato, pur di toglierselo dalle palle.»

«Che ridere» dice Ilaria, «ancora.»

«Ne ho fin che ne vuoi, potrei parlare fino a domani mattina. Sui corrispondenti dall'estero, per esempio. Negli anni Ottanta, vivevano da gran signori. Ne ricordo uno che scriveva da New York (neppure il numero uno, era stato mandato di rincalzo al decano, che ormai ricamava solo editoriali dal divano di casa) e che si era trasferito là con la famiglia. Il giornale gli pagava un appartamento immenso e sontuoso in cima a un grattacielo, dalle sue finestre si vedeva tutta Manhattan. E un altro, che era riuscito a ottenere il posto di corrispondente dalla Cina, e però non stava a Pechino, sede a quei tempi considerata "disagiata", ma a Hong Kong. Si era preso una modesta casetta a Repulse Bay, una delle spiagge più esclusive della colonia inglese, dove è stato girato il film *L'amore è una cosa meravigliosa*. Anche non fare un cazzo è una cosa meravigliosa. E dato che da quelle parti non succedevano quasi mai fatti eclatanti, il collega mandava un pezzo alla settimana, a dir tanto, nei momenti di maggior lavoro. Fare il corrispondente, in generale, era un ottimo investimento. Bastava stare quattro o cinque anni in una capitale estera per mettere insieme una fortuna. Non tanto per lo stipendio, già molto più alto di quello degli altri, ma per gli extra, le indennità, e naturalmente le note spese: soprattutto quando erano scritte in cirillico o in ideogrammi, o espresse in una valuta non convertibile. Venivano liquidate praticamente a occhi chiusi. Mica potevano diventare pazzi, all'ufficio contabilità. Era tutto in cinese, magari. Così il signor corrispondente si rifaceva il guardaroba da Caraceni, girava in Jaguar e faceva le vacanze in barca a Portofino. Mica come me, che ho passato la vita a correre in paesi del cazzo, sulla scena di un crimine. Mai scegliere la nera, Piatti.»

Nonostante tutto, sono riusciti a passare una bella serata. Si danno la buonanotte perfino con allegria. Ma dormiranno poco.

3 gennaio

Pietro Foresti è un po' inquieto. Ha appena finito di vedere l'ennesima trasmissione che parla di lui e di sua moglie. Dovrebbe essere soddisfatto, a parte quell'intervista sgradevole con quei due, è andato tutto molto bene. In televisione circolano solo le sue lacrime. Eppure qualcosa lo angoscia. Vorrebbe telefonare alla sua amante, ma non può. Magari il cellulare è sotto controllo. Quando è andato a prendere il figlio a scuola, si è avvicinato a lei e l'ha avvertita, sottovoce: Ho tutti addosso in questo momento, meglio se non ci vediamo per un po'. Lei, con un cenno della testa, gli ha fatto capire che era perfettamente d'accordo. Nessuno vuole scatenare le malelingue, specie con un delitto di mezzo e la televisione che invade gli spazi privati. Ora però gli manca. Vorrebbe dirle qualcosa, stasera, anche se non sa bene cosa. Gli basterebbe sentire la sua voce un attimo.

Poi sente suonare il campanello. Si alza di scatto, preoccupato. Guarda l'ora. È l'una di notte, chi può essere. Si avvicina alla porta, ma senza aprirla.

«Chi è?»

«Polizia» risponde una voce.

Foresti guarda nello spioncino e sbianca. Si infila subito le scarpe, non vuole essere arrestato in ciabatte. In quel momento, ride di sé. Si preoccupa delle ciabatte. Prima di aprire, si concede un attimo per pensare. Ci possono essere prove in casa che deve ancora far sparire? Il diario di sua moglie è stato bruciato, i messaggi sono tutti cancellati, il computer è ripulito, il pavimento lavato più volte con la candeggina. Ma non può fare aspettare troppo la polizia, sarebbe sospetto. Fa un grande respiro e apre la porta con il sorriso. Un sorriso amichevole, calmo. Di chi non ha paura di niente.

Anche l'agente ha un sorriso amichevole e calmo. Foresti è un po' stupito, ma cerca di non farlo capire.

«Dottor Foresti?»

«Sì?»

«Siamo qui per la sua sicurezza. Lei è in *pericolo.*»

Foresti si era accorto che c'era sempre una volante sotto casa sua, ma pensava che lo tenessero d'occhio e basta.

«Pericolo? In che senso?»

«Abbiamo parlato con un famoso profiler» risponde l'agente, serio. «Sostiene che il serial killer potrebbe essere molto arrabbiato con lei. Rischia di essere la prossima vittima, quindi vorremmo darle una scorta.»

«Perché arrabbiato con me? Non gli è bastato uccidere mia moglie?»

Foresti ha la bocca secca. Di colpo, ha paura. Assurdo. Lui che ha appena assassinato qualcuno, adesso si trova dall'altra parte. L'ultima cosa che si aspettava.

«Non possiamo rivelarle altro, potrebbe compromettere le indagini» risponde l'agente. E lo guarda dritto negli occhi.

Foresti, spaventatissimo, fa cenno di sì. Poi gli indica il divano.

«Si accomodi» dice. «Se restate, mi fa piacere.»

L'agente risponde con un cenno.

«Non si preoccupi, non mi muoverò di qui.»

Foresti lo ringrazia ancora, ma è impacciato. Non sa come si deve comportare.

«E io cosa devo fare?»

«Intanto è meglio chiudere tutte le tapparelle e la porta con due mandate. Sarebbe meglio che le chiavi le tenessi io.»

«Certo, certo» risponde Foresti.

Gira le chiavi nella serratura e gliele consegna. L'agente se le mette in tasca.

«Ha bisogno di un aiuto per chiudere le tapparelle?»

Foresti ha un po' paura a girare solo per casa, ma si vergogna.

«Non c'è problema, ci penso io.»

Quando ha finito di tirare giù tutte le imposte, torna in salotto.

«E adesso?»

«Vada pure a dormire. Ci siamo noi» risponde l'agente.

Mentre si lava e si mette in pigiama, Foresti si accorge che sta tremando. L'assassino è arrabbiato con lui perché gli ha attribuito un delitto non suo? Questo non l'aveva previsto. Per fortuna la polizia gli ha assegnato una scorta. Prima di spegnere la luce, si affaccia in salotto e saluta l'agente, che è sempre lì, seduto sul divano. Gli cade lo sguardo sulle scarpe. Sono delle Oxford marroni, lucide, con il motivo traforato. I poliziotti non dovrebbero portare anfibi neri? Quelle sono scarpe di lusso. Che strano.

4 gennaio

Sono le cinque di mattina. Temperatura: meno sei. Besana guida veloce nel buio, le strade di Milano sono vuote e ghiacciate. Deve precipitarsi a Bottanuco, hanno trovato un altro cadavere nel cortile di una cascina.

«Siamo al terzo omicidio» dice al telefono, la voce cupa. «Si può parlare ufficialmente di un serial killer. Vestiti, dobbiamo arrivare per primi.»

Ilaria lo aspetta nell'atrio del palazzo. Attraverso i vetri del portone, vede una macchina lunga e scura che si ferma lì davanti, allora fa per uscire, ma si spengono i fanali. E se non fosse lui? Qualcuno, lì dentro, sta fumando al buio. Vede la brace della sigaretta. Richiama Besana, le risponde che sta arrivando, fra qualche minuto sarà lì. Quindi non è lui.

Sente lo scatto dell'apriporta e fa un salto indietro, la schiena contro il muro. Ma è solo un vicino che sta portando fuori il cane. Piatti lo saluta, a disagio. Subito dopo arriva Marco, e la macchina misteriosa riaccende i fari e sparisce. Ilaria entra veloce nella vecchia Subaru, chiude lo sportello con un tonfo.

«C'era qualcuno qui davanti» dice, «stava fermo in macchina, come per spiarmi.»

«Ma va'» risponde Besana «stai diventando paranoica.»

Ilaria non insiste, però quella sensazione, la sensazione di essere controllata, non l'abbandona.

«Mi chiedo come ha fatto» sta dicendo Besana, prendendo la tangenziale, «Foresti era controllato dalla polizia. D'accordo, il fermo non era stato convalidato, ma aveva sempre un paio di uomini addosso.»

«E nessuno si è accorto di niente?»

«In casa era tutto tranquillo. I bambini erano dai nonni e lui era solo. La porta non era scassinata. Magari è stato proprio Foresti a fare entrare il suo assassino. Sembra che sia passato dal retro, cioè dal garage. I poliziotti tenevano sotto controllo l'entrata. Del resto, nessuno immaginava una cosa del genere.»

«D'accordo, ma non sono tante le auto che circolano per il paese di notte, con dieci sottozero. Voglio dire, quel posto è pieno di telecamere di sorveglianza, sono ovunque. Su qualsiasi cancello.»

«Forse non ha usato la macchina. È uscito a piedi» risponde Besana.

«A piedi? E come ha fatto a portare il corpo di Foresti fino alla cascina?»

In autostrada ascoltano la radio. Stanno parlando del vampiro di Bottanuco, ma non hanno ancora ricevuto la notizia di una terza vittima. A un certo punto telefona un ascoltatore che non vuole dire niente di sé, né come si chiama né da dove telefona. Fa un discorso strano, dice che secondo lui il serial killer ha ucciso ancora perché ha appena visto due cronisti partire in macchina.

Piatti e Besana si guardano. Il conduttore della trasmissione cerca di fargli altre domande, ma il misterioso ascoltatore mette giù.

«Te lo avevo detto che mi sentivo osservata» dice Ilaria.

«E chi cazzo può essere?»

«Speriamo non l'assassino» risponde lei, «visto che era davanti a casa mia.»

«Oh, Cristo.»

Ma sono arrivati, devono pensare ad altro. Vedono i lampeggianti blu delle volanti. La scena del crimine è circondata da un piccolo gruppo di poliziotti. Li fermano. Besana mostra la tessera dell'ordine.

«Non è un bello spettacolo» li avverte un ragazzo in divisa.

«Marco, non me la sento di venire con te» dice Ilaria.

«Piatti, sei una cronista del cazzo se ti tiri indietro. Le cose vanno viste con i propri occhi, altrimenti non si possono descrivere» insiste Besana.

«Il cadavere però lo descrivi tu» risponde lei.

Poi si china a frugare nella borsa. Tira fuori una boccetta, rovescia la testa e si cala sulla lingua una decina di gocce.

«Un altro attacco di panico?» chiede Besana.

«Diciamo che è un'azione preventiva. Non si sa mai» risponde Ilaria.

Scendono dalla macchina e si avviano verso la cascina. Ma un altro poliziotto li ferma.

«Consiglio alla signorina di non avvicinarsi» dice.

«È conciato così male il corpo?»

«Il corpo? Ma quale corpo? C'è solo la testa.»

«Oddio» dice Ilaria, «io torno indietro.»

«Merda, l'ha decapitato» dice Besana. «Ecco perché è uscito a piedi. Bastava una borsa.»

«Gli ha anche piantato dieci spilli negli occhi» racconta il poliziotto.

Ilaria si sente male.

«Torna in macchina» dice Besana, «vado io.»

Le tute bianche della scientifica stanno fotografando la scena. Besana vede la scritta con il sangue sul muro: *ViVe*. Poi scende con lo sguardo e trova il particolare più orribile: un dito mozzato.

«L'ha usato come un pennarello» dice il poliziotto di fianco a lui. «È l'unica parte del corpo che si è portato via.»

4 gennaio

Mentre Besana entra nel cortile per vedere la testa insieme a un paio di agenti, Ilaria lo aspetta in macchina. Ha chiuso tutti gli sportelli e continua a guardarsi intorno, sospettosa. Poi sente qualcuno bussare con le nocche al finestrino. Le sta puntando una luce forte in faccia e lei non vede niente. Appena la torcia si abbassa, riconosce Giorgio e tira un sospiro di sollievo. Lo fa entrare in macchina.

«Complimenti» le dice, sedendosi accanto a lei. «Avevi capito tutto su questo omicidio, fin dall'inizio.»

Ilaria si stringe nelle spalle.

«Certo non immaginavo che Foresti facesse questa fine» risponde.

«Se avesse confessato, la pena sarebbe stata molto minore.»

Ilaria fa cenno di sì. Anche lei ci ha pensato.

«Con quale arma è stato ucciso?» chiede.

«Con un machete» risponde Giorgio.

«Chi ha trovato la testa?»

«Un tizio che tornava a casa dopo una serata in discoteca. Era sbronzo, all'inizio pensava che fosse uno scherzo dei suoi amici. Poi ha urlato. Un urlo terribile, ha svegliato tutto il vicinato.»

Ilaria si chiede se una persona decapitata provi dolore o no. Intanto l'occhio le cade sul collo di Giorgio, si accorge che ci sono dei graffi. Lui vede che Ilaria lo sta fissando e tira su il colletto.

«Come mai i poliziotti non si sono accorti che qualcuno era entrato in casa?»

«Perché erano solo in due, e l'assassino è passato dal retro. Non potevamo dargli una scorta maggiore, costava troppo. E poi nessuno si aspettava che la vittima successiva fosse proprio lui.»

«Cosa può averlo spinto ad aprire al suo assassino?»

Intanto Ilaria sta pensando che una persona vestita da poliziotto avrebbe potuto tranquillamente farsi aprire. Anche solo con la scusa di chiedere un bicchiere d'acqua o per andare in bagno. Ma non lo dice.

Poco dopo torna Besana, è sconvolto. Saluta Giorgio ed entra in macchina. Si toglie i guanti e si accende l'ennesima sigaretta. Ha le mani che gli tremano. Ilaria non l'ha mai visto così.

«Spaventoso» dice. «Quegli spilli negli occhi, non puoi capire. Per scrivere con il sangue ha usato il suo dito.»

«Oddio.»

Besana fa manovra in fretta e continua a fumare in silenzio. Vuole solo andare via da lì.

«Ho parlato con Giorgio» dice Ilaria. «Aveva degli strani segni sul collo.»

«Quali segni?»

«Sembravano dei graffi, o dei tagli.»

«Si sarà fatto male facendosi la barba.»

«Certo.»
«Non starai mica sospettando di lui?»
«Ma no. Figurati.»

4 gennaio

La sera, Ilaria e Marco sono di nuovo a casa di Grace. Ma solo per prendere un aperitivo e fare quattro chiacchiere con lei. Certo non hanno voglia di mangiare, dopo una giornata così.

Besana fa scivolare in silenzio le foto della scena del crimine sul tavolo. Ilaria si alza, preferisce non guardare. Grace le osserva attentamente, ma non si scompone.

«La testa» dice. «Tanto per cominciare, l'assassino ha sentito il bisogno di dimostrare la sua forza.»

Besana fa cenno di sì.

«Una scena molto violenta» risponde.

«Non è una questione di violenza. È una questione di *percezione* della violenza. La decapitazione ha un fascino diverso sullo spettatore, per il suo profondo valore simbolico. Non l'ha scelta a caso.»

«Spiegami.»

«Intanto la testa del nemico è sempre stata considerata un prezioso trofeo di guerra. E non sto parlando di tribù aborigene, di rituali selvaggi. Durante la Seconda guerra mondiale, nel Pacifico, persino gli alleati collezionavano teschi di giapponesi. Non solo li portavano a casa, ma li spedivano in regalo ai parenti e alle fidanzate. C'era un traffico bestiale intorno alle teste giapponesi, i soldati le sbollentavano e le ripulivano perché non puzzassero, per poi infilarle in valigia o venderle come souvenir. Un *jap skull* – venivano chiamati proprio così – era molto ambito. I teschi ripuliti venivano trasformati in portaelmetto o portapipe o portacandele.»

«Che mostruosità.»

«No, per loro era normale. Infatti, nel maggio del '44, fa molto scalpore una foto uscita sulla rivista *Life*. Ritrae un'operaia di Phoenix, Natalie Nickerson, che scrive a un soldato impegnato nel Pacifico. Mentre riflette sulle parole da usare nella sua letterina d'amore, la ragazza guarda trasognata il regalo che ha appena ricevuto dal suo fidanzato: un teschio giapponese tirato a lucido, con quattordici firme di marinai sul cranio. Souvenir dalla Nuova Guinea.»

«Ma non è un crimine di guerra?»

«Certo. La profanazione dei caduti è un'infrazione alle norme della Convenzione di Ginevra. Infatti la foto pubblicata da *Life* crea un certo imbarazzo all'esercito proprio perché mette in luce una pratica molto diffusa, addirittura accettata. Era normale collezionare denti e ossa di giapponesi. E sul campo di battaglia restavano solo cadaveri senza testa, perché era la parte del corpo più ambita.»

«Quindi l'assassino ha voluto mostrarci il suo trofeo di guerra, che equivale a mostrare la propria forza.»

«Esatto. È possibile che non ci abbia neanche pensato, alla guerra. Probabilmente è una scelta istintiva, ancestrale. Noi possiamo anche non sapere qual è il significato di un simbolo, ma lo conosciamo lo stesso. Fa parte della nostra storia, non serve studiarla. Il suo valore è in noi, da prima, forse in quel famigerato DNA che la scientifica cerca di dominare. Ma non si può dominare tutto. Ci portiamo dentro una memoria molto più lontana.»

«Mi fai paura.»

«E non ho neanche finito. Perché la decapitazione non significa solo questo. Ha un impatto potente proprio perché concentra in sé molti significati simbolici. Rimanda anche al concetto di giustizia. È la punizione esemplare, e presuppone un pubblico.»

«La ghigliottina, certo.»

«No, è un errore storico attribuirle questo ruolo. In realtà, la ghigliottina deluse molto il pubblico perché era una macchina moderna, efficiente e pulita, che toglieva emozioni allo spettatore. La gente era abituata a scene molto più drammatiche. In Inghilterra, una decapitazione era un evento importante, che radunava folle oceaniche. Tanto che quel tipo di esecuzione era concessa solo ai ricchi, i poveri venivano impiccati sulla forca. Per secoli, le teste mozzate, soprattutto di avversari politici, venivano sbollentate e poi esposte in cima a una lancia. Per esempio quella di Tommaso Moro, sul London Bridge. Il boia aveva un ruolo socialmente importante, e non doveva sbagliare. Un errore poteva costargli la vita. Spesso la folla inferocita uccideva i boia che non avevano fatto il loro dovere con la dovuta professionalità. Nei Paesi Bassi rovesciarono addosso a uno il braciere che usava per marchiare i criminali. Ma sono centinaia gli episodi così, riportati dalle cronache.»

«Quindi non è facile tagliare la testa a una persona viva.»

«No, per niente. Escludo che il nostro assassino abbia avuto una colluttazione con la vittima. Probabilmente lo ha sedato in qualche modo, prima di usare il machete. Ma resta un'operazione molto complicata lo stesso. Un caso famoso è quello di Maria Stuarda, ci vollero tre colpi per riuscire a staccarle la testa. E Anna Bolena chiese a Enrico VIII una grazia speciale: fece venire un famoso spadaccino francese apposta da Calais. L'unico che era in grado di ucciderla con un colpo solo, mentre lei stava in ginocchio, a schiena dritta. Per questo la ghigliottina, comparsa in Francia nel 1792, deluse moltissimo il pubblico. La gente era abituata a scene molto più cruente. La ghigliottina era un modo pulito, affidabile e veloce di uccidere. Durante il Terrore il ritmo era così forsennato che era diventata una catena di montaggio. Nel 1793 cadeva una testa al minuto. Vi do alcuni dati, per farvi capire. Giugno 1794: cinquanta presunti cospiratori decapitati in ventotto minuti. Capito l'efficienza, la rapidità? Solo Madame du Barry, l'ex favorita di Luigi XV, diede spettacolo, perché ebbe un attacco di panico sul patibolo. Strillava, scalciava, piangeva. E questo turbò molto il pubblico, perché non era più abituato. La testa mozzata, durante il Terrore, aveva perso tutto il suo potere rappresentativo, era diventata banale, normale.»

«Be', oggi è un po' meno banale. Lascia abbastanza sconvolti» risponde Besana, che è ancora provato.

«Qui in Italia, certo. Ma in Medio Oriente, no. Lì la decapitazione è tornata tragicamente di moda. Pensate all'ISIS. In realtà l'effetto spettacolare della decapitazione ha cominciato a essere sfruttato molto prima della comparsa del Daesh. Già durante la guerra in Iraq, i jihadisti capiscono che la folla intorno al patibolo si può radunare attraverso internet, basta una telecamera. Il primo è Daniel Pearl, il reporter del *Wall Street Journal*. Rapito in Pakistan e decapitato il 1° febbraio del 2002. Il video comincia subito a circolare in rete. È l'inizio della fine. Quando nel maggio del 2004 tocca a Nick Berg, un ingegnere sequestrato in Iraq, ci si accorge dell'irresistibile potere di attrazione che ha una morte del genere. Due giorni dopo l'esecuzione, il provider malese che ospita il video di Al Qaeda è costretto a chiudere, travolto dal traffico in entrata che occupa troppa banda. Nel giro di un giorno le chiavi di ricerca legate al video di Berg sono le più utilizzate in America sui motori principali come Google e Yahoo. Ormai è chiaro a tutti il terribile impatto strategico. Il fascino della decapitazione è antico, ma oggi ci sono mezzi nuovi. In realtà, la prima decapitazione filmata risale al 1939. Siamo a Versailles, devono ghigliottinare un criminale tedesco, Eugen Weidmann. Di solito le esecuzioni avvenivano all'alba, quindi al buio, ma quel giorno c'è un boia nuovo, un principiante, che ha sottovalutato i preparativi e così Weidmann viene giustiziato in ritardo, cioè in piena luce. Per la prima volta la gente poteva fotografare un evento del genere. Qualcuno, a quanto pare, aveva anche una macchina da presa.»

5 gennaio

La polizia arriva al club del golf durante il pranzo per la premiazione dei campionati sociali. Una signora con la stola di visone sta brindando al discorso del presidente, mentre il vincitore solleva una coppa tra gli applausi.

«Per favore, non entrate adesso» chiede l'organizzatrice, correndo dietro agli agenti. «Mi rovinate tutta la cerimonia, solo un minuto.»

«Signora, mi dispiace» risponde Giorgio. «Dobbiamo eseguire un arresto su ordine del GIP. Cerchiamo Franco Vimercati.»

«È appena andato via, forse è ancora nel parcheggio.»

«Tutti in macchina» grida agli altri, «sta scappando.» Poi si volta verso l'organizzatrice: «Fate chiudere subito il cancello» ordina, «non deve uscire nessuno».

La gente si alza e si precipita fuori dalla sala da pranzo per capire cosa succede.

«Polizia! State dentro! Non muovetevi!»

Giorgio salta in macchina e parla alla radio.

«È quello nella Smart, seguitelo, passo.»

«Ricevuto, lo blocchiamo. Non lo vedo, non lo vedo. Sto scendendo, forse è dietro la curva. Eccolo! Eccolo! Guida lui, è con qualcuno.»

Tre volanti affiancano la Smart, due uomini puntano la mitraglietta contro il posto del guidatore.

«Ferma la macchina! Scendi!»

Vimercati esce con le mani in alto. La moglie, terrorizzata, è ancora seduta e non si muove.

«Attenzione, signora, vada fuori, si allontani» un poliziotto la prende sottobraccio.

Vimercati viene ammanettato, lo portano fino alla volante e lo spingono dentro, mettendogli una mano sulla testa.

Intanto Besana, bloccato in autostrada da un incidente, tira pugni sul volante.

«Ma cazzo, ci siamo persi l'arresto. Ma porca troia!» Sono fermi in coda da un'ora.

«Forse fra tre gradi di giudizio arriviamo anche noi» risponde Ilaria. Intanto guarda le notizie su Twitter. «Quelli dell'*Eco* hanno già le foto. Evidentemente sono stati avvertiti anche loro.»

«Quel TIR di merda» impreca Besana.

«Dai, non te la prendere. Potevamo anche arrivare al momento giusto, nel posto giusto, ma avremmo comunque assistito all'arresto dell'uomo sbagliato.»

«Piatti, questa è una filosofia da fighetti della terza pagina. Vuoi fare la cronista di nera sì o no?»

«Perché ce l'hai con quelli della terza pagina?»

«Perché quando sono arrivato al giornale ho capito subito che avevo fatto una scelta del cazzo. L'istinto mi aveva portato dritto dritto alla feccia. Del resto, non ero fatto come loro. Intanto quelli della terza pagina erano i primi a chiudere. Al più tardi alle otto di sera portavano il bozzone a direttori e vicedirettori, facevano gli ultimi ritocchi – stronzate, belle parolette – poi prendevano la giacca e se ne andavano a casa. Io a volte li incrociavo mentre rientravo in cronaca per scrivere il pezzo. Merda che invidia, per me la serata era ancora lunga. La redazione culturale, in quegli anni, era una specie di cunicolo alle spalle del banco accettazione necrologie: moquette bisunta verde marcio, luci al neon e tavoloni da commissariato di polizia. Il caporedattore se ne stava per conto suo, in un bugigattolo semibuio con finestrone a inferriata sul cortile. Ma quello squallore era solo apparenza. Aveva pure un bagno riservato, il capo della cultura, e una scaletta a chiocciola che collegava il suo ufficio alla direzione, al piano di sopra. Insomma, faceva vita a sé. Riceveva i mostri sacri della letteratura, lui. Gli elzeviristi e i grandi inviati che scrivevano le *spalle* di terza pagina. Un cronista come me, in quel sancta sanctorum, non ci poteva neanche mettere piede. Mi salutavano a malapena, i colleghi della terza, forse manco sapevano come mi chiamavo. Loro erano i *colti*, la *crème de la crème*. Allora noi ci vendicavamo sfottendoli. Maestro, dicevamo, e giù inchini, come se passasse Montale in persona. Stronzi. Rispondevano con un sorriso tirato, dall'alto in basso, neanche si accorgevano di essere presi per il culo. Cadevano tutti nella parte, uno dopo l'altro. Non si salvava nessuno. Anche quelli che all'inizio sembravano simpatici, autoironici almeno, dopo una settimana in terza cambiavano e non ti salutavano più.»

«Sei tremendo» Ilaria ride.

«Ho solo vissuto» risponde Besana. «Che poi, le rare volte in cui gli pioveva addosso una notizia, che so, moriva Chagall o Borges, magari dopo l'orario di chiusura, andavano nel panico, non ti dico. Frugavano nei cassetti alla ricerca di qualche coccodrillo preconfezionato, e se non c'era si attaccavano al telefono, dando la caccia ai collaboratori. Professore, ci scriva qualcosa. Ah, sta cenando? Capisco, è fuori casa, non ha i libri. E chi potrebbe farlo allora? Sai che risate ci facevamo noi, dalla stanza della cronaca. Era la nostra rivincita. Noi, abituati a scrivere un pezzo in mezz'ora, magari da un bar o da una cabina telefonica, dettandolo al dimafonista, mentre quei cazzoni facevano un titolo o un sommario al giorno, con tutta calma. E avevano pure il coraggio di lamentarsi col CDR, chiedendo rinforzi.»

«Besana, sei incoraggiante» dice Ilaria, «ti pagano per reclutare volontari per la nera?»

Ma lui non risponde.

«Maledetto TIR» impreca, «doveva ribaltarsi proprio adesso?»

«Magari ci sono dei feriti, o dei morti.»

«Speriamo di no. Quello che è certo è che abbiamo mancato l'arresto.»

«È così grave?»

«Piatti, i giornalisti si dividono in due categorie: quelli che amano le notizie, che vivono per le notizie, e quelli che le considerano una rottura di coglioni. Io appartengo alla prima categoria. Se le notizie ti fanno schifo, secondo me è meglio fare qualcos'altro, l'operatore ecologico, l'otorino o l'impiegato del catasto. C'era un capo delle cronache italiane, tanti anni fa, che disegnava le pagine al mattino e non ne voleva sapere di cambiare il menabò, cascasse il mondo, fino alla chiusura in tipografia. Gli piacevano i precotti, gli articoli da frigorifero, e odiava gli imprevisti. Quanto agli scoop, non ne voleva sapere. Un giorno succede che un aereo viene dirottato da un terrorista e comincia a girare nei cieli d'Europa, tutti seguono la cosa con una certa agitazione. Verso sera si viene a sapere che atterrerà in Italia, anzi in Lombardia, anzi proprio a Milano: più precisamente a Linate. Quindi non si può fare finta di niente, tocca occuparsene, mandare un inviato, rifare le pagine da cima a fondo. Il suo commento: Ma con tutti gli aeroporti che ci sono, proprio *in culo a me* doveva venire? Ecco, lui era il classico giornalista del secondo tipo, il contrario mio. Il massimo del primo tipo, invece, era un vicedirettore stacanovista, uno che non aveva una vita al di fuori del giornale e che praticamente morì sul lavoro, faccia in giù sul suo tavolo, dopo aver approvato le ultime pagine da mandare in tipografia. Be', un pomeriggio di luglio che lui era di turno, in assenza del direttore, arriva la notizia dell'alluvione in Valtellina: alberghi distrutti, paesi sommersi, decine di morti, centinaia di sfollati. Quando gli portano i primi flash di agenzia, lui scatta in piedi, con un sorriso trionfante: Ecco, quel che ci voleva! Era una giornata senza notizie, non stava succedendo un cazzo di niente, e non si sapeva cosa mettere in prima. Adesso, finalmente, un'apertura decente.»

6 gennaio

Naturalmente passano anche l'Epifania insieme, Marco e Ilaria. Per ragionare ancora sul caso, senza perdere tempo. Tutti questi morti funzionano come lancette che scattano in avanti. Segnano l'irreversibile.

E poi il silenzio dei giorni festivi è prezioso. Chissà che non salti fuori un'idea, una nuova prospettiva. Besana ha perfino fatto ordine in casa sua, nella speranza che un ambiente più vuoto e più pulito possa fare spazio a una qualche intuizione.

Ilaria è stupefatta, quando entra in casa. Si guarda intorno piegando continuamente il labbro inferiore per la meraviglia.

«E quella vecchia racchetta da tennis che fine ha fatto?»

«L'ho buttata» risponde Besana, poggiando le mani sui fianchi.

«Non ci credo.»

Anche lei si è data da fare, però. Ha portato una lavagnetta magnetica e delle calamite, dove possono appendere le foto delle vittime e di ogni scena del crimine. E tanti foglietti, con tutti i dettagli che li hanno colpiti.

«Roba che si vede solo nei film, certo non in Questura» commenta Besana. «Ma potrebbe funzionare, perché no.»

Mentre sistemano le foto con lo stesso slancio con cui si addobba un albero di Natale, scrivono frenetici delle parole chiave sui post-it da aggiungere al macabro collage.

«*Spilli / spilloni / aghi per agopuntura*. E dove li compra? Se cercassimo agopuntori in zona?»

Ilaria si è tolta le scarpe, gira scalza sul parquet e parla quasi da sola. Su un'altra lavagnetta segna le piste. Il pennarello si cancella, è effimero come un'idea, ma lei ha pensato a tutto. Alla fine fotograferà la lavagna con il tablet.

«Perché non prendi appunti direttamente lì?» chiede Besana dal divano dove è sdraiato. Braccia incrociate dietro la testa e gambe accavallate, non intende faticare troppo.

«Perché» risponde lei, «un contatto con la materia mi aiuta a vedere le cose in un altro modo.»

«Ah be'...»

Cercare agopuntori sta scrivendo Ilaria sulla superficie bianca.

«E cosa possono avere in comune le vittime?» chiede a Marco, strofinando le mani.

«Sono puttane» risponde lui.

«Parlo sul serio. Dobbiamo entrare nella testa del serial killer.»

«Guarda che ero serissimo. Sono puttane che fanno finta di non esserlo» insiste. «Una si spaccia per badante e l'altra per massaggiatrice, ma guadagnano di più in un altro modo.»

In quel momento suona il campanello. Besana si solleva in fretta, facendo leva sugli addominali.

«E chi può essere?»

Ilaria solleva le spalle.

Appena alza il citofono, sente una voce femminile. Besana è visibilmente imbarazzato.

«Sì, certo, sali.» Poi si volta verso Ilaria: «È mia moglie, scusa».

«Allora me ne vado» risponde lei, «magari vuole parlarti da sola.»

«Forse è meglio» risponde Besana.

Ilaria fa appena in tempo a ritrovare le sue scarpe e a infilarsi il cappotto da cane insaponato che Marina è già lì. La squadra con un sorriso tirato. Ilaria capisce al volo che si sta immaginando chissà cosa, ma non può farci niente. Contro le fantasie degli altri siamo impotenti.

«Ciao Marco, ti chiamo domani» dice, tirandosi dietro la porta.

Marina è tesa, sorride imbarazzata, si morde la labbra, con una mano stringe l'altra.

«Carina, la tua ragazza. Scusa, non volevo disturbare.»

«Non è la mia ragazza» risponde Besana. «È una mia collega, stiamo lavorando a un caso insieme.»

«Si dice sempre così» ribatte la sua ex moglie.

«Sei venuta fin qui per farmi una scenata di gelosia fuori tempo massimo?»

«No, certo che no» risponde lei, abbassando gli occhi, «scusa.»

«Non hai ricevuto l'assegno per il basket? L'ho lasciato al tuo portiere almeno una settimana fa» continua Besana.

Marina non solleva gli occhi da terra e scuote la testa ancora.

«No, no, l'ho ricevuto, grazie» risponde.

«E allora? Che problema c'è?»

Lei si gratta una tempia con le dita lunghe. Besana ha sempre adorato quelle dita.

«C'è che mi manchi» dice.

6 gennaio

Ilaria cammina nel gelo a grandi falcate. Si è infilata le cuffie nelle orecchie. Cammina veloce non per resistere alla temperatura ma perché è arrabbiata con se stessa. *Sono un'idiota*. È buio e per sbaglio mette il piede in una pozzanghera fredda come un lago artico. È riuscita a bagnarsi fino alla caviglia. *La solita idiota*.

Non sa bene nemmeno lei cosa sperava. Forse un pomeriggio felice, anche se non ha chiaro cosa sia la felicità. Una cosa che ti agita o che ti fa stare sommamente tranquillo? Ogni tanto sente il peso dei suoi vent'anni. Specie quando non sa rispondere alle domande che si fa da sola.

Sta marciando verso la piscina, per sfogare la rabbia ha bisogno di fare qualche bracciata. Si è iscritta a una piscina di quartiere che costa poco, talmente poco che non s'incontrano i fanatici del fitness, di solito schizzinosi, ma solo casalinghe obese che sollevano tempeste ogni volta che fanno ginnastica in acqua e pensionati che ansimano fra una vasca e l'altra. Però a lei piace così.

Negli spogliatoi c'è un forte odore di cloro, sceglie un armadietto e comincia a togliersi i vestiti. Non può fare a meno di ascoltare due signore che chiacchierano mentre si asciugano i capelli. Una sostiene che il salmone è un pesce grasso e l'altra che invece fa benissimo, soprattutto in una dieta, perché è pieno di omega-3. Ilaria si guarda allo specchio. Ha le cosce sottili e la pancia piatta, dal costume intero spunta solo l'osso iliaco. Perché non piace a nessuno? S'infila la cuffia e si mette di profilo. Ha anche un bel nasino dritto. Allora cos'ha che non funziona?

Si fa una rapida doccia e poi corre verso il bordo. Mette un piede in acqua per sentire la temperatura. Forse le conviene fare un tuffo. Mentre riemerge per respirare e vede la luce che filtra dalla vetrata sul soffitto, si accorge che lei è così insicura perché le è mancato l'affetto del padre. È molto attaccata a Besana per questo, perché per la prima volta ha incontrato qualcuno che si prende cura di lei. Sì, certo, Besana lo fa in quel suo modo scorbutico. Ma la tenerezza la sente, la sente eccome. Tanto che le capita di essere gelosa, di quella tenerezza. Più che di lui.

Mentre avanza a colpi di dorso di piede, e ruota la testa per prendere una boccata, si accorge che detesta la moglie di Besana perché lo fa soffrire. Non vorrebbe essere amata come lei, no, questo no. Vorrebbe solo che lui smettesse di stare male per colpa sua. Ogni volta che solleva il gomito ha la sensazione di aver capito qualcosa di più. Magari non sul serial killer ma su se stessa.

6 gennaio

È quasi mezzanotte e Besana sta accarezzando i capelli biondi della moglie. Sente il suo alito sulla pancia. Marina ha appoggiato la fronte al suo petto e gli respira sullo stomaco.

«Perché non dormi qui?»

«Non ho portato niente, nemmeno uno spazzolino.»

«Puoi usare il mio.»

«Sai che detesto la gente che usa gli spazzolini degli altri. Tu lo facevi sempre, disgraziato» risponde ridendo.

«Non abbiamo neanche cenato. Hai fame?»

«E tu hai qualcosa in frigo? Davvero?»

Besana non ha ancora smesso di carezzarle i capelli. Come se dovesse incamerare quella bella sensazione per le cattive stagioni. I capelli di Marina sono morbidi e profumano sempre. Ormai se li tinge ma non sono diventati crespi, al tatto hanno la stessa consistenza di quando l'ha conosciuta.

«C'è dello speck, c'è un avanzo di formaggio di capra e ci sono delle uova, credo.»

«Uova con lo speck. Magnifico» dice lei.

Poi si alza. Adesso ha soprattutto freddo, quindi cerca il suo golf. Quando si curva, si vede la spina dorsale che spunta dalla schiena. Ma non ha mai buttato giù la cellulite dalle cosce. Besana ha un moto di rabbia quando pensa che forse adesso se le farà massaggiare da Armando con quella crema puzzolente in cui ha sempre avuto troppa fiducia.

«E cosa gli racconterai?» chiede.

«A chi?»

«All'Armando» risponde Besana.

Si aspetta che Marina gli dica che non gli racconterà proprio niente perché non ha intenzione di tornare da lui. Perché vuole rimanere dov'è, questa volta per sempre.

«Oh, Armando non fa altro che tradirmi. Deve solo stare zitto.»

Besana sente una fitta al petto, lì dove poco prima era appoggiata la testa di sua moglie. Ex moglie, anzi. Sarebbe meglio ricordarselo.

«Sei venuta da me per vendicarti?»

«Ma cosa dici? Sei il solito polemico.»

«Avevi appena litigato con lui?» insiste Besana, guardandola in modo gelido.

«Sì ma che c'entra» risponde Marina, infilandosi nervosamente le calze.

«C'entra, invece. Vai via.»

«Cosa?»

«Ti ho chiesto di andare via» ripete Besana.

Marina si tira su la lampo dei pantaloni e si raccoglie in fretta i capelli.

«Mi mancavi solo perché mi ero dimenticata com'eri fatto» dice arrabbiata.

Marco si è messo l'accappatoio. Farà una doccia per non sentire mai più l'odore di quella donna. E forse anche una lavatrice.

7 gennaio

I morti sono già quattro e il clima è tesissimo nella valle. La gente è così arrabbiata che si lascia perfino intervistare. Davanti al camper di certe trasmissioni televisive c'è addirittura la fila. La riservatezza è stata sconfitta dalla rabbia. Se è vero che l'uomo che hanno arrestato è colpevole di qualcosa, allora perché non riescono a farlo parlare e a fargli confessare chi è il suo complice? Come sempre, l'ignoranza e la poca fiducia nelle istituzioni generano ancora più caos. Comincia a prendere forma un desiderio di giustizia fai da te e qualcuno ne approfitta per sfogare la sua natura violenta. E dato che si tende a compatire solo i parenti delle vittime e mai quelli degli assassini, nessuno si scompone più di tanto quando la moglie di Vimercati, in lacrime, si presenta in Questura per denunciare i danni subiti dalla sua vetrina, presa a sprangate.

Besana e Piatti la incontrano in corridoio e la salutano. Stavolta Giulia non li squadra impettita, non ha la postura da figlia del notaio. Semmai è curva, i gomiti appoggiati alle ginocchia. All'inizio nemmeno li riconosce. Poi sì, ma non protesta se si siedono accanto a lei per farle qualche domanda. Tiene gli occhiali scuri anche sotto i neon, forse per nascondere gli occhi gonfi o lo sguardo sfinito, arreso.

«Se potessi, me ne andrei» dice, «ma ho un padre che ha appena avuto un ictus, mica lo posso mollare. E andarcene insieme è impossibile. È troppo malato, non reggerebbe un trasloco. E poi ha il diritto di morire a casa sua. Non ha fatto niente di male, lui.»

«È andata a trovare suo marito?» chiede Ilaria.

Giulia scuote la testa. I capelli si aprono al centro, scoprendo una larga riga bianca. Non va più neanche dal parrucchiere.

«Riuscirei solo ad arrabbiarmi con lui» risponde, «non gli sarei di nessun aiuto. So che Franco non ha ucciso nessuno, però poteva evitare di scoparsi la badante di mio padre. Ancora non l'ho perdonato.»

Besana tossisce, imbarazzato. Le donne non hanno il senso delle proporzioni, pensa.

«Hanno fatto molti danni al negozio?» chiede con una certa freddezza.

Giulia si toglie gli occhiali da sole e sbatte le ciglia come se le fosse entrata della polvere in un occhio.

«Per cinquantamila euro, almeno. Mi tocca cambiare la serranda e rifare il vetro. Poi ci sono gli oggetti antichi andati in pezzi. Ma non è quello. Hanno sporcato anche i muri intorno con lo spray. *Assassini*, hanno scritto ovunque. Io però non ho assassinato nessuno. E nemmeno mio marito, fino a prova contraria. L'esame del DNA conferma solo che ha avuto rapporti con quella ragazza.»

«Ha idea di chi possa essere stato?»

«No.»

Giulia si passa una mano nei capelli per liberare la fronte da un ciuffo. Non porta più né anelli né braccialetti e con quelle dita sobrie, senza pietre ori o smalti, racconta tutta la fatica di andare avanti in una giungla di sospetti.

«Ho ricevuto anche tanti messaggi, però sempre anonimi. Ho dovuto chiudere il mio profilo Facebook perché ero sepolta di insulti, tanto per farvi capire. Vecchia strega, dicevano, smetti di coprire tuo marito, tanto scopa con le altre. Oppure: Sei una merdosa razzista, non te ne frega un cazzo che una badante rumena venga squartata come un maiale da tuo marito. Tutto così. Era insopportabile.»

Il tono è pacato – o fiaccato – una voce che scivola esausta sui fatti. Ilaria vorrebbe perfino abbracciarla. Ma non può, deve prendere appunti e basta.

E mentre fa il suo dovere di cronista, pensa a sua nonna, che pochi giorni dopo l'arresto del figlio aveva avuto un ictus. Quando si era ripresa, aveva il terrore di essere dimessa, non mangiava per paura di guarire. In ospedale diceva ai parenti: «Per favore lasciatemi qui, almeno i vicini non mi guardano male». Preferiva stare in quel posto e dormire in mezzo a vecchi agonizzanti, che tornare a casa sua.

8 gennaio

«Cos'hai oggi? Ti vedo un po' abbacchiato» dice Ilaria a Besana, sedendosi al tavolino del bar per il solito caffè del mattino.

«Lasciamo perdere. Sai cosa diceva Hemingway del nostro mestiere?»

«No.»

«Diceva che un buon giornalista deve mangiare ogni giorno il suo chilo di merda e fiele.»

«Mica male come prospettiva.»

«Sì, ma certi giorni la razione supera abbondantemente il chilo. Stamattina, per esempio, mi ha svegliato una telefonata del caposervizio, tutto incazzato. Dice che ci siamo fatti fottere dalla concorrenza.»

«Non ho ancora letto i giornali.»

«Male, è la prima cosa che devi fare appena apri gli occhietti. Guarda qui.» E le sbatte sotto il naso due testate rivali. «Questi hanno il verbale del primo interrogatorio di Vimercati. E gli altri, un'intervista al suo legale. E noi niente, solo una chiacchierata con la moglie.»

Piatti apre il primo giornale. Legge qualche riga e sbuffa.

«Vabbè, che ci vuole a trascrivere un verbale? E l'hanno pure firmato come se fosse opera loro.»

Poi continua in silenzio fino alla fine dell'articolo. Ilaria è indignata.

«Cosa c'entra questo con il delitto? A noi cosa ce ne frega di cosa facevano a letto Vimercati e la moglie?»

«La domanda è un'altra, piuttosto» la interrompe Besana, «come hanno fatto a procurarsi il verbale? Chi glielo ha dato? Questo genere di scoop fa male ai giornali e alla giustizia, sputtana il lavoro nostro e quello degli inquirenti. Ma a me dà ancora più fastidio l'altro pezzo. Come si fa a titolare "Colpo di scena nel caso Vimercati" un'intervista a quel trombone del suo avvocato che mette in discussione il test del DNA? Ma quale colpo di scena, sono i soliti giochetti della difesa.»

L'avvocato è un famoso penalista di Bergamo, che è stato anche parlamentare e autore di alcune leggi *ad personam* per abbreviare la prescrizione ai colpevoli di reati finanziari. La moglie di Vimercati gli ha affidato la difesa del marito, e lui ha accettato con entusiasmo. Gli piacciono i casi con un certo ritorno mediatico.

Besana legge a voce alta alcuni passi della relazione citati nell'articolo e si innervosisce ancora di più.

«Una logica prettamente scientifica non consente di diagnosticare in maniera inequivoca le tracce lasciate dal Soggetto Ignoto sul corpo della vittima, e attribuite al Vimercati.»

Il perito insiste sul *dilavamento* e *deterioramento* delle tracce biologiche provocato dall'esposizione alla neve e alla pioggia. E questo basta all'avvocato per chiedere la scarcerazione del suo assistito. Siamo in uno stato di diritto, risponde il legale nell'intervista, non possiamo accettare l'accanimento di un PM voyeur contro un cittadino che si dichiara innocente, e contro il quale non ci sono prove.

«Più che altro il cadavere presenta anche un morso con un DNA diverso» sbotta Besana, buttando il giornale per terra. «Il dubbio semmai sta qui, non sul DNA in generale. Questi scrivono a caratteri cubitali "Dubbi sul DNA: forse non è di Vimercati", ma se si va a leggere si capisce che la perizia non nega che il DNA sia suo, almeno quello dello sperma, dice solo che il campione è troppo piccolo. Probabilmente la donna si è lavata, dopo il rapporto con lui. Pur di fare un titolo a effetto, qui si manipola la realtà.»

«Intanto sulla rete si sono già scatenati» dice Ilaria, scorrendo lo schermo del suo tablet. «Sui social parlano di *flop del DNA*, di svolta nelle indagini. Qualcuno ha subito preso la palla al balzo per attaccare la magistratura. Anche la pubblicazione del verbale sta provocando una rivolta generalizzata. C'è perfino chi chiede l'intervento del garante della privacy, perché rimuova quel testo dal web.»

«Hanno ragione, non c'è rispetto per l'indagato» dice Besana. «È solo cattivo giornalismo.»

8 gennaio

Decidono di fare una passeggiata per il centro, così, per farsi passare il nervoso. Ilaria vuole comprare un paio di stivali.

«Magari non di gomma» dice Besana.

«No, li volevo con il pelo dentro» risponde Ilaria.

«Esistono anche modelli più femminili, con un po' di tacco.»

Mentre guardano le vetrine, lei gli racconta che le colleghe la prendevano in giro per il suo modo di vestire e quanto l'avevano fatta soffrire quelle risate alle sue spalle.

«Io non ho certo avuto un'accoglienza migliore, cosa credi» dice Besana.

«Davvero?»

«Mi presento in redazione una mattina di settembre, in tasca il contratto da cronista, firmato dal direttore dell'epoca. Avevo esattamente la tua età, ventisei anni. Venivo da un giornale del pomeriggio, dove avevo fatto il praticantato. Nello stanzone della cronaca cittadina, deserto a quell'ora – saranno state le dieci – mi accoglie una signora elegante, dall'aria annoiata. È la firma di punta della moda, scrive pezzi ispirati su Armani e Versace. Come hai detto che ti chiami? Intanto mi squadra. Poi mi dice: Guarda che qui non c'è posto. Come sarebbe, non c'è posto? Le scrivanie sono tutte occupate, mi risponde. E me le indica una a una, declinando le generalità dei rispettivi titolari, al momento assenti. E io: Che faccio, sto in piedi? Non so che dirti, alza le spalle, chiedi al segretario di redazione. Il segretario di redazione era una specie di sergente maggiore corpulento e burbero, stile *Full Metal Jacket*. Quando salgo da lui, allarga le braccia: Mi spiace, non è possibile aggiungere altri tavoli. Per fortuna il suo vice si commuove e mi accompagna nella stanza degli inviati, accanto alla cronaca. Lì ci sta Mengoni, dice indicandomi una montagna di carte, giacche a vento, sacchi a pelo e altri oggetti accatastati sulla scrivania. Ma è sempre in giro per il mondo, adesso per esempio è in India. Secondo me, per il momento, puoi sistemarti qui. Lo ringrazio. E di tutta la sua roba, cosa ne faccio? Boh, mettila sotto al tavolo. Per mesi, me la sono tenuta sui piedi.»

«Ma poverino. Perché ti trattavano così?»

«Sai, i redattori del giornale allora si consideravano l'élite della carta stampata: molti avevano almeno due cognomi o ne sfoggiavano uno che valeva il doppio. Figli di giornalisti famosi, contesse, amici della famiglia Agnelli, mi guardavano dall'alto in basso, mi consideravano un *parvenu*. Ne ricordo una che circolava in ciabatte e nei mesi invernali lasciava un cardigan di cashmere sullo schienale della sedia, per proteggersi dagli spifferi. Chi non poteva vantare titoli, parentele o protettori influenti, presidiava il posto di lavoro con altri mezzi. Il responsabile della rubrica di arte, un veneto incazzoso, al minimo dissapore coi capi intentava cause civili e penali, e le vinceva sempre. Se ne stava asserragliato in una specie di sgabuzzino pieno di cataloghi fino al soffitto, e a volte ci portava anche il suo dobermann, che ringhiava a tutti, direttore incluso. Era diventato intoccabile.»

«Che gente» Ilaria ride.

«Poi c'era il leader sindacale, terrore di tutti i direttori, che pur facendo parte dell'organico non scriveva mai. Si limitava a confezionare titoli, occhielli e sommari e andava volentieri a *chiudere* le pagine in tipografia perché sapeva trattare con le maestranze e queste trattavano meglio lui, ma anche per esercitare una sorta di controllo ideologico sui contenuti. Quando c'era un pezzo su qualche sciopero, o su una fabbrica occupata, contava le righe dedicate ai delegati della CGIL e se non erano almeno pari ai virgolettati dei manager o dei proprietari, correva in direzione a protestare.»

Poi Besana si interrompe. Ha visto un paio di stivali molto eleganti.

«Quelli te li regalo io. Per muovere i tuoi primi passi in questo mondo di merda.»

9 gennaio

«Non hai capito proprio niente di me» risponde Melissa, uscendo di corsa dalla cucina.

La signora Picariello scuote la testa.

«Non sai quante volte ho litigato così con mio marito» dice.

Ma Melissa non ha nessuna voglia di chiacchierare con la padrona. Il suo rapporto con Abbas è molto diverso, hanno altri problemi. Si toglie in fretta il grembiule, si cambia veloce le scarpe e s'infila il cappotto.

«Se aspetti un quarto d'ora, ti accompagno io» dice la signora Picariello, che sta contando l'incasso della giornata, per essere sicura che il marito non abbia rubato niente.

Melissa è indecisa. Con quel pazzo in giro, non è il caso di camminare da soli per le strade buie. Però non vuole neanche rimanere lì a discutere ancora con il suo fidanzato. Tanto è una storia senza futuro, perché lei, molto presto, se ne andrà. In quel momento pensa che vorrebbe tanto poter chiamare un taxi. Solo che in paese non ce ne sono. Altra buona ragione per trasferirsi in una grande città. Aveva pensato di comprarsi una macchina, ma poi ha cambiato idea. I soldi che ha messo da parte le servono per affittare una casa a Milano, dove si gira tranquillamente in metropolitana. Una spesa inutile. Per un po' resta immobile davanti all'entrata. Ha paura a uscire da sola.

«Ma sì» dice alla padrona, «vengo con te.»

Poi però, in quel momento, esce dalla cucina Abbas.

«Tu non hai valori» le grida, «sei un'arrivista, hai in testa solo la tua carriera. Non sai distinguere le cose importanti.»

Lei vorrebbe rispondergli: No, sbagli. Ho in mente solo la mia vita. E so benissimo che in questo schifo di paese non ne potrò mai avere una decente. Ma sa che è inutile, quindi apre la porta e se ne va.

Mentre cammina nel buio, la rabbia le passa. Prevale la paura. Non può fare a meno di pensare a Aneta. Continua a guardarsi intorno. Ogni volta che passa una macchina, le viene il batticuore. Deve solo arrivare in fretta alla fermata. Da Bottanuco a Suisio sono cinque minuti di autobus, e c'è un autista presente. Mentre cammina veloce, sente qualcosa di umido sul viso. Guarda in su. Merda, ha cominciato a nevicare. Tira su il cappuccio e accelera il passo, sente il rumore del suo stesso respiro, sempre più affannato.

Appena raggiunge la fermata, arriva subito l'autobus. Che fortuna, pensa Melissa, salendo di corsa. Sarebbe stato terribile aspettare sotto la pensilina. Si siede e si guarda intorno. L'autobus è semivuoto, in fondo ci sono due ragazze in tuta, appena uscite dalla palestra, che ridono forte davanti al display del telefonino. Ma poco prima che la porta si chiuda, sale anche un uomo che si siede proprio dietro di lei.

L'autobus parte, Melissa si sente osservata e si sposta più avanti, verso l'autista. Ma anche l'uomo si sposta e si siede di nuovo nella fila dietro. Alla fermata successiva, le ragazze scendono con due balzi, sempre ridendo. A Melissa non piace l'idea di essere rimasta sola con quell'uomo. Si volta piano per guardarlo con la coda dell'occhio, senza farsi notare. Poi fruga nella borsa per cercare il cellulare. Meglio stare sempre al telefono con qualcuno. Cazzo, dov'è finito. Scava disperatamente nella borsa, poi tasta il piumino, magari è in tasca. Niente. Forse le è caduto durante la camminata, deve tornare indietro a cercarlo.

Ma non vuole che quell'uomo la segua. Allora aspetta la seconda fermata ancora seduta. Quando si aprono le porte, lei le fissa. Scenderà all'ultimo momento, facendo una corsa. Si precipita fuori, vede le porte che si richiudono e dietro l'uomo, in piedi, che guarda fuori, verso di lei.

Cammina veloce sul margine dello stradone, intorno ci sono solo i campi. Il vento le butta in faccia la neve. Si copre la bocca con la sciarpa. Vede avvicinarsi una moto. Tiene la testa bassa, come per non farsi notare. Ma il motociclista si ferma davanti a lei. Appoggia un piede per terra e alza la visiera.

«Ehi, bella, batti anche con questo tempo?»

Melissa scuote la testa, spaventata.

«Se non se ne va subito, chiamo la polizia» risponde.

Lui scoppia a ridere forte.

«Oh, scusa tanto, principessa» e riparte veloce.

Spero che si schianti sul ghiaccio, pensa Melissa. E riprende a camminare. Perché non ha accettato quel passaggio dalla Picariello?

Più avanti c'è una villetta, si vede una luce, si sente un po' sollevata. Quando si avvicina al giardino, vede qualcosa di strano, ma non riesce a capire cos'è. Appeso a un pergolato, c'è qualcosa di rotondo che oscilla al vento. Guarda meglio. È una testa di manichino, legata con una corda. E ai lati del cancello ce ne sono altre due, infilzate su un palo. Hanno il viso sporco di terra, gli occhi sbarrati e i capelli bagnati. Melissa comincia a correre, non vuole rimanere davanti a quella casa un minuto di più.

Raggiunge la fermata da cui è partita con il fiatone. Vede il suo telefonino ai piedi della panchina, per fortuna le è caduto sotto la tettoia. Mentre si china per raccoglierlo, passa l'autobus. L'autista non l'ha vista, cazzo. Le tocca aspettare il prossimo. Continua a muoversi, per controllare di non avere nessuno alle spalle. Poi vede avvicinarsi una macchina che fa lampeggiare i fari, come per chiamarla. Cerca con gli occhi altre persone in giro, ma non c'è nessuno. Si irrigidisce. Ma appena lo sportello si apre, tira un sospiro di sollievo.

«Ah, sei tu.»

«Ma dove vai a piedi con questa neve?»

Lei scoppia a ridere, per la tensione.

«Stai andando a Suisio, per caso? Mi dai uno strappo?»

Mentre si allaccia la cintura, per un attimo pensa che è folle fidarsi anche delle persone fidate, ma le sembra un pensiero stupido, dovuto al panico.

«Allora, hai trovato casa a Milano?»

«Ne ho vista una carina a buon prezzo, ma voglio guardarmi ancora un po' in giro» risponde Melissa.

«Ho un amico che forse lascia la sua, se vuoi mi informo.»

«Magari, fammi sapere. Dipende da quanto costa» ma è ancora tesa, non sa perché. Starnutisce e si copre il naso con il guanto. «Hai mica un fazzoletto di carta?»

«È nel cruscotto.»

Melissa apre il cassetto e prende i fazzoletti, e rotola giù un tubetto dorato. Guarda meglio. È il rossetto che lei aveva prestato ad Aneta. Non deve gridare, deve stare calma, deve solo riuscire a scendere da quella macchina.

«Per favore, lasciami qui. Mi sono dimenticata una cosa in pizzeria.»

Lui la guarda, ma non con la solita espressione. Gli occhi sono diventati freddi. La guarda senza sguardo.

«Figurati, ti accompagno.»

E in quel momento Melissa sente lo scatto delle portiere.

«No, davvero, non importa. Faccio prima a piedi» e cerca di aprire lo sportello.

Ma lui ha già svoltato in una sterrata, sta accelerando. Melissa si mette a urlare, sperando che qualcuno la senta. Ma intorno ci sono solo campi, c'è solo neve. C'è il nulla da cui voleva tanto scappare.

9 gennaio

Quando Besana entra in casa di Ilaria, lei ha già capito. Di colpo, sposta una ciotola piena di mandarini dal tavolo al piano della cucina. È un gesto che non ha senso, ma ha bisogno di rispondere con un gesto, uno qualsiasi. E mentre lo fa si chiede cosa c'entrano i mandarini.

«La madre ha denunciato la sua scomparsa un'ora fa.»

Ilaria sente un gorgo che le afferra le gambe. Allora le piega come se stesse facendo le flessioni. Devono restare vive, le gambe.

«Melissa?»

Besana sta fermo, in piedi, e stringe nel pugno le chiavi della macchina. Non deve neanche dirle *Andiamo*. Ilaria va a prendere il cappotto ma sbaglia stanza. Non che ce ne siano molte in casa sua. Eppure ci riesce. Di solito è appeso vicino alla porta d'ingresso ma lei lo sta cercando in camera da letto. Torna sconfitta. Si guarda intorno. Perché le cose si allontanano di colpo? Fino a un minuto prima avevano una loro posizione, stabile e rassicurante. Poi all'improvviso scappano. E senza nemmeno muoversi.

«Non trovo il cappotto» dice.

«Ma è lì» Besana lo indica con il mento.

È dove è sempre stato, eppure Ilaria si avvicina all'attaccapanni quasi con sgomento. Come se qualcun altro lo avesse fissato su quel muro. Guarda il cappotto sospettosa, non le sembra nemmeno il suo. Ma di chi altro può essere? Se lo infila, il braccio entra lentamente nella manica. Con la stessa lentezza si abbottona. Adesso vuole solo chiudercisi dentro. Sparire in quel cappotto, a chiunque appartenga.

«Sono pronta» dice.

Attraversano Milano in silenzio. Sono le sette di sera e c'è molto traffico. Ilaria guarda fuori con la fronte appoggiata al finestrino e pensa a Melissa che sognava la confusione della città.

«Ma stava attenta. Si faceva sempre accompagnare.»

Besana sospira.

«È bastata una sera.»

«Io non capisco come possa bastare una sera.»

Arrivano in silenzio fino al buio dell'autostrada. Un buio reso ancora più anonimo dalle luci dei fanali, tutte uguali. Ilaria scarica le mail dal tablet e si accorge che ce n'è una di Melissa.

«Marco, ci aveva scritto proprio ieri.»

«Melissa?»

«Sì. Oddio, e io non me ne ero neanche accorta.»

«Leggi a voce alta, per favore» dice Besana, che sta guidando.

Caro Marco e cara Ilaria,
avevamo promesso di tenerci in contatto. Eccomi qui. Oggi vi ho pensato perché ho letto alcuni articoli di cronaca locale che mi hanno fatto riflettere sulla vera natura del male da queste parti. E non mi riferisco all'inspiegabile follia di un serial killer, che in

fondo è un'anomalia. Parlo della riservatezza, che uccide molto più spesso e molto più silenziosamente.
Ammazzano un albanese, i vicini sentono gli spari, vedono la macchina andare via e non chiamano i carabinieri. Un agricoltore incensurato uccide a roncolate un pakistano e i testimoni invece di andare alla polizia mandano una lettera anonima. Una ragazza viene violentata nel parcheggio di un condominio e riesce a difendersi solo perché ha studiato arti marziali: nessuno è intervenuto, anche se lei urlava e quelle grida si potevano sentire da tutte le finestre del palazzo.
Bravo, diciamo sempre, è un nostro intercalare. E chissà quanto si sono sentiti bravi questi cittadini riservati, che hanno assimilato a fondo una lezione tramandata da generazioni e generazioni, inculcata meglio di qualunque altro dovere: farsi i fatti propri. Non vi aiuteranno mai a trovare quell'uomo, vi avverto. Probabilmente è molto riservato anche lui. Ma non sottovalutate mai le lettere anonime. Qui non le mandano i pazzi, è il modesto contributo della gente che si crede per bene.

Vi abbraccio forte, spero di rivedervi presto.
Melissa

Perché la morte, che è la questione più universale in assoluto, è una faccenda così vergognosamente personale? Ilaria scoppia a piangere.

«Non riesco a realizzare che siano morte anche le altre» dice, «riesco a soffrire solo per Melissa, è orribile, è orribile. Mi devo scusare con qualcuno. Posso farlo con te?»

Besana scuote la testa. Solleva la mano dal cambio e l'appoggia sulla sua.

«Non puoi affrontare questo mestiere così, guarda che ti ammazzi tu.»

«Allora preferisco non affrontarlo» Ilaria ha il sapore salato delle lacrime in bocca. «Io non sono capace, non sono capace. Non ho la testa da giornalista, lasciami perdere per favore. Voglio tornare a casa.»

Besana si volta e la fulmina. Sterza a destra senza mettere la freccia e inchioda in una piazzola. Sembra molto arrabbiato.

«Non me ne frega un cazzo della tua crisi, Piatti» dice, «noi non stiamo andando là per scrivere. Stiamo andando là per cercarla.»

9 gennaio

«Credi che sia ancora viva?»

Besana inspira dal naso, stringendo le narici.

«Vuoi che ti dica la verità o che ti consoli?»

Ilaria lo guarda. Ha già risposto.

«Francamente mi auguro di no» continua Besana. Intanto fruga intorno al cambio per cercare una sigaretta. «Quello è un sadico, è meglio che sfoghi la sua violenza sui cadaveri.»

«Non ci posso pensare, ti prego.»

«Comunque sono già partite le ricerche, nessuno ha sottovalutato la cosa. Ci sono almeno trecento volontari sparsi per la zona, oltre alle forze dell'ordine. Cani molecolari, elicotteri, persino gli Hare Krishna si sono mobilitati. Ho comprato due torce, così ci uniamo a loro. Se non hai troppo freddo.»

«Non m'importa del freddo.»

Appena raggiungono il centro di Bottanuco, vedono una macchina della polizia e una piccola folla intorno. Evidentemente lo smistamento dei volontari è lì. Ci sono già le televisioni, ma Besana non si avvicina neanche ai colleghi, non vuole perdere tempo.

Anche se è buio e c'è molta confusione, riconosce il cuoco egiziano della pizzeria, il fidanzato di Melissa. Si presenta.

«Sì, Melissa mi ha parlato tanto di voi» risponde Abbas. È un ragazzo alto e magro, che si muove con naturale eleganza. Ha le palpebre basse e gli occhi ricordano quelli di un leone. «Sto andando a cercarla, volete venire con me?»

Scelgono i campi che collegano Bottanuco a Suisio, affondano nel fango con le scarpe, le torce alte puntate contro il cielo come per avvertire Melissa che stanno arrivando, se per caso fosse ancora viva, un modo per dirle di non avere paura.

«Ero innamorato di lei» racconta Abbas. «Però Melissa non voleva impegnarsi. Aveva in mente una cosa sola e non le importava altro: andarsene di qui. Per questo ha abortito.»

«Quando?»

«Una settimana fa. Io volevo quel bambino, ma lei non era pronta. Ultimamente litigavamo in continuazione. È stata colpa mia. Per questo non l'ho accompagnata a casa, l'altra sera: avevamo appena litigato. Io, io... ho sottovalutato il pericolo. È colpa mia, è tutta colpa mia.»

Le ricerche continuano durante la notte. Intorno alle tre, Abbas riceve una telefonata da un gruppo di volontari che sono stati radunati nella zona industriale lungo il Dordo: sulla riva di quel torrente qualcuno ha trovato il cellulare di Melissa. A circa un chilometro da lì, è stata raccolta anche la sua sciarpa. La polizia sta perquisendo tutti i capannoni.

Ilaria si avvicina a Besana.

«Allora è lì che le porta, è lì che le uccide» dice sottovoce, «solo dopo le sposta e le mette in posa.»

«È probabile. La zona industriale lungo il Dordo è disabitata. Dobbiamo andare là anche noi.»

Poco dopo sono in macchina. Piatti accende subito il riscaldamento e si sfrega le mani. Sente un formicolio alle dita, le piega, le agita.

«Melissa non sarebbe mai salita in macchina con uno sconosciuto» dice.

«Lo so» risponde Besana, «ci ho pensato anch'io. Piatti, cerca di osservare bene i volontari, in particolare quelli che dicono di essere suoi amici. Potrebbe essere uno di loro.»

Nel campo da tennis vicino al parcheggio c'è una riunione. Al centro, una donna parla in un megafono e distribuisce gli incarichi con una certa prepotenza. È bassa, ha i capelli brizzolati e porta un mantello di plastica giallo fosforescente con il cappuccio. Un incrocio fra un elfo e un operaio dell'autostrada. Subito aggredisce Piatti e Besana, chiedendo a quale organizzazione appartengono. Un vecchio le spiega che sono due cronisti, allora lei si agita.

«Andatevene via, giornalisti di merda. Qui c'è gente che vuole salvare una vita.»

Qualcuno applaude e uno del gruppo la illumina con una torcia. Besana nota che le sfugge un sorriso. Il cambiamento è velocissimo, la volontaria ha già preso la postura da comizio. È un animale politico, che cavalca la situazione per fare proseliti.

«Guardi che siamo venuti qui a cercare la ragazza anche noi» risponde Besana, tranquillo.

«No, a voi interessa solo vendere la morte» grida con tono da predicatrice.

Besana si avvicina all'orecchio di Piatti.

«Quanto ci scommetti che è candidata alle comunali? Sta solo facendo perdere del tempo prezioso per trovare Melissa.»

Intanto Ilaria si sta guardando intorno come promesso.

«Marco, io quello là l'ho già visto.»
«Quale?»
Tempo di voltarsi di nuovo e quel viso noto è già scomparso.
«Adesso non lo vedo più. Ma chi era. Chi era?»

10 gennaio

Non è ancora l'alba e Flavia è già appostata tra gli arbusti del lungofiume coperti di brina, pantaloni mimetici e piumino con cappuccio, il teleobiettivo puntato sul ramo di un salice dove una cinciallegra si sta lisciando le penne con noncuranza, perfino con snobismo – Provateci voi, gente capace solo di spiumare.

«Stai ferma, tesoro» dice Flavia sottovoce, «ancora un attimo, forza.»

La sua guida illustrata sulla fauna del parco dell'Adda avrà un'altra immagine indimenticabile, olé. Oltre al gheppio, al beccafico, alla cannaiola, al codirosso, al falco di palude, al martin pescatore. Flavia si inumidisce le labbra secche con la lingua.

«Bravissima. Continua così, bellezza. Non ti muovere.»

Flavia ha un negozio di ottica ad Alzano Lombardo dove lavora insieme al fratello. Ma la passione per la fotografia e per la natura è diventata per lei un secondo mestiere. Ogni mattina, prima di aprire il negozio, salta sul SUV con macchine e cavalletto e va in giro per i boschi e le montagne, spesso scegliendo sterrate dove non circola nessuno.

Non ha smesso di farlo neppure in questi giorni, anche se tutta la Bergamasca è in allarme per la scomparsa di quella ragazza. Il fratello ha cercato in tutti i modi di impedirglielo – Non andare in giro da sola, ti prego – ma non c'è stato verso. Flavia non segue molto le cronache, più delle vicende umane le interessano i caprioli, i cervi e gli ermellini: gli animali selvatici che i bracconieri cercano di uccidere e che lei fa vivere per sempre con i suoi scatti. Le sue fotografie sono finite su varie riviste e un suo documentario sugli animali delle Alpi è stato proposto come gadget da un giornale locale. Quindi si sente incoraggiata.

«Cazzo, m'è scappata» tira un calcio a un ramo.

Aveva l'indice sul pulsante quando ha sentito quel frullo d'ali. Merda, merda. Poi si accorge che la cincia è ancora lì, ha scelto solo un altro albero. Scelta legittima, intanto la punta e si avvicina. Ma il rumore continua. Forse è alle sue spalle. Che non sia un uccello? Allora si volta di scatto. Però non vede niente. Magari era il vento. Forse è caduto un ramo.

Sta per scattare quando sente di nuovo quel rumore, come uno scricchiolio sulla brina. Si gira. Non c'è nessuno. Solo delle impronte sulla terra, ma saranno di qualche cacciatore. Che stupida, si sta facendo prendere anche lei dalla psicosi.

Cerca con gli occhi la cinciallegra e si accorge che è volata in cima a un'edicola. Ce ne sono tante in questo territorio, molte cadono a pezzi, devastate dai vandali, o da qualche automobilista ubriaco. Si avvicina lentamente.

La cincia la guarda, le piume gialle del petto agitate dal vento. Solleva il becco, perplessa. Poi scuote la testa nera. E la frega, infilandosi dentro la cappella.

«Piccola bastarda che non sei altro» le corre dietro.

Punta il teleobiettivo verso l'entrata. Ma cos'è quel luccichio? Si avvicina piano piano. Poi lascia cadere la macchina fotografica, non le importa che si rompa, non le importa di perderla. Può restare lì. Stavolta ha visto troppo. Si volta e comincia a correre. Corre più forte che può, spostando i rami, in mezzo agli alberi, usa tutta la forza che ha nelle gambe. Intanto sente il ritmo forsennato del suo stesso respiro. Forse le sue gambe non stanno accelerando abbastanza.

10 gennaio

Dopo aver camminato fino alle cinque di mattina, esausti, Ilaria e Marco cedono le loro torce ad altri e si ritirano in albergo. Sono congelati, hanno bisogno di un bagno caldo per riattivare la circolazione. La notizia li raggiunge lì. Non devono neanche dirsi niente. Arriva una telefonata, breve e secca, e si scambiano uno sguardo.

Ilaria è talmente stanca che non riesce a dormire. Avvolta nell'accappatoio guarda l'alba e la brina che ricopre i campi. Chissà cos'è successo a Melissa mentre la rugiada si trasformava in cristalli di ghiaccio.

L'ultima volta l'avevano vista poco dopo Natale. Era stupenda, rigogliosa, come una donna che nasconde una buona notizia per scaramanzia. Non sembrava tormentata dal progetto di abortire. Forse la decisione l'aveva presa dopo, chissà. Aveva i ricci gonfi, da pianta ribelle, appena innaffiata. Aveva gli occhi luccicanti, da donna che è stata amata fino all'ultimo dettaglio. Ma aveva il passo un po' troppo svelto, un po' troppo affannato, il passo di chi ha paura – paura di perdere queste fortune?

Loro le avevano fatto tanti complimenti. Invece di proteggerla, aiutarla, capirla, le avevano fatto dei complimenti. Ma come sei bella oggi. Ma che aria allegra. Lei, più aderente alla realtà, per un attimo si era oscurata. Abbassando appena gli occhi.

Besana le aveva offerto un aperitivo e durante l'aperitivo Melissa raccontava che sua madre la metteva in imbarazzo perché aveva cominciato a ristrutturare l'appartamento sopra il suo. E lei non trovava il coraggio di fermarla, di dirle che era inutile perché voleva andarsene dal paese. Scusa mamma, ma… No, non ci riusciva. Questa sua vigliaccheria però – o rovinosa delicatezza? – per certi aspetti le impediva di progettare tranquillamente il suo futuro, e per altri la rendeva più precipitosa.

Melissa diceva che dopo le feste avrebbe tirato fuori il coraggio, sua madre doveva smettere di fare progetti con geometri e muratori. Le piantine che lei studiava volentieri erano altre, quelle di case in affitto a Milano. Passava ore davanti al computer a sceglierle virtualmente. Ma con l'anno nuovo sarebbe cambiato anche questo: sarebbe andata a visitarle di persona.

Intanto si toccava la pancia, con carezze involontarie e malinconiche. Scelte viscerali: il gesto si poteva interpretare così. Invece quel gesto preannunciava una lacerazione vera e propria. Una doppia lacerazione. Quella che lei avrebbe fatto di sé e quella che avrebbe fatto l'assassino di lei. Ma Besana e Piatti non potevano cogliere certe premonizioni, premonizioni che abitano la vita di tutti giorni, di tutti noi, e che si scambiano per gesti qualunque.

10 gennaio

Nel pomeriggio, dopo aver dormito un po', Piatti e Besana si presentano in Questura a Bergamo. Giorgio li riceve nella sua stanza, visibilmente stravolto, ha le occhiaie e gli occhi arrossati. Ha appena finito di interrogare la donna che ha trovato il cadavere.

Li fa accomodare, chiede se vogliono un caffè. Poi fa strisciare sul tavolo le foto della scena del crimine e si prende la testa fra le mani. Ilaria gira di scatto il viso.

«Mi auguro che fosse già morta quando le ha piantato quegli spilloni nella pancia» dice Besana.

«Domani il medico legale ci darà i risultati dell'autopsia. Ha usato ancora aghi per agopuntura, ma di un altro tipo. Questa volta con il manico dorato» risponde Giorgio.

«Come se volesse usare qualcosa di prezioso per lei» riflette Piatti, «come se fosse una vittima speciale, diversa dalle altre.»

«Forse la conosceva» azzarda Besana.

Giorgio si alza in piedi, nervoso, sembra non sopportare questa conversazione.

«L'ha massacrata» dice. «Preziosa un corno.»

«Morsi?»

«Sulle gambe e sui fianchi. Faremo analizzare le tracce. Ma è sempre lui, non c'è dubbio.»

«La madre è stata avvertita?»

«Ho mandato una collega.»

«Hai già interrogato il fidanzato?»

«Strano tipo» risponde, e gira gli occhi.

«Ha un alibi?»

«Da verificare» risponde e si alza di nuovo, come se non riuscisse a stare fermo. «Scusate, adesso devo veramente andare. C'è una riunione della omicidi.»

Besana infila le fotografie nello zaino e lo ringrazia sfiorandogli una spalla. Ilaria sembra assente, ha lo sguardo fisso e si dimentica di alzarsi.

«Piatti? Andiamo, su» dice Besana tirandola per un braccio.

«C'è qualcosa che non mi torna» risponde lei.

«Vieni, facciamo una passeggiata a Bergamo Alta. Io devo prendere un altro caffè altrimenti mi addormento al volante.»

Si siedono in una pasticceria di Piazza Vecchia.

«Dobbiamo scoprire qualcosa di più sulla sua vita. In quale clinica ha abortito, chi era il medico. Bisogna parlare con Abbas, lui lo saprà.»

«E la madre? Saprà qualcosa?»

«Lasciamola stare, adesso. Povera donna.»

«Hai ragione.»

In quel momento vedono passare Giulia Lecchi, cammina veloce, a testa bassa. La gente la evita, nessuno la saluta più.

«Certo, non può essere stato suo marito a uccidere Melissa, visto che è in galera. Per questo omicidio Vimercati ha un alibi di ferro davvero.»

11 gennaio

È sabato sera e il buio è reso spesso dalla nebbia. Piatti sta andando al giornale per prendere dei documenti di cui hanno bisogno. Glielo ha chiesto Besana, che si è preso qualche ora per pulire il bilocale – «Sembro una vecchia casalinga disperata» borbottava con una birra in una mano e una scopa nell'altra.

Ilaria saluta il portiere e si avvia verso la redazione. Quando raggiunge la scrivania di Besana, si accorge che c'è qualcosa di strano ma sul momento non riesce a capire cosa. Intanto è stata messa in ordine. Non ci sono più quel bicchiere da caffè che per una settimana è rimasto sulla copertina di un magazine, la lattina di birra accartocciata e nemmeno l'involucro di plastica del tramezzino. Apre un cassetto per controllare se la bottiglia di whisky è ancora al suo posto. Sì, c'è. Però manca la busta che Ilaria deve portare via. E non è una busta qualsiasi. Lì Besana tiene le foto delle scene del crimine che gli ha passato di nascosto la polizia. Cerca ovunque. Sparita. Qualcuno l'ha presa.

Guarda meglio e si accorge che il cassetto è stato forzato, la serratura aperta con una lametta, forse un coltellino svizzero.

Deve avvertirlo subito, ma non vuole farsi sentire dai colleghi, quindi si infila il cappotto e corre fuori.

Preferisce non parlare davanti all'entrata del giornale, gira l'angolo e cerca un posto tranquillo. Non si era mai accorta dei graffiti sui muri. Uno la fa sobbalzare, un grande VIVE scritto con lo spray rosso. Poi sorride da sola quando legge la parola in alto: *La libertà* VIVE.

Di lì non passa nessuno, le serrande sono tutte abbassate. E i lampioni sono pochi, ci sono solo le luci di un albero di Natale non ancora smontato che lampeggia fuori tempo da un terrazzo. Vede un portone illuminato da un faretto, nell'angolo opposto c'è anche una telecamera di sorveglianza. Questo condominio è videosorvegliato. Ecco un punto dove può sentirsi sicura. Qualcuno ha avuto la stessa idea e ha parcheggiato la vespa proprio lì davanti. Si siede sul sellino, si toglie i guanti e chiama Besana.

Il cellulare è irraggiungibile, allora gli lascia un messaggio in segreteria. «Marco? È successa una cosa grave. Appena puoi richiamami e ti spiego.»

Non fa in tempo a mettere giù che si trova una sciarpa intorno al collo. Sente la lana sulla gola poi qualcosa di duro sulla nuca: è il nodo che si stringe. Sta per gridare, ma un guanto le chiude la bocca.

11 gennaio

«Piatti, non si scelgono le strade buie quando in giro c'è un serial killer.»

Ilaria tossisce e fissa sconvolta Milesi che sghignazza, strizzando l'occhio. Si massaggia la gola intorpidita. Gira il collo.

«Mi hai fatto morire di paura. Ma che cavolo di scherzo è?»

«Stavo andando a bere una cosa. Perché non vieni con me?»

Ilaria sta ancora tremando, forse un bicchiere la può calmare. Non ne ha nessuna voglia, ma accetta perché è sicura che Milesi sappia qualcosa della busta sparita.

Passano davanti al solito bar e Milesi scuote la testa.

«No, lì incontriamo tutti. Ti porto in un posticino più tranquillo.»

Entrano in un'enoteca piena di pensionati con l'occhio spento che discutono davanti al maxischermo con l'anticipo di Serie A.

«In mezzo agli alcolisti possiamo parlare di tutto quello che vogliamo» dice Milesi, appoggiandole una mano sui fianchi per condurla verso un tavolo di formica.

Appena portano lo Spritz, Milesi alza il bicchiere.

«Piatti, sei una fuoriclasse. Farai strada.»

«Grazie» risponde lei, abbassando gli occhi.

«Perché vai in giro con quel vecchio coglione di Besana? Lavora con me.»

Ilaria solleva la testa e lo fulmina con gli occhi.

«E tu perché hai preso quella busta dalla sua scrivania? Hai venduto le foto alla televisione?»

Lui scoppia a ridere.

«Non fare la moralista. Volevo solo controllare una cosa. Poi le rimetto a posto.»

«Cosa?»

«Tesoro, non te lo dirò mai.»

«Non chiamarmi tesoro.»

«Scusi, dottoressa» la sfotte.

«Se mi restituisci subito le foto, non gli dico niente.»

«Le ho nello zaino, ma ho bisogno di una notte per riflettere. Poi Besana cosa può farmi? Andare alla polizia?» ride. «Comodo avere un cognato che ti passa sottobanco le informazioni riservate. Sono capaci tutti di fare i cronisti così.»

Lei vorrebbe dirgli: Tu fai ancora più in fretta, non cerchi neanche notizie di prima mano. Ma non sa essere aggressiva.

«Giorgio le passa a lui perché è bravo, non perché è suo cognato» risponde.

«No, semmai è il contrario. Solo un alcolizzato come Besana poteva fidarsi di un poliziotto del genere. Sappiamo tutti chi è Giorgio Verdelli.»

«In che senso?»

«Come, non lo sai?»

«Cosa?»

«Che una puttana ha cantato. A quando pare, nel '98, il

vostro amico ha avuto qualche problemino. Ti ricordi quando c'era quel serial killer in zona? Quello che non hanno mai trovato?»

Ilaria manda giù saliva. Non sa cosa dire.

«Sono andato a vedere il verbale. La ragazza sostiene che lui ha cercato di strangolarla.»

«Hai preso per questo le foto? Per vedere se c'erano analogie?»

Lui fa cenno di sì con la testa.

«E ne hai trovate?»

Milesi risponde con un sorrisetto.

«Piatti, certe cose te le posso dire solo se vieni a lavorare con me. Ricordati che fra poco Besana andrà in pensione. Se vuoi un futuro ti conviene avere uno sponsor più giovane» e appoggia una mano sul suo ginocchio.

Ilaria si alza in piedi. Non gli risponde nemmeno. *Scordatelo, stronzo.* «Restituiscimi subito quelle foto. Adesso. O preferisci che ne parli con il direttore?»

12 gennaio

A Milano nevica fortissimo. La protezione civile ha lanciato l'allerta meteo in tutto il Nord Italia. Il Comune si sta dando da fare con sale, spazzaneve e spalatori. Non circolano quasi le macchine. Per fortuna è domenica.

Besana e Piatti hanno dormito fino a tardi, provati dalle giornate precedenti. Ma adesso, che si sentono più riposati, non intendono perdere tempo.

Fra l'altro si lavora benissimo quando fuori nevica. E la casa di Besana, così ordinata e luminosa, è diventata un posto dove è piacevole stare. Marco è andato persino all'Ikea a comprare dei tappeti e delle lampade. La vecchia poltrona, libera dalle cose e con un paio di cuscini nuovi, è diventata molto carina, quasi un pezzo vintage prezioso. E il tavolo di legno del salotto, finalmente svuotato e pulito, adesso fa la sua figura. Besana ha comprato pure una pianta di lavanda, perché è quasi impossibile ucciderla. Glielo ha garantito la cassiera. Può permettersela anche uno come lui, che non ha il pollice verde.

Besana rideva da solo mentre riempiva il grande sacchetto blu dell'Ikea. Non avrebbe mai immaginato di andarci da solo.

Invece si è svegliato e ha sentito il desiderio di prendersi cura della sua casa. In fondo era stanco di stare accampato come un barbone. Ha improvvisamente voglia di vivere in modo decente anche senza sua moglie. Compra pentole, pirofile per il forno, taglieri e coltelli in ceramica. Andrà anche a fare una grande spesa e si rimetterà a cucinare. Basta, ha deciso.

E la domenica, quando Ilaria lo raggiunge intorno all'ora di pranzo, la tavola è già apparecchiata. Dalla cucina esce un profumo di pollo al limone e di rosmarino. Su un piatto, festose e coloratissime, spiccano le verdure tagliate, pronte per la griglia. Mettono allegria tutte insieme, sembrano una composizione di fiori: il giallo del peperone accanto al viola della cipolla di tropea e del radicchio, poi un tocco di verde, le zucchine che cadono morbide come foglie, e le melanzane che sembrano corolle fra le foglie di indivia.

Mentre Besana apre fischiettando una bottiglia di Pinot Noir, Ilaria nota che si è fatto la barba ed è pure andato a tagliarsi i capelli.

«Fra cinque minuti è pronto» dice.

A tavola Ilaria gli racconta lo spiacevole incontro con Milesi, poi parlano di Melissa. Questo omicidio li tormenta. Sono entrambi convinti che ragionando su quello che sanno di lei, possono fare un salto avanti.

«Quegli spilli devono pure significare qualcosa» dice Besana.

«Con Aneta li dispone su un sasso, a Dana li pianta nella schiena. Ma lo fa solo per ricalcare le mosse di Verzeni. Solo che una terza vittima di Verzeni non c'è. Quindi, per la prima volta, può usarli come vuole. E sceglie la pancia. Perché?»

«Non è la prima volta. A Foresti li ha piantati negli occhi» la corregge Marco.

«Hai ragione. Questo potrebbe significare che cambia parti del corpo a seconda delle vittime. Ci dev'essere una logica» riflette Ilaria.

«Senti, non fissiamoci sugli spilli. Noi continuiamo a riferirci a Verzeni, ma potrebbe essere un errore. Magari lui ha un *suo disegno*, diverso. Verzeni non aveva un disegno, in fondo. Proviamo a separare un attimo le cose» propone Marco.

«Un serial killer così organizzato non sceglie le vittime a caso.»

«Forse queste donne avevano qualcosa in comune, qualcosa che ci è sfuggito.»

«Certo Melissa non era una puttana. La tua ipotesi non regge più» risponde Ilaria.

«No. Bisogna trovare un altro collegamento.»

«Il lavoro? Aneta e Melissa lavoravano in pizzeria, ma Dana no, faceva l'estetista.»

«Forse ha in mente un prototipo di donna. Ma non si assomigliano. Guardale» Marco tira fuori le fotografie. «Aneta era bionda, minuta, pelle chiara, occhi azzurri. Dana era abbronzata, tonica, naso aquilino, capelli rossi. Melissa, alta, riccia, occhi scuri.»

«Troppo diverse. Non torna.»

«Anche l'ambito sociale e familiare è diverso. Aneta era straniera, viveva sola, con il vecchio notaio. Melissa era una studentessa, abitava con la madre. Dana una quarantenne divorziata, con un figlio.»

«Forse ci sono, forse ho capito.»

Ilaria si alza in piedi, lasciando cadere la forchetta nel piatto. E comincia a camminare intorno al tavolo. Si rende conto di avere avuto l'intuizione giusta e sente un brivido lungo la schiena. Una scossa elettrica che le attraversa la nuca e la spina dorsale.

«C'è di mezzo la maternità. Lui ha questa ossessione.»

«Cazzo, hai ragione!»

«Sceglie così le vittime» continua Ilaria, «Aneta ha abbandonato il figlio in Romania, Dana ha mollato il ragazzino al padre, Melissa ha abortito. Nella sua testa, in un modo o nell'altro, sono tutte *cattive madri*.»

«Le ha punite» dice Besana.

Poi si riempie di nuovo il bicchiere con il vino.

«E quei maledetti spilli?»

«Magari non copiava affatto Verzeni. Erano un messaggio.»

Ilaria continua a camminare su e giù intorno al tappeto.

«Dunque, i primi li ha abbandonati su un sasso.»

«Perché Aneta ha abbandonato suo figlio di pochi mesi?»

«E a Dana li ha piantati nella schiena perché è una traditrice?»

Poi si guardano.

«A Melissa li ha conficcati proprio nel basso ventre, non può essere una coincidenza.»

«Ma come faceva a sapere che aveva appena abortito? Lei non lo aveva detto neanche a sua madre.»

«Doveva conoscerla *molto bene*.»

12 gennaio

Dopo pranzo, decidono di fare un passeggiata a Parco Sempione che deve essere magnifico con questo tempo. Il Castello Sforzesco, con la torre del Filarete scontornata di bianco, sembra quello di Dracula. E i ponti imbiancati fanno pensare a un labirinto sinistro. Fra i sempreverdi piegati dal peso della neve e i rami spogli argentati che sembrano ragnatele, Piatti e Besana continuano a cercare risposte sul caso.

«I cannibali hanno un rapporto patologico con la madre, Grace diceva che tutto nasce da lì. Potrebbe essere questa la ragione del suo accanimento contro le donne che, secondo lui, fanno del male ai loro figli» ragiona a voce alta Ilaria.

«E tutto torna» risponde Besana. «Ricordiamoci che lei aveva previsto anche la rabbia contro Foresti.»

«Doppiamente colpevole dal suo punto di vista» continua Ilaria. «Non solo Foresti ha cercato di rubargli la scena ma ha anche ucciso la madre dei suoi tre figli.»

«Certo.»

«Perché gli ha piantato gli spilli negli occhi secondo te?»

«Il messaggio era *Non copiare*» risponde Besana.

«Lo ha accecato perché smettesse di copiarlo?»

«Esatto.»

«Però Grace diceva anche che si sarebbe fatto vivo direttamente con noi o con la polizia. Invece non è successo.»

Ilaria si ferma di colpo. È sbiancata.

«Oh cazzo» dice.

Gira la testa frenetica. Appena individua una panchina, si avvia in quella direzione dondolando. La spolvera con i guanti per liberarla dalla neve.

«Non ti senti bene?»

Besana si siede di fianco a lei, un po' preoccupato. Ilaria cerca di fare un grande respiro, gli fa cenno che le manca l'aria, toccandosi con due dita lo sterno. Solleva una mano, fa segno di aspettare. È pallidissima.

«Sta parlando *con me*» dice.

«Ma chi?»

«L'assassino» risponde.

«Stai scherzando?»

Ilaria cerca il tablet nello zaino, ma lo ha dimenticato a casa. Gli spiega che da alcuni giorni è tartassata da un tizio su Facebook, che si fa chiamare Mr Black.

«Sembrava un normale appassionato di nera» dice.

«E cosa ti fa pensare che sia proprio lui?»

«Sa delle cose che noi non abbiamo mai scritto. Sul momento non ci ho fatto caso, me ne sono accorta solo adesso.»

«Tipo?»

«Allude agli ultimi movimenti di Melissa. Ma nessun giornalista ha mai parlato dell'autobus per Suisio che lei aveva preso.»

«Merda.»

Perfino Besana è agitato adesso. Si accende una sigaretta, anche se aveva giurato di smettere.

«Dobbiamo far leggere a Grace questo scambio» dice Ilaria.

«Direi che è urgente» conferma Besana, tirando fuori il cellulare dalla tasca.

«E devo stare attenta, perché magari sa anche dove abito.»

«Che sia lo stesso che fumava in macchina davanti a casa tua?»

«Oddio» Ilaria si copre la faccia con le mani.

Si guarda intorno. Vede uno con il cappuccio sollevato che si allontana. Era lui? Ascoltava? Si alza in piedi.

«Andiamocene, per favore.»

Adesso si è fissata su un volontario che spala la neve. Anche lui incappucciato. Del resto nevica e la gente non vuole bagnarsi la testa.

«Trasferisciti da me, è più prudente» dice Besana.

«Credo che accetterò l'invito» risponde Piatti.

Passano da casa di Ilaria per fare la valigia e prendere il tablet. Lei lo accende e fissa lo schermo con gli occhi sgranati. Non riesce a parlare, ha la bocca secca, le ghiandole salivari paralizzate. Sta rilasciando corticotropina. Il suo ipotalamo ha ricevuto una segnalazione molto precisa. Le ghiandole surrenali stanno cominciando a secernere adrenalina nel sangue e grandi quantità di noradrenalina direttamente nel cervello. Un eccesso di noradrenalina può sballare l'intero sistema, portando al panico. Ilaria è nel panico. Allunga a Besana il tablet. C'è un altro messaggio di Mr Black.

«Un piccolo suggerimento, se posso esservi d'aiuto. Tutti sottovalutano la sua firma.»

12 gennaio

Appena Ilaria entra in casa di Marco, si sente già meglio. Lui accende tutte le luci e anche la musica. Fuori è già buio. Besana entra in cucina e si prepara un gin tonic.

«Adesso chiamo Grace e le leggo i messaggi. Sentiamo cosa dice.»

«Posso farmi una doccia intanto?»

«Lo scaldabagno si rompe sempre, spero che tu riesca a farne una calda» risponde Besana.

Quando Ilaria torna in salotto, Besana ha l'aria preoccupata.

«Pensa che sia lui?»

Scuote la testa.

«Secondo Grace, no. Usa un linguaggio che non corrisponde al profilo. Lo esclude proprio.»

«Come fa a essere così sicura?»

«Ah, non lo so. Però mi fido di lei» risponde Besana.

«Sì, certo, anch'io» Ilaria si siede sul divano. Profuma di bagnoschiuma al borotalco. «Ma come faceva a sapere quale autobus aveva preso Melissa?»

«Grace dice che potrebbe essere un altro giornalista, che ha accesso alle fonti.»

Ilaria assaggia il gin tonic, qualcosa di forte ci vuole anche a lei, dopo quello spavento. Poi si volta di scatto.

«Milesi?»

«È uno stronzo, ma non fino a questo punto. E poi perché dovrebbe volere fare del male proprio a te?»

«Be', lo scherzetto dello strangolamento non è stato carino» obietta Ilaria.

«Faceva il cretino, voleva solo corteggiarti» risponde Besana.

«E allora chi può essere?»

«Ho un sospetto, ma è solo un sospetto» e abbassa gli occhi.

Non avrebbe mai voluto raccontarle la storia di Lizzy, è una cosa di cui si vergogna. Ma forse adesso è necessario.

«Quella con la frangetta? L'ho vista passare tante volte in redazione» dice Ilaria.

«Sì, lei» ammette Besana. Sempre a occhi bassi. «Che portasse rogne, si capiva subito. Dovevo dar retta al mio istinto di conservazione, che mi aveva sempre consigliato di tenermi lontano dalle colleghe. Non che di avventure non ne avessi mai avute, ma erano donne che facevano altri mestieri, che non c'entravano col giornalismo. Ho imparato presto che le relazioni sentimentali, sul luogo di lavoro, creano solo guai.»

Ilaria lo ascolta, senza commentare.

«Quando ero un giovane praticante, quarant'anni fa, nei giornali di donne se ne vedevano poche. E quelle poche difficilmente facevano carriera. Le prendevamo di mira, e se erano un po' carine non risparmiavamo battutacce e complimenti pesanti. Ricordo un collega anziano che non le chiamava nemmeno per nome: per lui erano *le troie* e basta. E quando una di loro ha avuto (pare) un flirt col caporedattore, la voce si è sparsa subito. Tutti a ridere alle sue spalle: Hai notato che oggi sono in corta tutti e due? Dove saranno andati, nella casa di campagna del marito? Davanti al caminetto, sulla pelle di pecora? Tutto così.»

«Poverette. Un ambiente terribile, molto maschilista.»

«Sì, terribile. Poi però, piano piano, le cose sono cambiate. Ma il problema non si risolveva comunque. Si tendeva a passare da un estremo all'altro. Le donne hanno cominciato a farsi strada nei giornali e hanno capito che in gruppo diventavano più forti. E i rapporti tra colleghi di sesso diverso sono diventati materia sindacale. Te ne racconto una. Un giorno, c'era l'assemblea dei giornalisti per discutere del nuovo settimanale femminile, con le solite lamentele di chi aspirava a scriverci e il direttore che reclutava collaboratori esterni. Ma ecco che prende la parola una giovane cronista: Voglio denunciare un fatto personale, dice. Sono stata oggetto di avances e attenzioni imbarazzanti da parte di un vicedirettore. Tutti rimangono basiti, e nel silenzio generale lei scoppia a piangere: Sono entrata nel suo ufficio per parlargli del mio passaggio agli esteri, lui ha chiuso la porta e mi è saltato addosso. Il comitato di redazione si precipita dal direttore per informarlo e chiedere quali misure adottare. Lui si dice *turbato* e promette *un'attenta ricognizione per accertare la verità dei fatti*. Che non verrà mai a galla, naturalmente. Il vice continua a negare tutto e la cronista insiste nel denunciarlo. Ma entrambi rinunciano alle vie legali. Il direttore, a quel punto, promette misure preventive per evitare il ripetersi di episodi simili: il gruppo dirigente del giornale, dai vicedirettori ai capiservizio, non potrà più invitare le colleghe a cena fuori, o a prendere un aperitivo, vietati anche i passaggi in macchina, eccetera. Norme simili a quelle in vigore nei giornali americani, contro il *sexual harassment*. Poi però ci ripensa, e la circolare non viene più emanata. L'Italia non è l'America.»

«Io ti avrei già denunciato mille volte» ride Ilaria, «siamo sempre in macchina insieme e non fai altro che offrirmi cene e aperitivi.»

«Appunto» risponde Besana.

«Ha cominciato lei, vero?»

«Quando è arrivata, con un contrattino da stagista, io non ricoprivo nessuna carica. Ero solo un cronista, anche se la mia firma pesava. Lizzy mi girava intorno, mi chiedeva consigli per i suoi pezzi. Una mattina ha liberato un angolo sulla mia scrivania e si è seduta lì, tra le pile dei giornali vecchi, a gambe accavallate. Voleva farmi vedere il suo articolo.»

«L'hai massacrata come massacri me, *spero*.»

«Scherzi? Con te sono stato un agnellino. Dopo due righe, ho cominciato a urlare. Era riuscita a infilare una frase fatta dietro l'altra. *Una tragedia annunciata. Un silenzio assordante. Il procuratore si è tolto un sassolino dalla scarpa. Ed è subito polemica.* Tutto così. Ma ho perso completamente la testa quando ho letto il paragrafo successivo. *La sua carriera era puntellata di truffe e fallimenti*. Lizzy, per favore. Si puntellano le case pericolanti, non le carriere. Forse volevi dire *costellata*, o *punteggiata*. Sei sicura di voler fare la giornalista?»

«E ti stupisci se ti odia.»

«No, sbagli. Anzi. Più la strapazzavo, più lei mi desiderava. Un giorno l'ho invitata a pranzo, in un ristorante thai non lontano dal giornale. Purtroppo affittavano delle camere al piano di sopra. L'inizio della mia rovina. Mi illudevo che sarei riuscito a mantenere la cosa nei binari. Non volevo lasciare mia moglie. E Lizzy, a parole, era d'accordo. Fino a quel maledetto giorno, nella stanza di un motel vicino a Linate: le sono bastati pochi minuti, mentre ero in bagno, per prendere il mio cellulare dal comodino, trovare il numero di Marina e copiarselo.»

Besana adesso tace. Si aspetta una predica, o una battuta. Invece Ilaria lo stupisce.

«Senti, alla fine ti ha fatto un regalo. Tua moglie era peggio.»

Marco solleva la testa, sorpreso.

«Non la conosco, per carità» continua Ilaria, «ma sono una persona attenta. A tutto quello che ti riguarda, intendo. E non mi è piaciuta, se posso essere sincera.»

«Perché?»

Besana è incuriosito. Non parla di Marina con nessuno.

«Perché ho la sensazione che ti tratti come una sua proprietà. Chiede soltanto. Ma cosa ti dà? È solo una sensazione, però.»

Marco è turbato. Ha ragione.

«Come fai a conoscere queste cose, tu che non le hai mai vissute?»

Ilaria alza le spalle.

«Non serve vivere tutto. Si può anche stare attenti, si può anche immaginare. Solo il male, il male di cui ci occupiamo noi, non si può immaginare.»

«È vero anche questo» risponde Besana. Poi le sorride. «Hai detto *il male di cui ci occupiamo noi*. È il tuo mestiere, Ilaria. È inutile che ti opponi. Al proprio mestiere non si può sfuggire mai.»

13 gennaio

«Pronto, Marco, mi senti?» La voce di Giorgio al cellulare è concitata, ansimante.

«Cos'è successo?»

«Cazzo, l'abbiamo preso!»

«Davvero?»

«Sì! È già in commissariato. Sei il primo a saperlo.»

«Ma siete sicuri?»

«Sicurissimi. Il DNA coincide con quello del soggetto ignoto.»

«E come avete fatto?»

«Il solito sistema dell'etilometro.»

«Ma chi è?»

Besana mette il vivavoce perché possa sentire anche Ilaria.

«Un imprenditore di Lecco, apparentemente a posto. Ma in questi casi...»

«Lo so, lo so, l'apparenza non vuole dire niente. Come si chiama?»

«Ernesto Bresciani. Un appassionato di caccia. Stamattina, all'alba, quando abbiamo perquisito la casa, abbiamo trovato un mezzo arsenale: fucili, carabine, pistole Smith & Wesson, un chilo e mezzo di polvere da sparo, ma anche coltelli, lacci metallici e un machete.»

«Come quello che ha tagliato la testa a Foresti?»

«Esatto. Lo faremo analizzare.»

«Ha cercato di scappare?»

«No, ha solo chiesto di chiamare il suo avvocato.»

«L'avete già interrogato?»

«Stiamo aspettando il procuratore.»

«E Vimercati?»

«Per adesso lo teniamo dentro. Magari sono complici.»

«Possiamo venire?»

«Non posso farvi assistere, però posso darvi qualcosa. Ti chiamo io.»

Besana mette giù e si infila il cappotto.

«Piatti, andiamo. Giorgio mi ha fatto capire che ci darà i filmati dell'interrogatorio.»

La Questura è già presa d'assalto dai cronisti che aspettano notizie. Besana e Piatti chiacchierano con alcuni colleghi, mentre aspettano la telefonata di Giorgio. Appena la riceve, Besana si allontana.

«Vai da Rosa, a casa, ho fatto portare lì una busta. Se vuoi, puoi usare il computer nella tavernetta.»

«Ha confessato?»

«No, figurati. Ma è solo il primo interrogatorio. L'avvocato ha chiesto una pausa.»

«Hai già sentito i familiari?»

«La moglie è sotto shock, continua a dire che ci dev'essere un errore, che non è possibile.»

«Figli?»

«Hanno una bambina.»

«E i genitori? Sono in vita? Di solito i cannibali hanno un rapporto malato con la madre.»

«Sembrano due brave persone, molto equilibrate. Non è una famiglia problematica. È stato adottato, ma quando aveva pochi mesi. Quindi traumi pregressi non ci sono. Come vedrai, Bresciani sembra un tipo normalissimo. Questa è la cosa più inquietante.»

«Grazie.»

«Non c'è di che, sei un fratello per me.»

13 gennaio

Rosa è sempre più scocciata. Sta facendo le pulizie insieme alla donna di servizio perché non si fida. In aggiunta Kevin ha la febbre, anche se non sembra. Sta giocando a pallone in salotto, molto vispo.

«Ciao, io ho da fare, eh? Giorgio mi ha detto che dovete usare il computer in tavernetta, ma sbrigatevi, perché dobbiamo passare l'aspirapolvere anche lì» si volta e urla: «Kevin, smettila! Sei già tutto sudato».

Scendono nella tavernetta, Besana si guarda intorno e grugnisce. Non solo per l'odore di chiuso. È quello che rappresenta: la famiglia italiana media che costruisce il suo mondo intorno al televisore e alla cucina, ai poggiapiedi e alle tovaglie di tela cerata.

«Preferisci la poltrona reclinabile o il divano angolare?»

Piatti scuote la testa, apre la busta e tira fuori una chiavetta. Accendono il computer e fanno partire il filmato.

Si vede un tavolo e si vede una sedia vuota e si sentono delle voci sullo sfondo. Poi compare un uomo molto grosso, che cammina un po' curvo. Cerca con gli occhi il suo avvocato, per essere sicuro di non rimanere solo. Entrano tutti.

«Prendiamo atto che sono le ore 11.16 del giorno 13 gennaio. Siamo negli uffici della Questura di Bergamo. Le sue generalità, cortesemente. Lei è il signor?»

«Ernesto Bresciani.»

«Nato?»

«A Bergamo, il 27 maggio 1979.»

«Ha qualche pseudonimo o soprannome?»

«Come?»

«È una domanda di rito.»

«Ah, scusi. Mia moglie mi chiama Tato.»

«Vabbè. Nazionalità?»

«Italiana.»

«Residenza?»

«A Lecco.»

Sembra già stanchissimo, sta sudando. Si asciuga la fronte con un fazzoletto di carta. Chiede un bicchier d'acqua e beve avidamente un sorso.

«Possiede una Audi A4 nera?»

Gli mostrano delle immagini.

«Sì, potrebbe essere la mia macchina.»

«È stata ripresa dalle telecamere di sorveglianza di un'abitazione privata nella zona di Bottanuco. Risulta quindi la sua presenza nella valle la sera dell'omicidio della signora Albu Aneta. Che cosa faceva a Bottanuco?»

«Vado spesso in un ristorante stellato da quelle parti. Si chiama Il Caminetto. Può chiedere a loro.»

Durante tutto l'interrogatorio si strofina le mani, si tira su gli occhiali con l'indice, si tocca la bocca, incrocia le braccia, nasconde le mani fra le cosce, tamburella con il dito, si aggrappa al bordo del tavolo, finché, esausto, crolla con la testa sulla scrivania e si copre la nuca con la mano.

«È molto agitato» commenta Besana.

«Lo sarei anch'io se avessero trovato il mio DNA su tre cadaveri» risponde Ilaria.

«Guarda come sbatte le ciglia, è diminuita la lacrimazione. E continua a bere, ha la bocca secca.»

«Dici che sta mentendo?»

«Sta dando parecchi segnali di stress, sì. Di solito le bugie alterano i movimenti della gente. Intanto è pallido, perché per l'ansia il sangue defluisce verso i muscoli. E poi alza lo sguardo continuamente, non so se perché ricorda o perché inventa.»

«Come sono lenti.»

«Lo fanno apposta. È un ottimo uso del silenzio. A volte una pausa di trenta secondi è più efficace di tante parole. Guardalo, è nel panico.»

13 gennaio

La sera, appena tornano a casa, accendono la TV. Devono sapere che notizie hanno avuto gli altri. Galasso, il conduttore di *Crimini e Misteri*, ha martellato tutto il pomeriggio coi suoi tweet: La settimana scorsa abbiamo fatto il nove per cento di share! Grazie a tutti per averci seguito in un milione e ottocentomila! Restate con noi anche stasera. Preso il vampiro di Bottanuco: novità ed esclusive.

Besana non può sopportare Galasso, che oltretutto è figlio di un suo vecchio capocronista che lo strapazzava agli inizi della carriera. Però è annunciata la partecipazione di Milesi e soprattutto sono curiosi di ascoltare cos'hanno scoperto.

Parte la sigla. Galasso scandisce nel microfono il programma della serata, con la concitazione di un bollettino di guerra. Nei divanetti dello studio, accanto all'immancabile psicoanalista, c'è una giornalista di costume e un comandante dei RIS in pensione. E in fondo, il sorriso un po' impacciato di Milesi, che si aggiusta il microfono sulla cravatta. Subito anticipano la cattura di Bresciani ma lasciano i loro scoop per la fine della trasmissione.

«Intanto vado a mettere su l'acqua per la pasta. Ravioli di borragine?»

Il primo servizio riguarda una casalinga di Ravenna, madre separata con tre figli. È uscita di casa una mattina di luglio, lasciando il portafogli e il telefonino in salotto, e da allora non se ne è più saputo niente. Una signora in vacanza a Santo Domingo sostiene di aver visto una donna molto simile a lei in un bar e ha scritto alla trasmissione mandando una foto scattata con il cellulare.

«È proprio lei, la donna nella foto?» chiede Galasso. «Per scoprirlo, siamo andati a Santo Domingo. Ci colleghiamo subito con la nostra inviata.»

«Pazzesco» commenta Besana, mordendo un grissino. «Le TV non hanno più soldi per fare inchieste, alla RAI tagliano perfino i buoni pasto, e questi delle private mandano una giornalista ai Caraibi.»

Il conduttore sta urlando in diretta all'inviata: «Allora, cos'hai trovato? È lei o non è lei? Selvaggia!».

L'inviata parla dal giardino di un resort, alle sue spalle palme e gente che fa jogging. Ferma una ragazza, le mostra la foto, biascica qualche parola in un inglese disastroso. Quella non capisce, scuote la testa.

«Dice che non l'ha mai vista. Proviamo con questo signore. Scusi, è italiano? Riconosce questa donna?»

Quello solleva la visiera del berretto, guarda la foto, poi guarda la telecamera: «No, mi spiace». E riprende a correre.

La giornalista si passa una mano tra i capelli: «Stiamo battendo l'isola palmo a palmo. Pensate, qui a Santo Domingo ci sono cinquantamila italiani. Molti lavorano negli alberghi, nei ristoranti, nelle pizzerie. Stiamo facendo circolare la voce».

Parla concitata, sempre in apnea, come se avesse delle notizie importantissime e avesse paura di non riuscire a darle tutte.

«Ma ogni tanto respira quella lì?»

«Che cazzo di servizio» sbotta Besana. «Cosa credono di trovare con questi metodi.»

Altri due servizi e si passa agli omicidi di Bottanuco. In primo piano, la foto di Bresciani presa dal profilo Facebook. Ha persino un'aria un po' ridicola in tenuta da caccia.

«Visto così può far paura solo a una quaglia» commenta Ilaria.

Ma è turbata. Il confine fra il ridicolo e il male è così sottile? È una domanda che si è fatta anche davanti al servizio precedente. L'assassino, dopo il delitto, era andato a ballare. Si era pure fatto fotografare mentre faceva il buffone vestito da indiano. La nera ti costringe ad assistere a cose a cui nessuna immaginazione umana o disumana arriverebbe.

«Dunque il caso è risolto, il vampiro è stato arrestato» sta dicendo Galasso, con il suo solito tono eccitato. «Nella Bergamasca tutti tirano un sospiro di sollievo. Ma l'assassino, il presunto assassino, è di Lecco, e a Lecco c'è il nostro inviato, che ha delle novità. Filippo!»

«Sì, Piero, abbiamo sentito i vicini di casa, amici e conoscenti. Prego la regia di mandare il servizio.»

Parte il filmato. Una signora che vive in una villetta vicina allarga le braccia: «Era tanto una brava persona» dice, «così riservato». Il servizio è più o meno tutto così. Parla il tabaccaio del quartiere, l'elettrauto, il proprietario del bar di fronte. Piatti e Besana si guardano.

«Effettivamente Bresciani non coincide con il profilo» dice Ilaria.

«Da un'inchiesta così è difficile estrarre un profilo qualsiasi» risponde Besana, «cosa vuoi che ne sappia il tabaccaio? Anche tu scendi a prendere il caffè tutte le mattine, ma il barista ti conosce? Potrebbe dire solo che sei una brava ragazza.»

«Ma io sono una brava ragazza!»

«Ho capito, ma se domani tu diventassi un'assassina, certo non se ne accorgerebbe lui.»

Si accendono i riflettori nello studio e Galasso chiede agli ospiti un commento.

«Mi sembrano dettagli di contorno» dice Milesi, «quando abbiamo il DNA che pesa come un macigno.»

«No, *macigno* no» Besana si copre la faccia con le mani.

«Io non ci metterei la mano sul fuoco» interviene lo psicanalista. «Non sarebbe la prima volta che i test genetici sbagliano. E comunque siamo in uno stato di diritto, c'è la presunzione di innocenza.»

«Scusate se vi interrompo, adesso vi proponiamo un documento eccezionale» è di nuovo la voce tonante di Galasso a troncare la parola all'ospite.

«La telecamera di sorveglianza, la sera del primo delitto, ha ripreso una macchina. Eccola. Vedete? Una Audi A4 identica a quella di Bresciani.»

Besana afferra il telecomando e spegne la TV. Si alza in piedi.

«Scusa, Ilaria. Ho bisogno di dormire. Sono troppo stanco» dice.

13 gennaio

Ilaria torna a casa in taxi. È vero che l'assassino è stato preso e il DNA parla chiaro, ma ha i nervi a pezzi. Preferisce spendere dieci euro per farsi accompagnare fino al portone. È ancora spaventata, in metro non farebbe altro che guardarsi le spalle e immaginare chissà che.

Appena entra in casa, accende tutte le luci. Forse per liberarsi dal peso di tutta quell'oscurità. Lancia il cappotto sul divano e si toglie le scarpe. Ha bisogno di sentire il mondo sotto, attraverso i piedi. Perché questa sua prima esperienza un po' glielo toglie. Non sa ancora rapportarsi con certi abissi. Il problema è che non riesce a immaginarli, quindi nella sua testa si crea come un vuoto. E lei, in quel vuoto, si sente sospesa. Non è mica facile immaginare il male, dargli una concretezza. Forse è l'istinto di conservazione, forse è una difesa: il male tende a risultare irreale, dunque lontano. Anche a chi ci sta dentro.

Lei per esempio non è mai riuscita a immaginare l'omicidio di sua madre. Ci ha provato tante volte, ma era impossibile, risultava sempre un po' falso. Solo il dolore che le rimaneva addosso era concreto.

Va in bagno e si lava i denti. Si guarda allo specchio. Ha bisogno di riconoscersi, visto che non riesce a riconoscere gli altri. Si toglie i vestiti e li butta sul bordo della vasca. Prende il pigiama appeso alla porta, vuole sentirsi addosso qualcosa di familiare. Poi va in cucina e riempie d'acqua un pentolino, accende il fornello. Tira fuori una tazza di ceramica e pensa che vorrebbe tanto chiamare sua madre adesso. Vorrebbe dirle: Mamma, ho sbagliato tutto. Questo lavoro non è adatto a me, ha ragione la zia, mi porta in un mondo che non capisco.

Si siede su uno sgabello e infila una bustina di camomilla nell'acqua. La guarda affondare lentamente. Di colpo si sente troppo sola. Sì, certo, Besana riempie molto la sua vita. Condividono tutto e non le era capitato con nessuno. Ma non può caricarlo dei suoi bisogni, non può diventare la sua famiglia.

Decide di chiamare la zia. Lei però non risponde, forse ha spento il cellulare. Magari è al cinema. Non le resta che immaginarsi la conversazione: Amore, perché hai questa voce? Cos'è successo? È successo che hanno trovato l'assassino, zia, ma io non mi sento sollevata. È successo che non so immaginare il male. Come faccio a raccontarlo?

14 gennaio

Il giorno dopo, Besana si alza di cattivo umore. Sente proprio un peso nel petto, forse ha fumato troppo o forse è la malinconia. È arrivato al suo ultimo caso e gli è scivolato via di mano così. La sensazione è proprio questa: di non avere afferrato nulla. Probabilmente l'ha caricato di tanta importanza proprio perché era l'ultimo. In realtà si ha sempre la sensazione di non avere afferrato nulla, ma lui adesso la nota, o la vive in modo diverso.

Guarda e riguarda i giornali, con le foto dell'assassino in prima pagina. Uno sconosciuto. È questo il fastidio. Il DNA è una prova schiacciante, non può neanche dubitare. Allora perché questa sensazione di estraneità?

In passato, quando lavorava tanto a un caso, fino a viverci dentro, alla fine provava un'emozione grande davanti al volto dell'assassino. Eccolo. Ho perso giornate e notti intere per arrivare a te. Lascia che ti guardi in faccia. Adesso gli sembra di non essere arrivato da nessuna parte. Non prova più niente. È la vecchiaia? È la fine delle emozioni? Sa che deve lasciare questo mestiere e non vuole concedersele più?

È venuto il tempo di Milesi, le emozioni ora deve provarle lui. Si accende una sigaretta ancora prima di bere il caffè. Quello non prova niente, e non sa cosa si perde. Pensa a Ilaria e sorride da solo. Ecco, l'unica emozione è pensare alle emozioni sue. Lei stamattina starà guardando in faccia l'assassino con la giusta tensione, quella che si dovrebbe sentire. Questa idea lo fa sentire sollevato, gli piace. Non finisce tutto con lui, qualcuno vivrà per cercarla.

«Che mestiere di merda» borbotta a voce alta, svitando la moka. Cerca di riempirla di caffè, ma gli tremano troppo le mani. Il caffè si sparge sul lavello e sul pavimento. Cazzo, cazzo. Guarda inorridito il cucchiaino che traballa. Non ha più presa su niente, neanche su un fottuto cucchiaio. Non domina nemmeno il caffè.

Si siede un attimo, sconfitto. Il caso è risolto e lui si sente sconfitto? Ma perché? Pensa a Melissa, che parlava muovendo le mani, come una donna appassionata e affettuosa. Pensa al suo sguardo acuminato ma non ancora cinico. Tira un pugno sul tavolo. Non ha saputo difenderla. Adesso gli sembra tutta colpa sua se è finita così.

Melissa ha pagato la provincia oltre ogni limite, oltre ogni aspettativa. E questo lo strazia. Perché certi orrori possono maturare solo in posti così. In posti dove pochi metri separano un gregge di pecore da un centro commerciale con sala slot. E poi lo chiamano destino. Invece anche la sorte è programmata, come in quelle macchine dove non hai nemmeno il piacere di schiacciare un pulsante, perché sono troppo veloci e il tris sbagliato parte da solo. Persino all'aeroporto incombe questo concetto malato di sorte. *Vinci e vola*: ti invitano a giocare anche lì. E tutto è perduto dall'inizio, a partire dalla via di fuga promessa.

Besana accende veloce il computer e controlla se questa epidemia è proprio un problema della Bergamasca – Orio al Serio come Las Vegas? – oppure se le sale slot stanno fiorendo in tutti gli aeroporti italiani, un po' come succede in America. Non ha calcolato la *serendipity* e per sbaglio scopre che, in termini aeronautici, *slot* significa una finestra di tempo, in genere molto limitata, in cui un aereo ha il permesso di decollare. Qualcosa lo fa sentire male, ma non capisce cosa. Spegne il computer arrabbiato, preferisce vestirsi e uscire. Per andare dove, non lo sa.

Parte terza

14 gennaio

«Infilati il cappotto, ti porto fuori a cena.»

Ilaria è sorpresa. Besana si è presentato a casa sua senza nemmeno telefonare.

«Potevi almeno avvertirmi. Avevo già preparato le stelline in brodo» risponde. Ma solo per non fare vedere tutta la sua contentezza.

«Buttale nel cesso» ordina Besana.

«Dici così solo perché non hai mai assaggiato le mie» Ilaria si sta mettendo gli stivali, «non sai come so sciogliere il dado, io.»

«Muoviti, ho prenotato per le nove. Dobbiamo arrivare fino alla Bergamasca.»

«Non potevi scegliere un posto più vicino? Avevi nostalgia di quei paesini graziosi e accoglienti?»

«Andiamo nel ristorante stellato di cui parlava Bresciani durante l'interrogatorio» risponde Besana. «C'è qualcosa che non torna in questa storia. Ripartiremo da lì.»

Ilaria è ancora più sorpresa, ma non dice niente. Fa cenno di sì e corre in bagno a darsi una pettinata. È felice. Pensava che le corse fossero finite, ma forse no. Forse hanno ancora della strada da fare – insieme.

E poco dopo sono di nuovo lì, pronti ad attraversare paesi bui, che di sera sembrano disabitati. Tutte case con le persiane chiuse, come case di vacanza o case in vendita, invece è solo il quotidiano coprifuoco. Ilaria si guarda intorno inquieta.

«Secondo te, perché la gente si chiude dentro così?»

«Perché hanno paura di essere guardati» risponde Besana, «è così che la riservatezza diventa claustrofobia.»

«Basterebbe tirare le tende.»

«Ma la serranda manda un messaggio più forte.»

Parcheggiano in una strada ancora più buia delle altre, nessuna finestra illuminata intorno. Solo serrande e serrande. E macchine costose, in fila.

Entrano in uno di quei posti dove vanno a mangiare i nuovi ricchi della Bergamasca: cascina del Cinquecento ristrutturata con soffitti a cassettoni, mattoni a vista e *trompe-l'œil* di un pittore contemporaneo della Val Brembana. Novanta o cento euro a testa, vini esclusi. Anche se poi dentro senti parlare solo in dialetto, magari dei nuovi accessori dell'Audi.

Uno di quei locali gastrofighetti che si vantano di fondere tradizione e innovazione, con le poltroncine foderate e i sottopiatti in argento, dove il cameriere ti spiega per mezz'ora ogni portata prima di lasciarti mangiare.

«Per lei, signora» indicando il piatto di Ilaria, «abbiamo casoncelli con burro d'alpeggio alla liquirizia. E per il signore, pressato di coda di manzetta al Teroldego con spuma di sedano, cappuccino di peperoni e verdurine caramellate.»

Besana non sopporta la lezione e ancora meno le porzioni microscopiche, in piatti dagli orli larghissimi.

«Fra il gourmet e il cannibale non c'è poi questa distanza»

commenta, «ho sempre pensato che frequentare i ristoranti stellati sia da *depravati*.»

«Per favore, non cominciare con una sparata delle tue» risponde Ilaria, «lasciami godere questi casoncelli, che sono buonissimi.»

«Pensa a Sagawa» insiste Besana, «un giapponese raffinato, che studiava a Parigi, alla Sorbona. Una sera invita a casa una compagna, una bella ragazza olandese, e le spara alla nuca. Con un coltello elettrico, taglia il cadavere e mette i pezzi in frigo per consumarli nei giorni successivi con sale e senape. Racconterà che la carne era morbida come tonno crudo in un ristorante di sushi. Si scioglieva in bocca.»

«Ecco, lo sapevo» Ilaria lascia cadere la forchetta nel piatto, «mi è già passata la fame.»

«È una storia esemplare, invece. Il padre è un uomo d'affari, molto ricco, e lo fa dichiarare malato di mente. Lo riporta in Giappone e lo chiude in un ospedale psichiatrico. Viene liberato quattro anni dopo. Poi diventa una specie di star. Recita in film porno, partecipa ai talk show, pubblica perfino dei bestseller.»

«Grazie, grazie di cuore per l'invito a cena» risponde Ilaria.

Dopo aver pagato il conto, Besana spiega al cameriere che è un giornalista e chiede informazioni su Bresciani. Il cameriere è molto imbarazzato, corre subito a chiamare il proprietario. Arriva anche lo chef.

«Sì, abbiamo sentito. Non riusciamo a crederci. Veniva sempre con la signora, gentilissimi tutti e due.»

«Molto *riservati*?»

«Esatto» rispondono.

Storie più interessanti da raccontare non ne hanno. Non si ricordano neanche con precisione quando è venuto l'ultima volta, se era solo o con la moglie. Allora Besana si rassegna e si alza da tavola.

«E io che pensavo di trovare chissà che» dice.

«Dovremmo chiedere al giornale di mandarci a Santo Domingo» risponde Ilaria.

Mentre si infilano i cappotti, nell'ingresso, notano che ci sono delle fotografie appese al muro. Si fermano a dare un'occhiata. Ilaria guarda curiosa tutte le facce, ne riconosce pochissime. Soliti mezzi VIP. Poi afferra il braccio di Besana.

«Marco, guarda questa.»

«Credo che siano due attori di soap.»

«No. Cioè sì, forse sono due attori, non lo so. Ma guarda *dietro* di loro, nel tavolo vicino. Sembra Melissa.»

Besana si avvicina al muro.

«Sì» risponde. «È lei.»

Sente una fitta. Non può fare a meno di immaginarsela mentre legge curiosa il menù, innamorata della vita. Assaggiamo questo e quello. Magari il vestito rosso era nuovo. Chissà quanti ne aveva provati prima di sceglierlo.

«Voglio vedere con chi è» dice Ilaria.

Chiede di poter staccare un attimo la fotografia dalla parete, è troppo in alto. Quando la prende in mano, si fa pallida.

«Marco, vieni qui, ti prego» gli allunga la cornice, «guardala bene anche tu.»

Besana si infila gli occhiali, ormai non ci vede più tanto bene.

«L'uomo che le sta di fronte sembra Giorgio» dice Ilaria.

«Non può essere lui» Besana scuote la testa, «e poi è di spalle.»

«Ti devo raccontare una cosa che ho saputo da Milesi.»

«Non so se la voglio sapere» risponde Besana.

15 gennaio

È il giorno del funerale di Melissa. La piazza è piena di gente e di telecamere. Ci sono corone di fiori con scritte infantili, tipo *Ciao Angelo*, anche se era una donna fatta e complessa. Una donna con i suoi lati oscuri grazie a dio ben formati, che per prima avrebbe riso di quel saluto ingenuo. Appena esce la bara portata a spalle dagli amici, parte l'applauso.

«Che cazzo applaudono» impreca Besana.

Non sopporta gli applausi ai funerali. Capirai che merito essere assassinati. È una delle poche cose che non cerchi di conquistarti. Anche come applauso di incoraggiamento non funziona. Cosa vuoi incoraggiare, a quel punto. Sarebbe più appropriato un modesto, pulito, silenzio.

Ilaria ricorda bene una messa per sua madre – non si poteva fare un funerale, perché ufficialmente era solo scomparsa – e quella sensazione di estraneità. C'era troppa gente, sembrava che tutti l'avessero conosciuta bene, anche persone che a malapena la salutavano. Lei faceva la prima elementare e si chiedeva perché si comportassero così. Era stupita dalle frasi che dicevano i genitori dei suoi compagni, che avevano incrociato la sua mamma soltanto una volta, durante la consegna della prima pagella. Sembrava che fossero suoi amici da sempre. Solo dopo, da grande, aveva capito che si era scatenata una specie di gara alla prossimità con la vittima. E che l'essere umano, nel suo protagonismo, tende a falsificare anche i ricordi pur di sentirsi al centro di qualcosa, che magari lo riguarda lateralmente. L'intero paese, coinvolto solo in quanto paese dove la donna abitava, era in fibrillazione e tutti parlavano di episodi senza importanza – quella volta che l'ho incontrata dal lattaio, eravamo sullo stesso autobus, parcheggiava sempre davanti al cancello di mia suocera – pur di dimostrare una qualche conoscenza con lei.

Ma di colpo Ilaria tira una gomitata a Besana perché nella folla ha intravisto Giorgio.

«Guarda chi c'è» dice.

Giorgio si avvicina a loro, li saluta.

«Straziante» dice. «La madre è distrutta.»

Ma anche lui sembra distrutto.

«Basta che non si parli di *dignità* della famiglia» risponde Marco, «certe espressioni non le sopporto più. È gente che ha tutto il diritto di bestemmiare. Questa faccenda della dignità li fa sentire in colpa per niente.»

«Hai ragione.»

«Conoscevi bene Melissa?»

«No» risponde Giorgio, e guarda altrove.

Ilaria lancia un'occhiata a Besana.

«Bresciani ha confessato?»

Giorgio scuote la testa.

«Quel bastardo continua a ripetere che c'è stato un errore e lui non c'entra niente.»

«E il DNA allora? Come c'è finito lì?»

«Appunto.» Ma subito si allontana. «Scusate vado a salutare un collega della scientifica.»

Besana sente una mano sulla spalla e si volta. È la farmacista, che scuote la testa.

«Non siamo riusciti a trovarlo in tempo» dice.

«Ha fatto del suo meglio, dottoressa.»

«Povera Melissa» sospira, «vabbè, vado. Devo cercare mio figlio, in chiesa ci siamo persi, con tutta quella gente. Arrivederci.»

Besana vede Giulia Lecchi uscire a passi svelti dalla chiesa, da una porta laterale. Solleva un braccio per salutarla, ma lei fa finta di non vederlo e s'infila velocemente in macchina.

Poco più in là, un gruppo di persone sta consolando la moglie di Picariello, in lacrime.

«Se l'avessi accompagnata» ripete a tutti, «se l'avessi accompagnata.» E poi se la prende con il marito, che quella sera come al solito era davanti alle slot, invece di rendersi utile.

Ilaria tira fuori il tablet dallo zaino. Vuole vedere i commenti sui social. Si blocca in mezzo alla folla. I muscoli del viso contratti, gli occhi spalancati. Sembra andata in apnea.

«Ma che ti succede?»

«È qui.»

«Ma chi?»

«L'assassino.»

«Non è possibile, è stato arrestato.»

Lei fa segno di no con il dito. Allunga il tablet a Besana in silenzio. È arrivato un altro messaggio da Mr Black. Marco si guarda intorno. Intanto dietro al carro funebre si è formato il corteo. C'è un solo uomo ancora sulla scalinata della chiesa, con un telefono in mano. Appena Besana incrocia il suo sguardo, si volta e scappa. Besana, a istinto, gli corre dietro. E Ilaria li segue.

L'uomo imbocca una strada di ciottoli in discesa, verso il greto dell'Adda. Besana cerca di raggiungerlo ma sente l'affanno, troppe sigarette. Da una strada laterale sbuca un trattore e per un attimo l'uomo scompare alla vista. Marco si ferma ansimando. Il trattore svolta verso una cascina, la strada è di nuovo libera e non c'è nessuno. Dov'è finito? Intanto Ilaria lo raggiunge, anche lei con il fiatone.

«Ho chiamato Giorgio» dice, «stanno arrivando.»

«È andato di là, ma l'ho perso.»

Poi sentono un rumore di rami spezzati.

«Eccolo» gridano.

L'uomo ha ripreso a correre, ma scivola su una lastra di ghiaccio e cade a faccia in giù. Besana gli è subito addosso. Lo blocca con un ginocchio sulla schiena.

«Chi cazzo sei?»

L'uomo si gira, ha lo sguardo terrorizzato. Ilaria ha la sensazione di averlo già visto. Il tizio che le ha portato gli asciugamani in albergo? No, forse il prete della Senavra. O il volontario che poi è sparito? Era *sempre lui*?

In quel momento arriva la volante. L'uomo scatta in piedi con le mani in alto.

«Non ho fatto niente, non ho fatto niente» ripete.

Ma Besana lo prende per la giacca.

«Allora perché ci seguivi, stronzo?»

15 gennaio

«Un mitomane» spiega Giorgio dopo due ore di interrogatorio. «Si chiama Bruno Zini, vive a Orio al Serio. Sostiene che abbiamo preso l'uomo sbagliato e anche di sapere chi è il vero assassino. Dice che ha fatto le sue indagini.»

«Ah be', allora» commenta Besana.

«La testimonianza naturalmente non è attendibile. C'è il DNA, che coincide con quello di Bresciani, punto e basta.»

«Un piccolo dettaglio da niente.»

«Cerca solo di attirare l'attenzione, è un povero squilibrato. Comunque ha dei precedenti per stalking, è stato denunciato da due ragazze.»

«Perché ce l'aveva con noi?»

«Si considera un giornalista, anche se non è mai andato da nessuna parte, per ovvie ragioni. Farfuglia idee confuse sui social e fa il vlogger. Abbiamo guardato alcuni video, sono deliranti. I genitori cercano di trovargli dei lavoretti, quello che capita. Vi ha conosciuti nel motel, dove per qualche mese ha sostituito il portiere di notte. Da lì, ha preso i vostri indirizzi e ha cominciato a seguirvi.»

«Lo tenete dentro?»

«Lo abbiamo lasciato andare, direi che è inoffensivo» risponde Giorgio, «non credo che vi darà più fastidio. Se volete, possiamo fare una denuncia per spaventarlo un po', ma penso che non ce ne sia bisogno.»

«Possiamo parlargli?»

«Certo, dev'essere ancora qui in centrale.»

Ilaria e Marco lo cercano lungo i corridoi, ma è già sparito. All'uscita incrociano un cameraman e una giornalista e si accorgono che dietro di loro, c'è proprio lui. Lo stanno intervistando. È il suo momento di gloria. Finalmente qualcuno ascolta le sue tesi complottistiche aggrovigliate.

«Hanno incastrato un innocente, ma la polizia sta coprendo qualcuno» dice. «Io so chi è stato. Ma non lo posso ancora dire. Devo trovare alcune prove.»

Appena vede Besana e Piatti, si blocca. Li guarda.

«Io so chi è stato» ripete, guardandoli negli occhi, «so chi è stato.»

Quando Marco e Ilaria si avvicinano, la giornalista fa segno al cameraman di continuare a riprendere, magari di nascosto.

Zini ha un'aria spiritata.

«Credetemi, volevo solo aiutarvi. Però qui non posso parlare» dice.

Poi si volta. Chiaramente ha visto qualcuno che non si aspettava di vedere. Si girano anche Piatti e Besana, ma non capiscono chi ha provocato quella reazione. Poi sentono un fruscio. Nemmeno il tempo di rivolgergli qualche domanda, lui è di nuovo scappato.

15 gennaio

La sera Besana si presenta a casa di Cristina. Lei gli apre la porta e lo abbraccia. Besana ha proprio bisogno di questo: di sentire un corpo caldo contro il suo.

«Hai l'aria stravolta. Sei stato al funerale di quella ragazza?»

Con un cenno, le fa capire che non ha voglia di parlarne. Le tappa la bocca e la bacia sul collo. Vuole sentire un odore che non sia quello del disinfettante con cui puliscono una centrale di polizia, che non sia l'incenso intorno a una bara, che non sia la puzza di fumo stantia della sua macchina.

Prende Cristina per mano e la guida verso la camera. Ha il passo così triste che lei si scoraggia. Cristina si siede sul bordo del letto, ma non si spoglia.

«Sei sicuro di averne voglia?»

Lui scuote la testa, si sdraia vestito, con le scarpe appena fuori dal materasso. Vorrebbe piangere ma non è capace, non ci riesce da vent'anni. Non ce l'ha fatta nemmeno quando la moglie l'ha lasciato. Marina piangeva e piangeva e gli diceva: Perché non piangi mai? Al posto delle lacrime, gli viene la stanchezza. Vorrebbe dormire, ma dormire con qualcuno a fianco.

«Ti porto una birra?»

Besana la ringrazia con un cenno e resta sdraiato. Guarda il muro e tutte le collane di Cristina appese. Poco più in là c'è uno specchio, ma non lo vuole incrociare.

«Eccola» Cristina appoggia la bottiglia sul comodino, «togliti almeno le scarpe.»

Si piega per slacciargliele. Besana solleva il collo. È sorpreso dal gesto. Lei non è una donna che ama accudire, forse ha proprio sentito la sua pena. Sta cercando di liberarlo da qualcosa?

«Vuoi che ti prepari un bagno? Vuoi un panino? Un piatto di pasta?»

Besana non riesce a rispondere, sente una specie di pressione sulla gola.

«Marco, ma cosa ti succede?»

«Mi succede che non voglio lasciare il mio lavoro, anche se fa schifo.»

Cristina si sdraia di fianco a lui e gli carezza i capelli.

«Da quanto tempo non fai un viaggio?»

«A parte nelle peggiori province italiane? I delitti succedono tutti lì.»

«A parte nelle *peggiori* province italiane.»

«Allora da tutta la vita. Perché sono entrato al giornale a vent'anni. Persino il mio viaggio di nozze è saltato. Dovevamo andare a Cuba. Ma poi hanno assassinato due vecchi vicino a Cuneo. Era stato il figlio, aveva inscenato una rapina, ma nessuno ci è cascato. E così sono andato a Cuneo invece che a Cuba.»

«Parti con me, appena ti mandano in pensione. Promettimelo.»

Besana si volta, le prende una mano.

«Non posso. Io devo continuare a girare per quei posti tranquilli e infernali. E sai perché? Perché è il mio mondo. E anche se ormai lo conosco fin troppo bene, non smetterà mai di sorprendermi.»

16 gennaio

È una mattina gelida. Il sole trema nella foschia come un tuorlo d'uovo. Besana si presenta a casa di Ilaria prestissimo. Lei è ancora in pigiama.

«Hai cinque minuti per vestirti. Andiamo a Zogno» dice.

«A fare cosa? Dov'è Zogno?»

«È un posto dove una volta venivano ospitate le ragazze madri della Bergamasca.»

«E a noi cosa ce ne frega.»

«Ti ricordi quando Giorgio ha detto che Bresciani è stato adottato? Ci pensavo stanotte: nessuno ha dato peso a questa cosa. Dobbiamo trovare la madre biologica» risponde Besana.

«Tu non ti arrendi mai, vero?»

«No, non mi arrendo. C'è qualcosa in questa storia che mi sfugge. Devo capire perché.»

Ilaria sospira.

«Andiamo pure a Zogno.»

Besana, in macchina, parla al telefono con una certa suor Costanza. A quanto pare l'unica rimasta in quella cascina, dopo che il centro ha chiuso nel 1980. Le altre sono suore straniere, arrivate dopo. Adesso è una succursale della Caritas, ogni tanto accolgono qualche famiglia di profughi. Ma l'attività intorno alle ragazze madri è finita da un pezzo.

Quando arrivano, la suora li sta già aspettando davanti alla porta, anche se si gela. È una suora un po' ansiosa, si vede. Probabilmente nessuno le ha mai chiesto di quell'enorme lavoro di tanti anni fa e il fatto che vengano apposta dei giornalisti, da Milano, la agita ancora di più.

«Madre, si sarà presa freddo» dice Besana, stringendole la mano.

«Non importa» risponde lei, «avevo paura che non mi trovaste. Sa, *quelle là* non capiscono niente» indicando con il mento le suore giovani, tutte nere. «Sono in Italia da dieci anni, ma non hanno ancora imparato una parola» spiega, invitandoli a sedere in un salottino arredato con un paio di poltrone di velluto logore, «se la prende comoda, *quella gente lì*.»

Ilaria e Marco si guardano. Ma non c'è da stupirsi. Sono posti dove sventola una bandiera della Lega quasi su ogni balcone. Persino sui cartelli stradali, incollano adesivi della Lega, come per disorientare gli immigrati. Che sbaglino strada, almeno. Invece, ironia della sorte, finiscono tutti proprio lì. E nelle piazze deserte, sospettose e silenziose, si vedono continuamente figure velate, che le attraversano furtivamente. Accanto al bar dei pensionati, che discutono di calcio davanti a un amaro o giocano alle slot, a pochi metri ne sorge un altro dove si sente parlare solo arabo. Nemmeno sottovoce.

«Volete un tè caldo?»

«No, grazie.»

«Un caffè? Un bicchiere d'acqua?»

«Siamo a posto, grazie.»

La suora si siede, con un gran sbuffo di gonna, un movimento esausto anche dei tessuti.

«Sa, allora erano altri tempi» dice, «restare incinte senza essere sposate era un problema, mica come adesso, che ce ne sono ben altri.»

Loro annuiscono.

«Era ancora un mondo sotto controllo, non so se mi spiego.»

Annuiscono di nuovo. Messaggio ricevuto.

«Se succedeva a tua figlia, la cacciavi di casa, perché nessuno in paese doveva saperlo. Per questo molte si rifugiavano da noi, in genere su consiglio del parroco.»

Si sente un forte odore di carne grigliata che viene dalla cucina. La suora si alza per chiudere la porta.

«Stiamo ospitando una famiglia di siriani, cucinano tutto il tempo, santo cielo. Solo perché nel campo profughi non lo possono fare» spiega irritata. «Offrono da mangiare anche ai vicini. Come se i bergamaschi avessero *bisogno di loro*. Ma torniamo alle ragazze madri, che è meglio.»

«Erano minorenni?» chiede Besana.

«Oh sì, quasi tutte. Me ne ricordo perfino una di dodici anni.»

«Situazioni di disagio sociale?»

«No, non sempre. Ogni tanto ci telefonava anche gente importante, politici e industriali. Negli anni Cinquanta abbiamo avuto perfino la figlia di un ministro.»

«E come funzionava?»

«Quando arrivavano, prima di tutto dovevano fare una visita medica, con il test della sifilide. Se il risultato era positivo, le mandavamo dritte dritte all'ospedale. Mica potevano restare qui a *infettarci*. Le altre invece rimanevano per tutta la gravidanza. Partorivano all'Ospedale Maggiore di Bergamo sotto falso nome, oppure ci pensavamo noi, nei casi più delicati che dovevano restare segreti.»

«E i neonati?»

«Quando andava bene e riuscivamo a convincere le madri, li tenevamo con noi anche fino a sei anni, per salvarli dal brefotrofio. Che era orribile, sa. Le ragazze magari lavoravano fuori, e venivano a trovarli il sabato e la domenica.»

«E se una non se la sentiva di tenere il bambino?»

«Be', in quel caso poteva darlo in adozione o in affido. Ma se era minorenne, certe volte erano gli stessi genitori a farlo a sua insaputa, magari facendole credere che il bambino era morto.»

«Pazzesco» dice Ilaria.

«Negli anni Settanta però è cambiato tutto. Quando l'aborto ha smesso di essere illegale, questo posto non aveva più senso. Almeno per me, che lo dirigevo. Veniva solo gente disperata, un inferno. Prostitute, drogate, ragazze con problemi di salute mentale. Alla fine eravamo tutte troppo vecchie per gestire problemi di quel tipo, quindi nel 1980 abbiamo preferito chiudere il centro. La Curia gentilmente ci ha lasciato la cascina. Non immaginavo che sarebbe stato *peggio*» e allarga le narici, per alludere all'odore di carne cucinata dai siriani.

«Per caso, si ricorda chi c'era nel 1979?» chiede Besana.

«A memoria no, però posso guardare nei registri.»

«Grazie, ci sarebbe molto utile.»

Poco dopo, la suora torna con un faldone da ufficio, si infila gli occhiali e lo sfoglia.

«C'era Manuela, che aveva solo quindici anni. Aveva deciso di tenere la figlia lo stesso, la chiamò Desirée. Veniva da queste valli, povera stella. E poi c'era Anna, che aveva subito violenza. Ma lei era di origine calabrese» e rovescia la mano dietro la testa. Come a dire: una terrona, pazienza.

«C'era Ludovica, proprio di Bergamo. Famiglia molto per bene. Anche lei ha avuto una femmina, Martina, ma i genitori l'hanno data in adozione senza nemmeno chiederle il permesso. C'era Silvana, che veniva dalle montagne. Poi perse il bambino. E Gloria. Lei era eroinomane. Ebbe due gemelli e i servizi sociali glieli tolsero entrambi. Li affidarono a famiglie diverse.»

Besana e Piatti si scambiano un'occhiata.

«Due maschi?»

«Sì, anche belli. Me li ricordo bene. La madre era scheletrica, ridotta in condizioni pietose, ma loro erano robusti. Quasi tre chili a testa. Eravamo tutte molto sorprese. Sembrava un miracolo.»

«Gloria come? Saprebbe dirci il cognome?»

«No, mi chiedete troppo. Devo guardare.»

Ricomincia a sfogliare il suo registro, quel pedante, cupo diario. A tratti solleva le sopracciglia e volta pagina. In altri punti si ferma, rilegge e sorride. Chissà cosa pensa. Poi arriva alla pagina giusta e chiude il libro, ma lasciandoci l'indice dentro. Un segnalibro molto carnale. Forse la storia di quelle ragazze è tutta la sua storia.

«Si chiamava Gloria Speroni» dice. «Una vita veramente tragica» aggiunge.

«Perché?»

«Era talmente fatta che non sapeva neanche chi fosse il padre dei gemelli. Sosteneva di avere subito abusi anche in casa, da un parente. Era rimasta orfana piccolissima e così era cresciuta con zii e cugini. Nessuno la voleva, se la passavano come una palla.»

«Perché non ha abortito?»

«Si era accorta di essere incinta solo dopo il terzo mese, credeva che le mestruazioni si fossero bloccate per colpa dell'eroina. Del resto, aveva solo diciassette anni.»

«E nel suo registro c'è scritta la data di nascita dei due gemelli?»

«Io di solito la segnavo. Per noi era importante ricordarci chi era passato di qui. Aspetti un attimo» ricomincia a sfogliare. «Sono nati all'ospedale di Bergamo il 27 maggio 1979.»

«I nomi?»

La suora scuote la testa.

«I servizi sociali li portarono via subito, non li ho segnati.»

16 gennaio

Appena risalgono in macchina, Ilaria fruga nello zaino e tira fuori il tablet.

«Due gemelli omozigoti hanno lo stesso DNA» dice Besana.

«Infatti» risponde Ilaria.

È affannata come chi ha fretta di tirare fuori la verità e sa che sta lì, a portata di mano, sotto un maglione, un astuccio per gli occhiali e una bottiglia d'acqua.

«Fammi controllare la data di nascita di Bresciani» dice, «non mi ricordo il giorno.»

Ilaria digita in fretta. Un minuto non cambia niente, ma lei si sente responsabile di ogni secondo, come se la vita e la morte degli altri dipendessero dalla velocità delle sue dita e dei suoi pensieri.

«Ci sono. Ernesto Bresciani, nato a Bergamo il 27 maggio 1979, sì.»

Silenzio. Adesso si guardano sfiniti. A Ilaria scappa da ridere. È una risata esausta. Besana invece fissa accigliato l'ennesima villetta, identica alle altre. Poi tira un pugno sul volante.

«Ma cazzo, è tutto fottutamente uguale qui.»

Ilaria chiude con un colpo secco la custodia del tablet.

«Dobbiamo andare all'anagrafe, adesso.»

Besana fa cenno di sì e mette in moto. Poi guarda l'ora nel cruscotto.

«È l'una, sentiamo le notizie» Marco accende la radio, «esiste anche il mondo. Il rischio di questo mestiere è chiudersi qui. Invece succedono tante cose. Non ci crederai, ma io mi sono dato una regola. Così, per mantenere una disciplina e non affondare dentro a questa melma. O per non impazzire. È quasi benedettina: *Ascolta ogni giorno tutto il resto*. Ricordatelo, Piatti, se no si diventa prigionieri di ogni caso. Invece tutta la merda ci appartiene, anche quella che sembra lontana da noi. E più è lontana, la merda, più ti illumina.»

«Sei sempre così poetico» risponde Ilaria.

Alla radio parlano del consiglio dei ministri e di una conferenza stampa del premier, di un vertice a Bruxelles, dello stress test di una banca e di un'autobomba in Turchia. Poi passano alla cronaca, si discute ancora dell'arresto del presunto serial killer della Bergamasca, ma non dicono nulla di nuovo. Chiudono con un'altra morte misteriosa, sempre in zona, lungo l'autostrada Milano-Brescia. Un uomo, nella notte, è caduto dal cavalcavia a Seriate, vicino all'aeroporto di Orio al Serio, e il suo cadavere, scambiato per la carcassa di un animale, è stato più volte travolto dalle auto e dai TIR. Non si sa se si tratta di suicidio o di omicidio.

«Alza il volume» dice Ilaria.

«Perché?»

«Bruno Zini. Hanno detto Bruno Zini.»

«Io non ho sentito. Forse hai capito male.»

«Ti giuro» insiste Ilaria.

«Controlla su internet.»

Ilaria velocissima digita il nome e alcune parole chiave.

«Sì, è lui. Lo danno le agenzie. Hanno già fatto un collegamento con l'inchiesta di Bottanuco.»

«Oh, merda» dice Besana.

«Merda che ci riguarda da vicino, questa» risponde Ilaria.

Besana chiama subito Giorgio e mette il vivavoce.

«È successo stanotte» conferma Giorgio. «I miei uomini sono andati sul posto a raccogliere il poco che è rimasto. Ma è chiaramente un suicidio, quello era paranoico. Completamente squilibrato, lo avete visto anche voi.»

«Sì, ma sosteneva di sapere chi fosse l'assassino.»

«Dai, non era attendibile, Marco. Riceviamo centinaia di telefonate da persone che dicono la stessa cosa. Il mondo è pieno di mitomani.»

«Ma perché doveva suicidarsi proprio adesso?»

«Non possiamo entrare nella testa di tutti. Risulta anche un TSO cinque anni fa, più di così. Forse, in fase di esaltazione, ha smesso di prendere i farmaci.»

«Può essere, certo. Ci sentiamo appena hai notizie.»

«Okay, salutami la Piatti.»

Ilaria intanto osserva tutti i cavalcavia sotto cui stanno passando.

«Le reti di protezione sono molto alte. Guardale, sono curvate all'interno. Non è mica facile arrampicarsi» dice, «anzi, è proprio impossibile.»

«È impossibile anche buttare un uomo di sotto.»

«Ma ci sono le stradine laterali, se ci fai caso. Lì si può arrivare anche in macchina. E se butti un corpo sull'autostrada di notte, nessuno riuscirà a ricostruire da dove è caduto.»

«Fra poco passiamo sotto quello di Seriate, vediamo com'è fatto.»

Ilaria guarda fuori in silenzio. Non riesce a tollerare l'idea che quel ragazzo sia stato investito come un animale. Tutti che gli passavano sopra, come se fosse stato un topo o un pezzo di plastica. Ha la sensazione di essergli passata sopra anche lei.

«Non l'abbiamo ascoltato, non l'abbiamo ascoltato» continua a ripetere, a ogni cavalcavia.

«Ti ha spaventata a morte, ricordatelo.»

«Era matto.»

«Non ti sentire in colpa, Ilaria, cominci male.»

«Magari aveva qualcosa da dire davvero.»

«Non credo, farneticava.»

Besana guida in silenzio, guardando fisso ogni cavalcavia. Come se fosse una sfida. Brutto cavalcavia del cazzo, fammi capire come sei fatto.

«Il prossimo è quello di Seriate» dice.

Ilaria è molto tesa.

«Rallenta» risponde.

«Più piano di così. Poi ci tamponano.»

«Marco? Non ha rete!»

«Sta passando una macchina. Fai caso alle proporzioni. Quel *guardrail* arriva al petto di un persona.»

«Quindi basta dare una spinta?»

«Esatto.»

Besana guarda l'ora, preoccupato.

«L'anagrafe sta per chiudere. Ma se siamo fortunati, riusciamo ad arrivare in tempo.»

Parcheggiano in modo selvaggio e si precipitano dentro. Un'impiegata obesa con le unghie ricostruite agita le mani attraverso il vetro dello sportello per far capire che ormai è chiuso. Ma Besana insiste, si avvicina e comincia a parlarle sottovoce. Il tono è seduttivo, ma lo è ancora di più un omicidio. L'impiegata, eccitata, digita veloce sul computer. Si sente solo il rumore delle unghie lunghe sui tasti. È facile indovinare quello che sta pensando. Già immagina quando la sera, a cena, racconterà al marito e ai figli che ha aiutato dei giornalisti a trovare informazioni sul vampiro di Bottanuco, e tutti penderanno dalle sue labbra. Poi, piano piano il sorriso sparisce. Comincia a scuotere la testa.

«Il 27 maggio del 1979? Risulta solo Ernesto Bresciani, nessun altro. Registrato all'anagrafe un mese dopo dai genitori adottivi, residenti a Lecco. Forse la persona che state cercando non è nata qui. A Bergamo? Siete sicuri?»

«Il giorno dopo? Il giorno prima? Magari è stato fatto qualche pasticcio.»

«Controllo. Datemi un attimo.»

«Una bambina. Il giorno prima. Francesca Locatelli. Può esservi utile?»

Besana e Piatti scuotono la testa, delusi.

16 gennaio

La sera Ilaria è a pezzi, non ha voglia di cenare nemmeno con Besana. È la prima volta. Di solito ogni suo invito viene accolto con gioia. Oggi no. Per un attimo pensa che l'unica soluzione sia andare in piscina e sfinirsi di vasche, fino a perdere la capacità di pensare. Ma non ha le forze neanche per infilare il costume nello zaino.

Continua a pensare a quel ragazzo, che aveva la sua età e in fondo sognava le stesse cose che sognava lei: diventare giornalista. D'accordo, la perseguitava. E lo faceva in modo folle, ma chissà quale storia aveva dietro. Con quanta tenacia cercava di essere presente, poi. Rilegge i suoi messaggi. Io ti ammiro, diceva. Vorrei tanto essere come te. Anche a me questo caso non dà pace.

Era ossessionato da tutti i casi o era ossessionato solo da questo? Ilaria legge e rilegge le sue parole, alla ricerca di un qualunque appiglio. Forse non era completamente matto, tocca a lei riscattarlo. Si ferma su una frase, a cui non aveva dato importanza sul momento, quando lui faceva finta di essere un semplice appassionato di nera. «Sai, anche a me raccontavano la storia di Verzeni, quando andavo a scuola. Ho capito così tante cose, ho ricollegato tutto. Basta mettersi nei panni degli altri, in quelli delle persone che hai più vicino. Magari *il tuo vicino di banco*.»

Ilaria chiama subito Besana.

«Andava a scuola con l'assassino!»

«Ma chi?»

«Bruno Zini.»

«Piatti, adesso devi andare a dormire. Prenditi qualcosa. Se non hai sonniferi, te ne porto uno io.»

«Ti giuro, l'ho capito da una frase» gliela legge affannata. «All'inizio pensavo che fosse una metafora, ma forse no. Forse intendeva proprio *il compagno di banco*.»

«Non è possibile. Bresciani è nato nel '79. Se ha un gemello hanno la stessa età. Zini è molto più giovane. Non possono essere andati a scuola insieme.»

Ilaria tace, si sente fragile e confusa.

«Scusa» risponde.

Si ricorda quando, da piccola, si attaccava a qualunque dettaglio per convincere gli altri che suo padre non poteva essere l'assassino. Sfiniva sua zia con ipotesi su ipotesi, aggrappandosi a particolari minuscoli, che caricava di significato. Zia, mi ricordo che quella sera, a un certo punto ho sentito un rumore. Qualcuno si stava lavando i denti. La gente non si lava mica i denti, dopo aver ucciso, no? Tutto così. Sua zia cercava di essere paziente, per concederle uno sfogo, forse. Ma lei non voleva sfogarsi, voleva dimostrare l'innocenza del suo papà. Il giorno dopo è uscito per andare a cercarla. Se avesse saputo che era morta, non sarebbe stato in giro tutto il pomeriggio. La benzina costa, zia.

Adesso si sente un po' così, come quella bambina che non voleva arrendersi. E se ne vergogna.

17 gennaio

Ormai si sono messi in testa che Gloria Speroni sia la madre del serial killer. Si fidano dell'intuizione che in fondo li ha portati lontano, almeno in questo caso. Fin dall'inizio, quando per primi si sono messi a seguire le tracce di un assassino dell'Ottocento anche se sembrava una follia.

Facendo un po' di ricerche, hanno scoperto che Gloria Speroni è morta di cancro, ma sono riusciti a sapere dove abita il marito e lo hanno contattato. Lui all'inizio era un po' sorpreso, e anche diffidente nei confronti di due giornalisti che chiedevano di scavare nel passato di Gloria, ma poi si è lasciato convincere da Ilaria.

Il marito di Gloria abita a Treviglio. È stato direttore di parecchi alberghi e insieme alla moglie ha viaggiato per tanti anni, soprattutto in America del Sud e in Africa. Poi lei si è ammalata. Doveva operarsi e fare la chemioterapia e così hanno deciso di tornare nella Bergamasca.

Gloria non parlava volentieri del suo passato, troppo doloroso. Dopo aver incontrato suo marito, era riuscita a rifarsi una vita. Aveva chiuso con la droga e aveva iniziato a lavorare con lui nel turismo. Insieme erano sereni, perfino allegri. Meglio dimenticare.

Solo dopo la diagnosi, Gloria aveva sentito il bisogno di affrontare le sofferenze legate alla maternità, anche perché per caso aveva incontrato uno dei due gemelli in aereo.

«Era stato lui a riconoscerla, non viceversa. E questo l'aveva turbata molto» racconta il marito.

«Poteva essere Bresciani?» chiede Besana mostrandogli la foto.

«Non lo so, Gloria non me l'ha descritto. Mi ha detto solo che era quello dei due per cui aveva sofferto di più.»

«In che senso?»

«Quando ha partorito, i servizi sociali hanno subito assegnato i due gemelli a due famiglie diverse. Ma sei anni dopo, per una strana coincidenza, che però non so ricostruire, Gloria ha saputo a chi era stato affidato uno dei due ed è andata a riprenderselo.»

«E glielo hanno lasciato?»

«Certo che no. Era una pazzia, diciamo pure un rapimento, ma lei non era in sé in quel periodo. Molto semplicemente, si è presentata davanti all'uscita della scuola, l'ha caricato in macchina e se lo è portato via. Il bambino era sconvolto, veniva strappato da quella che considerava sua madre e si ritrovava di colpo con una donna che non aveva il controllo di se stessa e che lo teneva nascosto in casa. Dopo sei mesi di inferno, sono stati rintracciati dai servizi sociali che hanno ripreso il bambino e lo hanno affidato a un'altra coppia ancora, diversa dalla precedente, perché la madre biologica non lo rintracciasse più e lei è finita in un ospedale psichiatrico.»

«Dio santo, quel bambino nel giro di poco ha avuto tre madri. E ne ha perse due contemporaneamente. Un trauma enorme» commenta Ilaria. «Senza contare il sequestro.»

«Bresciani non ha una storia del genere» interviene Besana, «è cresciuto serenamente con una famiglia di Lecco. Quindi si tratta per forza dell'altro. E come si chiamava il bambino?»

«Quando ne parlava, Gloria era molto tesa, molto evasiva, diceva solo mio figlio, mio figlio, mio figlio. Però mi ricordo che era turbata perché aveva scoperto che la coppia successiva gli aveva cambiato nome. Probabilmente perché lei non lo ritrovasse più.»

«Ha detto che l'ha incontrato in aereo? Si ricorda di che volo si trattava?»

«Tornava da Malindi» risponde il marito di Gloria. «L'ultimo albergo in cui abbiamo lavorato. Non volavamo insieme perché io ero rientrato prima per risolvere alcuni problemi burocratici.»

«Si ricorda la data e la compagnia aerea? Potremmo provare a ricostruire la lista dei passeggeri» dice Besana, già eccitato all'idea.

«La data purtroppo no, è successo sei anni fa. Però ricordo la compagnia perché la usavamo sempre. Sicuramente era la Friendly Jet. E anche che atterravamo a Orio al Serio, perché per noi era comodo.»

«Già qualcosa» risponde Besana. «Le chiedo un'ultima cortesia: potrebbe darci un oggetto personale di sua moglie da cui possiamo far estrarre il DNA? Sa, per controllare se davvero c'è una parentela con Bresciani, altrimenti è una pista inutile.»

«Una spazzola? Uno spazzolino da denti?»

«Magari.»

«Io non ho toccato niente, è ancora tutto di là.»

Quando escono da quella casa, con un sacchetto da freezer con dentro i reperti, sono galvanizzati.

«Questi li portiamo subito a Giorgio» dice Besana, «e stiamo a vedere.»

«Ora sappiamo quali eventi traumatici lo hanno portato a uccidere» risponde Piatti. «È possibile che l'incontro in aereo con la madre sia stato il fattore scatenante.»

«Ehi, non correre troppo.»

«No, ascoltami. Immagina la situazione: vai in vacanza in Kenya e al ritorno sei seduto di fianco a una signora che ti ricorda qualcuno. Un trauma del genere può farti rivivere di colpo tutto quello che hai subito nell'infanzia. E da quel momento in avanti non puoi fare a meno di uccidere.»

«Si sono incontrati sei anni fa. Quindi, se tu avessi ragione, il primo omicidio potrebbe risalire a quel periodo» calcola Besana.

«Esatto.»

«Allora dovremmo cercare se in quegli anni ci sono stati omicidi che si possano collegare al nostro uomo.»

«Ma ci abbiamo già guardato. In Italia non risulta niente.»

«Eh, lo so.»

Poi Besana telefona a Giorgio per raccontargli le loro scoperte, ma lui stavolta reagisce male.

«Senti, te lo dico francamente, tutta questa storia non sta in piedi» risponde seccato. «Il DNA parla da solo. Siamo sicuri al cento per cento che è stato lui. Bisogna soltanto lasciarlo in isolamento per un po' e confesserà. È vero che Bresciani è stato adottato, ma non risulta che abbia un gemello. Ora state davvero esagerando.»

Appena mette giù il telefono, Besana borbotta insulti, arrotolandosi una sigaretta. Ilaria lo lascia dire. Quando è arrabbiato parla da solo, ormai lo sa.

«Marco, come facciamo a dimostrare che Bresciani è figlio della Speroni se non ci analizzano il DNA?»

«Non c'è mica solo la polizia. Basta parlare con il suo avvocato, possiamo passare dal suo studio nel pomeriggio. Lui può avere un certo interesse ad aiutarci.»

17 gennaio

Accanto al grande portone del palazzo seicentesco, c'è una targa in ottone: STUDIO LEGALE FRATELLI FORMISANO, piano primo. Si attraversa un cortile a doppio ordine di colonne usato come parcheggio del condominio.

Piatti e Besana entrano nella sala d'aspetto, tappezzata di arazzi pseudofiamminghi con scene di caccia. La segretaria li fa accomodare su un divanetto di broccato. Si sentono schiacciati da un immenso lampadario di Murano di vetro dorato con bracci a forma di campanule capovolte e lampadine a candela.

«Urca» commenta Piatti.

«Un'accozzaglia spaventosa» risponde Besana.

L'avvocato Formisano li fa aspettare solo una decina di minuti. Poi vengono scortati nella sua stanza. Li accoglie con una giacca color cipria e una cravatta rosa di seta lucida. Siede su una specie di trono da Enrico VIII con stemma di chissà chi inciso nel legno. Accanto alla scrivania, su un piedistallo, spicca un guerriero cinese in terracotta. Regge una lancia e li guarda.

«Scusate, avevo una telefonata urgente» l'avvocato Formisano si alza e stringe la mano ai due ospiti. «Posso offrirvi un caffè?»

Intanto lancia un'occhiata perplessa a Ilaria, forse per i suoi stivali di gomma viola di Hello Kitty, infilati sui leggings.

Besana spiega la sua ipotesi e l'avvocato lo ascolta interessato.

«Eh, potrebbe essere una pista interessante. Certo, devo parlarne con il mio assistito. Non credo che sappia di avere un gemello. Me l'avrebbe detto.»

«Questo metterebbe in crisi la prova regina del DNA.»

«Ah, sicuro. Io ho sempre creduto alla sua innocenza, altrimenti non avrei accettato la difesa. Ernesto è una persona per bene, lo conosco da sempre, andavamo al liceo insieme. Gli stanno distruggendo la vita con questa storia.»

«Lo immagino.»

«Ma ci stiamo battendo. Per esempio abbiamo appena chiesto l'intervento di un odontoiatra forense per fare comparare le impronte dei morsi con le sue arcate dentarie.»

«Una buona mossa, certo.»

Besana appoggia sul tavolo, vicino a un calamaio di porcellana di Capodimonte, un sacchetto da freezer poco professionale firmato Ikea. Dentro c'è uno spazzolino da denti consumato, con le setole aperte, e una spazzola un po' sporca.

Formisano sembra interdetto. Si tira indietro, appoggiandosi allo schienale.

«Ottimo» dice. «Li farò analizzare dal nostro perito.»

«Ci faccia sapere al più presto i risultati» risponde Besana alzandosi in piedi. «Non voglio farle perdere altro tempo.»

«Ma si figuri. Potrebbe essere la svolta, ancora grazie. Appena so qualcosa, la chiamo.»

Mentre Besana guida, Ilaria non apre bocca.

«Magari ha subito dei maltrattamenti» dice di colpo.

«Chi?»

«L'assassino. Pensa a quei sei mesi nascosto in casa, in balia di una donna magari strafatta. Poverino.»

«Mi fa più pena Melissa» risponde Besana.

«Comunque questo spiegherebbe la sua rabbia verso le *cattive madri.*»

17 gennaio

Ilaria è stata invitata alla festa di laurea di una sua compagna di università, che per finire ci ha messo almeno quattro anni più di lei. In un posto molto trendy, un capannone industriale ristrutturato che viene affittato come set fotografico o per eventi.

Ha chiesto a Besana se voleva andare con lei, ma le ha riso in faccia («Scherzi? In mezzo ai ventenni? Mi sentirei troppo ridicolo»). Ha un po' paura a presentarsi lì da sola, non è un animale da festa. Ma ormai ha perso i contatti con tutti e non se la sente di farsi viva dopo tanto solo per chiedere un passaggio. Meglio andarci in metropolitana. Alle brutte, si siederà in un angolo a bere gin tonic. Non può continuare a fare questa vita da talpa.

Quando arriva, resta molto sorpresa perché tutti si ricordano di lei. E pensare che in classe a malapena la salutavano. Che strano. Poi, piano piano, scopre che questa popolarità, così inaspettata, è dovuta ai suoi articoli. I suoi compagni li hanno letti, sono informatissimi sul vampiro.

Con il procedere della serata, si accorge di una cosa ancora più sorprendente. Lei, che si considera l'ultima degli ultimi, perché così in fondo l'hanno sempre fatta sentire al giornale, da quei ragazzi è invidiata. Basta cambiare ambiente per cambiare prospettiva. La guardano addirittura con sospetto. Noi tutti precari, mentre tu firmi già sul più importante quotidiano italiano. Ma come hai fatto? Qualche amica di allora, più sgradevole, le chiede addirittura com'è Besana. Come se fosse il suo fidanzato e avesse ottenuto il lavoro grazie a lui. Menomale non l'ha portato.

Dopo un'ora già vorrebbe scappare, ma non sa cosa inventarsi per sparire così presto. Rischia di apparire ancora più antipatica. Cerca di ritirarsi in un angolo, con il suo gin tonic, ma non la lasciano in pace. Non è più trasparente come una volta, anzi, nel bene e nel male, è considerata una VIP. Ma che assurdità. Vorrebbe riderne con Marco. Ti rendi conto? Io? La più sfigata della redazione. Ma cosa si immaginano?

Per fortuna si siede di fianco a lei Pietro, un compagno che frequentava sempre, forse perché tutti gli altri snobbavano entrambi. Facevano colazione insieme prima degli esami, si tenevano il posto a lezione, si scambiavano gli appunti. Pietro era un nerd impopolare, come lei. Allora si erano alleati, com'è naturale. E adesso è l'unico che non la tratta come se fosse un animale strano, solo perché ha trovato un lavoro. Anche lui ha già trovato un lavoro, in un'agenzia pubblicitaria. È riuscito persino a comprarsi una piccola casa ad Abbiategrasso. Milano è selvaggia umanamente, ma con la stessa violenza è meritocratica. Prima o poi qualcuno si accorge del tuo valore, se ce l'hai.

Pietro le racconta tutti i dettagli della sua ultima campagna. Riesce a farla sentire giovane, inebriata dal futuro. Che poi è quella semplice cosa lì: inventare, inventarsi.

«Ma continui a disegnare? Mi ricordo i tuoi fumetti, eri bravissimo» dice Ilaria.

«Certo, è un dono. E Dio ti punisce se trascuri i tuoi doni» Pietro ride forte, è un po' sbronzo. Eppure ha ragione. Anche Ilaria si sente così. Come una persona in debito con qualcuno. Non importa se il suo passato è nero, con il nero ripagherà. Persino una tragedia può essere un dono, come tutte le cose da cui non puoi più prescindere. Sta a te utilizzarle al meglio.

Ilaria e Pietro – stavolta in un angolo per scelta, non perché confinati dagli altri lì – parlano fitto tutta la sera. Del loro lavoro, con orgoglio. Ma senza mitizzarlo. E delle loro vite ancora vuote, ma di un vuoto tutto da riempire. La giovinezza è per sua natura irrisolta, però può anche essere bella. Gli errori sono ancora malleabili, almeno. Non sei chiuso nelle scelte sbagliate, tutto può ancora succedere.

18 gennaio

Il mattino dopo, anche se è sabato, Ilaria e Marco si danno appuntamento al bar per fare colazione insieme. Del resto, non hanno grandi impegni per il weekend.

«Ho dormito malissimo» esordisce Besana, chiedendo un caffè doppio.

«Dillo a me» risponde Ilaria, «ho sognato il guerriero cinese.»

Besana scoppia a ridere.

«Piattola, riesci a mettermi sempre di buon umore.»

«Era un po' che non mi chiamavi così. Mi mancava.»

Mentre Besana sfoglia il giornale, Piatti beve lentamente il suo cappuccino.

«Noi continuiamo a pensare a un incontro con un passeggero» dice alzando la testa dalla tazza e pulendosi i baffi di latte con un tovagliolo. «E se invece si trattasse di un assistente di volo o di un pilota?»

Besana chiude il giornale.

«Sai che potresti avere ragione?»

«Ci pensavo stanotte» continua Ilaria, «Aneta sognava di

fare la hostess, ricordi? Magari ha conosciuto il suo assassino così. Dobbiamo guardare le liste del personale di bordo.»

«Giusto. Perché non andiamo a fare una chiacchierata con qualcuno in aeroporto?»

«Ma no. Basta chiedere a Rocco.»

«A chi?»

«Rocco» ripete Piatti. «Un mio amico.»

«Il tuo fidanzato?»

«Ma va'! Ho pensato a lui perché Rocco è un hacker. È in grado di entrare in qualsiasi sistema. Adesso lo chiamo.»

Rocco abita a Rogoredo, l'appartamento è buio e la scrivania è illuminata dallo schermo del computer. È un ragazzo altissimo, più di Besana, e questa altezza lo costringe a stare curvo quando si rivolge agli altri. In casa c'è odore di cipolla e di fritto, persino il pelo del gatto l'ha assorbito. Si china per baciare Ilaria. Besana gli stringe la mano.

«Sono riuscito a entrare nel loro sistema e a trovare qualcosa» dice Rocco, indicando due sedie pieghevoli, «ma non è una passeggiata, hanno molte protezioni.»

«Bravo» dice Besana.

«Ho l'elenco degli assistenti di volo e dei piloti. Posso farvi vedere anche le foto. Però i dipendenti della Friendly Jet, in Italia, sono centinaia. Purtroppo non sono ancora riuscito a entrare nei file riservati del direttore del personale e a leggere le schede individuali, quindi non ho accesso alle date di nascita per restringere il campo.»

«Sempre che la data sia quella. Non abbiamo trovato nemmeno il certificato di nascita. All'anagrafe non risulta. Magari è stato registrato in un altro comune, falsificando l'atto. Oppure il giorno sbagliato» risponde Ilaria.

«Quanto ti dobbiamo per questo lavoro?» s'informa Besana.
«Ma niente. Io per Ilaria farei *qualsiasi cosa.*»
Lei sorride e Marco guarda altrove imbarazzato.
«Comunque continuo a provarci, magari trovo il modo. Intanto vi do l'elenco completo, così ci date un occhio anche voi.» E consegna a Besana una chiavetta.
«Grazie» dice Ilaria, abbracciandolo. «Grazie davvero.»
Besana e Piatti passano la notte a guardare fotografie dei dipendenti della Friendly Jet. Sono un po' scoraggiati. Così, a prima vista, nessuno assomiglia a Bresciani.
«Se sono gemelli omozigoti, dovrebbero assomigliarsi almeno un po', che cazzo» dice Besana.
«Non dobbiamo arrenderci subito» risponde Ilaria.
«Piatti, sono più di mille, non ce la faremo mai.»

19 gennaio

La domenica mattina sono un po' scoraggiati. Hanno guardato facce di piloti e assistenti di volo fino alle tre di notte. Alla fine, Ilaria era così stanca che Besana l'ha ospitata di nuovo sul suo divano letto. E adesso è in cucina che prepara delle uova. Besana sente odore di bruciato e si avvicina ai fornelli per vedere che succede.

«Piatti, hai carbonizzato il bacon. Non sai scaldare in padella nemmeno una fetta di pancetta?»

«Scusami, scusami. Stamattina sono stordita.»

«Passami il cucchiaio, salviamo almeno le uova. Il sale te lo sei ricordato?»

«Sì, ho messo due pugnetti da quel barattolo lì.»

«Cazzo, era zucchero.»

«Scusa, scusa, scusa.»

Per fortuna adesso in casa di Besana il frigo non è più sempre vuoto. C'è una riserva di pancetta e c'è una splendida piccola affettatrice che luccica su una mensola. Un gioiello che Besana si è regalato. I single vivono di salumi, era un investimento importante. Mentre tira fuori altre uova – anche le uova nelle case dei single non mancano mai – Marco pensa che gli piace avere Ilaria in giro per casa, e pazienza per il bacon. La guarda: adesso è sul divano, le gambe stese e i piedi incrociati sul bracciolo, dalla vita in su è coperta dal giornale.

«Cosa leggi?»

«Un articolo divertentissimo sul cattivo uso dell'italiano. Sono stanca di occuparmi solo di assassini. A te non succede?»

«Eccome se mi succede. In certi periodi, mi viene da vomitare anche solo se mi regalano un giallo. Ogni tanto faccio il pieno.»

Ilaria chiude il giornale e si tira su, incrociando le gambe nella posizione del loto.

«Per cosa facciamo il pieno poi? A volte me lo chiedo. Sai, spesso mi capita di pensare che mia zia non legge i miei articoli. Avrebbe potuto mandarmi un messaggio, no? Cavolo, era il mio sogno. E ora sono in prima pagina. Ma per lei è come se non fosse successo. Forse non se ne è nemmeno accorta.»

«Anche mia moglie non leggeva i miei articoli. Magari lo stesso giorno dell'uscita di un pezzo importante, la vedevo che sfogliava tutta presa una rivista. Mi indicava anche delle cose che la colpivano. Guarda qui. E io guardavo, sì. E la vedevo interessata a tante cose e vedevo il mio giornale sempre chiuso, lì di fianco. Poi ci si abitua.»

Ilaria sospira.

«Pensavo anche che l'unico lettore entusiasta che ho conosciuto era Bruno. Poverino, mi fa una pena tremenda. È morto così male. Dobbiamo andare dai suoi genitori, Marco.»

«Ilaria, non puoi prenderti a cuore ogni situazione. È già pesante di suo, questo mestiere. Se poi ti fai carico dei dolori di tutti i parenti delle vittime, non ne esci più.»

«Ma io non voglio andare lì per consolarli. Voglio andarci per scoprire qualcosa. La polizia ha archiviato il caso, ma forse ha commesso un grande errore.»

«Prendeva farmaci, aveva subito un TSO. Non ti basta?»

«No, non mi basta. La gente si cura e poi sta meglio.»

«Lui non stava meglio! Ci seguiva, si vestiva da prete per raccontarci la storiella di Verzeni e aveva alle spalle due denunce per stalking. Ti sembrava *guarito*? Ma hai visto i suoi video?»

«Certo che li ho visti. E insisto proprio per questo. In mezzo a quei discorsi deliranti, c'è qualcosa di vero. Solo che non capisco cosa. Il suo modo di parlare confonde moltissimo, è difficile distinguere.»

«Piatti, ti devi prendere la patente. Io non posso continuare a farti da autista, e poi fra poco vado in pensione. Voglio comprarmi una villetta con giardino in un paese del cazzo e guidare solo il tosaerba.»

«Quindi andiamo domani?»

«D'accordo» risponde Besana.

19 gennaio

La sera Besana è molto agitato perché ha appuntamento con suo figlio. Lo aspetta davanti alla pizzeria, sfregandosi le mani per il freddo. Finalmente Jacopo ha risposto a un messaggio, dopo averne ignorati almeno una decina, e ha accettato di cenare con lui. Una risposta molto sintetica, per la verità – «D'accordo, pa'. Mi libero alle nove, prima ho una partita di calcetto» – sessantanove caratteri, spazi inclusi – ma a Marco batteva il cuore.

Jacopo arriva un po' in ritardo, ma ha l'aria allegra. Magari ha trovato una ragazza, chissà. Marco vorrebbe tanto che gli raccontasse qualcosa della sua vita. Il riscaldamento però è lungo. All'inizio, Jacopo commenta solo il menù. Si parla di olive ascolane e supplì. Besana freme per ricevere la birra media.

«Mi sa che prendo una margherita con le patatine fritte.»

«Come quando eri piccolo.»

Ma Jacopo non sorride, come se non gli piacesse tornare con il pensiero all'infanzia.

«Allora hanno beccato il vampiro? L'ho visto in TV.»

Besana fa cenno di sì. Certo non pretende che suo figlio legga i giornali.

«Ma io e la Piatti siamo convinti che ci sia stato un errore.»

«Figo» risponde Jacopo. Stavolta non lo stuzzica su Ilaria, come se non gli importasse niente.

«Non è per niente figo» risponde Besana. Si è già innervosito. «Non c'è niente di figo in un assassino ancora libero e in un innocente in galera, sai?»

«Oh, calmati, pa'. Dicevo per dire.»

«Non potremmo parlare di noi invece di dire le cose per dire?»

Jacopo abbassa gli occhi, si è già ammutolito. Mangia in silenzio le olive.

Besana è pentito, deve calmarsi. Perché è scattato così?

«Coma va a scuola?»

«Abbastanza.»

«Cosa significa *abbastanza*?»

Jacopo solleva gli occhi, ha lo sguardo violento.

«Non ti va proprio bene niente stasera. Facevo meglio ad andare con i miei amici al cinema. E pensa che ho detto che non potevo per stare un po' con te.»

«Scusa.»

Besana si stramaledice, ma è tardi. Ormai Jacopo è sulla difensiva, parla guardando continuamente il cellulare, in attesa di messaggi altrui.

«Hai una ragazza?»

«No. Perché?»

«Vedo che guardi sempre il cellulare. Allora pensavo...»

«Pensavi sbagliato.»

Per fortuna arriva la pizza a stemperare la tensione. Cercano di recuperare parlando della crosta alta e morbida. Ma Besana è demoralizzato.

«Mamma come sta?»

«Adesso da dio. È a Cuba con le sue amiche. Dice che le era rimasta la voglia dal viaggio di nozze, che non avete mai fatto.»

Besana abbassa gli occhi.

«Non era stato possibile perché avevano ammazzato due vecchi a Cuneo.»

«La gente viene ammazzata continuamente, papà.»

«Me ne sono accorto.»

Di nuovo cala il silenzio.

«E tu hai pensato cosa vuoi fare dopo la maturità?»

«Certo non il giornalista di nera. Voglio avere una moglie e portarla in vacanza, ogni tanto.»

«Trovi così spregevole il mio lavoro?»

«No, no. Ma esistono anche altre cose.»

«Pensi che sia colpa mia se è finito tutto così?»

«Anche.»

Besana beve un sorso di birra. Almeno suo figlio è sincero.

«Non ti interessano proprio gli assassini? Sai, è strano. I delitti creano curiosità in tutti.»

«In me no. Ne sento parlare da tutta la vita, non racconti altro.»

«Perché non faccio altro.»

«Appunto. Anche tu dovresti andare a Cuba con qualcuno. Ti farebbe bene. È venuto il momento.»

Pure suo figlio lo vuole mandare in pensione. Besana morde la pizza con ferocia, la sbrana.

«Posso dirti una cosa? Non me ne frega un cazzo di Cuba.»

«Lo so, è proprio questo il tuo problema. T'importa solo di quegli schifosi assassini, non ho mai capito perché.»

Besana chiede il conto. Non ha voglia di tirarla per le lunghe. E ancora meno di spiegare le sue ragioni a qualcuno che non ha nessuna intenzione di capirle.

«Sicuro che non vuoi un dolce?»

«No, sono a posto.»

«Beato te, io non mi sento mai a posto.»

20 gennaio

Besana e Piatti entrano in una villetta color albicocca. La signora Zini li guida attraverso un corridoio stretto, dal pavimento lucidissimo, fra immagini di papa Giovanni, riproduzioni di icone fondo oro, piatti appesi, centrini e vasi pieni di fiori finti. Li fa accomodare in cucina, intorno alla tovaglia cerata d'ordinanza, su cuscini ricamati che coprono le sedie di paglia. Fra la pendola e una vetrinetta piena di teiere, sotto la finestra e le tende di pizzo con cervi e stelle alpine, ci sono le foto del figlio.

Marco e Ilaria sono imbarazzati. Non sanno se i genitori sono al corrente degli episodi di stalking, se Bruno ha raccontato dell'inseguimento e dell'interrogatorio in Questura. Ma la madre li anticipa.

«Lui sognava di fare il giornalista come voi. Eravate i suoi idoli» dice.

Besana e Piatti abbassano gli occhi.

«Ci dispiace, signora.»

Il padre ancora non ha aperto bocca. È il classico marito che si lascia completare le frasi dalla moglie. Si sta riempiendo la pipa in silenzio. Non è riuscito neanche a salutarli, lei ha subito coperto anche il suo saluto.

«Era bravo, sa. Ma di questi tempi trovare un posto nei giornali è difficile. Quante volte io e mio marito gli abbiamo detto di tenere i piedi per terra. Vero, Luigi?»

«Vero. Infatti...»

«Infatti eravamo sempre noi a trovargli dei lavoretti un po' più concreti» lo interrompe subito. «Come portiere in un motel, o cameriere nel bar dell'aeroporto.»

«Lavorava all'aeroporto?»

«Sì, ogni tanto lo chiamavano. Vero, Luigi?»

«Vero» e non cerca neanche di continuare. Cerca solo di alzarsi per andare in terrazza a fumare la pipa, ma viene subito sgridato.

«Stai qui, Luigi, che ci sono i signori. Fumi dopo.»

Lui si risiede.

«Comunque Bruno, anche se nessuno gli dava retta, i suoi articoli li scriveva lo stesso. Diceva che sapeva delle cose sul vampiro, ma non ce le voleva raccontare per non metterci in pericolo. Scriveva tutto su quel suo computer, sa come fanno i giovani.»

«E possiamo vederlo, il computer?»

«Per fare cosa?»

«Signora, davanti alla Questura suo figlio diceva di sapere chi era l'assassino, abbiamo il sospetto che non si tratti di un suicidio.»

Lei scoppia a piangere.

«No, certo che no. Hanno subito archiviato il caso, ma Bruno non si sarebbe mai ammazzato, glielo dico io. *Non adesso.* Vero, Luigi?»

Il marito le prende una mano fra le sue, in silenzio.

«Vero» risponde.

«Ultimamente stava meglio, sapete. Aveva trovato un bravo psichiatra, andava fino a Milano per parlargli e aggiustare la terapia. Mi diceva: Mamma, stai tranquilla, ne sto uscendo. Comunque guardatelo pure, quel computer, è di sopra. Anche la polizia ci ha guardato, ma non ha trovato niente. Li accompagni tu, Luigi? Io non me la sento, scusate.»

La stanza di Bruno sembra quella di un adolescente. Ci sono due letti singoli, uno è sfatto e fra le lenzuola ci sono dei vestiti sporchi e l'altro è coperto di fogli, anche accartocciati. I cassetti sono aperti e sul tappeto sono buttate diverse paia di scarpe da ginnastica. L'atmosfera è un po' dark, le pareti sono dipinte di nero e davanti alla scrivania c'è una libreria piena di DVD horror, accanto a un poster di Bela Lugosi vestito da Dracula.

«Scusate, Bruno era così. Mia moglie tutte le mattine veniva su a mettere a posto, ma non se l'è ancora sentita. Eccolo, è lì il computer» lo indica come se loro non fossero in grado di riconoscerlo, «fate voi che io non sono capace. Quella roba lì non l'ho mai capita.»

Besana e Piatti lo accendono e cominciano a cercare fra i file.

«Facciamo una copia su una chiavetta» dice Ilaria sottovoce, approfittando dell'assenza del padre che è andato a fumare. Hanno già individuato un file che può fare al caso loro. Si chiama *Inchiesta sul vampiro*.

20 gennaio

Ilaria è andata a casa sua con il materiale sequestrato dal computer senza nessuna ordinanza, ma Besana la raggiungerà solo per cena. Ha bisogno di un pomeriggio tranquillo.

Marco deve risolvere un po' di questioni pratiche, trascurate da troppo tempo, però il programma non lo alletta: documenti per l'assicurazione, telefonate alla commercialista, una guardata alle lettere della banca. Lancia un'occhiata preoccupata al tavolino dell'ingresso coperto di buste mai aperte – magari in mezzo ci sono anche delle raccomandate – ma poi vira verso il bagno. Ha bisogno di una bella doccia e di sdraiarsi sul divano in accappatoio con le palle all'aria. Si è anche comprato un bagnoschiuma inglese costosissimo. Venti euro per un po' di profumo, ride da solo. Certe frivolezze proprio non gli appartengono, chissà perché le cerca adesso. Forse perché la profumiera era carina e con un sorriso l'ha convinto. Era entrato nel negozio solo per comprare un deodorante senza andare fino al supermercato.

Apre l'acqua, viene solo fredda. Lo scaldabagno è di nuovo rotto, ma non ha voglia di telefonare alla proprietaria. Guarda affranto il bagno schiuma da venti euro, inutile sprecarlo per una rapida doccia gelata. Mentre rabbrividisce nell'accappatoio che dopo tante lavatrici è diventato corto, incrocia lo specchio. Si mette di profilo. Gli è venuta la pancia. Per forza, mangia sempre fuori e beve come un tombino. La tira in dentro, trattenendo il fiato. Ma c'è poco da stare in apnea.

Immagina sua moglie in costume, sdraiata su una spiaggia di Cuba. Sicuramente qualcuno l'abborderà. Sorride. Armando? *Adieu.* Poi si guarda di nuovo la pancia, afflitto. L'occhio gli cade sulle unghie dei piedi, troppo lunghe. Sembra un orso, Marina lo sgriderebbe.

Si accende l'ennesima sigaretta e gira per casa nudo, con l'accappatoio troppo corto aperto. È anche troppo ruvido. Da lui viene una romena due ore la settimana, una romena che ha la fissa di risparmiare sull'ammorbidente. Del resto, è anche colpa sua. Non le ha mai detto che voleva di più. Non dice mai a nessuno che vorrebbe di più.

Besana è esigente solo con se stesso e solo sul lavoro. Per il resto, tira via. Infatti la sua vita fa un po' schifo. Si sdraia sul divano con una birra in mano. Risponde al bilancio con un rutto. Ma è un rutto ottimista, non tutto è da buttare. Finalmente ha trovato un'erede, per esempio. A Ilaria vuole insegnare tutto quello che sa. La ragazza è dotata di ossessioni non inferiori alle sue, se lo merita.

Le vuole insegnare a infognarsi nelle peggiori province italiane, i luoghi sono fondamentali. A guardarsi intorno e a capire che ogni ricchezza e ogni desolazione ha delle conseguenze, spesso malate. I delitti rispondono al paesaggio.

E anche a stare addosso alle persone giuste, perché un attimo di megalomania capita a tutti. Sono vite ordinarie, l'improvvisa attenzione le altera. Nessuno resiste. E così i testimoni di colpo raccontano, gli assassini si tradiscono, i parenti delle vittime confessano i lati più oscuri dei loro familiari. È la potenza dell'evento, che tutto travolge. Solo chi è morto tace. Ma questa forse è la sua vendetta. Chissà quanti morti pensano, se mai fosse concesso loro di pensare: Con me non parlavate mai, quante cose avevate da dire, invece.

Ilaria deve imparare a usare questa potenza, la potenza dell'evento, ma senza cinismo. Perché il cinismo non serve. Tutti, dopo un delitto, si sentono finali. Arrivati dove non pensavano di arrivare, hanno bisogno di dire le ultime parole, come i condannati. Triste umanità, uccisa in gruppo, in un colpo solo.

20 gennaio

La sera, quando aprono il file di Bruno, hanno un momento di sconforto. Leggono in silenzio per qualche minuto, poi Besana si alza in piedi.

«Cazzo, era fuori come un balcone.»

«Sì, d'accordo» risponde Ilaria cercando di non perdere la speranza, «è un delirio. Però, se lo analizziamo, sfilando dal discorso gli elementi di realtà, forse otteniamo qualcosa.»

«Ma porca troia, è convinto che l'assassino sia un vampiro, come si fa. Parla di gente immortale, che si reincarna, della scritta *ViVe* come della prova che Verzeni è tornato. Capisco che la polizia non abbia nemmeno sequestrato il computer. Magari si è proprio buttato dal cavalcavia, uno così matto. Stiamo perdendo tempo, Piatti.»

«No, no aspetta. Andiamo ancora avanti.»

Ma incontrano solo frasi tipo: *Ho capito che è un vampiro perché respira da una sola narice.*

«Be', allora. Un indizio fondamentale. Ora lo abbiamo in pugno.»

«Diamoci un occhio, cosa ci costa. Qui per esempio nomina il bar dell'aeroporto.»

L'ho visto oggi al bar dell'aeroporto e mi sono accorto che la sua immagine non si rifletteva negli specchi. Si guardano.

«E tu continui, eh?»

«Ecco, qui, qui. Senti! *Finalmente ho collegato le cose. So per certo che conosceva Aneta, ma ho capito tutto quando l'ho visto parlare con Melissa. Devi trovare le prove, Bruno.* In questo suo modo distorto sta cercando di dire che ha capito chi è l'assassino perché l'ha visto con due delle vittime. Dobbiamo cercare di leggere fra le righe.»

Besana si avvicina al computer.

«Ma non lo chiama per nome?»

«No, mai.»

«Però lo incontra all'aeroporto. Questo non è mica un particolare da poco.»

«All'aeroporto passano milioni di persone.»

Ilaria si alza in piedi, fa un giro intorno al tavolo, pensierosa. Poi torna davanti al computer, continua a far scorrere le pagine, testarda. Besana è stufo invece, si sdraia sul divano e accende la TV per guardare il telegiornale.

«Marco, vieni! Ho trovato una cosa importantissima. Dice: *Come potevo dimenticarlo. Mi faceva così paura, quando ero bambino.*»

Besana non si alza, si limita ad abbassare un po' il volume.

«Ti ripeto che è impossibile che andassero a scuola insieme, hanno dieci anni di differenza.»

«Lo so, lo so. Ma per qualche ragione c'entra con la sua infanzia. Devo riuscire a capire a cosa si riferisce esattamente.»

«Auguri.»

Ogni tanto Besana pensa che l'ostinazione di Ilaria sia un po' malsana. Quando si fissa su qualcosa, non c'è verso di farla ragionare. Si chiede se questo atteggiamento nevrotico non sia legato al trauma che ha vissuto. In certi momenti sembra che tutta la giustizia del mondo sia nelle sue mani: si affanna per accusare o scagionare con uno slancio esagerato. Non ha ancora capito che non può punire suo padre o salvare sua madre usando le storie degli altri.

21 gennaio

Sono le tre di notte e Ilaria non si è ancora rassegnata. Besana è andato a casa da un pezzo, ma lei non riesce a dormire. Sta guardando tutti i video postati da Bruno. Calcolando che ne pubblicava anche due al giorno, il lavoro è sterminato. Le visualizzazioni sono pochissime, eppure questo scarso ascolto non lo fermava. Si metteva davanti alla telecamera e parlava, parlava. Parlava da solo, sostanzialmente. Certe volte si dimenticava di avere un pubblico e accennava a persone note soltanto a lui. Spesso nominava una cugina, molto importante nel suo immaginario. Con lei passava le vacanze da bambino.

A volte le sue farneticazioni sul caso diventano *memoir*, ma è difficile trovare un nesso. Sta trattando la telecamera come un diario oppure questo cambio di registro ha un senso?

Poi Ilaria resta colpita da un video. Apparentemente Bruno sta parlando dell'ennesima estate passata con la cugina a Foppolo, di quando andavano insieme a passeggiare nei boschi. Lei aveva sedici anni e si portava dietro Bruno, che ne aveva sei. Ma un giorno lui torna a casa da solo. Non sa spiegare cos'è successo. È semplicemente terrorizzato. Il caso della cugina non sarà mai risolto. Sparita nel nulla. Bruno però, vent'anni dopo, improvvisamente ricorda qualcosa. Non erano soli quel pomeriggio.

Qui il video si fa confuso. Bruno non parla più allo spettatore, usa di colpo il tu. *Tu ti divertivi a spaventarci*, dice. Dal discorso si deduce che sta parlando alla persona che era con loro. Un adolescente ombroso, ossessionato dalla storia di Verzeni, che lasciava alla cugina macabri messaggi scritti con il rossetto. Si accenna anche a un tentativo di strangolamento, spacciato per un gioco. Ma Bruno è agitato, si mangia le parole, salta di palo in frasca.

Ilaria a un certo punto ferma il video. Non è sicura di avere capito. Allora torna indietro. Ascolta di nuovo. *Ma io ti ho riconosciuto proprio per quelle frasi scritte con il sangue.* ViVe *lo dicevi anche a lei. L'hai uccisa tu?* Ilaria afferra il cellulare e chiama Besana.

«Ma che ore sono?» protesta lui.

«Le tre e quarantasette.»

«Oddio, Piatti, che cazzo succede?»

«Ti ho appena girato il link a un video.»

«E devo guardarlo adesso?»

«Sì, adesso. C'è di mezzo un *cold case*, una cugina morta.»

«Ma quello vaneggia.»

«No, Marco, non vaneggia. Cioè sì, ma intanto dice la verità. Accenna anche alla scritta *ViVe*. Per questo ti ho subito telefonato. Bruno l'ha *riconosciuto*.»

«E se si fosse inventato tutto?»

«E se *non* si fosse inventato *niente*?»

Dall'altra parte, silenzio. Si sente il rumore di un accendino, poi di chi aspira una boccata di sigaretta.

«Mi guardo il video e poi ti richiamo. Se mi hai svegliato per una puttanata, Piatti, giuro che te la faccio pagare.»

21 gennaio

Besana e Piatti sono di nuovo a casa dei genitori di Bruno. La madre li fa accomodare nel solito tinello, che profuma di detersivo alla lavanda.

«Eh, sì, ho perso anche una nipote. E quel giorno ho cominciato a perdere tutto» dice. «Mia sorella è morta di dolore. Dopo qualche mese, il cuore ha ceduto. E per Bruno è stato l'inizio della fine. Pensi che non ha più aperto bocca per un anno. Vero, Luigi?»

«Vero» conferma il marito.

«Tutti i suoi problemi psicologici sono cominciati così. Non ha mai saputo dire cosa era successo quel pomeriggio. Non riusciva a ricordare nulla e si sentiva in colpa per questo. Era legatissimo a Rossella, poverino. E questo vuoto di memoria, probabilmente dovuto allo shock, piano piano si è trasformato in malattia. Ce lo ha spiegato il suo psichiatra. Vero, Luigi?»

Il marito non risponde, si limita a fare un cenno con il capo.

«Il caso è stato archiviato?»

«Gli inquirenti dicevano che poteva essere stata travolta da una frana. In quei giorni pioveva molto. La montagna si stava sfaldando, la terra bloccava le strade, invadeva le case, portava via le macchine. Ma non hanno mai trovato il cadavere» la signora Zini sospira. «Certo, tutti ci siamo chiesti perché non fosse stato travolto anche Bruno. Lei lo teneva sempre per mano. Non lo avrebbe mai lasciato solo in un bosco. Era molto protettiva nei suoi confronti.»

«Bruno, in uno dei suoi video, sostiene che quel giorno non erano soli. Che con loro c'era un ragazzo.»

«Davvero?»

«Non vi ha mai parlato di quel ragazzo?»

La signora scuote la testa.

«No» intanto guarda il marito spaesata. «Strano, nessuno si è presentato in Questura per testimoniare. Mio figlio è tornato a casa da solo, non so neanche come abbia fatto. Aveva solo sei anni, sa? Certo non conosceva i sentieri di montagna.»

«Allora l'ipotesi che non fossero soli è plausibile.»

«Sì, certo, spiegherebbe tante cose. Ma non capisco perché quel ragazzo non si sia mai fatto vivo.»

«Si ricorda chi erano gli amici di Rossella? Vedeva qualcuno in particolare? Aveva un fidanzato?»

«Non credo. Ma aveva tanti amici, questo me lo ricordo bene. Con i ragazzi della parrocchia avevano formato una compagnia. Andavano in giro tutti insieme. Lei era molto amata nel gruppo. Era allegra, generosa, piena di vita. E poi era una bellissima ragazza.»

«Suo figlio dice che qualcuno la spaventava.»

«Non so, a noi Rossella non raccontava niente. Però ricordo che una sera, in casa, ha urlato forte. Ci siamo preoccupati e siamo corsi nella sua stanza. Ma lei ci ha subito tranquillizzati, diceva che era solo uno stupido scherzo, uno dei suoi amici era entrato dal giardino e aveva scritto qualcosa sullo specchio usando il suo rossetto. Tutto qui.»

«Non si ricorda la scritta?»

«Non ci ha fatti entrare in bagno.»

«Bruno fa riferimento proprio a quell'episodio.»

«Possibile, lo aveva molto turbato. Ricordo che quella sera si rifiutava di dormire da solo, voleva stare nel mio letto.»

«Ci sono delle foto di quell'estate?»

«Naturalmente» risponde la signora. «Luigi, vai tu?»

Il marito si alza e torna dopo poco con un album che appoggia sulla tovaglia di plastica.

«Possiamo sfogliarlo?»

I genitori di Zini fanno cenno di sì.

Besana e Piatti girano le pagine in silenzio. Sono quasi tutte foto di Bruno e Rossella. Lei che lo tiene sulle ginocchia o che lo porta in giro in bici, loro due in piscina o stesi sull'erba. Altre persone compaiono solo nella serie scattata durante il picnic di Ferragosto. Ma sono tutti adulti o bambini, altri ragazzi non ci sono.

«Quella era mia sorella» la signora Zini indica una foto.

Ci sono due donne sedute su una pietra, sotto una cascata, che si stanno spalmando sulle gambe una crema solare. Ilaria resta interdetta.

«Ma è con la Lecchi» dice. «Era una vostra amica?»

«Sì, anche lei aveva una casa a Foppolo. Veniva ogni agosto, prima di sposare quel disgraziato. Poi l'ha venduta.»

«Perché?»

«Ah, non so. L'abbiamo completamente persa di vista. Dopo la tragedia, anche noi abbiamo venduto la casa. Nessuno voleva tornarci più.»

21 gennaio

La sera, Marco propone a Ilaria di andare a mangiare qualcosa fuori. È troppo stanco per cucinare. Ma lei declina, è troppo stanca per mangiare.

«Piatti, e come fai a reggerti in piedi?» insiste.

Ma Ilaria scuote la testa.

«Non ci siamo» dice Besana. «Non puoi prendere le cose così. Quelli che mi hanno insegnato il mestiere, alla fine degli anni Settanta, erano gente dura, sai? Con il pelo sullo stomaco. Tipo che quando uno moriva ammazzato, o finiva sotto una macchina, andavano dalla madre e le carpivano una foto della vittima raccontandole una balla. Suo figlio ha preso un premio importante, signora, vogliamo mettere la notizia sul giornale. E quella poveraccia staccava dalla parete il ritratto più bello. Del resto, non c'era ancora Facebook, non era così facile procurarsi la foto di una persona. E se arrivavi con il pezzo senza immagine, il capocronaca ti faceva nero.»

Ilaria lo fissa, serissima. Non lo trova divertente.

«Ehi, non sto intrattenendo una signora in un salotto» le risponde Besana, irritato da quello sguardo, «sto cercando di farti capire cosa vuol dire fare questo cazzo di mestiere. La tua generazione fa fatica a trovare lavoro, lo so, ma ha la vita molto più comoda. Ricordatelo. Per molti aspetti, siete dei privilegiati, quindi smettila di frignare. Ai praticanti come me toccava fare la gavetta, e sai cosa significava? Significava stare al telefono fino a mezzanotte o l'una facendo *il giro delle croci*. Croce rossa, croce bianca, croce verde. E anche dei commissariati, per raccattare notizie. Nel migliore dei casi, mi caricavano di notte su una volante e via, a sirene spiegate, verso qualche scena del crimine. Oppure facevo le ore piccole tra i tossici e i senzatetto della Stazione Centrale, o nei bar di Quarto Oggiaro, a caccia di storie da raccontare. Ma non sempre riuscivi a trovarti sul posto al momento giusto, col morto sul marciapiede, il taccuino e il fotografo al seguito. Qualche volta i fatti di nera succedevano troppo tardi, o troppo lontano dalla redazione. E allora dovevi ingegnarti per scrivere come se fossi presente, senza esserci. Uno di noi si era procurato un libretto, tipo Pagine Gialle, con gli elenchi degli abitanti di Milano, strada per strada. E quando arrivava la notizia di un incidente o di un delitto, trovava il numero di qualcuno che abitava lì vicino, gli telefonava e si faceva raccontare cosa vedeva dalla finestra. O addirittura chiedeva di mandare giù qualcuno, un figlio, un nipote. E poi richiamava per raccogliere le informazioni. E il ragazzo veniva promosso sul campo *trombettiere*, o *stringer* come li chiamano in America: un procacciatore di notizie per i giornalisti. *Citizen journalism*, si dice oggi. Tutti ormai sono in grado di improvvisarsi reporter, con la telecamera dello smartphone, tutti possono pubblicare un servizio sui social o su YouTube. Per questo voi, che volete fare questo mestiere da professionisti, dovete tirare fuori i coglioni ancora di più.»

Ilaria abbassa gli occhi, ma non risponde.

«Ho sempre avuto amici nella polizia e nei carabinieri» continua Besana, «però non li ho mai considerati le uniche fonti, e nemmeno le più attendibili. Sono in pochi e hanno troppo lavoro, e tante volte hanno fretta di chiudere il caso, di archiviare come incidente anche quello che incidente non è. E allora tocca a noi cronisti seguire le piste abbandonate dagli inquirenti, alla ricerca della verità. Come quel salvadoregno investito da un'auto e in fin di vita all'ospedale, e la madre che insisteva: Prima di metterlo sotto lo hanno picchiato a sangue, e so chi è stato. Io l'ho ascoltata e ho scritto un pezzo, anche se i miei amici poliziotti dicevano: Lascia perdere, è stato un incidente. Ne ho viste tante, cosa credi, facendo questo mestiere: la bimba di tre anni freddata da un proiettile vagante, in braccio alla madre, a Rozzano, il gioielliere che insegue il rapinatore fuori dal negozio e lo stende con la sua calibro 9, il rapinatore che uccide il complice, il marocchino massacrato a bastonate per aver rubato dei biscotti in un bar, il cubano che si era nascosto nel carrello di un jet ed è arrivato morto a Malpensa, e poi il mondo della mala, le bande, i boss e i killer. Cosa farai quando dovrai occuparti di criminalità organizzata? Non mangerai per un mese? Questo mestiere non è *mai* allegro, sai? Ti senti sempre così impotente.»

Ilaria non solleva il viso, ascolta in silenzio.

«Un tempo la malavita era una professione alla luce del sole» continua Besana, «i grandi banditi erano dei personaggi pubblici, quasi dei divi, come Cavallero o Vallanzasca. Oggi i criminali colpiscono nell'ombra, sono per lo più dei fantasmi senza volto. A mettersi in mostra sono le vittime o i parenti delle vittime, e qualche volta anche i parenti degli imputati, che vanno in TV a piangere e a urlare le loro ragioni. Anche la tragedia diventa spettacolo, banalità da talk show. Io credo che un cronista serio debba andare oltre questi teatrini del dolore: la verità non è mai banale, è complicata, è piena di contraddizioni e di lati oscuri e noi dobbiamo lavorare in silenzio, pazientemente, per portarla alla luce. *Senza fare storie.*»

«D'accordo, vengo a mangiare con te» risponde Ilaria.

21 gennaio

Marco invita Ilaria a cena nel solito posto. Almeno lì non deve fare neanche la fatica di ordinare.

«Il suo antipasto, dottore?»

«Naturalmente» risponde Besana alla cameriera.

Non gli portano nemmeno il menù, e il vino arriva in automatico.

«Certo, questa Giulia Lecchi è sempre in mezzo» dice Ilaria. «Perché non l'abbiamo mai presa in considerazione?»

«Perché il DNA del Soggetto Ignoto è maschile» risponde Besana, versando il rosso. «E per dei delitti del genere ci vuole una certa forza fisica. Lei è alta un metro e sessanta, peserà cinquanta chili al massimo, ha dei polsi che hanno il diametro di una zucchina.»

«Sì però avrebbe un movente più grosso di te.»

«Grazie, Piatti.»

«No, parlo sul serio. In fondo suo marito andava a letto sia con Aneta che con Dana. E ci provava pure con Melissa, ce lo ha raccontato lei.»

«Ma dai. E si sarebbe inventata un serial killer per eliminarle tutte? Diabolica. Mi sembra poco plausibile. Avrebbe avuto bisogno di un complice un po' troppo particolare, diciamo. Mica facile procurarsi un cannibale. E dove lo avrebbe reclutato? Alle cene del Rotary? Ai tornei di burraco del golf club? A lezione di pilates?»

«Magari ha un amante. Nelle coppie di serial killer c'è sempre un manipolatore. Ha incontrato un sadico sessuale e per compiacerlo è disposta a fornirgli le vittime. Non le sceglie a caso, sceglie delle donne che già odia, che l'hanno in qualche modo umiliata. E gliele consegna. Questo spiegherebbe perché le ragazze salivano in macchina volontariamente. Di una signora come la Lecchi ci si fida, no?»

«Be', esistono casi del genere. Per esempio i Birnie, in Australia, negli anni Ottanta. La moglie era completamente sottomessa: accompagnava il marito a cercare le ragazze da stuprare, lo fotografava durante le violenze e poi lo aiutava a strangolarle. Lo faceva per non essere esclusa dalle fantasie sessuali del marito. Uccidere insieme, unisce molto. In questo tipo di coppia, uno dei due è dominante. Ma non è detto che sia per forza l'uomo. La Lecchi ha un bel caratterino.»

«Infatti. Potrebbe essere lei, la manipolatrice. Immagina un uomo fragile come Verzeni, terrorizzato dalle sue stesse pulsioni, che viene manovrato da una come lei.»

«Mica facile gestire un Verzeni, però» obietta Besana.

«Ma dobbiamo tenere conto della differenza d'età» risponde Piatti. «Se il nostro uomo è il gemello di Bresciani, nato nel '79, è parecchio più giovane della Lecchi. Lei potrebbe essere riuscita a esercitare un potere del genere proprio imponendosi come figura materna. Pensa alla storia di quel bambino, a tutte le sue sofferenze e a quanto può essere vulnerabile da questo punto di vista.»

«No, non torna, Ilaria. Spiegami perché la Lecchi gli permetterebbe di lasciare il DNA sui cadaveri, allora. Una donna come lei tende a tutelarsi. Per degli omicidi strategici, conviene pagare un professionista, se permetti.»

«D'accordo, ma qui si va oltre il movente, oltre l'obiettivo finale. Parliamo di follia a due» insiste Ilaria, «di un *disturbo psicotico condiviso*.»

«Ammazza, come sei competente. Bisognerebbe chiedere a Grace» risponde Besana, scettico.

«Intanto domani mattina potremmo andare a trovare la Lecchi e farci una chiacchierata con lei. Che ne dici?»

«Se ci tieni.»

22 gennaio

Ilaria e Marco camminano per le strade strette di Bergamo Alta, stanno cercando il negozio di antiquariato di Giulia Lecchi.

«Bisogna superare la Piazza Vecchia» dice Besana, controllando la mappa sul cellulare.

Ogni tanto Ilaria si distrae davanti alle vetrine.

«Guarda che bella quella borsa rossa. Solo che costa un botto.»

«Presto avrai uno stipendio, Piatti.»

«Magari.»

Girano in una splendida piazzetta con un giardino a terrazza e un antico lavatoio e continuano a salire.

«Eccoci» dice Marco, indicando un'insegna.

La vetrina è appena stata sostituita e sulla serranda ora c'è una telecamera di sorveglianza. Giulia li saluta e li fa accomodare su due poltrone déco.

«Suo marito come sta?»

«È molto abbattuto, come potete immaginare. Però l'avvocato è fiducioso. Lui non sapeva neanche chi fosse Bresciani, non ci sono legami fra loro. Lo stesso Bresciani non aveva la più pallida idea di chi fosse mio marito e l'ha detto in tutti gli interrogatori. La difesa punta su questo.»

«Incrociamo le dita.»

«Grazie.»

«Hanno smesso di tormentarla?»

«No, mi arrivano sempre messaggi sgradevoli, però la polizia adesso passa spesso di qui, basta che non mi distruggano più la vetrina.»

«Certo, è spiacevole.»

«A volte penso che in fondo era più spiacevole prima.»

«In che senso?»

«Di messaggi antipatici ne ricevevo forse di più. Ma da mio marito. Da anni comunicavamo solo attraverso post-it.»

Besana e Piatti la guardano. Giulia accavalla tranquilla le gambe, sembra persino liberata. Racconta senza censure il suo rapporto con Vimercati. Due coniugi che non si parlano più e comunicano esclusivamente attraverso foglietti gialli appesi al frigo o sullo specchio. La gente cosa immagina? Che siano comunicazioni di servizio. Tipo: Vai tu a comprare il latte, oppure: Ho preso io la macchina. Invece no. Erano insulti. Tipo: Vecchia rompicazzo, guarda che me ne vado, oppure: Sei un fallito, ricordati che ti mantengo io, merda di uomo.

«In galera non si possono certo usare *pizzini*. Siamo diventati quasi più civili» e ride.

Besana e Piatti sono allibiti. Anche un po' imbarazzati, abituati come sono alla riservatezza di tutti. Hanno davanti una donna molto cambiata dagli eventi. Giulia è diventata perfino più bella. Adesso è ben pettinata e porta un vestito bianco e verde di grande eleganza. Le scarpe con il tacco sottile sono chiaramente nuove, forse si sente nuova anche lei.

«A cosa devo questa visita?»
Besana rilancia con un'altra domanda, a bruciapelo.
«Ricorda le estati a Foppolo e la morte di Rossella?»
Giulia spalanca gli occhi, sorpresa.
«Ma cosa c'entra? Non era stata travolta da una frana?»
«Forse no. Del resto, il cadavere non è mai stato trovato.»
Sulla fronte di Giulia si forma una ruga.
«Perché questa storia orribile è sempre così vicina a me?»
«Si ricorda il cugino di Rossella? Allora aveva sei anni.»
«Certo, Bruno. Ho saputo che si è suicidato qualche giorno fa, volevo scrivere ai genitori, poi non me la sono sentita. Però io me lo aspettavo. Non si era mai ripreso da quel trauma, per tutta la vita ha fatto avanti e indietro dai reparti psichiatrici, poverino.»
«Lo sappiamo» risponde Besana, abbassando gli occhi. «Bruno, in un video, sosteneva che quel pomeriggio non erano soli. Che con loro c'era un ragazzo, probabilmente un adolescente dell'età di Rossella. Lei ha idea di chi poteva essere?»
Giulia si limita a scuotere la testa.
«Perché lo chiedete a me?»
«Perché l'abbiamo vista in una foto, insieme a loro.»
«Sì, certo, ma io frequentavo i genitori. Sa, non ho figli, quindi i ragazzi non li conoscevo. Ce n'erano tanti a Foppolo, uscivano tutti insieme. Mi ricordo che si trovavano nella sagrestia della chiesa per giocare a calcio, a pallavolo, a carte. Potete chiedere a una mia amica, però. Dopo la frana lei aveva raccolto volontari e aveva organizzato le ricerche di Rossella. Avevano battuto i boschi per settimane, ma senza trovare nulla.»
«Sì, grazie ci potrebbe essere utile. Dove possiamo trovarla?»

«Si chiama Elvira Motta. Ogni tanto la incontro ancora alle cene di beneficenza. È molto impegnata nel sociale, è una donna in gamba. Ha una farmacia a Suisio, se volete vi do il suo numero.»

«La conosciamo» risponde Besana, «perché faceva prelievi del DNA a tutti quelli che passavano da lì.»

«Non mi stupisce, ha sempre una causa per cui battersi. Beata lei. Io, in tutti questi anni, mi sono battuta solo per difendermi dal male che mi faceva mio marito. Poi, il male è arrivato sul serio. Quanto tempo abbiamo perso.»

22 gennaio

Escono dal negozio un po' scossi. Camminano uno di fianco all'altra in silenzio fino alla porta della città vecchia.

«Il banco» dice Ilaria di colpo. «Come abbiamo fatto a non pensarci?»

Besana si volta di scatto, non la segue.

«Quale banco?»

«Bruno non si riferiva ai banchi di scuola, ma ai banchi della chiesa» risponde Ilaria.

«Il loro luogo di ritrovo, giusto.»

«Ci vuole Enigma per decifrare i suoi messaggi, ma sono importanti.»

«Sempre se questa storia di Rossella c'entra davvero qualcosa.»

«C'entra, c'entra» risponde Ilaria. «Me lo sento.»

È l'ora di pranzo, Besana propone a Ilaria di fare un salto nella pizzeria dove lavoravano Aneta e Melissa.

«Tanto adesso la farmacia è chiusa» dice.

Ilaria è d'accordo. Non ha tanta voglia di tornarci però si rende conto che tutto ruota intorno a quel posto. Se vogliono capire qualcosa, devono passare per forza di lì.

Quando entra nel ristorante, anche se c'è stata tante volte, Ilaria si sente a disagio. Forse perché solo adesso capisce cosa la disturba. La poca grazia della provincia sta proprio nel fatto che tutto è fuori contesto, e nessuno sembra preoccuparsene. L'arredamento etnico è così ridicolo in un posto ai piedi delle montagne, per non parlare delle foto marine alle pareti, barche di pescatori e tramonti sulla spiaggia, che fanno a pugni con l'insegna *Polenteria*. Anche lo sforzo di essere moderni suona straziante: goffi cartelli appesi alla porta parlano di pizze senza glutine per celiaci e di farine bio. Poi c'è la televisione accesa in sala, a volume alto un programma per casalinghe.

Sono posti dove l'arrivo del nuovo stride dolorosamente con la chiusura atavica che li distingue, generazione dopo generazione, dove si vende il kebab insieme alla pizza al taglio, mentre la gelateria a fianco per sopravvivere inventa promozioni assurde («Domani gelato gratis dalle quindici alle diciotto»). E in mezzo resiste un negozio di biancheria («Vendita diretta di intimo») con i manichini in mutande ma con la parrucca. Locali dove ti danno la chiave del bagno con una piccola bara attaccata, perché sono sponsorizzati dalle pompe funebri. In fondo è la stessa sciatteria che porta ad abbandonare un cadavere nelle sterrate intorno all'Adda, sotto a un cartello con scritto «Divieto scarico immondizie». Non è ironia. È la disabitudine all'eleganza, che invade ogni cosa. Compreso l'omicidio.

Abbas si avvicina con un sorriso stanco. È molto dimagrito, la barba ispida sulle guance scavate. Appoggia il menù plastificato sul tavolo.

«Oggi ci sono solo io» dice. «Devo fare le pizze e anche

servire. Del resto, tutti gli altri sono morti. Ma non si poteva tenere chiuso per sempre.»

L'assenza di Melissa e Aneta pesa sulla sala, completamente vuota. Abbas racconta che all'inizio arrivavano molti curiosi, anche dai paesi vicini. Adesso però, passata l'ondata di voyeur del male, non si presenta quasi più nessuno. Un luogo troppo cupo. Indica un altarino di cattivo gusto in fondo, una foto delle due ragazze e qualche lumino spento, alcuni biglietti e un paio di peluche, fiori ormai secchi.

«Sto cercando un altro lavoro» dice, «ma ci vorrà tempo, per adesso mi tocca stare ancora qui.»

Parlano un po' di Bresciani, ma Abbas non sa cosa dire. Non l'ha mai visto né sentito nominare, da nessuna delle due.

«Sono sollevato, certo. Almeno è dentro. Però non riesco a spiegarmi come mai Melissa sia salita sulla sua macchina, lei non si fidava di nessuno.»

«Neppure noi riusciamo a capire» risponde Besana.

«Confesserà?»

«Per ora continua a dichiararsi innocente.»

«Ma sui corpi c'è il suo DNA. E questo non lascia dubbi, no?»

«Sì, non lascia dubbi» ammette Besana. Certo non può confessargli i suoi. Non ancora, almeno.

Quando Abbas torna al tavolo con le pizze, Ilaria ne approfitta per fargli qualche domanda su Giulia Lecchi.

«No, lei non veniva mai qui» risponde Abbas, «un po' perché il marito faceva lo scemo con tutte, un po' perché era molto arrabbiata con Aneta.»

«Aveva scoperto la relazione con suo marito?»

«No, non per quello. Forse non lo sapeva neanche. Era per suo padre. Perché il vecchio notaio Lecchi voleva cambiare il testamento, aveva promesso ad Aneta di lasciarle degli appartamenti. Era la sua badante, le voleva bene, ma la figlia era fuori di sé, quando lo ha scoperto. Diceva che Aneta lo aveva raggirato. Infatti stava per licenziarla.»

22 gennaio

Quando salgono in macchina per raggiungere la farmacia, Ilaria è eccitatissima.

«Vedi? Questo sì che è un movente. Altro che follia a due. Quella donna è molto molto razionale, invece.»

«Ti ripeto che non è facile governare un sadico con tendenza al cannibalismo» risponde Besana.

«Forse le è sfuggito di mano» dice Ilaria.

«Cosa intendi dire?»

«Magari all'inizio lo ha istigato a uccidere e lo ha aiutato a mettere in scena il ritorno di Verzeni. Poi quello non si è fermato più.»

Besana inchioda di colpo davanti alla chiesa di Bottanuco. Ilaria viene proiettata in avanti e urta con il petto contro la cintura.

«Che succede? È passato un gatto nero?»

«No» risponde Besana, «dobbiamo fermarci un attimo qui.»

«Per dire una preghierina?»

«Piattola, parlavo del Comune. Voglio dare un'occhiata all'archivio storico, dove sono conservati tutti i documenti su Verzeni. Voglio sapere chi li ha consultati.»

«Bell'idea» risponde Ilaria, saltando giù.

«Ci sarà un responsabile, dobbiamo farlo parlare molto, prima di arrivare al dunque. Poi ci dirà anche i nomi.»

Quando entrano nell'archivio, vedono una signora sulla sessantina seduta davanti a un computer. Fa scivolare gli occhiali sul naso e li guarda da sotto in su, sospettosa.

«Cercate qualcuno?»

«Il responsabile.»

«Sono io» risponde secca, poco accogliente. Senza staccare gli occhi dalla sua pagina Facebook.

«Vorremmo consultare i documenti relativi a Vincenzo Verzeni. È possibile?»

La signora, molto scocciata, si alza in piedi.

«Adesso tutti ce l'hanno con questo Verzeni» borbotta, «come se a Bottanuco fosse vissuto solo lui. Nessuno che mi chieda di Colleoni, per esempio. Un condottiero della Serenissima, voglio dire. Invece no. La gente ha in mente solo quell'assassino.»

«Perché? Vengono in molti a consultare l'archivio?»

«*Uff*» sbuffa la signora.

Besana e Piatti, per ammorbidire l'atmosfera, si presentano con grande gentilezza. Le raccontano che in paese gira voce che Verzeni sia stato ucciso e chiedono di vedere il certificato di morte.

«Ve l'ha raccontato Efisio, vero? È il suo cavallo di battaglia, specie dopo due grappini.»

Sfila un faldone dallo scaffale, lo apre velocemente e tira fuori con grande sicurezza un foglio ingiallito, come per levarseli di torno in fretta.

«Eccolo qua. *Atti di morte. N. 87. Verzeni Vincenzo*» dice, e comincia a leggere ad alta voce: «*L'anno millenovecentodiciotto, addì trentuno di dicembre a ore pomeridiane tre e minuti trentacinque, nella casa Comunale. Avanti di me Bulla Giacomo Segretario Delegato con atto del Sindaco in data cinque marzo milleottocentosettantasei debitamente approvato Ufficiale dello Stato Civile del Comune di Bottanuco, sono comparsi Verzeni Giuseppe fu Giovanni, di anni quarantasei, possidente, domiciliato in Bottanuco, e Paganelli Giuseppe di Michele, di anni quarantuno, pastaio, domiciliato in Bottanuco, i quali mi hanno dichiarato che a ore pomeridiane due e minuti dieci di oggi, nella casa posta in via San Giorgio al numero sessanta, è morto Verzeni Vincenzo, di anni sessantanove, contadino, residente in Bottanuco, nato in Bottanuco dal fu Giacomo, domiciliato in vita in Bottanuco, celibe.*»

«Non specifica la causa della morte» nota Ilaria.

«No» risponde la signora, richiudendo il faldone e mettendolo subito via.

Besana e Piatti le corrono dietro, perché lei sta già tornando di corsa verso la sua scrivania.

«E dove è stato sepolto?»

«Se andate in parrocchia vi fanno vedere un documento in latino dove si spiega che ha ricevuto i sacramenti e ci sono state esequie religiose. Non date retta a Efisio. Arrivederci, buon lavoro» e ricomincia a commentare un post sul gatto di un'amica.

«Non è molto collaborativa» sussurra Ilaria a Marco, «provaci tu.»

Besana si pianta davanti alla scrivania, in attesa che sollevi di nuovo gli occhi.

«Mi dispiace interromperla ancora» azzarda, cauto, «diceva che vengono in molti qui. Anche giornalisti?»

«No, soprattutto storici locali. Una volta è arrivata della gente che voleva girare un documentario. Tempo fa è venuta anche la moglie di Vimercati, quello che è in galera.»

«Giulia Lecchi?»

«Non mi ricordo il nome, comunque lei. Non so dirle altro, le ho consegnato la scatola e basta, poi è rimasta di là. Scusate, ho delle pratiche urgenti.»

Quando escono, Besana guarda l'ora.

«Troppo tardi per andare in farmacia» dice, «ormai sta per chiudere.»

«Eh, ma abbiamo fatto bene a passare di qui. Ora sappiamo che la nostra amica Giulia ha *studiato*.»

«E noi andremo a interrogarla» risponde Marco.

23 gennaio

La mattina presto, il caposervizio telefona a Marco.

«Ehi, Besana, qui si batte la fiacca» dice Roberto. «Capisco che il vampiro ti ha debilitato, ma non mi mandi un pezzo da più di una settimana.»

Besana, in risposta, grugnisce.

«Hai voglia di fare un giretto nel mantovano?»

«Con questa nebbia?»

«Dai, Marco. C'è stato un altro femminicidio. È una roba grossa, che farà discutere. Un medico ha dato fuoco alla moglie davanti alla figlia di cinque anni.»

«Oh, merda.»

«Portati dietro la Piatti, così vi fate una mangiata di ravioli di zucca e salama.»

«Non mi sembra una gran bella gita» risponde Marco, «e poi preferisco andarci da solo.»

Besana riflette un attimo. Deve raccontargli il passato di Ilaria o no?

«Piatti è molto stanca» aggiunge subito dopo, «ha bisogno di un giorno di riposo.»

«Alla sua età? Deve galoppare, altroché.»

«Ti garantisco che lo fa anche troppo.»

La sera, quando Marco torna a casa, stanchissimo, suona il citofono. Apre la porta a Ilaria, che lo fissa con sguardo preoccupato.

«Ma che ti è successo? Perché non mi hai risposto tutto il giorno?»

«Ero in giro per lavoro» risponde Marco, evasivo.

«Senza di me? Sei stufo di avermi sempre attorno?»

«No, mi hanno solo mandato a seguire un altro caso.»

«La donna uccisa nel mantovano, vero? Per questo non mi volevi.»

Besana abbassa gli occhi.

«Non ti ho mai chiesto di proteggermi, Marco» dice Ilaria, sedendosi di fronte a lui. «Se mi proteggi, mi offendi. Io voglio vivere e lavorare come tutti gli altri.»

«Scusa.»

«Siamo milleseicentoventotto, per ora, in Italia» dice Ilaria.

«Siamo chi?»

«Noi, *orfani due volte*. Ci chiamano così. Oppure *vittime collaterali*. Si sono inventati un nome – anzi due – per i figli dei femminicidi. Ma non si sono ancora inventati delle leggi. Per esempio mio padre, se esce di galera, può prendersi la pensione di reversibilità della mamma. Mentre io no, non posso farlo. Per i figli delle vittime di terrorismo o di mafia c'è un'indennità, per noi niente. E io sono stata anche molto fortunata, perché mi hanno cresciuta gli zii. Molti finiscono nelle case famiglia o in istituti. Non è mica facile gestirci. Io ero in casa però, stando agli atti, tutto è successo in garage, quindi lontano da me. Altri invece hanno visto uccidere la madre e hanno visto il padre suicidarsi, subito dopo. Perché il cinquanta per cento dei casi finisce così. Io sono stata fortunata, te lo ripeto, non mi devi proteggere. Non devi. Non voglio.»

24 gennaio

Il mattino dopo, Giulia sta disimballando un comò impero con l'aiuto di due trasportatori. Quando vede entrare Besana e Piatti, con la coda dell'occhio, ancora piegata sul cartone, agita le forbici per salutarli.

«Arrivo» dice, «finisco qui, perché devo mandare via il camion.»

«Certo, faccia con calma» risponde Besana, mentre curiosa fra le stampe appese alle pareti.

Ilaria si fissa su una vecchia roncola, con il manico tarlato e la lama tirata a lucido.

Giulia firma una ricevuta, saluta i trasportatori e si libera i capelli dalla fronte, sospirando.

«Eccomi. Volete un caffè?»

Besana e Piatti accettano, sedendosi sulle solite poltroncine déco. Giulia telefona al bar di fianco per farsi portare tre espressi.

«Ieri siamo stati all'archivio comunale di Bottanuco e abbiamo saputo che anche lei si è appassionata alla storia di Verzeni.»

Giulia si irrigidisce e si appoggia allo schienale con un colpo di reni.

«Ah sì, ma parecchi mesi fa. Prima che succedesse tutto questo. Volevano vendermi una raccolta di foto e di stampe dell'Ottocento. Sostenevano che appartenessero alla famiglia Verzeni. Allora ho cercato di documentarmi.»

«E le ha comprate?»

«Purtroppo sì. Poco dopo le ho fatte vedere a uno storico locale che mi ha riso in faccia. Secondo lui mi ero fatta fregare.»

«Perché?»

«Ho comprato tutto il fondo per mettere le mani su un ritratto di Verzeni, una stampa niente male. C'era anche una sua fotografia da bambino, con il cappello e la cravattina. Ma a quanto pare non era lui.»

«Possiamo vedere quella stampa e quella foto?»

«Le ho vendute proprio una settimana fa. Dicendo che si trattava di Verzeni, naturalmente.»

«A chi?»

«A un collezionista.»

«E si ricorda il nome?»

«Formisano.»

«L'avvocato di Bresciani?»

«Esatto.»

24 gennaio

La dottoressa Motta è di nuovo sola al banco, non ci sono più studentesse che maneggiano tamponi. Li saluta con un cenno appena li vede entrare nella farmacia.

«Oh, gli amici giornalisti. Ma non ho scoop per voi. Non sono stata io a trovare quel DNA, lo hanno incastrato con un etilometro.»

«Lo sappiamo» risponde Besana, stringendole la mano.

«Volete altro Xanax?» La dottoressa fa un occhiolino a Ilaria.

«No, siamo venuti per parlare con lei di un vecchio caso. Ricorda quella vacanza a Foppolo e la scomparsa di Rossella?»

«Certo, come si fa a dimenticare una tragedia del genere. Quella maledetta frana. Hanno trovato Rossella?»

«No, purtroppo no.»

«E allora perché il giornale si interessa a una ragazza travolta dal fango vent'anni fa?»

«Perché suo cugino, che allora aveva sei anni, è morto la settimana scorsa.»

Lei annuisce.

«Sì, ho saputo di Bruno. Povero ragazzo, ancora non riesco a crederci. Me lo ricordo da piccolo. Era un bambino così allegro, così affettuoso. Non si è mai ripreso dalla morte della cugina, la sua depressione è nata così. Quell'incidente ha distrutto anche lui, fate bene a scriverlo.»

«Ci hanno detto che lei organizzava le ricerche della ragazza. È vero?»

«Sì, per giorni ci siamo mobilitati tutti. Anche di notte andavamo a cercarla, con le torce. Io facevo delle piccole squadre, di cinque o sei persone. E le sparpagliavo per i boschi, in direzioni diverse. Ma trovammo solo una scarpa nel fango, vicino al torrente. Nient'altro. Anche mio figlio era in prima linea.»

«Suo figlio era amico di Rossella?»

«Sì, erano molto amici. Uscivano insieme, con tutto il gruppo della parrocchia. C'erano tanti ragazzi della loro età. Ma dopo quello che è successo, ha smesso di frequentarli. L'assenza di Rossella pesava troppo anche a lui.»

«Ci piacerebbe fargli qualche domanda. Dove possiamo trovarlo?»

«Adesso è via. Fa l'assistente di volo, è sempre in viaggio. Vi do il suo numero, potete telefonargli.»

«Grazie. Come si chiama?»

«Gabriele. Gabriele Baschenis. Sarà felice di darvi una mano, ne sono sicura, le voleva molto bene.»

24 gennaio

«Assistente di volo» dice Ilaria, salendo in macchina.

«Calma. Potrebbe essere una coincidenza. Dobbiamo prima verificare che sia un figlio adottivo» risponde Besana.

«Cosa che spiegherebbe perché nessuno è andato a cercarlo, anche se la madre ha consegnato spontaneamente il suo DNA alla scientifica.»

«Non correre, Piatti.»

«Abbiamo il numero di telefono dell'assassino. Che facciamo? Gli diamo un saluto?»

«Per adesso non chiamiamo proprio nessuno. E poi chi ti ha detto che sia lui l'assassino?»

«Accidenti, quella sera in pizzeria ci dava le spalle, non riesco a ricordarmelo. Se fosse il gemello di Bresciani, dovrebbe somigliargli almeno un po'.»

«Sì, infatti. Io l'ho incontrato anche in farmacia, ma stava aiutando la madre a prendere i tamponi e aveva la cuffia, gli occhiali, la mascherina. Francamente, non saprei riconoscerlo.»

«Allora cerco una foto.»

Ilaria digita velocissima, si sente il ticchettio della tastiera.

«Gabriele Baschenis, eccolo. L'ho trovato su Facebook» dice.

Besana volta a destra di colpo, senza mettere la freccia, e si ferma in una piazzola. Guardano insieme il profilo.

«Che strana faccia» dice Ilaria.

«Chiaramente fa un uso eccessivo della chirurgia plastica.»

«Be', il naso è rifatto, si vede lontano un miglio. Direi anche mento e zigomi.»

«Forse soffre di *dismorfofobia*» dice Besana.

«Di cosa?»

«Non ne hai mai sentito parlare?»

«No.»

«Ho scritto un paio di articoli sull'argomento, anni fa, quando è morto Michael Jackson. Nel 1984 aveva subito un grave incidente: mentre girava uno spot per la Pepsi gli si erano incendiati i capelli, e i medici avevano dovuto ricostruirgli il cuoio capelluto. Da lì è cominciata la sua dipendenza dagli antidolorifici e la chirurgia estetica è diventata per lui una vera ossessione, tanto che molti parlavano di dismorfofobia. È la convinzione che il tuo aspetto fisico abbia qualcosa che non va, qualcosa di abnorme o di deforme, o addirittura di ridicolo, che deve essere assolutamente corretto.»

«Allora ne soffro anch'io. Non mi piace niente di me.»

«Piattola, non ti rispondo neanche» Besana scuote la testa. «Ci stavamo occupando di cose serie, fino a un minuto fa.»

«Scusa, comincio a essere un po' provata.»

«Lo capisco, anch'io lo sono. Ma forse adesso siamo davvero vicini a una svolta.»

«Dici?»

«Quando studiavo per quell'articolo, ho letto che secondo alcuni psichiatri la dismorfofobia deriva da un rapporto difficile con la figura materna. Una madre troppo preoccupata dell'aspetto fisico del figlio, che invece di lasciarlo crescere secondo i suoi desideri e le sue esigenze, cerca di farlo assomigliare a un modello che lei ha in testa. E così uno cresce con un'errata percezione del proprio corpo, come se fosse una semplice estensione di quello della madre.»

«Ci sarà una relazione tra dismorfofobia e cannibalismo?»

«Non ne ho idea» risponde Besana.

«Proviamo a guardare?»

«Perché no.»

Sul video scorrono siti di psicologia e dietologia, immagini di uomini e donne obese, di cosce e glutei devastati dalla cellulite.

«Qui dice che le diete ipocaloriche troppo rigide bruciano i muscoli in una sorta di *autocannibalismo*. Mi sa che non c'entra.»

«Direi proprio di no.»

«E quest'altro sito mette in guardia contro le ossessioni legate al cibo e all'aspetto fisico: possono provocare comportamenti aggressivi o violenti. Ma non credo che si riferiscano all'omicidio.»

«Senti, a intuito, un nesso ci può essere» dice Besana. «Uno comincia col sentirsi inadeguato, magari perché la madre lo rifiuta…»

«La mamma lo ha abbandonato: più di così» lo interrompe Ilaria.

«Appunto. Insomma, comincia odiando il proprio corpo, o amandolo in modo malato. Poi scopre che è possibile odiare, o amare in modo malato, *il corpo degli altri*.»

«Non ti so dire se è una teoria che regge o no ma, da un punto di vista logico, il ragionamento non fa una piega» risponde Ilaria. Sente un brivido lungo la schiena.

«Comunque non spetta a noi tracciare un profilo. Per fortuna siamo solo giornalisti.»

24 gennaio

Sono le otto di sera quando Ilaria si accorge che il suo frigo è completamente vuoto. Lei è già in pigiama, ma se ne frega, s'infila il piumino sopra e corre fuori per raggiungere un discount dietro l'angolo, che resta aperto fino alle nove. Il pakistano la saluta, le ha procurato la pianta di rosmarino che voleva, lei ringrazia. Compra dei mandarini, un paio di birre per quando verrà Besana e una zuppa già pronta. Poi torna a casa con la pianta in una mano e il sacchetto nell'altra.

Mentre passa davanti al ristorante indiano, lanciando un'occhiata alla vetrata, si accorge che seduto a un tavolo c'è suo padre. Si avvicina, cercando di non farsi vedere. Ha già dei permessi? Lo lasciano uscire dal carcere di Opera? Manda giù saliva, che però si ferma in gola, come se fosse ostruita. È il dolore che la chiude.

Sta cenando con una signora proprio nel ristorante sotto casa sua. Che sia la donna che frequentava in quel periodo? Gli è rimasta accanto? Oppure l'ha conosciuta in prigione? Li guarda. Parlano, ridono e scherzano come persone normali.

Per un attimo, Ilaria ha la tentazione di entrare. *Sorpresa.*

Chissivede. Ma non se la sente. Intanto si vergogna a presentarsi in pigiama, con una pianta di rosmarino in una mano e un sacchetto della spesa nell'altro. Darebbe un'immagine desolante della sua vita. Ha sempre immaginato quel momento in forma gloriosa, come una specie di rivincita. *Tu hai portato solo rovina e distruzione, ma io ce l'ho fatta lo stesso. Guardami adesso, se ne hai il coraggio.* In pigiama però si sente fragile, un po' nuda. Forse, sotto sotto, è lei che non ha il coraggio di guardarlo in faccia. Non si vedono da troppi anni. Non è mai andata a trovarlo in carcere.

Li osserva ancora, attraverso il vetro. Deve prendere atto che qualcosa inesorabilmente la separa da suo padre. Ma la turba ancora di più pensare che in questo momento loro stanno dalla parte della luce e lei da quella del buio. In mezzo c'è una porta, da non attraversare. *Papà, come puoi sorridere ancora? Mi senti? Mi senti?* No, la sua voce non la sente. Non si è nemmeno voltato verso la vetrata. Non saprà mai che dietro c'era un'ombra. Lei.

Ilaria fa un grande respiro e tira dritto. Cammina veloce sul marciapiede. Ora è una donna che va in giro in pigiama con una pianta di rosmarino in una mano e un sacchetto del discount nell'altra e piange per strada. Sempre peggio. Ogni tanto qualcuno guarda lei, e non c'è nemmeno un vetro a proteggerla.

Entra in fretta in casa, spingendo il portone con una spalla, e corre su per le scale. Appoggia la pianta e la spesa in cucina, si toglie veloce il piumino e le scarpe. Non ha più fame. Preferisce stapparsi una birra comprata per Besana. Pazienza. Domani farà di nuovo rifornimento. La beve a collo, seduta sul divano. Adesso non piange più, sente solo una gran rabbia.

Rivede il viso di suo padre, che muove la bocca come in un film muto per chiedere qualcosa alla signora seduta di fronte e lei che risponde, allegramente. Chissà cosa voleva sapere, cosa si faceva raccontare. Magari sciocchezze legate alla vita di tutti i giorni, al suo lavoro, alla casa, al gatto. Con quanta partecipazione ascoltava.

L'idea che lui possa passare anche solo una serata come tutti gli altri la fa impazzire. Le sembra di colpo inutile dare la caccia agli assassini. Si alza e stappa anche la seconda birra, ma non riesce più a sedersi. La rabbia la agita e la costringe a girare per il salotto. Per allargare il perimetro, fa avanti e indietro anche dal bagno, almeno ha qualche metro in più. Afferra il telefono e chiama Besana.

«Ilaria, ma stai piangendo? Che succede?»

«Niente. Volevo dirti che ho finito le tue birre. Te le avevo comprate, sai? Ma le ho finite» e piange, piange, «le ho finite.»

«Vuoi che venga da te?»

«No, adesso mi faccio un bicchiere di benzodiazepine e vado a dormire. Grazie per il pensiero.»

«Perché piangi?»

«Perché loro stavano dalla parte della luce e io da quella del buio. Non è giusto.»

«Loro chi?»

«Te lo racconterò domani, ora sono tanto stanca. Tanto, tanto stanca.»

25 gennaio

Il giorno dopo, Piatti e Besana stanno di nuovo attraversando la Bergamasca. La nebbia si confonde con il fumo che sale dai campi, è difficile tracciare un confine preciso fra il cielo grigio e la terra coperta di brina, ma a loro improvvisamente quel paesaggio sembra un po' meno insidioso. Forse adesso lo possono dominare.

«Ma cosa ti è successo ieri?»

«Ho visto mio padre. Cenava nel ristorante indiano sotto casa mia. Pensa che coincidenza, con tutti i ristoranti che ci sono a Milano. Era con una signora, sembrava molto allegro.»

«Gli avranno dato un permesso premio» risponde Besana.

«Immagino di sì. Dieci anni dalla condanna sono già passati.»

«E cosa ti ha detto?»

«Lui non mi ha vista. Lo guardavo attraverso un vetro, come in un carcere di massima sicurezza. Solo che lui sembrava un uomo molto libero. Quasi più libero di me.»

Besana allunga un braccio e le carezza una mano, ma Ilaria non ha più voglia di parlarne.

«Hai scoperto qualcos'altro su Baschenis?»

«No» risponde Besana, «ieri ero molto stanco anch'io. Ma oggi bisogna fare alcune domande in giro.»

Entrano in pizzeria, Abbas li sta aspettando. Si pulisce le mani sul grembiule e li fa accomodare sul retro, in una saletta buia e isolata. Almeno non c'è il rumore della televisione. Ci sono solo delle slot in disuso, ormai scassate, archeologia dei vizi di provincia. La moglie di Picariello non vuole sostituirle con delle nuove, basta e avanza la dipendenza di suo marito, ma la sciatteria di paese non mette ansie di tipo estetico e, per quanto siano oggetti ingombranti, nessuno si è ancora preso la briga di portarle in una discarica.

Abbas ha appoggiato sul tavolo un vassoio con la colazione, caffè e cornetti, ma le brioches, traslucide come smalti medievali, sono troppo gommose e l'espresso sa di liquirizia e sapone per i piatti. Besana gli mostra la foto.

«Mai visto qui?»

Abbas solleva piano gli occhi da leone.

«È il complice?»

«Ancora non lo sappiamo» risponde Besana. «È solo un'ipotesi nostra.»

«E Bresciani?»

«Rimane in galera, tranquillo.»

Abbas non stacca gli occhi dalla foto.

«Ogni tanto veniva qui, sì. Conosceva Aneta. È un pilota, vero?»

«Un assistente di volo.»

«Comunque c'entra con gli aerei, questo me lo ricordo. Perché Aneta voleva fare la hostess e gli chiedeva consigli sui corsi da frequentare. Sicuramente chiacchierava anche con

Melissa. Era gentile, lei, parlava un po' con tutti i clienti.»
«Puoi dirci qualcosa di più su Baschenis? Ogni piccola informazione può esserci utile.»
«Credo che abiti a Milano adesso. So che è il figlio della farmacista di Suisio. La signora che raccoglieva il DNA con i volontari, l'avete presente?»
Piatti e Besana fanno cenno di sì.
«Una brava donna» continua Abbas, «una che si è sempre data da fare per tutti. Per gli immigrati, per gli anziani, per i disoccupati, per i drogati, per i gatti e per i cani.»
«È per caso un figlio adottivo?»
«Ah, non lo so» Abbas solleva le spalle, «per noi quello lì è il figlio della farmacista e basta.»
«Ti ricordi se è venuto nel periodo degli omicidi?»
«No, non riesco a ricordare. Mi dispiace. Forse l'ho visto nei giorni intorno a Natale, ma non sono sicurissimo. Potrei confondermi. So che aveva tenuto un appartamento qui, sopra quello di sua madre. Insomma, passava spesso dalle nostre parti.»
Piatti e Besana escono dalla pizzeria desolati.
«Se non è adottivo, abbiamo sbagliato tutto» commenta Ilaria.
«Certo. Lei per prima ha consegnato il suo DNA, gli inquirenti si sarebbero accorti della parentela con il Soggetto Ignoto.»
«Magari ha consegnato pure un tampone di suo figlio, cosa ne sappiamo.»
«Se Giorgio non ci aiuta, non possiamo andare avanti. Stiamo facendo una fatica inutile.»
«Gli hai parlato?»

«Certo, gli ho telefonato anche ieri. Ma non c'è niente da fare. Non ci ascolta più. Continua a ripetere che il caso è risolto e che la nostra ipotesi è inverosimile.»

25 gennaio

Il centro estetico di Dana ha pareti viola decorate con farfalle e fate, scie di lustrini dal muro arrivano a smalti e ombretti posati sugli scaffali senza soluzione di continuità. L'odore di olio di sandalo è quasi più forte dell'incenso che brucia all'ingresso. Da quando è morta la Perego, il centro è gestito solo da Concita, la sua socia cubana.

Piatti e Besana le mostrano la fotografia di Baschenis. Concita annuisce.

«Gabriele. Come no. Un *aficionado*. Spendeva tantissimo in creme, snellenti e antirughe. Gli facevamo anche punture di acido ialuronico. Era fissato con l'aspetto fisico.»

«Era cliente di Dana?»

«Dana, certo, lui voleva sempre e solo Dana. Quando era qui, veniva anche tre o quattro volte a settimana. Ci mandava delle mail dall'estero per prenotare.»

«E adesso?»

«Il centro è stato chiuso per lutto, l'ho riaperto solo ieri» risponde Concita, stringendosi nelle spalle. «Ma perché mi chiedete di lui? Era gentile, educato. Una brava persona.»

«Sì, lo sappiamo» rispondono per non generare sospetti. «Ma potrebbe essere un testimone interessante.»

«Un testimone?»

«Ancora non possiamo dire niente. Anzi, le chiediamo la cortesia di mantenere una certa riservatezza su questa conversazione.»

Lei annuisce con forza.

«Sì, certo, certo. Io sono una persona riservata. Molto riservata.»

«Bene» e le sorridono.

Soddisfatti di aver trovato un punto di contatto con la Perego, Piatti e Besana risalgono in macchina.

«Conosceva Aneta, conosceva Melissa, conosceva Dana. Conosceva persino Rossella e Bruno» dice Ilaria. «Un po' troppe le coincidenze, no?»

«Esiste la presunzione di innocenza, Piatti. Bisogna essere cauti. Purtroppo noi non abbiamo i mezzi della polizia. Non possiamo fermarlo per strada e non possiamo fargli l'etilometro. E anche se ci riuscissimo, in modo illecito, non avremmo comunque gli strumenti per analizzare il suo DNA. Dall'altra parte, c'è una coincidenza molto molto più pesante.»

«Se lo riconosce anche la madre di Melissa, giuro che mi incateno davanti alla Questura di Bergamo» dice Ilaria.

«Tu non devi incatenarti da nessuna parte» risponde Besana, «semmai ti devi liberare dalle tue catene. Non lo hanno dato a te, l'ergastolo.»

Ilaria abbassa gli occhi, non parla più. Forse Marco ha ragione.

Ora comunque arriva la parte più difficile perché hanno appuntamento con la madre di Melissa. La signora Elsa ha ricominciato a lavorare nel suo panificio il giorno dopo il funerale. Racconta questo, mentre affida il banco all'aiutante bengalese e fa cenno a Piatti e Besana di seguirla sul retro. Salgono una scala stretta fra pareti scrostate e si trovano in casa, esattamente sopra il negozio. In salotto ci sono ancora le cose di Melissa. I libri di giurisprudenza sul tavolo del tinello (il legno è pulito e lucidato, quindi qualcuno li ha sollevati e rimessi dov'erano), il piumino e la sciarpa della figlia sono appesi in ingresso, ci sono persino le sue pantofole davanti alla porta, una accanto all'altra sul marmo che brilla (anche quelle sollevate per lavare il pavimento e poi tornate al loro posto, irremovibili come un dolore).

La signora Elsa offre dei biscotti fatti con le sue mani, che Ilaria e Marco non possono certo rifiutare. Ha anche messo in frigo una bottiglia di cattivo spumante, perché di vini non se ne intende tanto, che loro – commossi, davvero commossi – naturalmente accettano.

«Melissa parlava così bene di voi» dice.

Ilaria sta per piangere, quindi è Besana che controlla il timone. È lui che passa la fotografia alla signora Elsa, che inforca gli occhiali e la guarda molto attentamente prima di parlare.

«Ma è il figlio della dottoressa Motta» dice.

«Melissa lo conosceva?»

«Tutti si conoscono qui» risponde la signora, «ma loro si erano visti proprio poco tempo fa. Lui le aveva dato un passaggio in macchina a Milano, Melissa aveva appuntamento con una ginecologa. Io non capivo perché volesse abbandonare la sua, con cui si era sempre trovata bene, e andare fin là. Ma non ho fatto domande, non volevo essere invadente. Poi ho saputo dalla polizia che mia figlia aveva abortito e ho collegato le cose.»

«E pensa che abbia parlato a Baschenis dell'aborto che aveva in mente?»

«Non so» risponde la madre, «Melissa era molto aperta, raccontava i fatti suoi a troppe persone. È possibile, sì, in fondo l'ha incrociata in un momento di debolezza. Chi non ha bisogno di sfogarsi mentre va ad abortire?»

Triste e vero.

«Perché ha abortito secondo lei? Abbas avrebbe tenuto il bambino.»

La madre di Melissa sospira.

«Abbas è un bravissimo ragazzo. Lui era convinto che fosse suo e nessuno metterà mai in dubbio questa convinzione. Però» si ferma, «ho il sospetto che Melissa vedesse anche un altro uomo. Ogni tanto si chiudeva in camera per rispondere al telefono e non lo faceva quando chiamava Abbas. E se le chiedevo chi era, lei cambiava discorso. Secondo me era innamorata di un uomo sposato.»

«Innamorata?»

«Le madri certe cose le capiscono, anche se le figlie non vogliono parlarne.»

26 gennaio

«Il figlio era tuo vero?»

Giorgio si copre gli occhi con una mano, non dice niente.

«Sta' tranquillo, siamo amici. Rosa non saprà nulla» continua Besana.

«Tu non puoi immaginare quanto è stato faticoso nascondere questo dolore. E lavorare come se fosse una vittima uguale a tutte le altre.»

«Potevi parlarne con me.»

Giorgio scuote piano la testa. Sta dicendo di no a qualcosa di più grande, tutto il suo corpo sta dicendo di no.

«Non potevo farlo con nessuno. Era troppo, troppo. Non puoi capire cos'ho provato quando sono andato sulla scena del crimine. Era come se quel bastardo avesse ucciso me. E allo stesso tempo come se l'avessi uccisa io.»

«Forse l'ha fatto apposta. Voleva fare del male a te.»

«Sì, ci ho pensato. Ci è riuscito. Sono distrutto da quel senso di colpa che lui non prova. Non me ne libererò mai più. Mi ha reso un assassino.»

«Tu non sei un assassino.»

«Non conta quello che sono, conta come mi sento adesso.»

«Non sovrapporre troppo le cose. Probabilmente c'entra anche l'aborto, stai mescolando i piani in modo irrazionale. Non ti puoi permettere di essere irrazionale, non in una situazione così.»

«Hai ragione, ma la testa va per conto suo.»

«L'avete deciso insieme?»

«Sì. Forse Melissa sperava che io lasciassi la mia famiglia, ma non ha mai fatto pressioni. Ne parlavamo con calma. Voleva dire la verità ad Abbas, ma io le consigliavo di non farlo. Perché avevo paura che lui raccontasse a qualcuno questa storia. Sono stato un gran vigliacco. Le ho trovato una ginecologa di Milano, perché la gente in paese non parlasse.»

«La riservatezza, eh.»

«È il cappio di questa ottusa provincia. Non possiamo fare altro che mettercelo al collo e soffocare nei nostri segreti.»

Besana resta in silenzio un attimo, gioca con il pacchetto di sigarette, picchiando gli angoli sul tavolo.

«Lo ha riconosciuto anche la madre di Melissa. Baschenis l'ha accompagnata a Milano, ad abortire. Per questo, sapeva. Per questo lei, che non si fidava di nessuno, è salita ancora sulla sua macchina, quella sera.»

Giorgio tira un pugno sul tavolo, fino a farsi sanguinare le nocche.

«Basta con questa storia, mi stai tormentando per niente. Intanto questa faccenda dei gemelli non compare da nessuna parte. Siamo andati a controllare all'anagrafe e non risulta.»

«Lo so, anche noi siamo andati. Ma qualcuno può aver fatto sparire il certificato, allora non era tutto digitalizzato. Bastava sottrarre un documento» risponde calmo Besana.

«Abbiamo il DNA anche di Baschenis. Ce lo ha consegnato sua madre, insieme a tutti gli altri.»

Marco abbassa gli occhi. Si vergogna. Si siede e si accende una sigaretta.

«Qui non si può fumare» dice Giorgio.

Besana alza le spalle.

«Forse fanno bene a mandarmi in pensione. Non sono più lucido come una volta.»

«È solo questo caso, che ci ha logorati tutti» risponde Giorgio. Poi si alza e apre la finestra. Ma che fumi in pace.

«Volevo anche avvertirti che Milesi ha messo le mani sulla testimonianza di una prostituta, sostiene che tu hai cercato di strangolarla.»

«Ma è una storia vecchissima e già risolta! Hanno dimostrato che non poteva essere vero perché a quell'ora e quel giorno ero da un'altra parte. Ci sono pure dei testimoni. Quella voleva solo vendicarsi perché avevo arrestato per spaccio il suo pappone.»

«Lo so. Ho controllato.»

«Hai controllato? Non ti fidi di me?»

«Ho controllato per avere dei documenti con cui smentire Milesi. Era l'unico modo per fermarlo. Gli farò capire che se prova a sputtanarti, io poi sputtano lui.»

«Grazie.»

«Al Caminetto hanno appeso una foto e sullo sfondo ci siete voi. Vai là e falla sparire dalla parete. Qualcuno potrebbe notarla, come abbiamo fatto noi.»

«Pensa, in quel ristorante ci siamo andati una volta sola. È molto meglio quello di Almè. Provalo con Ilaria.»

«Ti sei fatto un'idea sbagliata, siamo solo colleghi.»

«Peccato. Ci speravo. Sarebbe la donna giusta per te.»

«Non è una donna, è una bambina.»
«Cerca di non perdere anche lei, Marco.»
«Non la perderò.»

27 gennaio

Besana sta correndo in Questura, ma non in quella di Bergamo, in quella di Milano. Hanno fatto una retata davanti alla scuola di suo figlio e hanno arrestato un gruppo di ragazzi per spaccio, fra cui Jacopo. Per fortuna Marina è ancora a Cuba.

Mentre esce dal vagone della metropolitana con un balzo, parla al telefono con un amico avvocato.

«E sia chiaro» dice, «non intendo parargli il culo. Odio quei genitori del cazzo che difendono i figli, qualunque crimine abbiano commesso. Pagherà tutto quello che deve pagare e basta, così impara. No, non sono agitato. Sono incazzato nero, è diverso. Porca puttana, mi rovino la vita perché la gente vada in galera e poi» urta una signora, «scusi, scusi» affronta la scala mobile due gradini alla volta, «non mi preoccupa l'hascish, tutti abbiamo fumato delle canne, dai, ma spacciare no» esce sul marciapiedi e ricomincia a correre, ansima al telefono, «non so ancora quanto fumo gli hanno trovato addosso, però certo non una dose personale, altrimenti non lo avrebbero arrestato. Sì, cerco di calmarmi, sì. Vorrei riempirlo di botte ma mi calmo, sì, mi calmo.»

È arrivato davanti alla Questura. Fa un grande respiro. Subito incontra un collega, che gli appoggia una mano sulla spalla.

«Ho saputo, Marco, mi dispiace. Mi hanno mandato qui per fare un pezzo, ma stai tranquillo, non parlerò di tuo figlio.»

Besana, invece di ringraziarlo, s'incazza ancora di più.

«Non mi sembra un gran favore, sai benissimo che i minorenni non si citano comunque» risponde, ed entra spedito nell'atrio.

Jacopo lo aspetta in corridoio a testa bassa, seduto su una panca. Besana chiude un attimo gli occhi. Non può vederlo lì. Un poliziotto lo saluta e lui ricambia con un cenno cupo. Si avvicina piano. Jacopo gira gli occhi e subito si alza in piedi. Trattiene a fatica il pianto.

«Scusa, papà.»

Besana lo abbraccia forte, facendogli quasi male.

«Sei una grandissima testa di cazzo.»

Ma Jacopo è incensurato, quindi fra condizionale e tutto – la retata serviva a far parlare i ragazzi e a mettere dentro i pesci grossi, non loro – la sera stessa è già fuori. Besana lo accompagna a casa a prendere un pigiama e qualche vestito pulito, per qualche giorno starà da lui. Mentre il figlio fa la valigia, Besana lo aspetta in macchina. Certo non vuole salire e vedere i vestiti di Armando buttati sul suo letto o il suo computer nel suo studio azzurro.

Non ha calcolato che Armando, molto preoccupato, vuole parlargli. E così se lo ritrova davanti. È sceso di corsa appena ha saputo che lui era sotto.

«Perché non sei salito? Ti potevo offrire qualcosa» dice, allungandogli la mano attraverso il finestrino abbassato.

«Mi stai invitando a casa *mia*?» Ma che faccia da culo. Besana abbozza un sorriso tirato. «Grazie, che gentile. Ma preferisco aspettare mio figlio qui.»

«Marina stasera mi telefonerà. Cosa le devo dire?»

«Niente. Che Jacopo aveva voglia di stare un po' con suo padre.»

«Ma non è credibile!»

Besana vorrebbe scendere dalla macchina e tirargli un pugno. Spaccargli subito quell'inutile naso dritto. Ma oggi è la giornata della pazienza. Lo faranno santo.

«Ti sembra più credibile che dopo una giornata di merda come questa voglia stare con uno stronzo come te?»

Armando alza gli occhi al cielo.

«Per favore, Marco, non facciamo polemiche oggi. Jacopo è già abbastanza provato.»

Forse scende e gli disfa la faccia. Fa la parte del padre premuroso proprio davanti a lui?

«Di' a Marina quel cazzo che ti pare. Tanto, se mi telefona, io non rispondo. Te la vedrai tu.»

Armando scuote la testa.

«Ha ragione lei, sei un incivile» risponde.

Besana sorride soddisfatto. Preferisce essere un incivile che un ipocrita schifoso come lui. Lo saluta piegando quattro dita sul palmo. Ciao bello, gira i tacchi e tornatene a casa (*mia*).

In quel momento arriva Jacopo. Armando si avvicina per dargli un bacio, ma il ragazzo si fa rigido e scatta indietro. Besana sorride da lontano. Anche Jacopo sorride, ma solo a suo padre, mentre apre lo sportello.

«Sono persino contento» dice, «finalmente vedo dove abiti.»

Besana sospira, ma con una gioia nascosta nel petto.

«Non ti meriti la mia reggia, stasera. Lasciamo stare, va'. Pizza?»

27 gennaio

Jacopo entra in casa del padre e si guarda intorno con la fronte corrugata. Besana non sopporta quell'aria delusa. Sa bene che il suo appartamento è squallido, ma vederlo riflesso negli occhi di suo figlio gli è insopportabile.

«È solo un posto di passaggio» dice.

Jacopo non risponde. Aspetta con lo zaino in mano.

«Dove lo appoggio?»

Besana alza le spalle.

«Dove ti pare.»

È imbarazzato, fruga nell'armadio fra lenzuola scolorite e vecchi asciugamani scompagnati.

«Guarda che il divano letto è comodissimo. Ci dorme sempre anche la Piatti.»

«Allora vi siete messi insieme?»

«Eh no, altrimenti dormirebbe con me, scusa. La gente che si fidanza di solito non comincia con le camere separate. Semmai ci arriva» ride, un po' nervoso.

«Me la fai conoscere?»

«Chi? La Piatti? Ma è una collega, solo una collega.»

«Però state sempre insieme. Dorme perfino da te.»

«È successo solo perché c'era uno stalker che la seguiva. Sai, avevamo paura.»

«Papà, parli anche al plurale.»

«Che cazzo, avevo paura anch'io, cosa credi. Mi dava sicurezza sentirla russare di là. Guarda che certi assassini non ti fanno dormire per niente tranquillo.»

Jacopo scuote la testa e sorride a labbra chiuse. Poi chiede di andare un attimo in bagno, Besana gli indica la porta. Un po' si vergogna, perché non ha neanche fatto le pulizie. Del resto, non aspettava visite. Certo, suo figlio è maschio, sa che la mira è fallibile. Chissà che schifo troverà: ora che Marina non lo sgrida, se ne frega delle gocce sulla tavoletta.

Ma Jacopo esce dal bagno raggiante.

«Hai ancora la tazza che ti avevo portato dall'Inghilterra!»

«Certo. La uso per metterci gli spazzolini. Dentro forse c'è mezzo centimetro di dentifricio, ma li tiene più fermi.»

Jacopo si prende un bicchiere d'acqua. Usa il bicchiere poggiato sullo scolapiatti e apre il frigo come se lo facesse sempre. Si muove già come a casa sua e Besana si sente un po' commosso.

«E la pizza?»

«Abbiamo due possibilità: andare fuori oppure farcela portare a casa.»

«Facciamocela portare. Mi piace stare qui.»

Mentre telefona, Besana gli spiega che conosce un marocchino, che parla in napoletano e la fa buonissima.

«E possiamo mangiarla sul cartone?»

«Ma certo, credi che io possieda dei piatti da pizza?»

«Effettivamente mi sarei preoccupato. Ah, quanto mi

mancava la pizza sul cartone. L'Armando è sempre così preciso, che palle. Vuole che tutto sia perfetto, peccato che non sia perfetto lui.»

Besana gli passa una birra, da bere rigorosamente a collo. Brindano.

«Grazie, papà.»

«Non ho fatto niente. Se dovevi stare dentro, io ti lasciavo dentro, cosa credi.»

«Lo so. Mi dispiace, papà. L'ho fatto solo perché me lo hanno chiesto alcuni amici del gruppo. Io non ho mai venduto droga a nessuno. Però ne era arrivata tanta e loro avevano paura a tenersela tutta addosso. Allora l'hanno distribuita. Non volevo fare la figura del vigliacco.»

«E così hai fatto la figura del coglione. Complimenti.»

Ma Besana sorride, lo ha già perdonato. Jacopo lo abbraccia di nuovo.

«Quanto cazzo mi mancavi, papà.»

28 gennaio

Il giorno dopo Marco chiama Ilaria e le spiega la situazione. Poi telefona al giornale e dice che non vuole essere disturbato da nessuno, per tutto il giorno. Vuole fare qualcosa di bello con suo figlio, anche se non sa cosa, perché non è molto bravo a maneggiare le cose belle.

Potrebbe portarlo in gita su un lago. Sono belli i laghi? Lui ci è sempre andato per ragioni orribili, una ragazza ritrovata sul fondo, i sommozzatori alla ricerca di un uomo. Meglio il mare, forse. Un bel giro in Liguria. L'ultima volta è stato lì per un cadavere sulla spiaggia. Certo non si è fermato a contemplare l'orizzonte da una baia. Forse è venuto il momento di provarci.

«Andiamo a mangiare un piatto di trenette al pesto a Portovenere?»

«Figo! Giuro che mi faccio arrestare tutti i giorni. In fondo a te piacciono i criminali.»

«Quanto sei cretino.»

In macchina Jacopo parla a lungo di Armando, ormai non lo sopporta più. Besana non immaginava che suo figlio potesse essere così loquace. È davvero felice che si sfoghi con lui. Si sente onorato.

«E la mamma che dice?»

«Lo trova pesante anche lei. Secondo me non è più tanto innamorata. Infatti se ne è andata a Cuba con le sue amiche. Un anno fa non lo avrebbe mai fatto.»

«Perché non si trova un altro?»

«Perché lui non se ne va. Ogni tanto, quando litigano, cerca di sbatterlo fuori. Ma quello non si muove di casa. Se proprio gira male, si chiude nel suo studio.»

«Nel *mio* studio» precisa Besana.

«Infatti. Non sai che fastidio mi dà.»

È la grande rivincita di Besana, questa giornata. Anche il sole è dalla sua parte. Passeggiano per il paese, comprano la focaccia calda e si arrampicano sulle rocce per mangiarla davanti alla Baia dei Poeti, con tutti i gabbiani intorno. Besana guarda il mare, incantato.

«In fondo non è fatto solo per ripescare cadaveri» dice, ispirato.

Jacopo scoppia a ridere.

«Ti voglio bene, papà.»

«Anch'io.»

«Portami sempre con te.»

«Nella Bergamasca non ti conviene.»

«Ma adesso l'hanno preso, non ci devi mica andare più.»

Besana si accende una sigaretta e gli racconta tutti i suoi dubbi, la pista seguita con Ilaria e come è stata smontata da Giorgio. Jacopo lo ascolta affascinato.

«Come farai senza?»

«Senza quel bastardo?»

«No, senza il tuo lavoro.»

«Ah, non lo so.»

Ma Besana non vuole rabbuiarsi proprio oggi, quindi si alza.

«Andiamo a farci un piatto pazzesco di trenette al pesto» dice.

«E di cozze. Mi sogno le cozze» risponde il figlio.

«Tutto quello che vuoi. Oggi ti voglio viziare. I criminali mi piacciono, hai ragione. Specie quelli sfigati come te.»

29 gennaio

«Un taser?» chiede Besana a Giorgio.

«Sì, l'ha trovato un labrador. Ha visto spuntare dalla neve qualcosa di giallo, ha pensato che fosse un gioco e si è messo a scavare con le zampe. Poi è tornato dal padrone con la pistola in bocca invece che con il frisbee.»

«E dove?»

«Nei boschi lungo l'Adda, molto vicino al posto dove è stato ritrovato il corpo di Aneta.»

«Immaginavamo che le stordisse in qualche modo, ma non sapevamo che usasse un taser. Dall'autopsia non risulta.»

«Perché c'era stata una discussione fra i medici legali. Effettivamente Aneta aveva una bruciatura sulla nuca, ma i pareri erano discordanti. Uno dell'équipe aveva ipotizzato l'uso del taser, ma gli altri erano contrari, dicevano che era una bruciatura da sigaretta. In ogni caso noi non avevamo trovato niente. La pistola era stata sotterrata.»

«Anche Dana e Melissa sono state tramortite così?»

«No. Su Dana è stata riscontrata un'ecchimosi sul cranio, quindi prima l'ha colpita con un oggetto contundente e poi l'ha strangolata. Per quel che riguarda Melissa...»

«Giorgio, se non te la senti, non importa. Guarda che capisco.»

«È dura, sì. Comunque c'erano segni di difesa, quindi purtroppo era cosciente. Ha lottato.»

Silenzio.

«Comunque questo taser scagiona Vimercati, che oggi esce di prigione.»

«E perché?»

«Perché l'arma aveva dentro una memoria che ha registrato la data e l'ora in cui è stata usata. 8 dicembre, ore 22.37. E proprio in quel momento Vimercati si è fermato a un bancomat. È stato ripreso dalle telecamere di sorveglianza e il movimento risulta dal suo estratto conto. Noi conoscevamo quel video, ma non conoscevamo l'ora esatta del delitto. Poteva essere stato commesso dopo. E c'è di più.»

«Cioè?»

«Per Bresciani sono cazzi. Perché dalla sua carta di credito si scopre che ha fatto benzina da quelle parti proprio mezz'ora prima.»

«Se fosse colpevole, sarebbe proprio scemo. È ovvio che la carta di credito lascia tracce.»

«Ma *è colpevole*, Marco! La vuoi smettere?»

«Vabbè. E sappiamo da dove viene la pistola?»

«Probabilmente è stata comprata su internet, in Italia sono vietate. Stiamo cercando di risalire al proprietario ma è molto difficile. Non c'erano impronte ed è stata esposta agli agenti atmosferici per molto tempo. Ci sono solo tracce di saliva del cane.»

Besana si allontana pensando a Giulia che rivedrà suo marito. Ricominceranno a scambiarsi insulti con i post-it? Ogni tanto rivaluta l'inferno del suo matrimonio.

Jacopo lo sta aspettando in macchina. Alla fine l'ha portato nella Bergamasca. Bisogna partire dai luoghi, per capire gli uomini.

«Allora? Hanno trovato un altro cadavere, papà?»

«No, un taser.»

«Cos'è un taser?»

Besana si volta e gli sorride. Comincia a essere curioso del suo mondo, il ragazzo.

29 gennaio

Dopo aver accompagnato a casa Jacopo, Besana passa da Ilaria. Vuole raccontarle del taser e forse anche tante altre cose. Per esempio che con suo figlio è stato felice. Purtroppo Marina è subito rientrata e la pacchia è finita, ma sicuramente fra loro è cambiato qualcosa.

Ilaria gli ha preparato la cena. Ha cercato di fare una pasta cacio e pepe, un disastro. I piatti che sembrano più facili, in realtà sono i più difficili. Porta in tavola una massa collosa, chiaramente non ha bagnato il pecorino con l'acqua di cottura. Besana solleva una forchettata e vengono su tutti gli spaghetti dal piatto.

«Ti piace?»

«Adoro la cucina romana» risponde Besana con un sorriso educato.

«Non capisco come fanno a fare quella cremina...»

«Non importa, è buonissima lo stesso.»

Durante la cena, Ilaria continua a difendere la loro ipotesi. È molto delusa dalla stroncatura di Giorgio.

«Magari non è stato Baschenis, forse ci siamo sbagliati. Però...»

«Però hanno il suo DNA, Piatti. E non coincide. Però un cazzo, quindi.»

«D'accordo. Però, però» quando è insicura si ripete, ricomincia a balbettare, «però forse la Friendly Jet c'entra lo stesso. Aneta voleva fare la hostess, Bruno dice di avere visto l'assassino in aeroporto, Gloria ha incontrato l'altro gemello durante un volo.»

«E allora? Un sacco di gente viaggia.»

«Marco, ricordi la tua idea sui delitti precedenti? Quando dicevi che secondo te aveva cominciato a uccidere all'estero?»

«Questo non significa che debba per forza essere un pilota o un assistente di volo.»

«Lo so, lo so, ma io stavo parlando di un'altra cosa. Il mondo è grande, dicevamo. Il nostro problema era quello, no? Dove potevamo cercare? Adesso invece una via c'è» dice Ilaria.

«Non ti seguo» confessa Besana.

«Potremmo restringere il campo intorno alle rotte di Friendly Jet con partenze da Orio al Serio. Ci sono voli da Orio a Malindi? Bene, noi andiamo a vedere se per caso negli ultimi anni ci sono stati delitti di quel tipo a Malindi. E se troviamo qualcosa, cerchiamo di ricostruire chi c'era in quel momento. Basta chiedere a Rocco.»

«Ah, certo. Il *tuo* Rocco» risponde Besana con un occhiolino.

Si mettono tutti e due al lavoro, Besana sul suo portatile e Ilaria sul tablet.

«Ehi, guarda cos'ho trovato» grida Ilaria a Besana, che sta trafficando in cucina per aprire la seconda bottiglia di rosso. «In Thailandia il cannibalismo non è punibile?»

«E allora?» Intanto annusa il tappo. Poi versa un po' di vino nel bicchiere e lo assaggia.

«La notizia è del 2005 e viene da un villaggio del nordest della Thailandia. Un certo Sakorn Piengphon, di cinquant'anni, viene sorpreso mentre mangia un cadavere. C'è stata una cremazione, i parenti vanno a recuperare le ceneri e vedono Sakorn che sta divorando gli organi del caro estinto. Il forno crematorio era difettoso. Succede un casino, chiamano la polizia, ma l'uomo viene rilasciato quasi subito senza processo. Allora in Thailandia mancava una legge che punisse il cannibalismo. E dire che il tizio era già stato in galera per aver ammazzato la madre.»

«Chissenefrega, Piatti. Non c'è qualcosa di più attinente al nostro caso?»

Besana si accende una sigaretta e sorseggia il Barbera.

«Questa viene dalla Russia, febbraio 2009. Due giovani di San Pietroburgo vengono arrestati con l'accusa di omicidio e cannibalismo. Secondo gli inquirenti, i due, appartenenti a sette diverse, avrebbero eliminato una ragazza di diciassette anni, annegandola in una vasca da bagno e smembrandone il corpo, di cui poi si sarebbero cibati. La testa è stata gettata in una pattumiera. Uno dei due era il chitarrista di un gruppo rock di cui la vittima era un'ammiratrice.»

«Boh, li hanno presi, mi sembra tutto chiarito. E poi sono russi, Piatti. Il nostro assassino è del posto. Passiamo oltre.»

«E che ne dici di questa italiana trovata morta nel mare di Sharm el-Sheikh nel 2011? Segni di morsi in varie parti del corpo. Ah no, scusa, non avevo letto fino in fondo: sono stati i barracuda.»

«Ti prego.»

«Senti, datti da fare anche tu. Continui a bere e a fumare e basta. Sto sgobbando da sola.»

«Io sovraintendo dall'alto.»

«Ah, grazie. Non so come farei senza di te.»

«Dal Kenya, niente? Anche quella è una rotta molto battuta dagli italiani.»

«Incrociando Kenya con cannibalismo, non viene fuori niente. No, ecco. Un tizio nel 2003 ha staccato la testa al nipotino di un anno con un machete e poi ha messo il corpo a bollire in grosse pentole, si è seduto lì a aspettare che la *zuppa* fosse pronta. Parole sue. L'hanno sottratto a stento al linciaggio. Pare l'avesse fatto per punire la sorella che aveva lasciato il marito.»

Piatti continua a digitare su Google nomi di nazioni e di città.

«Ah, questa viene da Istanbul ed è più recente, febbraio 2013: una turista americana, sposata, tre figli piccoli mollati a New York col marito. Viaggia da sola, fa fotografie e dorme negli ostelli. La trovano dietro le vecchie mura della città, vicino al ponte di Galata. Strangolata, con una vasta ferita all'addome. Le hanno portato via solo telefonino e iPad. Una madre che trascura i figli, uccisa in modo misterioso.»

«Girami il link.»

Besana si infila gli occhiali e si mette a leggere.

«Sì, ma niente scritte col sangue, né spilli, né segni di cannibalismo. E i media turchi insinuano che fosse una spia. Stiamo perdendo tempo.»

«Be', ci sarebbe il serial killer di Kiev: ha già fatto cinque vittime, accoltellandole o soffocandole. Ed è sospettato di almeno centoventi aggressioni a sfondo sessuale, soprattutto ai danni di donne anziane. Solo che adesso è in galera.»

«Piatti, ci stiamo immergendo in un orrore gratuito che non ci porterà a niente.»

In quel momento suona il cellulare di Besana. Lui fissa lo schermo e non si muove.

«Rispondi pure» dice Ilaria, «tanto non sei molto d'aiuto.»

«No, non ne ho voglia. È Marina.»

Ilaria si volta e gli sorride.

«Bravo» risponde.

30 gennaio

Needles. Calf. A mezzanotte decidono di allargare la ricerca ai siti di lingua inglese, incrociando due parole chiave: aghi e polpaccio.

Uno dei primi risultati di Google è il video di una drag queen americana che si chiama Needles di cognome e che si batte contro la dieta a base di carne: schizzi di sangue sulla faccia, una mano mozzata nella scollatura, fa finta di divorare arti umani. Se l'idea di mangiare un braccio o una gamba di un vostro simile vi fa orrore, dice nel video, perché non diventate vegetariani? Cos'ha di diverso una vostra coscia da quella di un vitello?

«Accidenti, dimenticavo che *calf* in inglese ha due significati: polpaccio, ma anche vitello» sbuffa Piatti. Ormai sono troppo stanchi per trovare divertente l'equivoco.

«Prova in spagnolo» dice Besana.

Ilaria digita *aguja* e *pantorrilla* nella barra di ricerche di Google. Per un po' naviga tra tacchi a spillo, tatuaggi alle gambe e consigli per le vene varicose. Solo dopo qualche decina di pagine web, quando il bruciore agli occhi sta diventando insopportabile, lo sguardo di Piatti si ferma su un articolo del

Diario de Yucatán. È del gennaio del 2010. Una giovane istruttrice di windsurf trovata uccisa sulla spiaggia, vicino al Club Méditerranée. Strangolata con una cima, tagli e morsi in varie parti del corpo. Anche qui, il killer ha cercato di asportarle il polpaccio, la *pantorrilla*, ma forse è stato disturbato ed è fuggito abbandonando l'arma, un coltello da sub, nella sabbia. E i giornali messicani raccontano che la donna, venticinque anni, originaria del Belize, era madre single di un bambino, che aveva dato in adozione.

«Guarda guarda cos'ho trovato. Il *modus operandi* è molto simile, solo che mancano gli spilli.»

Besana legge con grande attenzione.

«Non è detto che abbia cominciato a imitare Verzeni subito. Magari, come dice Grace, è un'idea che gli è venuta dopo per attirare l'attenzione dei media. Concentriamoci sul cannibalismo e basta. E sulle cattive madri.»

«D'accordo.»

Continuano a scorrere le schermate del motore di ricerca, finché Besana mette la mano su quella di Ilaria, per fermarla.

«Alt! Puoi tornare un attimo indietro? A quella notizia di Bali?»

«Bali? Ah, sì, ecco: agosto 2012. *Maid Murdered in a Bali Hotel: A Case of Cannibalism?* L'hanno trovata nel seminterrato, vicino al locale lavanderia. Strangolata, un taglio profondo nell'addome e, cazzo, avevi ragione: l'assassino l'ha morsicata in più punti, quando era già morta, dice la polizia.»

«Vediamo chi era.»

«Trentasei anni, due bambini, separata dal marito, aveva lasciato i figli a Giacarta con i vecchi genitori per andare a lavorare a Bali.»

Piatti fissa lo schermo del computer, incredula, quasi trattenendo il respiro.

«E due! Tutto collima, anche la scelta della vittima: un'altra madre degenere.»

«Chissà se hanno risolto il caso. Controlliamo» dice Besana.

Ma non ci sono più notizie delle indagini nei mesi e negli anni seguenti. Buio fitto.

«Niente, non c'è un cazzo di niente» risponde Ilaria.

«La vittima era solo una cameriera indonesiana, a chi vuoi che importi qualcosa. La polizia non si sarà impegnata più di tanto. Potrebbe essere una pista.»

«E se ci spostassimo su altre lingue ancora? Che ne dici del russo? Potrei telefonare a Sergio, un altro mio ex compagno dell'università, lui fa il traduttore. Chiediamogli di aiutarci con le ricerche sui siti dell'Est Europa. Non si sa mai.»

«Anche lui farebbe qualsiasi cosa per te?»

«Non meriti una risposta, Marco. Preferisco continuare a lavorare.»

«No, facciamo una pausa, ti prego. Sono distrutto.»

Besana si sdraia un attimo sul divano e si addormenta subito, russa anche forte. Ma poco dopo viene svegliato da uno squillo sul cellulare di Ilaria. Si tira su di scatto e si guarda intorno con gli occhi stretti, sbadigliando.

«È Sergio» dice lei.

«Ha trovato qualcosa?»

«Sì, senti qui. Aprile 2013, massaggiatrice russa uccisa a San Pietroburgo. Morta per strangolamento. Segni di cannibalismo sul cadavere. Può interessare?»

«Forse ci siamo.»

«Chiediamo a Rocco di cercare nei documenti della Friendly

Jet le date di questi delitti. Sarebbe importante sapere se qualche assistente di volo o pilota o passeggero era a San Pietroburgo, a Bali e nello Yucatan durante gli omicidi.»

«Domani mattina, però. Ora è tardi.»

«Hai ragione, a volte perdo il senso del tempo» commenta Ilaria, strofinandosi gli occhi. «Andiamo a dormire.»

30 gennaio

Besana si sveglia con un sussulto, sta suonando il suo telefono. Quando apre gli occhi, si rende conto di avere dormito a casa di Ilaria. Vestito, sul divano. La chiamata è di Cristina. Merda, si era completamente scordato che doveva andare a cena da lei.

«Non ho risposto a casa perché ho dormito fuori» balbetta, «ma non è come pensi. Sono crollato sul divano della Piatti. Sì, scusa, mi ero completamente dimenticato del tuo invito. Sono così preso da questo caso che... No, non ti sto prendendo in giro. Io? Ma cosa dici? Capisco di aver sbagliato, però non esagerare. Non era un rapporto libero, il nostro? Appunto. Comunque non sto con lei. Mi sono addormentato sul suo divano e basta.»

In quel momento entra in salotto Ilaria con un turbante in testa perché si è appena lavata i capelli. Besana lancia il telefono sul divano e si alza.

«Che palle» brontola.

«Qualche problema?»

«Ma no. Solo una scenata di Cristina perché ieri le ho tirato un bidone. Non l'ho fatto apposta, mi ero dimenticato che dovevo cenare da lei. Poi ci siamo messi a fare quelle ricerche.»

«Ehi, non dare la colpa a me» intanto Ilaria si friziona i capelli umidi, con la testa piegata verso la spalla. «È arrabbiata perché pensa che andiamo a letto insieme?»

«Anche» ammette Besana, senza guardarla negli occhi.

«Che idea folle» Ilaria scoppia a ridere.

«Perché? Non sono mica da buttare» Besana è quasi offeso.

«No, certo che no» Ilaria cerca di recuperare, «hai il tuo fascino. Dicevo solo che non c'è niente fra noi.»

Besana mugugna qualcosa, leggermente ferito nel suo narcisismo.

«Comunque dobbiamo uscire» aggiunge Ilaria, «Rocco mi ha fatto capire che ha la polizia postale addosso. Non può parlare per telefono.»

«Fammi almeno lavare la faccia» poi la guarda.

«Ah già, ho ancora i capelli bagnati» e sparisce in bagno.

Dalla porta si sente il rumore del phon. Besana sorride fra sé. Sente una specie di contentezza, ma non sa dire perché.

Durante tutto il tragitto in macchina, non scambiano una parola. Ascoltano la musica, un po' imbarazzati.

Rocco, sempre flemmatico con quel suo passo spilungone, apre la porta. Ha una promessa di gobba che lo costringe a tenere il collo un po' piegato, alla maniera di una tartaruga, postura che gli conferisce un'aria di rassegnazione anche quando è entusiasta. Ma gli occhi scintillano.

«Avevo trovato una backdoor per accedere al sistema informatico e craccare il programma, ma il loro IDS mi ha identificato come un accesso non autorizzato: quindi ho dovuto sfruttare un altro bug per aggirare il firewall.»

Besana lo guarda, non ha capito un cazzo.

«Venite, venite.»

Rocco li fa accomodare sulle solite seggioline pieghevoli che tiene dietro una porta, per non occupare spazio. Il gatto che odora di cipolla scappa dalla scrivania stizzito. Rocco indica lo schermo del computer.

«Ho incrociato le date degli omicidi con le rotte e le liste del personale di bordo. Una sola persona era a San Pietroburgo, nello Yucatan e a Bali quando sono stati commessi quegli omicidi.»

Allunga un braccio per toccare la tastiera. Con un *clic* si apre una finestra e compare un viso.

«Gabriele Baschenis, steward» dice.

Ilaria e Marco si guardano.

«Hai controllato se era in Italia durante gli omicidi?»

Rocco fa cenno di sì, con un misterioso sorriso a labbra chiuse.

«Ovvio.»

«Quindi?»

«Presente. Quando sono stati commessi *tutti e quattro* gli omicidi.»

31 gennaio

«Marco, sei per caso da queste parti? Avrei bisogno di fare una chiacchierata con te.»

La voce di Rosa è piena di ansia, allora Besana si preoccupa. Ha saputo di Melissa? Giorgio le ha confessato tutto? Per non tradire l'amico, sta sulla difensiva. Magari è un'imboscata. Rosa ha intuito qualcosa e vuole conferme da lui, è una trappola?

«Una gita nella Bergamasca oggi non era programmata, ci vengo anche troppo spesso in questo periodo, però se è una cosa importante...»

«È importante, sì. Mia sorella ha lasciato l'Armando.»

Besana per un attimo si sente sollevato, poi realizza. No, non è sollevato per niente. Significa che Marina cercherà di tornare nella sua vita, perché lei è così, non sa stare sola. Per quale strano senso di colpa è disposto ad accettare che gli altri entrino ed escano dalla sua vita senza mai chiedere il permesso?

«E perché?» s'informa.

«Perché ha scoperto che aveva una relazione con un'altra da un anno.»

«Una stagista?»

Besana con l'ironia è spesso autodistruttivo.

«Non è divertente, Marco. Mia sorella è distrutta. Pensa che la portava in casa sua.»

«In *casa mia*, vuoi dire» ridacchia Besana, che non demorde. Quando imbocca una strada pericolosa, sente subito l'irrefrenabile desiderio di andare fino in fondo.

«Anche la fidanzata dell'Armando, nel mio letto, quindi. Proprio tutti tranne me. Per fortuna non mi è mai piaciuto, quel letto. Marina aveva scelto un modello troppo barocco.»

«Non rivangare stupidaggini» risponde Rosa.

«Guarda che non era una stupidaggine. Perché mi costringeva a dormire in un letto che non mi piaceva? Il sonno è una parte molto importante della vita di un individuo. E lo sono anche altre pratiche che si consumano in quel posto, magari in due. Invece il letto è andata a sceglierselo da sola. Le avevo chiesto di aspettarmi. Ma lei no, sembrava che fosse la cosa più urgente del mondo.»

«Tu eri sempre al lavoro» ribatte Rosa, risentita.

«Non sempre. Poteva aspettare che io avessi una giornata libera, sapevo benissimo che era in cima alle sue priorità, quel letto di merda. Ma credevo di esserci anch'io, fra le sue priorità. Le sta bene. Il letto mi ha vendicato.»

«Consiglierò a Marina di non chiamarti» Rosa adesso è proprio arrabbiata.

«Grazie» risponde Besana con un sorriso, «ottimo consiglio.»

1º febbraio

«Benissimo, benissimo» dice Besana camminando avanti e indietro sul marciapiede davanti al giornale. «Grazie, avvocato, grazie.»

Appena mette giù, manda un messaggio a Piatti per dirle che ci sono delle novità e di raggiungerlo in redazione.

In ascensore incontra Milesi.

«Chissivede» dice.

«Maestro, ti leggo sempre» risponde ironico Milesi, con un inchino strafottente.

«E io ti vedo sempre in TV. Scrivi ancora?»

Per fortuna sono arrivati al piano.

«Prego, dopo di lei» Milesi lo fa passare dandogli la precedenza come si fa con i vecchi o con le signore.

Besana saluta un paio di colleghi, poi si siede alla sua scrivania. Si vede che la usa poco: è piena di pacchi e lettere e c'è un giornale aperto che risale a due settimane prima. Subito apre il cassetto per controllare che nessuno abbia bevuto il suo whisky, segna il livello con il pennarello.

Dopo una mezz'ora arriva Ilaria con una pelliccetta di giaguaro sintetico che fa a pugni con la camicia a fiori e le scarpe da running gialle fosforescenti. Nelle scrivanie vicine le colleghe ridacchiano («Ma come si concia»). Besana sospira, le solite poveracce, che danno importanza solo al look.

«Eccomi, eccomi» dice Ilaria trafelata, «scusa, scusa, ho sbagliato autobus.»

«Andiamo al bar, sono già stufo di stare qui» Marco afferra il cappotto, «ciao a tutti.»

Ilaria gli corre dietro fino all'ascensore, Besana ha il passo svelto di chi è impaziente di andarsene.

«Ma non eri appena arrivato?»

«Mi basta poco per averne abbastanza di loro.»

«Ci sono novità?»

«Ha chiamato l'avvocato Formisano.»

«Gli hai chiesto perché ha comprato quei ritratti di Verzeni?»

«Dice che ormai si è *affezionato* al personaggio, ma ti racconto tutto appena siamo fuori.»

Quando riceve il suo Spritz, Besana solleva il calice.

«Possiamo brindare, Piattola. Il DNA di Gloria Speroni conferma che è la madre di Ernesto Bresciani.»

«Cazzo, cazzo! Allora un gemello *esiste*.»

«Ti ho insegnato io a parlare così male?»

«Certo non a scrivere bene» gli risponde Ilaria con una linguaccia.

«Tutto ci porta verso Baschenis, solo il DNA non quadra» riflette Marco.

«Senti, aiutava la madre a prelevare campioni. Poteva tranquillamente consegnare quello di un altro a nome suo. Per lui era facilissimo» risponde Ilaria.

«Hai ragione» ammette Marco. «È verosimile, sì. Per questo non era preoccupato di lasciare tracce biologiche. Sapeva che la madre sarebbe partita in quarta con l'ennesima campagna di volontariato. Magari l'ha proprio spinta lui a raccogliere tamponi. Aveva già pensato a tutto.»

«Dovremmo riuscire a prendergli il DNA quando non se lo aspetta» propone Ilaria.

«Eeeh, una parola» risponde Besana.

«Potremmo trovare una scusa per farci accompagnare in casa sua dalla madre.»

«Piatti, sei pazza? Lo verrebbe a sapere subito. Vuoi essere decapitata?»

«Aspetta, ho un'idea» Ilaria si guarda intorno per controllare che nessuno l'ascolti.

«Sentiamo.»

«Chiediamo a Rocco di dirci qual è il prossimo volo su cui si imbarcherà.»

«E poi?»

«Poi su quel volo salirò anch'io e m'inventerò qualcosa.»

«E se ti riconosce?»

«Ha visto solo te quel giorno in farmacia. E non ci sono foto mie in rete. Non ne ho mai postata neanche una. Non sono mai andata in TV. Tu compari, io ancora no. E questo è un grande vantaggio.»

«Potrebbe averti visto da qualche parte, cosa ne sai.»

«E allora? Non posso prendere un aereo?»

«È troppo pericoloso. Non sono d'accordo.»

«Lascia fare a me.»

«Non se ne parla neanche.»

2 febbraio

«Sì, ma a quale laboratorio hanno affidato le analisi?»

Besana gli allunga la busta con i risultati. Ilaria aspetta con il fiato sospeso che Giorgio la apra, come davanti a una lotteria o alla finale di un premio.

«Genolab? Ma sono dei cani» Giorgio scuote la testa. «Quando abbiamo affidato a loro dei casi, hanno fatto solo dei pasticci. Non sono affidabili.»

«Formisano ci ha detto che erano i migliori in zona.»

«Buono quello. Ha rischiato parecchie volte di essere sospeso dall'ordine.»

«Perché?»

«Una volta ha prodotto atti falsi per ottenere il rinvio di un'udienza per legittimo impedimento e un'altra perché pochi giorni prima del processo aveva convocato nel suo studio due testimoni dell'accusa, convincendoli a modificare le dichiarazioni rese ai carabinieri. Concorso in falsa testimonianza, roba seria. Forse non avete capito con chi avete a che fare. Non mi stupirei che avesse chiesto al laboratorio di consegnargli i risultati che cercava.»

«Merda» risponde Besana.

Ma Piatti non si arrende.

«Perché non li fai ripetere tu allora?»

Giorgio fa un grande respiro, per non perdere la pazienza. Richiude lentamente la busta e la restituisce. Poi comincia a dondolarsi sulle gambe della sedia.

«Facciamo una bella chiacchierata una volta per tutte, eh? Ho un paio di cose che riguardano Bresciani che forse vi possono aprire gli occhi. Uno» solleva il pollice, «abbiamo un'intercettazione della moglie che, parlando con sua sorella, ammette che Bresciani le ha chiesto di fornirgli un falso alibi. Perché lui, la sera dell'omicidio di Melissa, non era affatto a casa. Anzi, hanno litigato perché è tornato tardi. Due» solleva pollice e indice come per puntare una pistola, «il cameriere di un ristorante sostiene di averlo visto con Dana. Sappiamo che i testimoni vanno presi con le pinze, magari l'ha vista in televisione e si è autosuggestionato, ma intanto si è fatto avanti. Tre» tira su anche il medio, «un compagno di caccia ci ha parlato del suo sadismo nei confronti degli animali. Conoscete la famosa triade del serial killer?»

«Sì, certo» sbuffa Besana, «sadismo verso gli animali, piromania ed enuresi notturna. Bresciani ha dei problemini alla prostata?»

«Marco, sei il solito. Uno che a quattordici anni dà fuoco al garage dei genitori, con due macchine dentro, perché non gli comprano il motorino, ti sembra normale? Poi la famiglia lo ha coperto, se no finiva male. Ma intanto ha dimostrato una certa predisposizione al crimine.»

«Ma dai, la triade non va presa alla lettera. E comunque non è una prova. Magari da allora è maturato.»

«Maturato? E le violenze sulla prima moglie?»

«Non sapevo niente» ammette Besana.

«Certo queste cose non te le viene a raccontare Formisano» risponde Giorgio, «l'abbiamo interrogata due giorni fa. La picchiava, per questo si sono separati.»

«E la moglie attuale cosa dice?»

«Lo difende, *per ora*» sospira, «come sai, non è facile ammettere certi ménage, specie se c'è una figlia piccola di mezzo. Ma abbiamo saputo che recentemente è stata al pronto soccorso. Sosteneva di essere scivolata nella vasca da bagno.»

Ilaria tira una gomitata a Besana.

«Ma raccontagli di quei delitti all'estero che abbiamo trovato.»

Giorgio però si è già alzato in piedi.

«Ragazzi, adesso basta. Non ho tempo da perdere, davvero. Ci sentiamo quando ci sono delle novità» li guarda negli occhi, «da parte degli *inquirenti*.»

3 febbraio

Besana viene chiamato d'urgenza al giornale. Uno dei vicedirettori si è dimesso in polemica con Cannistrà, quindi è stata convocata un'assemblea straordinaria della redazione. Sono mesi che il sindacato dei giornalisti lancia allarmi sul calo delle vendite e sui conti del gruppo editoriale in rosso da troppo tempo. Molti propongono un voto di sfiducia al direttore.

Mentre i colleghi urlano al microfono e si insultano fra di loro, Besana sbadiglia. Lo annoiano moltissimo queste cose.

La discussione va avanti tutto il pomeriggio. Poi, verso le sette di sera, qualcuno bussa alla porta. Piatti, che non ha capito cosa succede e crede che sia una riunione come tante altre, si affaccia con il sorriso. Tutti si voltano di scatto e la guardano male.

«Scusate, scusate» dice, «devo solo parlare un attimo con Besana.»

Marco, imbarazzato, si alza e la raggiunge di corsa in corridoio.

«Cazzo, ma non ti hanno detto che sta per saltare tutto? Cosa ci fai qui?»

«Scusa, scusa» balbetta, «non sapevo, io pensavo...»

«Dimmi in fretta che devo tornare dentro a votare.»

Ilaria fruga nella borsa e tira fuori un foglio stropicciato.

«Cos'è?»

«La mia carta d'imbarco per Kiev.»

Marco diventa rosso per la rabbia.

«Appena esco di qui, ne parliamo» risponde furibondo, «tu non vai proprio da nessuna parte.»

E torna dentro, sbattendo la porta.

3 febbraio

È la notte prima della partenza e Ilaria mette la sveglia sul cellulare. Si è infilata il pigiama con la stessa solennità con cui si indossa una divisa. *Domani lo guarderò in faccia*. Non sa immaginare la sensazione che proverà. Sarà paura? Forse, ma adesso prevale la curiosità. È una frontiera dell'umano, in fondo. Di qua stanno tutti, di là stanno loro. Chissà se si sentono soli. È un confine da cui non si torna più indietro e dev'essere terribile saperlo. È gente che non potrà mai più essere come gli altri. È un bisogno così profondo, sentirsi come gli altri: come si fa a rinunciare a questo per sempre?

Si chiede se ci sarà un contatto fisico. Potrebbe toccarla per sbaglio, per aiutarla a mettere la valigia nella cappelliera o passandole un bicchiere. Come reagirà la sua pelle a contatto con la pelle di un assassino? Non lo sa. Non ha mai più toccato suo padre, *dopo*. E se non provasse niente?

Entra nel letto e si copre fino alle orecchie, ma non vuole ancora spegnere la luce. Forse lascerà la lampadina accesa. Ha più paura del buio che della vera oscurità. Perché il buio è qualcosa che conosce, la vera oscurità ancora no. Le è sempre sfuggita, anche quando abitava accanto a lei.

Avrà uno sguardo impenetrabile o uno sguardo triste? Sarà gentile o distante? E lei come lo guarderà? Questa domanda la spaventa più di tutto il resto. Bisogna odiarli, gli assassini, o provare compassione? Chi è lei davanti al male? Prima era una vittima, punto. Adesso no. È diventata una persona che vuole raccontarlo. Ma deve farlo con distanza o con partecipazione? E fino a che punto con partecipazione?

Avrebbe voglia di telefonare a Besana per chiedergli come si guarda negli occhi un assassino. Ma non può, perché dopo le sue urla gli ha promesso che non sarebbe partita. E poi, stranamente, stasera non si sente sola. Si sente saldamente vicino a se stessa. Sa che domani crescerà.

4 febbraio

Al gate per Kiev Ilaria è molto tesa, sposta continuamente gli occhiali sul naso come se muovendoli potessero coprirla di più. Anche se dentro all'aeroporto è caldo, tiene in testa il cappello con la visiera ben calcata sulla fronte e la sciarpa arrotolata fino al mento. Lui non c'è. Dev'essere già a bordo.

Attraversa il finger a grandi falcate, senza alzare la testa. Poi lo vede. È lì, davanti al portellone dell'aereo. Le mancano ancora pochi passi. Ma vuole andare *fino in fondo*, a ogni costo. Fa un grande respiro. Basta muovere le gambe e tenere ferma la testa.

Adesso è di fronte a lui. Deve dargli la carta d'imbarco ma non può, perché le tremano troppo le mani. Vorrebbe guardarlo, ma non ci riesce. È preoccupata per quel tremore, che non si aspettava. Nasconde le mani in tasca. Spera che non le chieda di tirare fuori il foglio.

«Benvenuta a bordo. Il suo posto?»

Oddio, le ha parlato. Ha sentito la sua voce.

«18 A» sussurra.

«Di là» Baschenis indica il centro dell'aereo, annoiato. Per lui è routine.

«Grazie» risponde.

Ha appena ringraziato un assassino, dio santo. Proprio la parola più sbagliata. Le viene in mente Melissa. *Grazie*?

Mentre attraversa il corridoio, dandogli le spalle, pensa che il male scardina ogni codice. Non puoi dire *buongiorno*, per esempio, a uno che magari quel giorno ucciderà. Non puoi usare le parole come facevi prima. Così le è successo con suo padre. Infatti ha preferito non parlargli più.

Ilaria si toglie il cappotto, lo mette nella cappelliera, sistema la borsa sotto la poltrona davanti e poi si siede. Apre un giornale. In questo momento solo i gesti banali la proteggono. Ora vorrebbe tanto guardarlo. Ma non si è ancora calmata abbastanza. Quindi gira furtiva gli occhi.

Vede che Baschenis sta bevendo una spremuta d'arancia e le viene un'idea. Si alza per andare in bagno e passa di fianco al banco del bar, deve riuscire ad allungare velocemente una mano. Ma una hostess la precede, afferra il bicchiere di plastica e lo butta via. Merda.

Si chiude un attimo in bagno e si sciacqua la faccia. È spaventatissima. Aprirà la porta e se lo troverà davanti? Come farà a fare finta di niente? Quando esce, per fortuna, lui è voltato. Allora torna veloce al suo posto. L'imbarco è completato, hanno chiuso i portelloni.

Vi preghiamo di prendere posto e di allacciare le cinture di sicurezza. Lo vede avanzare nel corridoio con in mano un salvagente, una maschera d'ossigeno e una cintura. Ma ancora non riesce a guardarlo. Lo sorveglia a testa bassa.

Vi preghiamo di fare attenzione alla dimostrazione di sicurezza di questo aeromobile. Nella tasca del sedile di fronte a voi troverete una scheda che illustra le uscite di emergenza, le maschere dell'ossigeno, i giubbotti salvagente e la posizione da adottare qualora sentiate le parole brace, brace, brace.

Ilaria si rannicchia nel suo sedile. Baschenis si ferma proprio di fianco a lei.

Ci sono due uscite di emergenza nella parte posteriore, quattro nella parte centrale e due nella parte anteriore della cabina. Un sentiero luminoso vi condurrà alle uscite, localizzate quella più vicina a voi.

Baschenis stende le braccia in avanti e indica le uscite piegando i polsi e mostrando i palmi. Per un attimo la guarda, Ilaria gira la faccia di scatto.

La vostra cintura di sicurezza deve essere mantenuta allacciata quando gli appositi segnali luminosi sono accesi. Vi consigliamo di tenerla allacciata per tutta la durata del volo.

Fa vedere come si allaccia. Ilaria pensa che sta tirando le due estremità come se fossero quelle di una corda per strangolare. Ma non riesce a immaginare l'altro gesto. Si sente confusa. Ha solo una cintura di sicurezza in mano. È anche un po' ridicolo vedere un assassino così.

In caso di depressurizzazione della cabina, le maschere dell'ossigeno usciranno automaticamente dagli scomparti sopra di voi. Per attivare il flusso di ossigeno tirate una maschera verso di voi, posizionatela su naso e bocca. Per assicurarla usate l'elastico tirando le linguette su entrambi i lati e indossate la vostra maschera prima di aiutare gli altri.

Baschenis si appoggia la maschera sul viso e respira più volte. Ilaria ha un'illuminazione. *Adesso ti frego, bastardo.* Di colpo, non sente più il peso del mistero. È solo una persona qualsiasi che sta respirando in una mascherina gialla, lasciandoci sopra il suo DNA.

Nell'eventualità di un ammaraggio estraete il giubbotto salvagente da sotto il vostro sedile.

Baschenis appoggia la mascherina nel sedile vuoto accanto a lei e si volta per prendere il giubbotto. Ilaria deve essere velocissima.

Infilatelo dalla testa, passate i lacci intorno alla nuca, fissate e tirate la fibbia per regolarlo. Non gonfiate il giubbotto dentro l'aeromobile.

Baschenis si toglie il salvagente e si guarda intorno interdetto. Ilaria è piegata sulla sua borsa, come se stesse cercando qualcosa. Sente la voce di una hostess.

«C'è qualche problema?»

«Non trovo più la mascherina» risponde Baschenis.

«Sarà rotolata in fondo, sotto qualche sedile. La cerchiamo all'atterraggio.»

Friendly Jet ringrazia per l'attenzione e vi augura una piacevole permanenza a bordo.

Ilaria è ancora voltata, guarda fuori dal finestrino. Guarda l'ala che taglia il panorama, la pista che scorre, e il cielo che si avvicina.

4 febbraio

Appena entra nella stanza dell'albergo e riaccende il cellulare, Ilaria trova venti telefonate di Besana. Lo richiama.

«Non venirmi a raccontare che la batteria era scarica» sono le sue prime parole.

«Non vuoi sapere com'è andata?»

«Prima voglio sapere in che albergo sei. In questo momento m'importa solo che tu ricompaia immediatamente sul mio radar.»

«Sono al Radisson Blu.»

«Stanza?»

«Trecentoventicinque.»

«Ora ti ascolto.»

«Ero un po' agitata alla dogana, ma c'era fila, dovevano fare in fretta, se ne sono fregati. Capisci, se me la facevano tirare fuori dal sacchetto di plastica ero rovinata, contaminavano il campione.»

«Ma di cosa stai parlando?»

«Della mascherina per l'ossigeno in cui ha soffiato per ben tre volte. Gliel'ho fottuta.»

«Sei completamente pazza, Piatti.»
«Oh, no. Ho usato anche i guanti.»
«E adesso dov'è questa mascherina?»
«L'ho appena spedita dalla reception dell'albergo. Con un corriere internazionale.»
«A chi?»
«A te. Arriverà domani mattina.»
«Adesso però basta cazzate» risponde Besana. «Tu non muoverti di lì. Ascoltami, ti prenoto subito il volo di rientro. Naturalmente con un'altra compagnia. Il primo disponibile. Ti mando la carta d'imbarco via mail e ti faccio pure il check-in. Vai dritta al gate. Non girare per l'aeroporto, mi raccomando. E non uscire da quella stanza, per nessuna ragione.»
«Stavo giusto per fare un giretto per Kiev» risponde Ilaria, «ma credo che starò chiusa qui e mangerò tutte le noccioline che ci sono nel frigobar. Ormai del servizio in camera non mi fido più. Gli asciugamani sono già in bagno, per fortuna.»
«Non scherzare su queste cose, ti prego. Adesso telefono a Rocco e gli chiedo quale albergo usano i dipendenti della *Friendly Jet*.»
«Già fatto. Ieri. Stanno tutti all'Hilton.»
«Tu non devi uscire da quella stanza comunque. Giuramelo.»
«Non farò colazione al buffet, te lo prometto» risponde Ilaria. Scherza per non avere paura. Questo Besana non l'ha capito, forse perché non ha mai avuto davvero paura. E di paura ce n'è una sola. È la paura di morire.
«Ma ti ha riconosciuta?»
«Non credo. Avevo gli occhiali da sole e il cappello. Probabilmente conosce il mio nome, ma non ha guardato la carta d'imbarco. Non l'ho mai tirata fuori dalla tasca, mi tremavano

troppo le mani. Secondo me però si sta ancora chiedendo che fine ha fatto la mascherina gialla. Del resto, anche i giornalisti amano prendere qualche souvenir, mica solo i serial killer.»

«Fai un po' troppo la spiritosa. Non mi sto divertendo» risponde Besana.

«Cosa dovrei fare, Marco? Sto solo cercando di stare tranquilla. Fammi un favore, piuttosto. Prima di partire ho allertato un laboratorio, spacciandomi per la segretaria dell'avvocato Formisano. L'analizzeranno in fretta, domani avremo già i risultati. Tu devi solo consegnare il pacco, ti mando l'indirizzo via mail. Se il DNA coincide, chiama subito Giorgio.»

«Ovviamente» Besana sospira. Poi resta un attimo in silenzio. «Piattola?»

«Sì?»

«Mi hai fatto molto incazzare, ma sono fiero di te. Sei la cosa più intensa che mi sia capitata in quarant'anni di carriera.»

«Perché? Gli assassini non sono intensi?»

«No, loro no. Credono di esserlo, ma non lo sono. Non sono né la vita né la morte, ci si mettono soltanto in mezzo.»

«Besana?»

«Sì?»

«Ti voglio bene.»

Marco sta per dire: Anch'io. È talmente importante quella risposta per lui, che ci mette un po'. Non è abituato a dirlo. Ma appena è pronto, Ilaria ha già messo giù.

4 febbraio

«Grazie» risponde Yelena. «Allora ci vediamo stasera davanti all'Odessa alle otto.»

Appena mette giù il telefono, corre in cucina da sua madre, che sta dando da mangiare al bambino.

«Chi era, Lenochka?»

«Un italiano, mamma! Mi ha invitata in un ristorante molto chic, ti rendi conto?»

«E perché?»

«È un imprenditore di Milano, mamma. Deve aprire una fabbrica qui, cerca una segretaria che parli bene l'italiano. Gli hanno fatto il mio nome in università.»

Le racconta che fanno borse e accessori in pelle. Un'impresa familiare di medie dimensioni. La crisi li ha costretti alla delocalizzazione, spiega. Quindi intendono aprire delle fabbriche nell'Europa dell'Est, perché conviene. Lui aveva già dei contatti in Ucraina e così ha scelto questo paese. Ma per organizzare tutto e selezionare il personale, ha bisogno di un'assistente che conosca bene entrambe le lingue.

«E ti invita a cena? Sei sicura che voglia davvero questo da te, Lenochka?»

«Pensi sempre male, mamma.»

«Cercherà di portarti nel suo albergo, ci scommetto.»

Ma Yelena non ha voglia di discutere. E poi deve prepararsi. Si chiude in camera per scegliere il vestito. Ci vuole qualcosa di sobrio e di elegante. Aveva un bel tailleur grigio, ma dopo il parto è un po' ingrassata e non le entra più. Si siede un attimo sul letto, sconsolata. Poi si alza e ricomincia a frugare nell'armadio. Può mettersi una camicia bianca e la giacca nera, un paio di pantaloni che le entrano li troverà. Rovista nel cassetto del comodino e tira fuori un girocollo di perle finte, che però fa la sua figura. Per sembrare più elegante, si raccoglierà i capelli.

Quando arriva davanti al ristorante e lo vede, tira un sospiro di sollievo. Proprio un tipo distinto. Anche nei modi. Una gentilezza di altri tempi. Entra per primo nel ristorante e le fa scegliere il tavolo, sposta la sedia per farla accomodare. Lenochka si guarda intorno curiosa, il locale sarà pure il più trendy di Kiev, però ha un'aria un po' sinistra. L'architetto l'ha arredato usando delle corde, che pendono dal soffitto e separano i tavoli come tende. Ma fanno pensare a dei cappi.

Il cameriere consegna i menù e lei comincia a sfogliare eccitata. Caviale, salmone, branzino, foie gras, filetti. Dio, che lusso. Ma forse prenderà un risotto, all'italiana. Lui sta scegliendo il vino.

«Dolcetto o Barolo?»

«Adoro entrambi» risponde Lenochka. Non ha mai assaggiato nessuno dei due. «Piemontesi, giusto?»

«Brava.»

«Una volta ho tradotto un testo per una fiera del vino.»

«Qui in Ucraina?»

«Sì, in Italia non sono ancora stata. Ho imparato la lingua a scuola e poi all'università.»

«Ma la parla perfettamente.»

«Grazie» Lenochka abbassa gli occhi per la timidezza, come sempre, quando le fanno i complimenti.

Per un po', mentre mangiano una tartare di tonno, parla solo lui.

«Sa, ho una compagna. Non siamo ancora sposati perché lei sta aspettando il divorzio. Vuole vedere la sua foto?»

«Che bella, con quei ricci. Che sorriso.»

«Si chiama Melissa.»

«Non vedo l'ora di conoscerla» risponde Lenochka.

«Lei desidera tanto un figlio, ma non può averne per le conseguenze di un aborto. Colpa del marito precedente, che non ne voleva.»

«Poverina.»

«Infatti voglio aiutarla a realizzare il suo sogno. Dato che non siamo sposati e non potevamo rivolgerci a una clinica direttamente, abbiamo contattato l'avvocato Ždanov, che ci ha fatto il suo nome.»

Lenochka fa cenno di sì, pronta.

«Ma vi ha parlato del mio problema?»

«Certo. Ci ha spiegato che lei non vuole farlo sapere a sua madre. Ma insieme abbiamo pensato a tutto, stia tranquilla.»

In quel momento arriva il branzino in salsa di yogurt e purè di carote per lui e il risotto allo storione per lei. Lenochka sorride sollevata, ha davanti un uomo di mondo, che sa come vanno le cose.

«E quindi come lo risolviamo?» chiede assaggiando il risotto. È così tesa che non riesce neanche a godersi la prima cena della sua vita in uno dei ristoranti più eleganti di Kiev.

«Molto semplice. Lei dirà che deve venire in Italia per sei mesi, per l'azienda. E io le pagherò un appartamento dove potrà portare avanti la gravidanza, comodamente, da sola.»

«Perfetto» risponde Lenochka, «intanto posso scrivere la tesi. Sa, con un bambino piccolo è difficile studiare.»

Arriva la crème brûlée con mango e cocco, che però ha ordinato solo lei. Lenochka si sente felice. In quei sei mesi può laurearsi e con i diecimila euro che le daranno può comprare una casa in campagna per sua madre, che a Kiev non si è mai trovata bene. Poi lei partirà con suo figlio. E cercherà un lavoro in Italia davvero. Ma con una laurea alle spalle, non come badante.

«Ho anche già trovato l'appartamento. Vuole vedere se le piace? Ho affittato una macchina, dopo posso riaccompagnarla a casa.»

Lenochka per un attimo si irrigidisce. Ci sta provando? Ma non vuole essere scortese con l'uomo che cambierà la sua vita.

Intanto lui l'aiuta a infilarsi il cappotto.

«Grazie» risponde Lenochka, «vengo a vederlo volentieri.»

Appena entra in quella casa, Lenochka sente una scossa sul braccio. Ma non fa in tempo a chiedersi cos'è.

5 febbraio

L'Airbus A320 sta sorvolando le Alpi, il comandante si alza.

«Vado un attimo in bagno» dice al copilota.

«Mi fai portare un caffè?»

«Certo. Mi devo sgranchire un attimo le gambe, ho ancora mal di schiena.»

«Allora il massaggio non è servito» risponde l'altro, e ridacchia.

Il comandante esce e chiama lo steward per non lasciare solo il copilota nel cockpit e seguire la procedura.

«Ci porti anche due caffè, per favore?»

«Subito» risponde.

Appena entra in cabina con il vassoio, lo steward sente la radio gracchiare. Evidentemente da Orio al Serio stanno cercando di mettersi in contatto, forse per quella tempesta di neve di cui parlano le previsioni. *Qui torre di controllo, rispondete, passo.* Dopo un paio di scambi, il controllore chiede di non collegarsi al finger in aeroporto, ma di attendere sulla pista.

«Ricevuto. Ma perché? Passo.»

«È un ordine della polizia, devono arrestare una persona,

passo – ripeto: arrestare – a bordo soggetto pericoloso, passo.»

Lo steward, alle spalle del copilota, si irrigidisce. Posa il vassoio sul sedile del comandante.

«Dobbiamo attivare qualche procedura di emergenza? Passo.»

«Non fate entrare Gabriele Baschenis nel cockpit, passo, soggetto pericoloso, passo.»

Il pilota si volta verso lo steward, si guardano.

«Ma Baschenis non è salito a bordo, passo.»

«Come?»

«È stato sostituito all'ultimo, passo.»

Intanto l'aeroporto è circondato dalle forze dell'ordine. Besana arriva trafelato, Giorgio lo aiuta a entrare da un ingresso secondario.

«Ilaria non è arrivata. Bisogna contattare subito la polizia ucraina. Subito» dice.

«In che senso non è arrivata?»

Besana è stravolto, completamente fuori di sé. Prende Giorgio per le spalle e lo scuote.

«Le avevo prenotato un volo da Kiev. Un volo Alitalia, perché non viaggiasse con lui. Sono andata a prenderla agli arrivi, ma lei non c'era. Non c'era! Mai salita su quell'aereo. Capisci?»

«Quando l'hai sentita l'ultima volta?»

«Ieri pomeriggio» risponde Besana.

«Perché solo ieri pomeriggio?»

«Perché dopo non rispondeva più, cazzo.»

Giorgio lo porta in una sala VIP evacuata per l'occasione e riservata agli inquirenti.

«Adesso non puoi fare più niente. Aspetta qui, Marco. Ci pensiamo noi, d'accordo?»

Ma Besana non riesce a stare fermo, sembra impazzito. Prenderebbe a pugni chiunque pur di uscire di lì. Chiuso in quella stanza non ci vuole stare.

In quel momento, entra di corsa un poliziotto.

«La torre di controllo ha avvertito l'equipaggio, ma Baschenis non risulta a bordo.»

«Come *non risulta a bordo*?»

«Non si è presentato all'imbarco.»

4 febbraio

Quando Lenochka apre gli occhi si trova in un appartamento anonimo e semivuoto, arredato con pochi mobili. Subito nota che le tapparelle sono tutte chiuse. È stata buttata su un divano di finta pelle e ha le mani legate dalla sua stessa sciarpa. Guarda Baschenis che sta in piedi davanti a lei.

«Ti prego, ho un bambino di un anno.»

«Lo so» risponde lui, «altrimenti non potresti affittare l'utero.»

Intanto Lenochka, senza farsi troppo notare, sta cercando di allentare la stretta intorno ai polsi.

«Vuoi scopare?»

«Come sei volgare» le risponde Baschenis.

«Liberami e faccio tutto quello che vuoi» Lenochka cerca di mantenere la calma.

Baschenis sorride.

«Ti interessa conoscere i miei gusti? A me piace mangiare la carne umana. E raggiungo l'orgasmo solo quando strangolo la mia partner.»

Lenochka ha un conato di vomito, sputa un po' di saliva per

terra. Ma l'adrenalina l'aiuta a pensare. Cosa può fare per salvarsi? Gira gli occhi verso la porta, chiaramente l'avrà chiusa a chiave. Gridare sarà inutile, altrimenti l'avrebbe imbavagliata. Se non l'ha fatto, sa che intorno non ci sono dei vicini. Cosa le resta? Guarda il tavolo, ci sono tre coltelli da cucina. Ha di nuovo voglia di vomitare, ma non deve. *Devi restare lucida, Lenochka, se vuoi uscire viva di qui.* Pensa che questo bastardo l'ha sottovalutata, perché lei è una donna forte, abituata a combattere per la vita da quando era bambina e in campagna non si sopravviveva, cosa crede. Rimasta orfana di un padre alcolizzato, è tornata sola con sua madre in città, dove ha lavorato e insieme studiato. Pensa che, nonostante tutto, è riuscita a diventare una donna colta, e questo l'ha resa ancora più forte di prima. E ora ha solo due armi in mano: il suo italiano perfetto e la sua immaginazione. Ma cosa può inventarsi per metterlo in crisi?

«Se credi che io cominci a piagnucolare, *sbagli*. Perché io non lo farò. Non mi fai paura, schifoso maniaco. Non fai paura a nessuno, con quella faccia.»

Le arriva uno schiaffo forte in viso.

«Credi che non ne abbia mai ricevuti? Semmai sei tu, che non ne hai ricevuti abbastanza, pervertito di merda. Altrimenti non cercavi persone come me per esercitare un qualche cazzo di potere, lurido impotente.»

«Sta' zitta, troia.»

Ma Baschenis è spiazzato, si vede. Forse Yelena ha trovato la strada giusta. Se riesce a ribaltare i ruoli, lui perde sicurezza. *Avanti così, Lenochka, devi rovinargli il gioco*. Non deve entrare nella spirale del dominio. La vittima che supplica il carnefice. Evidentemente lui gode così. Se lei non fa la vittima, lui non può fare il carnefice. Prova a insultarlo.

«Brutto figlio di puttana, perché hai sempre l'uccello moscio e riesci a fartelo venire duro solo se strangoli qualcuno? È colpa di tua madre? Si sbatteva la gente nel lettino di fianco al tuo?» E gli sorride, malefica. *Vedi che demonio ti sei portato in casa. Adesso trova la forza di mettermi le mani al collo. Provaci.*

Baschenis si volta e prende un coltello dal tavolo. Ma gli tremano le mani.

«Cos'hai? Il Parkinson?» insiste Lenochka. Tanto non ha più niente da perdere. O la va o la spacca.

«Sei la peggiore donna che abbia mai incontrato.»

«Dopo tua madre?»

«Lascia stare mia madre.»

Baschenis ha cambiato sguardo. Yelena sente di nuovo il bisogno di vomitare, ma cerca di trattenersi. Non può mollare. Deve inventarsi qualcosa di più forte ancora, per disorientarlo. Si guarda intorno alla ricerca di un'idea. Ma vede sempre e solo quei coltelli. Coltelli e coltelli. E proprio guardando quelle lame, di colpo ha un'illuminazione.

«Effettivamente potrei essere peggio di tua madre, sì. Sai che anch'io ho ucciso qualcuno?»

Baschenis è impietrito. Non sa cosa rispondere. Ma Yelena lo precede, lo frega, sfruttando quel silenzio, quell'indecisione.

«Il padre di mio figlio, ho ucciso. Ero stufa di avere degli alcolizzati in casa. Gli ho tagliato la gola.»

«Non ci credo.»

«Mi hanno assolta per legittima difesa, avevo il viso tumefatto. Mi picchiava. Se non ci credi, controlla pure su internet.» Yelena sa benissimo che lui non può accendere il cellulare, forse ha addirittura staccato la batteria per non essere rintracciabile.

«E cos'hai provato?»

«*Ho goduto*» risponde Yelena, guardandolo dritto negli occhi. «*Lo rifarei.*»

Poi fa un grande respiro, a pieni polmoni. *Brava, Lenochka, hai fatto centro.* Questa non se la aspettava. Gli hai rovinato la sceneggiatura. Continua, continua. Picchia duro, adesso.

«Cos'è quella macchia sui pantaloni? Ti sei pisciato sotto? Siediti, dai. Parliamo un po'. Tanto c'è tempo. Voglio che mi racconti cosa c'è in quella tua testa malata. Io ti posso capire, *l'ho provato.*»

Baschenis è frastornato. Si vede che non sa più come muoversi. Si siede davvero. Ma tiene sempre il coltello in mano.

«Che bravo bambino *ubbidiente*» dice Lenochka, con un sorriso maligno. «Racconta, su.»

«Cosa vuoi sapere?»

«Chi hai ucciso prima di me, e perché.»

«Nessuno me lo ha mai chiesto.»

«Vedi? Io sono diversa. Perché io ho ucciso.»

4 febbraio

Ilaria si sdraia sul letto. Ma non riesce a rilassarsi. Dovrebbe essere soddisfatta di sé, ha spedito la prova regina a Besana. Domani lo prenderanno. Fissa la boccetta di benzodiazepine che si è portata dietro. Allunga un braccio, è tentata di prenderle. Poi cambia idea. Preferisce essere lucida. Quell'uomo è ancora libero. Di colpo, non ha più paura e si rende conto che non ha più paura semplicemente perché non può permetterselo. Quell'uomo è ancora libero, *quindi* può ancora uccidere.

Si alza di scatto dal letto, impossibile restare fermi. Apre il frigobar. Ha improvvisamente fame, una fame nervosa. Prende una barretta di cioccolato e la manda giù, veloce, senza neanche sentire il sapore. Sono a Kiev e a Kiev cosa c'è? Gente povera, sicuro. Vittime del cazzo, come dice Besana. Accende il tablet, ha bisogno di un aiuto. Digita Kiev e subito sul motore di ricerca compare *utero in affitto. Madri surrogate.* Merda. Non può dormire, no.

Per un attimo pensa di chiamare Marco. Poi decide che è meglio di no. Si preoccuperebbe, le impedirebbe di andare avanti. Invece è lei che deve preoccuparsi, e salvare qualcuno. Anche se non sa chi.

Allora fa un'altra telefonata.

«Mi puoi controllare ancora una cosa, per favore?»

«Ma dove sei? Sempre a Kiev?»

Mezz'ora dopo, Rocco la richiama.

«No» le risponde, «per la legge ucraina i single non possono rivolgersi alle cliniche. Ma ho trovato dei siti che per cinquantamila euro e anche di più ti procurano una madre surrogata illegalmente. Sono entrato nel server di tutti.»

«E l'hai trovato?»

«Sì, ha contattato una certa Yelena Bykov. Una studentessa di lingue, laureata in italiano. Ma sotto falso nome.»

«Quale?»

«Vincenzo Verzeni.»

«Oddio.»

Ora deve capire dove l'ha portata. Non deve agitarsi, non deve. Apre la App di Airbnb. Certo non può ucciderla in un albergo, gli serve un appartamento. Ma sono troppi. E poi ci sono molti altri siti dove si trovano case in affitto. Va in bagno, si lava la faccia con l'acqua gelata. Deve pensare, pensare. Ma in fretta, i minuti passano, per quella ragazza potrebbe già essere tardi. Poi ha un'illuminazione. Ha il suo numero di telefono. *Ciao bello*. È fottuto.

Richiama Rocco.

«Sei in grado di localizzare un cellulare?»

«Certo» risponde.

«Anche se fosse spento.»

«Se non ha tolto la batteria.»

«Puoi provarci?»

«Subito. Mandami il numero.»

Nel giro di pochi minuti le arriva un messaggio.

«Coordinate GPS. Latitudine 50.464868° Nord. Longitudine 30.52285900000004° Est. Volos'ka vulytsya 3, Kyiv. Non ha tolto la batteria ;)»

Ilaria telefona alla reception.

«Vorrei un taxi» dice.

Scende di corsa, si precipita dal portiere.

«Spieghi all'autista che mi deve portare subito dalla polizia. *Politsiya. Right now. It's an emergency. I'm a reporter. Zhurnalist.*»

4 febbraio

«Confidenza per confidenza, Lenochka. Me lo hai detto tu, a cena, che potevo chiamarti Lenochka.»

«Certo» risponde lei.

«Sai, è molto intimo strangolare. È il modo di uccidere che ti fa sentire più vicino alla persona che è con te. Non è una questione di potere, è una questione di intimità. Perché tu la guardi negli occhi, mentre muore. La tocchi, mentre muore. Ti è mai capitato di tenere la mano a qualcuno, mentre muore? È un po' così, hai proprio la sensazione fisica della vita che se ne va.»

«Io mi sono voltata mentre lui moriva» dice Yelena. Deve calarsi nella parte fino in fondo. Se no è finita.

«A me è capitato con la mia madre biologica. L'ho rincontrata per caso, durante un viaggio, e ho scoperto che era malata. Andavo a trovarla di nascosto. È morta di notte, alcuni mesi dopo, e io ero con lei. La tenevo per mano, in quel momento. Ma non era un sensazione nuova, sai? Io l'avevo già provata.»

«Con chi?» Intanto è riuscita a liberare una mano, ma continua a tenere le braccia dietro la schiena perché lui non se ne accorga.

«La prima volta, con Rossella. Era una ragazza bellissima, ero tanto innamorato di lei. Non volevo mica ucciderla. Eravamo tutti e due adolescenti. È successo per caso, eravamo in gita, in montagna. C'era anche suo cugino, un bambino di sei anni. A un certo punto c'è stata una frana, avevamo paura che il sentiero fosse inagibile e volevamo tornare indietro prima che ce ne fossero delle altre. Allora abbiamo lasciato il bambino in un posto che ci sembrava sicuro per andare a controllare la situazione senza di lui. Era la prima volta che restavo solo con Rossella. Non so cosa mi è preso. Non ricordo tanto bene. Forse ho cercato di baciarla. So solo che lei mi ha respinto, allora mi è venuto spontaneo: le ho messo le mani intorno al collo e ho cominciato a stringere. Riuscivo a sentirla vicina, finalmente. Intanto la guardavo negli occhi. Sono venuto. Per la prima volta senza masturbarmi. L'orgasmo più forte della mia vita. Poi l'ho guardata di nuovo: era cianotica, aveva la lingua fuori e gli occhi pieni di sangue, era diventata orribile. Mi vergognavo di avere amato una donna così orribile, allora l'ho nascosta in un pozzo. Poi sono tornato dal bambino, che ci aspettava. Gli ho detto che era stato lui a ucciderla, perché l'aveva mandata a vedere la frana da sola e la frana l'aveva travolta. E che non doveva aprire bocca con nessuno, se no l'avrebbero messo in galera. L'ho preso per mano e l'ho riaccompagnato a casa.»

«E quel bambino che fine ha fatto?»

«Vent'anni dopo avrei ucciso anche lui. Però mi è dispiaciuto, Lenochka. In fondo era la prima persona su cui ero riuscito a esercitare un vero potere. Non aveva aperto bocca davvero, Bruno. Mi aveva preso alla lettera. Ho scoperto che per anni non aveva più parlato, nemmeno con i suoi genitori. Poi purtroppo è cresciuto. E ha cominciato a ricordare delle cose, ad avere dei dubbi. Sono stato costretto a buttarlo giù da quel cavalcavia. Era così fragile che mi è bastata una spinta. Quando il primo TIR l'ha travolto, era ancora vivo. Ma io non volevo guardare. Non è bello uccidere così, Lenochka. Credimi, ero sconvolto. Sono una persona sensibile, Lenochka. Anche se non provo niente, quando la gente muore. Solo rabbia, perché è tutto finito. Io provo piacere prima, quando sento la vita fra le mie mani. Dopo no, dopo entro in uno stato di confusione. So che mi scatta l'impulso di fare cose strane, come mangiare pezzi di quel corpo. Però non so mica spiegarmelo, Lenochka. È una specie di furia contro la persona che è morta, sono arrabbiato con lei perché non doveva morire. Cerco di tenerla in vita così, portandola dentro di me. Se la mangio, continua a esistere.»

Yelena si sente di nuovo male. Guarda la sua bocca. Deve restare impassibile, invece. Come se le avesse detto una cosa qualsiasi. Ma anche ricordarsi che deve continuare a recitare la parte dell'assassina. Ci pensa un attimo.

«Io non volevo che mio marito continuasse a esistere» risponde.

«È diverso, sì. Infatti non ho mangiato Rossella, non ho mangiato Bruno e non ho mangiato mia madre perché loro esistevano in me comunque. Riesci a capire la differenza, Lenochka? Con loro non ne avevo bisogno. Mia madre è morta di cancro, d'accordo, non l'ho uccisa io. Ma gli altri due sì. Eppure quel bisogno non è comparso. Ero già abbastanza abitato da loro. Tu credi alle premonizioni, Lenochka?»

«In che senso?» Yelena deve mantenere il sangue freddo. Ogni domanda è tempo guadagnato.

«Adesso ti spiego cosa intendo con premonizioni. Quando tu sfiori una storia che non ti riguarda ma resti turbato come se ti riguardasse. A me è successo quando mi raccontavano la storia di Vincenzo Verzeni.»

«Allora non ti chiami così» lo interrompe Yelena.

«No. Con te ho usato un nome falso. Tu non puoi sapere chi era Vincenzo Verzeni. Era un assassino dell'Ottocento, delle mie valli, che provava le stesse sensazioni che adesso provo io. Il primo serial killer italiano, sai? Tutti crescevano con la sua storia, i bambini se la raccontavano a vicenda perché a quell'età si scopre il fascino della paura. Ma per me era diverso. Lui non mi faceva paura. Lui mi turbava, Lenochka.»

«E cosa c'entra con te?»

«All'inizio, quando ho cominciato a uccidere nello stesso modo, non pensavo mai a Verzeni. Forse l'avevo proprio rimosso. L'idea che qualcuno potesse aver vissuto quello che stavo vivendo io, per me era insostenibile. Non accettavo questo lato di me. Io ero *l'altro*. Mi riconoscevo solo nel bravo ragazzo che tornava al suo paese dopo un viaggio ed era tanto affettuoso con la madre adottiva. Una madre altrettanto affettuosa con lui. Quando c'ero io, la mia mamma non doveva preoccuparsi di niente. Andavo a fare la spesa, cucinavo, la portavo al cinema o a cena fuori. Avevo preso una casa a Milano, ma a Milano non ci stavo mai. Infatti mi ero tenuto l'appartamento a Suisio, sopra il suo. L'appartamento di Milano mi serviva solo per farle credere che avevo una vita. Invece io non avevo una vita. Niente fidanzate, niente amici. Ma io volevo che lei pensasse che ero normale. In quella casa di Milano ci ho dormito poche volte. Eppure pagavo l'affitto regolarmente. Con una precisione da inquilino modello. Quella casa immaginaria, che portava con sé una vita immaginaria, mi consentiva di raccontarle che ero innamorato oppure che avevo conosciuto questo e quello.

Le dicevo perfino che a Milano facevo volontariato, come lei. Quanto era orgogliosa di me, la mamma.»

«E invece?»

«Invece, quando non tornavo da lei, ero all'estero, non a Milano. Perché in certi posti è più facile uccidere. La vita non vale niente.»

Yelena pensa: *Come in Ucraina*. Ma non lo dice, perché non deve ricadere nella parte della vittima. Deve ricordarsi di trattarlo da pari a pari. Da assassina ad assassino.

«E scommetto che questo ti faceva rabbia» dice.

«Sì, esatto. Ero così arrabbiato, che facevo di tutto perché qualcuno se ne accorgesse. Ho mollato un cadavere sulla spiaggia di un resort, Lenochka. E un altro nella lavanderia di un grande albergo. Ma quelli, niente. Incartavano il corpo e se ne andavano, senza interrogare i clienti. Per non spaventare i turisti stranieri. È stato così che mi è tornato in mente Vincenzo Verzeni. Lui aveva avuto l'onore di essere il protagonista del processo del secolo. E perché? Perché aveva ucciso gente della sua valle. Magari erano cameriere comunque, come quelle che avevo ucciso io, però una terra piccola è gelosa della sua gente e s'infuria anche per una cameriera. Basta che non sia una puttana, quella non se la rivendica nessuno.»

«Ti piace essere al centro dell'attenzione?»

«Non è narcisismo, Lenochka, credimi. Non m'importa che sappiano chi sono. Non lo so nemmeno io, chi sono. È una rabbia più complessa, sai? Forse verso me stesso e verso quello che mi succede. Possibile che a nessuno importasse niente? Allora è stato un corto circuito, Lenochka. Gente della mia valle e il mito di Verzeni. Infatti ha funzionato. Finalmente si sono accorti che mancava qualcuno.»

«Sei diventato famoso?»

«Anche troppo. Quei titoloni sui giornali mi mettevano in imbarazzo. Credimi, è stata dura. Erano ragazze che mi piacevano tanto. Però erano le uniche che potevo avvicinare. Proprio perché le conoscevo e si fidavano di me. Capisci, Lenochka? Per un omicidio pulito, bisogna creare un po' di fiducia. Altrimenti la gente non sale in macchina con te. Aneta era adorabile, le ho dato un sacco di consigli. Voleva fare il mio mestiere. Un lavoro frustrante, in realtà. Farai la cameriera, solo che in aereo, le dicevo. Ma lei era ostinata. Almeno vedo il mondo, mi rispondeva. Non l'ho strangolata volentieri, non sono nemmeno venuto. Non la desideravo, desideravo solo che qualcuno si accorgesse di tutta la gente che mancava e il mio strumento era lei. La furia che è venuta dopo, mi ha scavalcato. A quella davvero non so resistere, Lenochka.»

Yelena abbassa gli occhi. Ma si pente subito. *Guardalo in faccia, Lenochka. Non rompere l'incantesimo. Non cadere in trappola.* Deve continuare a dimostrargli che non le fa paura.

«E con le altre?»

«Con Dana è stato ancora più difficile. Mi ero imposto di uccidere cattive madri, ma solo per non ucciderne di buone. È stata una scelta a freddo. Perché avevo in mente la mia madre adottiva e non avrei mai potuto togliere a un figlio una gioia così. Però Dana, anche se era pessima con suo figlio, era generosa e simpatica. Quando andavo a farmi fare dei massaggi, parlavamo tanto. Certo non dei miei delitti, però di tutto il resto. Era molto umana, non giudicava mai nessuno. Era così stupita mentre la strangolavo, e anch'io. L'orgasmo è venuto mio malgrado, mi vergognavo di averlo avuto.»

«Anche quando uccidi un uomo hai un orgasmo?» Che

colpo di genio, si fa i complimenti da sola. Gli sta dando del frocio.

«No. Con Foresti è stato diverso. L'unico omicidio a sangue freddo di tutta la mia vita. Tu non puoi sapere chi era Foresti, Lenochka. Un marito che ha un'amante e vuole scappare con lei, ma non può, perché la moglie minaccia di togliergli tutto, compreso il lavoro. Allora che fa? L'ammazza e cerca di cavalcare l'onda del serial killer, sperando che questo omicidio venga confuso con gli altri. Peccato che il serial killer fossi io. Tu cosa avresti fatto al mio posto, Lenochka? L'avresti punito, no?»

«Certo» risponde Lenochka. Si è così calata nella parte che si sta chiedendo se sarebbe capace di uccidere qualcuno. Forse sì. Lui.

«Tanto. Un delitto in più o uno in meno. Lo guardavo in televisione, non faceva che rilasciare interviste, ed ero sempre più arrabbiato. Anche mia madre era arrabbiata, diceva che era lui l'assassino della moglie. E aveva ragione, perché non ero io. Non avrei mai sottratto a quei tre bambini una mamma così premurosa. Non è stato facile decapitarlo, Lenochka. La testa non si staccava. Stavo per sentirmi male, ma non potevo permettermelo. Credo di avere lavorato mezz'ora, con quel machete. Che osceno trofeo, ma per una volta me ne sono andato via fiero. Chi altro poteva farlo? Solo io so cosa vuol dire uccidere qualcuno, e che non si torna più indietro. Sarebbe andato a processo, prima o poi, ma dalla galera si esce.»

«Anch'io avrei potuto denunciare mio marito, ma non sarebbe servito a niente. Sarebbe uscito, sarebbe tornato e mi avrebbe ammazzata di botte.» Poi lo guarda. «Ho una gran sete. Puoi darmi un bicchiere d'acqua?»

«Vado a prendertelo. Però non fare la furba, altrimenti mi deludi. Tanto la porta è chiusa a chiave, non puoi scappare.»

Mentre è in cucina, il rubinetto che scorre, Baschenis continua a parlare.

«Con Melissa è stato terribile, Lenochka.»

«La ragazza che mi hai fatto vedere in fotografia?» gli grida Yelena dal salotto.

«Sì, quella bella ragazza con i ricci. Ho rivissuto l'esperienza di Rossella. Forse per questo non mi sono contenuto, dopo. Ho mangiato due corpi, mangiando il suo. Io l'amavo, come amavo Rossella. Volevo convincerla a non abortire, avrei tenuto io il bambino. Ma lei non voleva fare una famiglia con me, lo trovava assurdo. Cosa fai, Lenochka? Perché ti sei alzata?»

5 febbraio

All'alba, Ilaria entra nell'appartamento di Volos'ka vulytsya 3 con la polizia di Kiev, la porta viene buttata giù a spallate. Ci ha messo una notte a convincere gli agenti, che facevano fatica a capirla. Ma alla fine ce l'ha fatta.

Lenochka sta piangendo, seduta per terra, coperta di sangue. Ilaria corre da lei. L'abbraccia.

«Ti sei solo difesa, lo sappiamo» dice, in italiano. Non importa se si sporca di sangue anche lei. Forse era quello che cercava. Il cadavere di sua madre non è mai stato trovato. Lei ha vissuto un omicidio troppo pulito, di quelli che ti distruggono proprio per questo, perché nella mente diventano irreali. Tanto che non è mai riuscita neanche a immaginarlo. Ora ha addosso un omicidio reale. E tutto il suo sangue.

«Era un pazzo, un pazzo» Lenochka piange appoggiata a Ilaria, e tutti gli umori si mescolano. Sangue, sudore, lacrime. Una grandissima umidità. Ma non indistinta. Tutto, per la prima volta, ha un contorno.

Lenochka gira gli occhi, e sono vuoti. Sono abbandonati. Sono gli occhi di chi ha ucciso qualcuno, e non avrebbe mai voluto farlo. Ilaria l'accarezza. E pensa che sta accarezzando un'assassina – si è solo difesa, d'accordo, però ha ucciso, a coltellate. Adesso finalmente sa cosa si prova, ad accarezzare un assassino. E lo trova bello.

«Non ti preoccupare» le sussurra in un orecchio, «noi sappiamo cosa hai vissuto.»

5 febbraio

Besana aspetta Ilaria agli arrivi. La vede avvicinarsi, barcollante, sta trascinando un piccolo trolley come se fosse pesantissimo. Gli cade quasi fra le braccia. Besana la stringe forte.

«Poteva uccidere anche te» dice.

Lei scuote la testa, convinta.

«Non avevo alternative.»

«L'hai salvata» dice Besana.

«No, si è salvata da sola. Ci si salva sempre da soli. Io sono arrivata troppo tardi. Poteva esserci lei, in un lago di sangue.»

Arrivati nel parcheggio, caricano la valigia nel baule.

«Sei stata favolosa, Piatti. L'intervista a Yelena sarà in prima pagina, lo hanno deciso adesso, durante la riunione» le racconta.

«Non era un'intervista» risponde, «ha parlato da sola. Mentre mi piangeva addosso. Io ho solo inserito delle finte domande in mezzo, che naturalmente non le ho mai fatto. Ero più sconvolta di lei, non riuscivo ad aprire bocca.»

«È il primo pezzo che firmi da sola. Non è male cominciare in prima pagina, Piatti.»

Ilaria scuote la testa, incredula.

«Chi lo avrebbe mai detto» risponde.

«Poco fa mi ha telefonato il direttore. Ti vuole parlare» dice Besana. «Secondo me una scrivania libera la trova, adesso.»

«Davvero?»

«Ti aspetta domani nel suo ufficio, alle tre. Cerca di non andarci in tuta.»

DZ 0101375716
698139
NOSTALGIA DEL
NOVITA
DARIO CORRENT
GIUNTI EDITOR
GIUNTI ED SPA

MISTO
Carta da fonti gestite
in maniera responsabile
FSC® C115118

Stampato presso Elcograf S.p.A.
Stabilimento di Cles